『금수회의록』과
『인류공격금수국회』의
비교연구

『금수회의록』과 『인류공격금수국회』의 비교연구

왕희자

보고사

책머리에

　본 논문은 몽유록계 동물우화소설인 안국선(安國善)의『금수회의록 (禽獸會議錄)』과 다지마 쇼지(田島象二)의『인류공격금수국회(人類攻擊 禽獸國會)』에 대한 비교 연구이다. 작품 비교는 논자가 논의의 초점을 어디에 두느냐에 따라 다양한 비교 방법을 적용할 수 있을 것이다. 본 논문의 일차적인 연구 목적은『금수회의록』이『인류공격금수국회』 의 번안인지 여부를 밝히는 일에 있다.

　일본인 학자 세리카와 데쓰요(芹川哲世)가 그의 학위논문인「한일개 화기 정치소설의 비교연구」에서,『금수회의록』이 다지마 쇼지의『인류 공격금수국회』의 번안이라는 주장을 제기한 후, 그의 번안설에 대하여 인권환, 서정자, 이상원, 최광수, 서재길 등이 찬반양론을 폈으나 문제 의 핵심을 벗어난, 설득력과 결론이 없는 논의로 끝나고 만 느낌이다. 그 후『금수회의록』은 번안설과 무관한 측면에서 계속 논의되고 있는 실정이다. 그것은 무엇보다 위의 찬반 논문들 중 어느 것 하나도『인류 공격금수국회』의 원전 해독이나 분석에 기초한 것이 아니었기 때문으 로 생각된다. 이는 학술논문으로서는 결정적인 결함이라 하지 않을 수 없다. 비교문학을 논하는 자에게 작품의 원전 해독은 필수요건이라 는 것은 재론의 여지가 없을 것이다. 따라서 원전의 이해나 분석에

의하지 않은 작품비교나 비평은 지극히 피상적이거나 공허한 논의에
그치고 말 것이다. 그러므로 본 논문에서는 그간 여러 논문에서 『인류
공격금수국회』의 작품 제목과 극히 단편적인 내용만 거듭 언급되어,
작품의 실체가 정확히 소개되지 않았던 『인류공격금수국회』를 되도록
소상히 소개하여 그 전모를 들어내는데 힘썼다. 그렇게 함으로써 연구
자는 물론 독자 스스로가 번안 여부를 판단하고 검증할 수 있는 기회를
가질 수 있을 것이기 때문이다.

이하 각 장에서 진행된 논의의 내용을 요약하면 다음과 같다. 우선
Ⅰ장에서는 연구의 목적과 필요성을 밝힘과 동시에 지금까지의 선학
들의 연구를 통시적이고 공시적인 관점에서 고찰하여 정리해 보았다.
Ⅱ장에서는 작가의 생애와 저술활동, 사회적 활약상을 소개하여 작품
의 중요한 배경이 되는 작가의 사상적 형성과정을 탐색해 보았고, 또한
서로 다른 정치적·사회적 상황에서 살아온 두 작가의 생애와 시대적
배경이, 그들 작품에 어떻게 영향을 미쳤는가를 우회적으로 살펴보았
다. Ⅲ장 작품의 비교분석에서는 두 작품을 내용면과 구조면으로 나누
어 비교 고찰해 보았다. 우선 내용분석에서는, 작품의 중심내용이 되는
동물들의 연설요지를 상세하게 소개하였다. 다지마 쇼지의 『인류공격
금수국회』는 지금까지 한국에서는 출판되거나 번역된 적이 없는 작품
으로, 본론에서 처음으로 그 전모가 소개되는 것이므로 번역에 많은
노력을 기울였다. 다음 구조분석에서는 개화기 소설의 구조적 특징을
고찰하고, 두 작품의 구조 및 형식의 유사점인 몽유양식, 우화양식에
초점을 맞추어 비교 분석해 보았다. 그리고 끝으로 주제, 사건, 사상,
등장인물, 창작동기, 시대적 배경을 중심으로 두 작품의 유사점과 차이
점을 부각시켜 살펴보았다. 그 결과 두 작품 사이에는 현저한 차이점이

있음을 알 수 있었다. 우선 주제를 비교해 보면『금수회의록』은 인간의 본성에 대한 근본 문제를 제기하여 인간의 뿌리 깊은 타성으로서의 패악을 비판한 후, 인간의 본성을 각성·회복시켜서 정의로운 사회를 구현하는 것을 목적으로 하는 반면,『인류공격금수국회』는 명치유신 이후 일본정부가 의욕적으로 추진한 일본의 근대화 정책, 문명개화 정책의 모순을 비판하여 일본 고유의 전통문화를 수호하려는 주제의식이 표출되어 있었다.

또한 '사상'면에서는『금수회의록』이 전통적인 유교사상과 새로운 기독교 사상의 융합을 바탕으로 하는 데 반해『인류공격금수국회』는 황실(皇室)을 존중하는 일본 고유의 신토(神道)사상과 불교사상, 그리고 철저한 문명비평사상이 바탕에 깔려 있었다.

또 작품의 중심인물인 '연설동물'을 살펴보면, 두 작품에서 일치하는 동물은 '까마귀'와 '호랑이'뿐이며『금수회의록』의 각 장 제목에 나타나는 '고사성어'는 그 자체가 오랜 동양적 전통에서 유래한 것으로 동물들이 모두 동양적 성격을 띠고 있음을 보여주는 반면,『인류공격금수국회』에 등장하는 몇몇 동물들은 결코 동양적 우의를 들어내는 것이라고 볼 수 없다.

두 작품의 창작동기와 시대적 배경을 살펴보면,『금수회의록』이 발표된 개화기는 우리 민족사에서 격동과 충격의 시대로, 안으로는 지배계층의 부패와 전통문화의 급속한 변화로 인해 사회질서가 와해되고, 계층 간의 갈등이 심화되어, 급격히 밀려드는 열강의 세력에 대해 능동적으로 대처하기에는 역부족이었던 시기였다.『금수회의록』의 작가 안국선은 자신이 살고 있었던 시대를 가치 전도와 갈등의 현장으로 파악하고 있었으며, 이런 위기 상황에서도 각성할 줄 모르는 정부와 국민을 깨우치고 일본으로 대표되는 제국주의의 야욕을 비판하려 한 것이 이 작품의 주된 집필 동기였다고 간주된다. 한편『인류공격금수국회』가 발표되던 시기의 일본은 오랜 무가정치가 무너지고 조정을 중심으로 한 중앙집권정치가 실현된 시기였다. 신정부는 봉건제도를 청산하고 중앙집권제를 완성한 후, 명치유신을 통하여 일본의 근대화를 다지는 과정에서 문명개화정책인 구화주의(歐化主義)를 적극적으로 추진하려 하였다. 그러나 정책을 추진한 지 10년이 지난 후 일본의 전통적인 미풍양속은 급격이 무너지고 많은 사회적 모순이 나타났다. 이를 바라보며 작가 다지마 쇼지는 정부가 추진하는 구화주의와 문명개화정책을 신랄하게 비판함으로써 문명에 현혹된 위정자와 사회를 각성시키려 했던 것이 이 작품의 강렬한 창작동기였다고 생각된다.

Ⅳ장에서는 안국선의 작품과 다지마 쇼지의 작품을 비교연구하는 것이 한국문학에서 지니는 의의와 앞으로의 과제를 생각해 보았다. 마지막 Ⅴ장에서는 서문에서 밝힌 바와 같이 본 논문의 일차적인 목적이었던 『금수회의록』이『인류공격금수국회』의 번안인가의 결론을 도출하기 위해, 필자는 앞에서 논의하고 밝혀진 내용들을, 선학들의 '번안 및 영향'에 관한 이론과 정의에 비추어 고찰해 보았다. 그 결과 두 작품 사이에는 몇 가지 부인할 수 없는 유사점이 있음에도 불구하고 비교문학적인 관점에서 판단하였을 때,『금수회의록』이『인류공격금수국회』의 영향하에서 쓰였다고는 볼 수 없으며 번안은 더더구나 아님을 확인할 수 있었다.

끝으로 내게는 버겁기만 했던『인류공격금수국회』원문 번역에 도움과 조언을 아끼지 않으신 나가노(長野)의 다키자와 세이코(瀧澤靖子) 선생님과 어려운 여건 속에서도 선뜻 이 책의 출판을 맡아주신 보고사

김홍국 사장님께 깊은 감사를 드린다. 아울러 그간 수고해 주신 편집부 여러분에게도 고마운 마음을 전하고 싶다.

2014년 8월

왕희자

차례

I
서론

1. 연구사 검토 및 연구의 필요성

　한국 개화기에 있어서 두드러진 작가의 한 사람인 안국선과 그의 대표작인 『금수회의록(1908)』은, 지금까지 여러 측면에서 심도 있게 논의되어 왔다. 『금수회의록』 및 안국선에 대한 선행 연구의 살핌은 이에 대한 연구 성과를 올바로 이해하고 또한 그릇된 견해를 파악하여 앞으로의 연구 방향을 제시하는데 있어서 의미가 있을 것이다. 개화기 작가 중에서 안국선에 관한 연구는 비교적 후기에 이루어졌다. 초기의 문학사에서는 다른 개화기 작가들에 비해 안국선과 그의 작품에 대해서는 매우 단편적인 언급이 있었을 뿐이었다. 안국선에 대한 본격적인 연구는 1970년대부터라고 할 수 있겠다. 그 후 선행 연구자의 성과를 토대로 하여 꾸준히 후학들이 기존의 연구를 수정 보완해 나갔으며 그 과정 속에서 안국선의 생애와 그의 작품 전반에 관하여 비교적 상세히 밝혀지게 되었다.

　특히 『금수회의록』은 다음 몇 가지 점에서 개화기 문학의 두드러진 성과의 하나로 평가되고 있다. 첫째, 동물들을 등장시킨 우화소설로서

사회비평을 우의풍자(寓意諷刺) 함으로써 위장의 가능성을 보여주었
다는 점. 둘째, 뚜렷한 작가의식을 가지고 정치적 신념을 피력한 소위
정치소설의 걸작이라는 점. 셋째, 연설 토론 체라는 특이한 문학형식
을 취하여 당대 연설 유행의 풍토를 반영하고 있다는 점, 그리고 전통
적 유교사상을 부정하지 않으면서 새로운 기독교 사상을 수용한 작품
이라는 점 등에서『금수회의록』은 다각적인 면에서 연구되어 왔다.
그간 학위논문과 각종 학술지 등에 발표된 논문의 수만 대충 살펴보아
도 그 관심도를 짐작할 수 있을 것이다. 이를 통시적 연구와 공시적
연구로 대별하여 정리해 보면 다음과 같다.

1) 통시적 연구

(1) 번안설 이전

백철은 그의『국문학전사』에서, 안국선은『연설법방』을 저술한 일
이 있고 신소설로서『금수회의록』이라는 특이한 우화소설을 내놓았다
고 하여『금수회의록』을 우화소설로 인식하였다.[1] 전광용은『한국소
설발달사(하)』에서『금수회의록』을 현실풍자의 우화소설로써 제재가
특이하고 주제의식이 강한 작품이라고 평했다.[2]『금수회의록』에 대한
보다 구체적인 접근은 김윤식, 김현에 의해 이루어졌다. 이들은『금수
회의록』의 특징을 세 가지로 들고 있는데 첫째,『연설법방(안국선, 1907)』
의 통속적 적용으로 둘째, 이솝식 우화의 방법이 사회비판을 위장할
수 있는 가능성을 보여준 작품으로 셋째, ‘나’라는 일인칭 관찰자 시점

---

1) 백철·이병기,『국문학전사』, 신구문화사, 1983, 244쪽.
2) 전광용,『한국문화사대계』(Ⅴ), 고대 민족문화연구소, 1967, 1202~1204쪽.

도입과 연설 진행 방법의 합리성을 지적하여 이를 흥미의 차원으로 끌어올리고 있다고 보는 데까지 시각을 넓혔다.[3] 조동일은 『신소설의 문학사적 성격』에서 『금수회의록』은 엄격한 의미에서 사건을 창조하거나 전개시키지 않고 진행되는 것이어서 소설에서의 대화와는 근본적인 차이가 있으므로 소설이 아니라고 보았다.[4] 윤명구의 「안국선연구」는 그때까지의 연구와는 달리 안국선의 생애와 작품 전반을 다룬 연구 업적이라 할 수 있다. 주로 개화기의 역사적, 사회적 특수성과 연관된 안국선의 정치의식 문제가 밀도 있게 다루어지고 있다. 개화기라는 특수 상황과 서구화와 문명에 대한 갈구, 전통적 유교체제 속에서의 갈등이라는 역사적 사회적 특수성과 연관 지어 안국선의 정치의식을 중요하게 다루고 있다.[5] 전용오의 「금수회의록 연구」는 작품 자체의 형태적 특질로서 장르 규정문제와 문체 등을 분석했고, 이 작품의 의인(擬人) 문학적 성격이 다른 일반적 의인문학 작품과 어떻게 다르며 그 같은 작품을 창작한 작자의 의도가 무엇인가를 고찰하고 있다.[6] 이상에서 언급한 선학들의 연구논문들이 몇 가지 의문점을 남기고 있었는데 이를 보완한 연구업적으로서 최기영의 「안국선의 생애와 계몽사상(상, 하)」을 꼽을 수 있다. 사학자로서 『대한제국기 신문연구』에 주력했던 최기영은 이 논문에서 사학적 접근을 통하여 안국선의 출생연도의 수정과 일본유학의 계기, 귀국 후 모종의 정치적 사건에 연루되어 진도에 유배된 사실 등 자세한 사실들을 밝혀냈다.[7] 김교봉·설

---

3) 김윤식·김현, 『한국현대문학사』, 민음사, 1973, 103~104쪽.

4) 조동일, 『신소설의 문학사적 성격』, 서울대학교 출판부, 1973, 79쪽.

5) 윤명구, 「안국선연구: 작가의식 및 작품에 나타난 사회의식을 중심으로」, 서울대학교 대학원 석사학위논문, 1973.

6) 전용오, 「금수회의록연구」, 『연세어문학』 23권 1호, 2002.

성경은 『근대전환기소설연구』에서 『금수회의록』은 전편에 기독교적
사상이 근저를 이루고 있다. 이 작품은 현실에서 자행되는 부정적인
인간 행동과 윤리의 추락을 인정하면서도 이러한 부정적인 현실이 기
독교 윤리에 의하여 타개될 수 있다는 신념을 보이고 있으며, 이러한
기독교 사상이 전통적인 유교 사상과 상충됨이 없이 적절히 화합하거
나 대등한 것으로 파악하게 한 점이 특이하다고 했다. 그러면서도 궁극
적으로는 하나님의 사랑을 전제로 한 회개라는 기독교 사상에 의해서,
부정적인 현실을 개조될 수 있다는 것을 들어냄으로써 기독교 사상의
상대적 우월성이 감지되게 하고 있다.[8]고 하였다.

   이상과 같이 『금수회의록』이 다양하게 평가되어 오다가 일본인 학
자, 세리카와 데쓰요(芹川哲世)에 의하여 안국선의 『금수회의록』이 일
본인 작가, 다지마 쇼지(田島象二)의 『인류공격금수국회(人類攻擊禽獸
國會)』[9]의 번안이라는 주장이 나오게 되었다.

(2) 번안설 이후

   세리카와 데쓰요가 제기한 번안설은, 『금수회의록』 연구사에 있어
매우 충격적인 사건이었다. 그는 그의 학위논문인, 「한일 개화기 정치
소설의 비교연구」[10]에서, 『금수회의록』이 『인류공격금수국회』의 번
안이라는 근거로 다음과 같은 점을 열거하였다.

---

7) 최기영, 「안국선(1879~1926)의 생애와 계몽사상(上, 下)」, 『한국학보』 제63~64집,
   일지사.
8) 김교봉·설성경, 『근대전환기소설연구』, 국학자료원, 1991.
9) 田島象二, 『人類攻擊禽獸國會』, 文宝堂, 明治 18(1885년).
10) 芹川哲世, 「韓日開化期政治小說의 比較研究」, 서울대학교 대학원 석사학위논문,
    1975.

　『禽獸會議錄』의 경우, 構成上으로 日本의 小說과 비슷하다. 꿈을 통해서 幻想의 世界로 이끌어 들인 特殊한 額字小說이라는 점, 田島는 꿈속에 또 하나의 꿈이 있고 마지막에 꿈에서 깨지만, 安國善은 꿈에서 깨지 않고 마지막은 「나」의 慨嘆으로 끝났다는 차이는 있지만 兩者가 흡사하다. 禽獸들의 회의에 있어서 開會趣旨와 開會辭를 除外하고 兩者 모두 動物들에 의한 演說의 連續으로 되어 있다. 禽獸들이 人間을 諷刺하기 위해 쓰는 技法의 多樣性도 兩者가 흡사하다. 人間들이 動物들에게 부여해준 屬性(호랑이는 악역무도하며 까마귀는 孝道하며, 원앙새는 貞操가 강하다는 등)이 오히려 反對로 人間을 批判하기에 알맞은 素材로 되어 있다는 점, 故事成語·慣用語·聖經中의 이야기·西洋學者의 意見·新聞記事·時事 등 廣範圍에 걸친 素材를 人間批判에 利用하고 있다는 점, 「저급한 짐승과의 比較를 통해 侮辱을 주는 비난이라든가, 對象의 威嚴을 감소시키는 풍자의 核心으로서의 減少 내지는 卑俗化 한다든가 아이러니컬한 手法의 一種으로서의 倒置」 등이 그것이다. 演說을 듣는 聽衆인 動物들의 反應도 비슷하다. 田島는 空前의 演說流行時代라고 할 수 있는 明治 十年代를 反映하고 演說筆記의 스타일을 取하고 있다. 演說을 듣는 動物들의 反應을 「滿場之が爲め贊成の聲涌き出し全島殆んど振はんとす」, 「大喝采」, 「滿場ヒヤヒヤ」「ヒヤヒヤ」「此時禽族ピイピイヒヤヒヤ啼きどっと羽根ばだきをして贊成の 意を 表せしこと 恰かも富士川に平氏を驚かしたる水島の異ならず」, 「贊成贊成」 등으로 表現하고 있다. 이것은 예를 들면 「西の 洋血潮の 暴風」이나 「雪中梅」에 나오는 「眞然眞然」, 「否否漸進」, 「大喝采」, 「大笑」 등의 聽衆의 反應에서도 볼 수 있다. 이것을 安國善은 「손뼉소리 천지진동」, 「손뼉소리 짤각짤각」, 「손뼉소리 귀가 막막」 등으로 表現하고 있다.

　다음에 內容을 살펴보면 演說하는 登場動物로서는 까마귀와 호랑이가 一致하고 있고, 회장이 舊約聖經의 例를 들고 現在의 墮落한 人類를 批判하고 있는 점, 動物들이 人間에게 빼앗긴 權利의 回復을 神

에게 上奏하려는 점, 기타 攻擊의 對象이 된 諸惡으로서 사람들의 不
孝, 兵器에 의한 僞裝平和, 사람의 음란함, 强國의 侵略主義, 문란한
貞操觀 등 많은 類似點을 볼 수 있다.11)

이상은『금수회의록』이『인류공격금수국회』의 번안이라는 세리카
와 데쓰요의 주장의 전문이다. 이러한 그의 주장이 비교문학적 관점에
서 과연 번안의 요건에 합당한가는 앞으로의 논의로 미루기로 하고,
우선 논자는 그가 제시한 유사점을 확인하기 위해 작품의 원문과 대조
검토해본 결과 몇 가지 중요한 오류를 발견할 수 있었다. 첫째, 내용면
에서 세리카와가 유사점으로 언급한, "회장이 구약성경(舊約聖經)의
예(例)를 들고 현재(現在)의 타락(墮落)한 인류(人類)를 비판(批判)하고
있는 점, 동물(動物)들이 인간(人間)에게 빼앗긴 권리(權利)의 회복(回
復)을 신(神)에게 상주(上奏)하려는 점"을 원문과 대조해 본 결과『금수
회의록』에서는 타락한 인간의 제 악행을 개탄하며 인간의 회개와 인간
성 회복에 역점을 두고 있지만,『인류공격금수국회』에서는 '지식이니
분별이니 하는 마법'에 의해 부당하게 인류에게 빼앗긴 지구상의 주권
을 회복하는 일에 역점을 두고 있으므로 정확한 지적이라고 볼 수 없
다. 둘째, "동물들이 인간에게 빼앗긴 권리의 회복을 신에게 상주하려
는 점"도 두 작품이 유사하다고 했지만, 이것이『인류공격금수국회』에
는 해당되지만『금수회의록』에는 전혀 해당되지 않는 일이다. 이하
생략하기로 한다. 무엇보다 세리카와가 위에서 제시한 유사점들이 두
작품의 유사점인 것이 사실이라 해도 그러한 유사성만으로 영향관계
를 규명할 수는 없으며 번안이라 규정짓기는 더욱 어려운 것이다.

---

11) 芹川哲世, 앞의 논문, 74~76쪽.

세리카와의 이러한 번안 주장에 대하여 인권환은, 그의 논문 「금수
회의록의 재래적 원천에 대하여」에서,

> 『禽獸會議錄』에 대한 평가는 區區한 設이 있어 오다가 田島象二
> 의 『人類攻擊禽獸國會』의 飜案作이란 설이 나오게 되었다. 두 作品
> 間의 많은 共通點으로 인하여 注目할 說임에 틀림없다. 그러나 첫째
> 飜案이라는 用語의 槪念上 명확히 번안이라 봄에 一抹의 의심이 없
> 지 않고, 둘째 번안이라 확정할 외적 근거가 없으며, 셋째 유일하게 번
> 안으로 볼 근거인 作品의 基本類型, 즉 動物寓話譚, 그리고 動物集會
> 모티브가 우리의 傳來 說話나 古小說에도 수없이 많다는 사실 등을
> 감안한다면, 비록 外來的 源泉으로부터의 영향을 십분 고려한다 하더
> 라도 在來的 源泉에 대한 탐색의 가능성이 충분하다.
>
> 『禽獸會議錄』의 기본을 이루고 있는 動物寓話譚이나 動物集會 모
> 티브는 우리 傳來의 「토끼傳」, 「두껍傳」, 「장끼傳」, 「쥐傳」, 「까치傳」
> 등의 作品에 무수히 등장하고, 〈친목회〉, 〈毛族모임〉, 〈잔치〉, 〈落成
> 宴〉 등의 명칭으로 集會가 벌어져 일종의 회의형식으로 진행된다. 또
> 案件이 대부분 人間과 人世의 타락상을 비판하는데 있으며, 발언 내용
> 에서 聖賢의 名言과 古今의 名句를 사용하고 있다는 점 등에서 『禽獸
> 會議錄』의 그것과 상통하고 있다 ……. 우리의 과거 散文傳承에 있어
> 動物寓話譚의 起源은 멀리 三國時代로부터 起源하며 ……. 특히 朝鮮
> 後期에 이르러 더욱 발전을 이루었던 바, 이러한 動物寓話譚의 散文的
> 傳統이 新小說期에도 이어졌다. 따라서 『禽獸會議錄』은 한국 小說史
> 上 動物寓話小說의 史的 系譜의 文脈 속에서 代前의 類型的 素材를
> 換骨奪胎한 作品으로 볼 수도 있지 않을까 한다.12)

---

12) 인권환, 「금수회의록의 재래적 원천에 대하여」, 『어문논집』, 고려대학교, 1977, 643
~644쪽.

라고 하여 세리카와가 열거하는 두 작품의 유사점을 인정하면서도『금
수회의록』이『인류공격금수국회』의 번안이라는 주장에는 이의를 제기
하였다.

　그러나 여기서 한 가지 집고 넘어가야할 일은, 앞에서 인권환이 언급
한, 동물 집회 모티브의 한국 전래소설, 〈토끼전〉13), 〈두껍전〉14), 〈장
끼전〉15)을 위시하여 기타 〈서동지전(鼠同志傳) - 서대주가 태종황제로

---

13) 〈토끼전〉, 〈토생원전(兎生員傳)〉, 〈토(兎)의 간(肝)〉이라고도 한다. 한문본인 〈토별산
　　수록(兎鼈山水錄)〉, 〈별토전(鼈兎傳)〉 등 여러 이본(異本)이 있다. 옛날부터 전하는
　　고구려의 설화인 〈귀토지설(龜兎之說)〉에 재미있고 우스운 익살을 가미한 내용으로
　　한글이 생기자 정착된 의인소설(擬人小說)이다. 이본에 따라서 내용이 약간씩 다르기
　　는 하나, 우화적(寓話的)이고, 고사(故事)를 인용해가며 미사여구로 표현하여 전편에
　　희극적인 분위기를 조성한 점에서 공통적이다. 비슷한 이야기는 불전(佛典)인 〈본생경
　　(本生經)〉에도 있고, 자라와 원숭이를 소재로 한 비슷한 설화가 〈별미후경(鼈獼猴經)〉
　　에 있으며, 일본에는 〈수모원(水母)〉이 있다. 소설의 줄거리는 다음과 같다. 남해(南海)
　　의 용왕(龍王)인 광리왕(廣理王)이 병들어 죽게 되자 영약인 토끼의 간을 구하는 사명
　　을 띤 자라가 산중에서 토끼를 꾀어 등에 업고 수궁으로 돌아오던 중 내막을 알게 된
　　토끼가 기지로써 간을 볕에 말리려고 꺼내 놓고 왔노라는 말에 속아 토끼를 놓쳐 버린다.
　　이에 자라가 자살하려던 찰나, 도인(道人)의 도움으로 선약(仙藥)을 얻을 수 있었다는
　　이야기로서, 자라와 토끼의 행동을 통하여 인간성의 결여를 풍자해 주는 내용이다.
14) 현재 〈두껍전〉이라는 제명을 지니고 있는 작품은 두 종류로서 각각 〈섬동지전(蟾同
　　知傳)〉과 〈섬처사전(蟾處士傳)〉으로 나누어진다. 〈섬동지전〉은 여러 가지 이름의
　　이본이 많이 있으나 내용은 모두 잔치에서의 상좌다툼으로 이루어져 있다. 노루와
　　여우를 비롯한 여러 짐승들이 상좌를 차지하기 위해 언쟁을 벌일 때 초라한 두꺼비
　　가 나서서 뛰어난 언변으로 상좌를 차지했으나 백호산군(호랑이)의 침입에 일신의
　　안위만을 위해 비굴한 행동을 연출한다는 이야기이다. 전래되던 쟁년(爭年)설화를
　　모태로 하여 이루어진 작품으로서 신분과 경제적 부가 상충된 이행기의 향촌사회의
　　계층갈등을 다루고 있다고 평가된다.
15) 꿩을 의인화한 우화소설이다. 엄동설한에 먹을 것을 찾던 장끼가 콩을 주워 먹다가
　　덫에 치인다. 까투리의 숱한 만류가 있었으나 현실을 직시하지 못하는 장끼의 어리석음
　　이 만들어낸 결과였다. 혼자 남은 까투리는 장끼의 장례석상에 찾아온 뭇 새들의 구혼을
　　받지만 모두 물리친다는 내용이다. 이본에 따라 또 다른 장끼를 만나 개가를 이루는
　　경우도 있으나 〈자치가(雌雉歌)〉로 호칭되는 대부분의 가사체 작품에는 그 대목에서

부터 상금과 벼슬교지를 받고 대연을 배설하는 자리〉, 〈까치전 - 까치 집의 낙성연을 베푸는 자리〉, 〈섬동지전(蟾同知傳) - 장(獐)선생의 숭록 대부 축하연을 베푸는 자리〉, 〈녹처사연회(鹿處士宴會) - 녹처사의 생일연회〉, 〈노섬상좌기(老蟾上座記) - 짐승들이 구혈(溝穴)을 얻어 안온하게 된 것을 경하하는 잔치를 베푸는 자리〉로서, 여기서의 동물집회는 단순히 연회나 축하연에 초대된 동물들의 모임에 지나지 않는 것으로, 『금수회의록』에서 보여주는 것과 같이 동물들이 뚜렷한 목적을 가지고 모여 각자의 주제를 연설로 발표한다는 형식은, 적어도『금수회의록』이전에서는 볼 수 없으며 더욱이 이 형식이『인류공격금수국회』와 매우 유사하다는 점에 주목할 필요가 있을 것이다. 『금수회의록』이후에 발표된 같은 유형의 〈경세종(警世鐘)〉(김필수), 〈금수재판(禽獸裁判)〉(흠흠자), 〈만국대회록(蠻國大會錄)〉(송완식) 등은 어디까지나『금수회의록』의 모방이라고 볼 수밖에 없다. 이러한 점에서 인권환의『금수회의록』에 대한 동물집회 모티브의 전적인 재래적 원천 주장은 무리가 있는 것으로 생각된다.

다음 서정자는, 그의 논문 「금수회의록의 번안설에 대하여」16)에서,

> 『禽獸會議錄』의 飜案與否를 檢討해 보기 위하여 芹川哲世 교수가 指摘한 類似點을 中心으로『人類攻擊禽獸國會』와 比較하고 反論을 試圖해 보았다.
>
> 飜案의 槪念을, 「外國作品의 剽竊圈內에 속한다고 解釋할 수도

작품이 종결된다. 화려한 외양이면서도 실질적인 힘을 소유하지 못하는 장끼를 등장시켜 현실의 변화에 몽매한 몰락사족의 허위의식과 비극적 종말을 표출하고 있다.

16) 서정자, 「『금수회의록』의 번안설에 대하여-田島象二作『인류공격금수국회』와의 비교」, 『국어교육』44~45 합병호, 한국국어교육연구회, 1983.

있는」 飜譯도 創作도 아닌 畸形的인 作品이라고 할 때『禽獸會議錄』
이 과연 飜案의 範疇에 드는가에 主眼點을 두고 形式과 內容面으로
나누어 살펴 본 것이다. 먼저 形式面 考察에서 ① 動物寓話小說이라
는 점, ② 演說體를 取하고 있다는 점, ③ 夢遊錄系 額字小說이라는
점의 세 類似點을 考察해 본 결과 ① 項과 ③ 項은 우리나라 古代小說
의 形式에서 그 源泉을 찾아볼 수 있었고 ② 項의 演說體는 作家 安
國善이 〈演說法方〉을 지은 政治學 專攻者임을 감안해 보면 이를 剽
竊要素로 볼 수 없다고 판단된다.

　內容面에서는 主題, 思想, 디테일로 나누어 고찰해 본 바 主題의 相
違 내지 思想의 相違가 각각 드러나 디테일에 있어서 등장인물, 技法
등을 고찰한 결과와 함께 결정적인 飜案의 傍證이라 할 만한 것을 발견
할 수는 없음을 보게 된다. 무엇보다도 地文에서『人類攻擊禽獸國會』
로부터 借用했다고 볼 剽竊部分이 전혀 없다는 점은『禽獸會議錄』을
飜案의 磏에서 벗어나게 할 수 있는 重要한 強點이 된다 하겠다.[17]

라고 번안설을 부정하는 의견을 폈다. 서정자의 이러한 주장에 대하여
서재길은 최근 발표된 그의 논문[18]에서, 전혀 다른 작가, 쓰루야 가이시
(鶴谷外史)의 작품인,『금수회의인류공격(禽獸會議人類攻擊)』(1904년)을
소개하면서, 서정자의 앞의 논문 중 "무엇보다도 지문(地文)에서『인류
공격금수국회(人類攻擊禽獸國會)』로부터 차용(借用)했다고 볼 표절부
분(剽竊部分)이 전혀 없다는 점은『금수회의록(禽獸會議錄)』을 번안(飜
案)의 렴(磏)에서 벗어나게 할 수 있는 중요(重要)한 강점(強點)이 된다
하겠다."라는 구절에 대하여 다음과 같이 반론을 폈다.

---

17) 서정자, 앞의 논문, 160쪽.
18) 서재길, 「〈금수회의록〉의 번안에 관한 연구」,『국어국문학』157, 국어국문학회, 2011.

"『금수회의록』 번안설을 비판하는 논자들이 제시했던 논거 중에서 가장 설득력을 얻었던 것은 여러 가지 유사성에도 불구하고 표현상에 있어서 표절이 존재하지 않는다."는 점이었다.(서정자, 앞의 논문, 160쪽) ……. 그러나 이같은 주장 역시 안타깝게도 설득력을 잃고 만다고 전제한 후, 쓰루야 가이시의 『금수회의인류공격』의 서언과 함께 안국선의 『금수회의록』의 서언 전문을 기재한 후 "이는 첫눈에도 『금수회의록』이 쓰루야 가이시의 『금수회의인류공격』의 내용과 표현을 거의 그대로 차용하고 있다고 할 수 있다."[19]라고 하였다. 그러나 서재길의 주장은 중요한 점에서 허점을 드러내고 있다. 왜냐하면 세리카와가 번안이라고 주장한 작품은 어디까지나 다지마 쇼지의 『인류공격금수국회』이며 그의 논문 어디에서도 쓰루야나 그의 작품을 언급한 일이 없고, 또한 서정자의 논문은 어디까지나 세리카와의 논문에 대한 반론이기 때문에, 서재길이 이 두 논문과 전혀 무관한 쓰루야의 작품을 들어 반론하는 것은 본론에서 벗어난 별개의 문제로 생각된다.

다음 이상원은 그의 「개화기 동물우화소설고」[20]에서,

　　개화기 동물우화소설의 문학적 배경으로는 재래적 문학의 전통과 일본의 개화기 동물우화소설의 영향이 논의되었다. 이조후기 동물우화소설들에서 보이는 동물우화담의 동물 집회 모티브를 바탕으로 하고, 여기에 시대적 정치적 상황을 우화적으로 결부시켜 작품화한 것이 곧 안국선의 『금수회의록』이라고 볼 수도 있다는 주장과 일본의 개화기 동물우화소설 『인류공격금수국회』(田島象二 作, 1885)의 번안이라는

---

19) 서재길, 앞의 논문, 228쪽.
20) 이상원, 「개화기 동물우화소설고」, 『국어국문학』 제18~19집, 1982.

주장이 그것이다 ……. 동물우화소설을 사적 계보의 맥락 속에서 파악
하려는 전자의 입장은 이조후기에 쏟아져 나온 동물우화소설의 동물
우화담이 이미 설화 혹은 소설로 꾸준히 전승되어 왔으며 그 전통이
개화기에도 이어짐으로써『금수회의록』을 전대의 유형적 소재를 환골
탈태한 작품으로 볼 수도 있다는 것이다.

　　이러한 문제는 앞으로 보다 종합적으로 검토되어야겠지만, 기존의
연구 결과에서 번안설을 부정할 만한 결정적 논거는 사실상 나오지 않
고 있는 실정이다.『금수회의록』과『인류공격금수국회』의 구조와 내용
이 혹사할 뿐 아니라 수년간 일본에 유학한 경력을 가진 안국선이 이
작품을 접했을 가능성도 배제할 수 없으므로, 번안의 가능성은 부정할
수 없는 것으로 보인다.

　　『금수회의록』이 안국선이 가졌던 강렬한 주제의식의 소설적 해설이
며, 연설입문서인 그의『연설법방(1907)』에서 제기되었던 현실적인 문
제와 연설 예문이 우화적 세계 속에 허구화 되어 표현되었다는 견해와,
동물우화담 및 꿈의 모티브가 이미 있어왔다는 사실을 모두 고려하더라
도 그것이 번안 설을 뒤집을 만한 확실한 근거를 제공하지는 못한다.[21]

　이처럼 이상원은 번안설에 보다 무게를 두는 의견을 펴고 있다. 다음
최광수는 그의 논문,「호질(虎叱)과 금수회의록의 비교연구」[22]에서,

　　　『禽獸會議錄』이 日本人 田島象二의『人類攻擊禽獸國會』의 飜案
　　이라는 주장이 역시 日本人 芹川哲世에 의하여 제기되었다.『禽獸會議
　　錄』의 모형으로 지적된『人類攻擊禽獸國會』는 1885년 당시 作家이자
　　저널리스트였던 田島象二에 의하여 지어진 作品으로 作家가 孤島에

---

21) 이상원, 앞의 논문, 119~120쪽.
22) 최광수,「호질과 금수회의록의 비교연구」, 중앙대학교 교육대학원 석사학위논문,
　　1993.

표류하여 禽獸들의 會議를 구경한 때까지의 1부, 禽獸會議가 벌어지는 2부, 그리고 동물들이 하나님께 상소하는 3부의 세 부분으로 되어 있다.

芹川哲世는『人類攻擊禽獸國會』와 安國善의『禽獸會議錄』이 꿈을 통해 幻想의 世界로 이끌고 있다는 점, 동물들의 인간 諷刺 演說로 連續되어 있다는 점, 故事成語, 성경 이야기 등이 廣範圍하게 인용되어 있다는 점, 기타 등장 동물의 일부 일치, 공격의 대상인 不孝, 僞裝 平和, 淫亂 등이 공통되고 있는 점 등을 飜案說을 주장하고 있다. 우리나라의 開化期小說들이 日本 小說을 模倣하고 飜譯 飜案하는 과정에서 많은 영향을 받은 사실을 부인할 수 없고 여기 두 作品 간에 많은 類似點이 없는 것이 아니지만 安國善의『禽獸會議錄』이 田島 象二 作品의 飜案이라고 단정 짓는 것은 옳지 못하다. 우리 文學의 傳統에는 동물이 擬人化하여 등장하는 이야기나 小說은 얼마든지 있기 때문이다. 설사 作家가『人類攻擊禽獸國會』에서 영향을 받았다 하더라도 그것이 作品化 될 수 있었던 精神的 바탕은 傳統 文學의 유형 구조 속에 은연 중 잠재되어 있었다고 볼 수 있다. 作家는 在來的 動物寓話譚의 동물집회 모티브를 바탕으로 하고 여기에 時代的 政治的 상황을 迂廻的으로 결부시켜 作品化한 것이다.[23)]

라고 번안설을 부정하는 입장을 취했다. 이상이 시간적 흐름에서 살펴본 안국선과『금수회의록』의 관한 통시적인 선행연구였다.

2) 공시적 연구

지금까지 발표된『금수회의록』에 관한 연구논문들을 다시 유형별로 분류해 보면, 논자에 따라 의견을 달리할 수 있겠지만 대체로 다음

---

23) 최광수, 앞의 논문, 100~101쪽.

과 같이 다섯 분야로 나눌 수 있을 것 같다. 첫째, 작가의 대한 전기적
연구.24) 둘째, 작품의 내용 및 형태에 관한 연구.25) 셋째, 의인(擬人)문

---

24) 권영민, 『한국근대문학과 시대정신-안국선과 개화기 지식인의 환상』, 문예출판사,
    1983; 「안국선의 생애와 작품세계」, 『관악어문연구』 2집, 서울대학교 국문과, 1977;
    김학준, 「대한제국시기 정치학 수용의 선구자 안국선의 정치학」, 『한국정치연구』 7집,
    서울대학교 한국정치연구소, 1998; 김형태, 「천강 안국선의 저작세계 : 단편 논설류와
    『정치원론』, 『연설법방』을 중심으로」, 『동양고전연구』 19집, 동양고전학회, 2003; 김효
    전, 「안국선의 생애와 〈행정법〉 상·하」, 『공법연구』 31집 3호, 한국공법학회, 2003;
    김효전, 「안국선 편술 『정치원론』의 원류」, 『법학연구』 6권 1호, 한국헌법학회, 2000;
    안용준, 「안국선의 정치학에 관한 연구 - 『정치원론』을 중심으로」, 경남대학교 석사학
    위논문, 1988; 양문규, 「신소설에 반영된 20세기 초 개화파의 변혁주체로서의 한계」,
    『인문학보』 5집; 강릉대학 인문과학연구소, 1988; 윤명구, 「안국선 연구 : 작가의식 및
    작품에 나타난 사회의식을 중심으로」, 서울대학교 대학원 석사학위논문, 1973; 「안국
    선론 - 생애와 사상을 중심으로-」, 『한국문학론』, 우리문학연구회 편, 일월서각, 1981;
    윤재근, 「안국선의 신소설에 나타난 모순의 공존」, 『신문학과 시대의식』, 김열규·신동
    욱 편집, 새문사, 1981; 이길연, 「애국계몽기 우화소설의 현실인식-〈금수회의록〉, 〈경
    세종〉을 중심으로-」, 『우리어문연구』 15집, 국학자료원, 우리어문학회, 2001; 임병학,
    「유길준과 안국선의 국가관념 비교」, 충남대학교 석사학위논문, 1999; 조현일, 「안국선
    의 계몽 민족주의와 문학관」, 『국제어문』 27집, 국제어문학회, 2003; 최기영, 「안국선의
    생애와 계몽사상(상, 하), 『한국학보』 63~64집, 일지사; 「한말 안국선의 기독교 수용-」,
    『한국기독교와 역사』 1권 5호-1, 1996.
25) 고정욱, 「금수회의록연구」, 성균관대학교 석사학위논문, 1985; 고영학, 「개화기소설의
    구조연구 - 〈금수회의록〉과 〈경세종〉의 현실비판과 풍자의 반어적 구조」, 청운, 2001;
    김진석, 「금수회의록 연구」, 『논문집』 1권 16호, 1985; 김광순, 「신소설 연구」, 『동양문
    화연구』 1권 1-5, 경북대학교 동양문화연구소, 1978; 김수남, 「안국선의 〈금수회의록〉
    연구」, 『교과교육연구』 23권 1호, 2002; 김정녀, 「한국후기 몽유록의 구조와 전개」,
    보고사, 2005; 김준선, 「한국 액자소설 연구 - 서술상황과 담론 특성을 중심으로-」,
    전북대학교 대학원 박사학위논문, 2001; 김중하, 「개화기 소설연구 - 토론체소설의 쇠
    잔과 그 잔영」, 『국학자료원』, 2005; 두창구, 「천강 안국선 작품고」, 『관대논문집』 1권
    11-4, 1999; 소재영·김경완 편, 『개화기소설 - 금수회의록 -』, 숭실대학교 출판부,
    2000; 송지현, 「안국선소설에 나타난 이상주의의 변모양상 연구 - 〈금수회의록〉과 〈공
    진회〉를 중심으로」, 『한국언어문학』 26집, 한국언어문학회, 1988; 윤명구, 「안국선 소
    설의 두 측면」, 『한국현대소설사연구』, 전광용 외, 민음사, 1984; 이용남 외, 『한국
    개화기소설 연구』, 태학사, 2000; 이주엽, 「안국선 문학 연구」, 연세대학교 대학원 석사
    학위논문, 1994; 전용오, 「금수회의록 연구」, 『연세어문학』 1권 23-1, 2002.

학으로서의 연구.26) 넷째, 종교사상에 관한 연구.27) 다섯째, 번안설을

26) 김광순, 「의인소설의 사적 전개와 문학적 성격」, 『어문론총』 16, 경북대학교 국문과, 1982; 김영택, 「개화기 우화체 소설에 나타난 풍자성 - 금수회의록을 중심으로-」, 『어문학연구』 1권 6-1, 1997; 김재환, 『한국 동물우화소설 연구』, 집문당, 1994; 손병국, 「조선조 우화소설 연구 - 동물소설을 중심으로」, 동국대학교 석사학위논문, 1981; 안창수, 「개화기 동물우화소설의 변화 양상 연구」, 단국대학교 대학원 석사학위논문, 1999; 양기동, 「개화기 동물우화소설 연구 : 〈금수회의록〉과 〈경세종〉을 중심으로」, 제주대학교 석사학위논문, 1994; 윤승준, 「조선시대 동물우언의 전통과 우화소설」, 단국대학교 박사학위논문, 1998; 윤해옥, 『조선시대 우언 우화소설 연구』, 박이정, 1997; 「조선후기 동물우화소설의 구조적 고찰」, 『연세어문학』 14~15합집, 연세대학교 국문과, 1982; 이상원, 「개화기 동물우화소설고」, 『국어국문학』 18~19집, 부산대학교 국어국문학과, 1982; 이혜경, 「개화기 정치류 소설의 풍자법 연구 - 안국선의 〈금수회의록〉을 중심으로」, 『어문연구』 25집, 어문연구회, 1994; 정규훈, 「조선후기 우화소설 연구」, 계명대학교 박사학위논문, 1988; 홍경표, 「우화소설 〈금수회의록〉의 풍자의식 : 초기소설의 사회적 성격 검토」, 『어문논총』 13~14호, 경북대학교 문리과대학 국어국문학회, 1980; 홍순애, 「한국 근대계몽기소설의 우의성 연구」, 서강대학교 대학원 박사학위논문, 2006.

27) 고정욱, 「금수회의록 연구(사상적 배경 - 유교적, 기독교적 성격 포함)」, 성균관대학교 대학원 석사학위논문, 1985; 권보드래, 「신소설에 나타난 기독교의 의미 : 〈금수회의록〉, 〈경세종〉을 중심으로」, 『한국현대문학연구』 6권, 한국현대문학회, 도서출판 월인, 1998; 권영진, 「한국문학에 나타난 기독교의 양상」, 『한국기독교와 예술』, 도서출판 풍만, 1987; 김경완, 「개화기 기독교소설 〈금수회의록〉 연구」, 『국제어문』 21집; 김병학, 「한국 개화기 문학에 나타난 기독교사상 연구」, 조선대학교 대학원 석사학위논문, 2004; 김소암, 「한국 기독교 문학연구 : 史的 전개를 중심으로」, 단국대학교 대학원 석사학위논문, 1975; 김순전, 「한일 근대소설의 비교문학적 연구」, 한림대학교 박사학위논문, 1998; 김영순, 「한국 근대 초기 소설에 나타난 기독교 사상」, 건국대학교 교육대학원 석사학위논문, 1984; 김우규 편저, 『기독교와 문학』, 종로서적, 1993; 김현주, 「개화기 소설의 기독교 수용 양상 연구」, 동덕여자대학교 인문사회대학원 석사학위논문, 2003; 소재영, 『한국문학사상과 기독교』, 도서출판 풍만, 1987; 소재영 외, 『기독교와 한국문학』, 대한기독교서회, 1990; 송민호, 『한국 개화기소설의 사적 연구』, 일지사, 1980; 오승균, 「개화기 소설에 미친 기독교의 영향」, 단국대학교 교육대학원 석사학위논문, 1989; 윤선진, 「신소설 〈금수회의록〉 연구-기독교사상과 유교사상을 중심으로-」, 단국대학교 교육대학원 석사학위논문, 2007; 이민자, 『개화기 문학과 기도교사상 연구』, 집문당, 1989; 이수호, 「개화기소설의 기독교적 요소」, 단국대학교 교육대학원 석사학위논문, 1988; 이인복, 「한국소설문학에 수용된 기독교사상 연구」, 『논문집 - 숙명여자대학교』 23집, 숙명여자대학교, 1983; 이효열, 「근대 한국소설에 나타난 기독교 사상연구」, 연세대학교 연

포함한 영향관계에 관한 연구28) 등이다.

개괄적인 연구사의 정리는 위의 선학들의 연구선에서 대략 마무리 지을 수 있을 것이다. 여기에서 남는 문제는, 작품『금수회의록』의 위상 정립과 다지마 쇼지의『인류공격금수국회』와의 영향 관계를 밝히는 일이 될 것이다.

세리카와에 의한 번안설이 제기된 후, 그의 주장에 대한 부정 혹은 긍정의 의견을 편, 몇몇 논문이 발표되었으나 이 문제에 대한 명확한 결론이 없는 상태에서,『금수회의록』은 번안설과 무관한 측면에서 계속 논의되어 오고 있다. 그 이유는 무엇보다 위의 논문들 중 어느 것

합신학대학원 석사학위논문, 1979; 전성욱,「근대계몽기 기독교 서사문학 연구」, 동아대학교 대학원 석사학위논문, 2004; 조신권,『한국문학과 기독교』, 연세대학교 출판부, 1986;「안국선 문학에 미친 기독교의 영향」,『현상과 인식』 3호, 1977; 천명은,「성서 모티프의 소설화 양상 연구」, 전남대학교 대학원 석사학위논문, 2001; 최애도,「개화기의 기독교가 신소설에 미친 영향 -〈고목화〉와〈금수회의록〉을 중심으로-」, 이화여자대학교 교육대학원 석사학위논문, 1982; 황선희,「신소설에 투영된 기독교 윤리의식의 고찰」, 이화여자대학교 교육대학원 석사학위논문, 1984.

28) 남민수,「한국 근대전환기소설에 미친 중국 근대소설의 영향」,『중국어문학』 39집, 중문, 2002; 세리카와 데쓰요,「한일개화기 정치소설의 비교연구」, 서울대학교 대학원 석사학위논문, 1975;「한일개화기 우화소설의 비교연구」,『일본학보』 5집, 한국일본학회, 1977; 인권환,「금수회의록의 재래적 원천에 대하여」,『어문논집』, 고려대학교 국문학연구회, 1977; 서정자,「금수회의록의 번안설에 대하여-〈인류공격금수국회〉와의 비교-」,『국어교육』 44~45 합병호, 한국국어교육연구회, 1983; 이상원,「개화기 동물우화소설고」,『국어국문학』 제18~19집, 1982; 김교봉·설성경,「근대전환기소설연구 -〈금수회의록〉,〈경세종〉,〈자유종〉 분석」, 국학자료원, 1991; 김봉은,「20세기 초 한국과 미국의 동물담론 비교 연구」,『동서비교문학저널』 제13집, 2005; 김영민,「이인직과 안국선 문학 비교연구」,『동방학지』 70집, 연세대학교 국학연구원, 1991; 성현자,「양계초와 안국선의 관련양상 -〈동물담〉과〈금수회의록〉을 중심으로」,『인문과학』 48집, 연세대학교 인문과학연구소, 1982; 양기동,「개화기 동물우화소설 연구 -〈금수회의록〉과〈경세종〉을 중심으로-」, 제주대학교 석사학위논문, 1994; 최선욱,「〈금수회의록〉과〈경세종〉의 비교고찰」,『한국언어문학』 제30집, 한국언어문학회, 1992; 최광수,「〈호질〉과〈금수회의록〉의 비교연구」, 중앙대학교 교육대학원 석사학위논문, 1993.

하나도 작품의 원전의 정확한 해독이나 분석에 기초한 것이 아니었기 때문으로 생각된다. 이는 학술논문으로서는 결정적인 결함이라 하지 않을 수 없다.

새삼스럽게 귀아르[29]나 방 띠겜[30]의 말을 인용할 필요도 없이, 비교문학을 연구하거나 논하는 자에게 있어서, 원전(原典) 해독이 필수요건임은 재론의 여지가 없을 것이며[31] 원전의 이해나 분석에 의하지 않은 작품의 비교나 비평은 지극히 피상적이거나 공허한 논의에 그치고 말 것이다. 그러므로 두 작품에 대한 비교는 무엇보다 우선하

---

29) 그는 〈비교문학자의 장비〉에서, 비교문학자는 …… 되도록 널리 여러 나라의 문학들에 관해서 알고 있지 않으면 안 된다. 왜 그것을 원어로 읽을 수 있지 않으면 안 되는가? …… 그러나 원전과 번역 사이에 존재하는 불일치를 자신이 평가할 수 있지 않고서는 그 같은 작가들에게 미친 영향을 평가할 수 없다. 그러므로 비교문학자는 여러 가지 언어를 읽지 않으면 안 된다. 귀야르, 『비교문학』, 정기수 역, 탐구당, 1986, 26~27쪽.

30) 비교문학의 연구에는 한층 전문적으로 적용되는 다른 원리가 있다. 이 학문을 전고하고 참으로 비교문학자의 이름에 부응하려고 하는 연구자는 어떤 종류의 지식, 어떤 종류의 정신적 습관을 획득하고, 어떤 종류의 원리에 잘 통하고, 또 그의 노력을 더욱 유효하게 하기 위해서는 그의 활동범위를 확대함과 동시에 그 임무를 수행하기 위하여 완전한 장비가 부여되지 않으면 안 된다.

　비교문학자가 지녀야 할 장비에 대하여 방 띠겜과 귀야르, 그 밖의 비교문학연구가들이 제시하고 있는 바를 종합하여 요약해 보기로 한다. 첫째, 비교문학자는 그 스스로 조사하는 바, 문학적 사실을 그 주위의 일반적 관련 속에 놓기 위해서는 충분한 역사적 지식이 있어야 한다. 둘째, 비교문학자는 가능한, 넓게 수개국의 문학에 대한 지식을 가져야 한다. 셋째, 비교문학자는 서지작성에 대한 흥미를 가질 것과, 그 방법을 알아야 한다. 넷째, 비교문학자는 적어도 발신자국과 수신자국의 문학작품을 읽을 수 있을 정도의 어학적 소양을 갖추어야 함은 재론의 여지가 없는 것이다.

　김학동, 『한국문학의 비교문학적 연구』, 일조각, 1995, 24~25쪽.

31) '소쉬르의 구조주의'를 대상으로 글을 쓰고자 한다면 프랑스어로 된 소쉬르의 책이나 논문을 직접 읽어야 한다. 영어나 다른 언어로 혹은 한국어로 번역된 것을 읽고 소쉬르의 구조주의에 관한 논문을 쓰고자 한다는 것은 있을 수 없는 일이다. 만약 프랑스어를 모른다면 소쉬르에 관한 논문을 쓸 생각을 아예 하지 말아야 한다. 이화여자대학교, 『연구 방법과 논문 작성법』, 이화여자대학교 출판부, 2008, 42쪽.

여 원전의 정확한 정보 제공이 필요하리라 생각한다.

2. 연구목적 및 연구방법

1) 연구목적

앞에서 밝힌바와 같이 본 논문의 일차적인 목적은 안국선의『금수회의록』이 다지마 쇼지의『인류공격금수국회』의 번안인가의 여부를 밝히는 일이 될 것이다. 이를 위해 논자는 무엇보다 두 작품의 원전의 철저한 분석을 최우선으로 할 것이며 이를 통하여 객관적이고 검증가능한 방법으로 논문을 개진해 나갈 것이다. 그간 선학들의 많은 연구에 의하여 안국선의 작품과 생애에 관해서는 비교적 상세히 알 수 있게 되었다. 그러나 다지마 쇼지의 생애나 작품에 대하여서는, 앞서 언급한 세리카와 데쓰요의 논문에서 소개된 극히 단편적인 것이 있을 뿐 알려진 것이 없는 것 같다.

다지마 쇼지의『인류공격금수국회』는 한국에서는 원문이 출판되거나 번역된 사실이 없는 작품이며, 일본에서조차도 시중에서는 구할 수 없는 것이 현재의 실정이다. 더구나 이 작품에 대한 연구논문이나 관련 서적은 전무한 형편이여서, 자료부족으로 논문 집필에 많은 고충이 있었다. 이러한 애로사항은 일본인 연구자에게도 다르지 않는 것 같다. 세리카와는 그의 논문에서 다음과 같이 실정을 토로하고 있다. "『인류공격금수국회(人類攻擊禽獸國會)』는 지금까지 일본의 어느 연구서(硏究書)를 보아도 전혀 언급(言及)되지 않았던 것 같고 거의 망각(忘却)된 작품(作品)이었다.(현재 국회도서관, 특별도서소장, 주53, 67쪽 참조)" 그러나 정확한 작품 분석에 의한 논리적 증명이 이루어지지 않는 한 더 이상의 비교 논의는 무의미할 것이다. 다행히 이 작품은 현재 저작권 보호기간이 만료되어 필자는 작품의 전문(全文)을 일본국립국회도서관에서 인터넷으로 다운 받을 수 있었다. 이하 본 논문에서의 원전의 세밀한 분석 비교를 통하여 영향 관계나 번안 여부의 문제는 자연히 밝혀지리라 믿는다. 그러므로 본 논고에서는 원전의 전체적이고 정확한 해석을 최우선으로 할 것이다. 그리고 두 작품의 보다 깊은 이해를 돕기 위해 작가의 생애나 사상, 시대적 배경 등에 관해서도 가능한 폭넓은 자료를 소개하고자 한다.

2) 연구방법

본 논문에서 각 장별로 진행될 논의의 내용을 요약하면 다음과 같다. 우선 제 I 장에서는 선행연구의 검토와 연구의 필요성을 밝히고, 연구목적과 연구방법을 제시하게 될 것이다. 기존의 논고들을 살핌은, 선학들의 연구 성과의 올바른 이해를 토대로 본론의 발전적 방향을 정하고, 기존 연구의 부족하거나 그릇된 견해를 파악하여 새로운 의견을 제시함에 의미가 있다고 생각된다. 선행 연구는 세리카와의 번안설을 전후로 크게 두 부분으로 나누어 통시적으로 살펴보게 될 것이며, 공시적으로는 특히 안국선의『금수회의록』을 중심으로 발표된 연구논문들을 내용별로 분류하여 정리해 보고자 한다.

제 II 장에서는 작가의 생애와 작품 활동을 다루는 장이 될 것이다. 작가의 생애에서는 작가의 출생사항과 교육사항, 그가 신봉했던 종교와 사상, 그리고 그가 관계하고 종사했던 직업을 살펴보게 될 것이며,

작품 활동 항에서는 그들의 대표작을 소개함으로써 그들의 사상과 철학을 간접적으로 살펴보게 될 것이다. 이는 작품 이해의 폭을 넓혀주는 의미 있는 작업이 될 것으로 믿는다.

Ⅲ장 '작품의 비교분석'에서는 1. 내용분석, 2. 구조분석, 3. 내용비교로 나누어 1.에서는 작품의 중심 부분이 되는 각 동물 -『금수회의록』8종,『인류공격금수국회』9종 - 의 연설요지에 초점을 맞추어 조명함으로써, 작품 저변에 흐르고 있는 주제와 사상 및 창작의도를 짚어볼 수 있게 될 것이며 동물들의 연설요지를 되도록 상세하게 소개함으로써 독자에게 전체적인 작품내용과 흐름을 알게 하여 논자와 같이 작품을 생각해 보는 데 도움을 줄 수 있도록 할 것이다. 그리고 2.의 구조분석에서는 개화기 소설의 구조적 특징과 함께 인물과 사건의 비유기적 구조, 액자형 서사구조, 우화와 몽유의 이원적 공간구조, 비판과 풍자의 반어적 구조 등으로 나누어 고찰해 볼 것이다. 그리고 3.에서는 사건, 주제 및 사상, 등장인물, 창작동기, 시대적 배경을 중심으로 두 작품의 유사점과 차이점을 살펴보게 될 것이다.

그리고 Ⅳ장에서는 한국문학에서의 비교문학의 의의와 앞으로의 과제를 생각해 보고자 한다.

마지막 Ⅴ장에서는 본 논문의 제1차적인 목적이었던,『금수회의록』이 과연『인류공격금수국회』의 번안인가의 결론을 도출하기 위해 앞에서 논의하고 밝혀진 내용들을, 선학들의 '번안' 및 '영향'에 관한 이론과 정의에 비추어 판단하여 두 작품의 관계를 밝히고 번안 여부를 결론짓는 마무리 작업이 될 것이다.

작가의 생애 및 저술활동

1. 안국선

1) 생애

천강(天江) 안국선(安國善)은 1800년대 후반부터 1910년대에 걸쳐 활동한 개화기 신소설 작가이다. 1908년에 그가 쓴 『금수회의록』은 구한말에 가장 많이 읽힌 소설 중에 하나이고, 1915년에 쓴 『공진회 (共進會)』는 우리나라 최초의 단편 소설집으로 평가되는 사실만 보아 도, 신소설 작가로서의 안국선의 위치를 짐작하기 어렵지 않다.

그러나 안국선은 신소설 작가로써만 머무른 것이 아니었다. 초기 일본 유학생의 한 사람이었던 그는 정치, 경제, 법률, 사회 등과 관련 된 적지 않은 논설과 저술 및 번역서를 남겼고, 실력양성론[1])에 경도

---

1) 실력양성론 : 일본제국주의 지배 하, 한국 사회에서 타협적 민족주의자들이 주창(主唱)한 민족운동의 하나. 즉 한국민족은 아직 독립할 수 있는 힘이 부족함으로 먼저 자체 역량을 기르는 것이 급선무라는 주장이다. 실력만 갖추어지면 독립의 기회는 저절로 온다든가 또는 전쟁 등으로 국제정세가 변화하여 독립의 기회가 오더라도 독립할 수 있는 역량이 있어야 그 기회를 이용할 수 있다는 논리이다.

되어 있던 계몽 운동가이기도 했다. 그는 정치적인 사건에 연루되어 여러 해 동안 감옥에 갇히기도 하고 유배생활도 하였으나, 여러 관직을 역임했고 학회를 비롯한 사회단체에도 적극 참여한 바 있었다. 한일합병 뒤에는 일시 관계에 몸을 담았다가, 금광, 미곡, 주식 등 사업에도 손을 대고 금융계에서 활동하기도 했다. 이러한 사실은 그를 신소설 작가로 국한시키기보다 구한말의 계몽사상가로의 이해와 아울러 일제강점기에도 활동한 지식인으로 그에 대한 이해의 폭을 넓히는 작업이 필요하리라 생각된다.

안국선은 1878년 12월 5일에 죽산(竹山)을 본관으로, 아버지 안직수(安稷壽)와 어머니 오(吳)씨 사이의 장남으로 태어나 1926년 7월 8일에 사망한 것으로 알려져 있다. 그러나 1893년에 간행된 〈죽산 안씨 족보〉에 의하면 안직수의 장남은 안주선(安周善)으로, 고종 을묘(乙卯)년인 12월 5일에 태어난 것으로 되어 있다. 그러면 안주선은 1879년생이 되는데, 그가 바로 안국선과 동일인인 것이다. 현재 남아있는 안국선의 호적에는 1878년 12월 5일생으로 기록되어 있는데, 일제강점기에 만들어진 호적의 기록보다는 1890년대에 만들어진 족보의 기록이 맞을 것으로 생각된다. 그렇다면 그는 1879년 12월 5일생(음력)이 되어야 할 것이다.[2]

안국선의 가계는 7대조 대부터 관직에 전혀 나아가지 못하고 있었다. 14대조인 안초(安迢)가 중앙과 지방의 고위직을 역임한 이래 크게 정계에 진출한 인물이 없던 한미(寒微)한 가문이었다. 그런데 이 가문에서 안국선의 육촌 큰아버지인 안경수(安駉壽)[3]가 1895년에 군부대

신에 오르게 된다. 안경수의 이 같은 출세는 죽산 안씨 특히 안국선의
생애에 매우 중요한 일이 되었던 것이다.

안국선은 17세가 되던 1895년에 관비유학생으로 선발되어, 그해 8월
에 일본 경의의숙(慶應義塾) 보통과에 입학하였다. 1895년에 관비유학
생으로 선발된 인물은 200명에 가까웠는데, 그 가운데에는 안국선이라
는 이름은 없고, 안직수의 장남으로 안명선(安明善)이 있었다. 그가 바로
안국선이었던 것이다. 즉 안국선의 처음 이름은 안주선이었지만 20대
중반까지는 안명선이라는 이름을 쓰다가, 1900년대 중반부터 안국선이
라는 이름을 사용했던 것이다.[4]

안국선이 그때 도일유학생의 일원으로 선발될 수 있었던 것은 그의
후견인이었던 안경수의 추천으로 가능했을 것이라는 점은 쉽게 짐작
된다. 이 때 죽산 안씨(竹山安氏) 문중에서는 안국선 이외에 안경선(安
慶善)과 안창선(安昌善)도 유학생으로 선발되었는데, 이 역시 안경수

---

3) 安駉壽(1853~1900) : 조선 말기의 문신. 본관은 죽산(竹山). 자는 성재(成哉). 고종
  30년(1893) 전환국(典圜局)협판으로 일본에 건너가 서양식 화폐주조를 견학하고 돌
  아와 신화폐를 주조했다. 1894년 청일전쟁 발발 후 성립된 친일개화파 정부에 참여하
  여 갑오개혁을 추진. 제1차 김홍집내각에서 우포도대장과 군국기무처회의원을 겸임.
  제2차 김홍집내각에서는 탁지부협판을, 제3차 내각에서는 군부대신을 지냈다. 그러나
  일본의 보호국화정책이 노골화되어가자 친일세력과 결별하고 친미-친러파에 가담.
  1895년 11월, 을미사변 이후 격화된 전 국민적인 배일감정을 이용하여 정권에서 배제
  된 이완용 등의 친미-친러파 인사들과 함께 고종을 미국 공사관으로 옮겨 정권을
  장악하고자 했던 춘생문사건(春生門事件)에 가담했다가 실패하고 징역 3년형을 선
  고받았다. 1896년 2월 친미-친러파의 주도로 아관파천이 성공하자 사면되어 경무사와
  중추원 1 등 의관직을 지냈다. 동년 7월 독립협회 창립에 참여하여 서재필을 고문으로,
  이완용을 위원장으로 추대, 1898년 2월까지 회장직을 맡았다. 1898년 김재풍(金在豊)
  등과 함께 고종의 양위를 모의하다가 발각되어 일본으로 망명했다. 1900년 주한일본
  공사 하야시(林權助)의 주선으로 귀국, 자수했으나 교수형에 처해졌다. 1907년(융희
  1년)에 신원(伸寃)되었다. 시호는 의민(毅愍)이다.

4) 최기영, 앞의 논문, 128쪽.

의 추천에 의하여 가능하였을 것으로 짐작된다. 안경수는 안국선이 경응의숙(慶應義塾)에 입학하는 시기는 물론, 1895년 11월 춘생문사건(春生門事件)5)으로 체포될 때까지 정부의 요직을 계속 역임하고 있었기 때문이다.

안국선은 1895년 8월에 경응의숙 보통과에 입학하여 1년간 교육을 받고, 1896년 7월 30일에 졸업했다. 같은 해 8월 21일에 동경전문학교(早稻田大學의 前身)의 정치과에 진학하여 1899년 7월 15일에 졸업했다. 졸업하고 일시 일본에 머물고 있던 안국선은 1900년 10월 24일에 귀국길에 올랐다.6)

그러나 1902년 5월, 안국선은 모종의 정치적 사건에 연루되어 체포 투옥되었고 1904년 3월에 판결이 확정되어 종신형을 선고받고 진도로 유배되었다. 그 후 1907년 3월 그에 대한 유배 조치가 해제될 때까지 만 3년 동안 그 곳에서 복역했다.7) 이 사건은 그간 안경수와의 관련이나 혹은 해산된 독립협회와의 관련 때문이 아닐까 하는 추측이 있어 왔으나 안국선이 체포된 것은 박영효(1861~1939)와 관련된 역모 사건에 대한 혐의 때문이었던 것으로 밝혀졌다.8) 종신형을 받았던 그

---

5) 춘생문사건(春生門事件) : 1895년 일본이 을미사변을 일으켜 김홍집정권 내의 친미, 친러, 민씨 파를 몰아내고 제4차 김홍집내각을 수립하자 김경수는 군부대신직에서 해임되었다. 그해 11월 28일 을미사변 이후 정권에서 배제된 친미, 친러파 인사들과 함께 고종을 미국 공사관으로 옮겨 정권을 장악하고자 했던 춘생문사건에 가담했다가 실패하고 지역 3년형을 선고 받았다. 춘생문은 경복궁 북동쪽에 있었던 문으로 1930년경 일제에 의하여 철거되었다.

6) 강현조, 「신소설 텍스트와 저작문제 재론 – 이인직, 이해조, 안국선, 김교제, 최찬식을 중심으로-」, 『경술국치 100년과 한국문학』, 한국현대소설학회, 2010, 242쪽.

7) 강현조, 앞의 책, 242~243쪽.

8) 최기영, 앞의 논문, 130~132쪽.

가 그렇게 빨리 유배지에서 풀려났던 것은 안경수의 신원건(伸寃件)
과 무관하지 않은 것 같다.9)

　체포되어 감옥에 미결수로 있던 시기에 안국선은 기독교로 개종한
것으로 알려져 있다. 그 기간 동안 유성준, 이원긍, 양기탁, 이상재,
김린, 이승만, 신흥우, 박용만, 김정식 등과 친밀하게 지냈던 것으로
믿어진다.10) 이들은 정치범 또는 국사범으로 감옥에서 기독교를 접하
고 신봉한 인물들이었다. 유배에서 풀려난 후 안국선은 부인 이숙당(李
淑堂)을 만나 결혼하였고, 유배에서 풀려 자유롭게 되자 사회현실에
관심을 돌렸다. 그것은 당시 널리 일어나고 있던 이른바 '애국계몽운
동'11)에의 참여로 나타났다. 그는 여러 잡지에 많은 논설을 발표하면
서, 또 한편으로 정력적으로 번역서와 저작을 출간하였다. 1907년 한
해만 해도 5월에 『외교통의, 상·하』, 7월에 『비율빈전사』, 10월에 『정
치원론』이 출간되었다. 그리고 11월에 『연설법방』을 저술 출간하였다.
이처럼 6개월 만에 번역서 3종 4책과 저서 1책을 출간할 수 있었던

---

9) 안경수는 1900년에 교수형에 처해졌는데 1907년(융희 1)에 신원(伸寃)되었다. 시호
　는 의민(毅愍)이다.

10) 최기영, 앞의 논문, 132쪽, 『新韓民報』 1911년 3월 8일자.

11) 애국계몽운동(愛國啓蒙運動) : 20세기 초 일본의 침략에 맞서 우리 민족의 국권을
　회복하기 위해 일어났던 운동.
　　조선은 1904년(광무 8)의 한일의정서(韓日議定書)와 한일협약을 통해 일본의 위협에
　더욱 직면하였으며, 1905년 일본이 러일전쟁에서 승리한 후의 을사조약으로 국권의 일부
　를 상실하게 되었다. 을사조약은 일본군이 왕궁을 포위한 가운데서도 고종이 끝내 거부
　하여 정식으로 체결된 적이 없었지만, 일본의 공작에 의하여 통감부(統監府) 설치와
　조선의 외교권 박탈이 기정사실화 되었던 것이다. 이러한 위기 속에서 1907년(융희 1)에
　는 의병이 다시 일어나 무장투쟁의 길로 나섰다. 애국계몽운동은 그것과 별개로 무장투
　쟁을 배제하는 지식인, 관료, 개명 유학자 등에 이루어졌다. 그들은 을사조약을 전후하여
　학교 설립과 신문·잡지의 발간, 산업 진흥 등을 통해 경제적 문화적 실력을 양성함으로
　써 점진적으로 국권을 회복하려는 운동을 전개하였다.(두산백과사전)

것은, 아마도 그가 3년간의 유배기간 동안에 준비해 두었기 때문에
가능하였을 것으로 생각된다. 출감 후 그는 보성관(普成館)의 번역원으
로 참여하고 있었는데 이는 국민계몽의 첩경이 외국학문의 소개라고
그가 믿었음을 단적으로 보여주는 것이라고 할 수 있겠다.[12] 1908년에
간행된『금수회의록』은 안국선이 국민계몽에 깊은 관심을 가지고 있
었다는 사실을 알려준다. 이 책은 간행된 지 석 달 만에 재판을 찍을
만큼 대단한 인기를 모았었다. 동물들을 등장시켜 연설하는 형식으로
된 이 소설은 연설에 대한 남다른 그의 관심과 기독교에의 신앙을 엿볼
수 있게 한다. 이 소설은 당시의 현실을 풍자 비판한 내용으로, '일본의
정책과 한국 대신(大臣)의 행동을 비난공격 하였다'하여 총독부에 의해
판매 금지되었다. 1909년 5월, 출판법에 의하여 치안방해를 이유로 압
수된 최초의 서적 8종 가운데 포함되었던 것이다.[13]

　이 시기 안국선은 정력적인 저술활동뿐 아니라 연설활동에도 깊은
관심을 가지고 있었다. 이미 1907년 11월에『연설법방』을 저술 간행
하였고, 이 책은 1908년 8월에 3판을 발행하였을 만큼 널리 읽혔었다.
안국선 자신이 연설에도 상당한 재능이 있었던 것으로 생각되는데,
1897년 2월에서 1909년 6월 사이에 기록에서 찾아지는 그의 연설활
동을 보면 〈표 1〉과 같다.

---

12) 최기영, 앞의 논문, 135쪽.
13) 최기영, 앞의 논문, 136쪽.

〈표 1〉 안국선이 행한 연설일람표[14]

연설일	연설제목	연설장소	전거
1897.2.14.	정도론(政道論)	친목회(親睦會) 21회 통상회	친목회회보 (親睦會會報)5
1897.10.3.		친목회(親睦會) 29회 통상회	친목회회보 (親睦會會報)6
1908.1.28.	근본적 문명 (根本的 文明)	황성기독교청년회 (皇城基督教青年會)	1908.1.28. 청회개회(青會開會)
1908.3.10.		천안 영진학교 건원범경축회 (天安 寧進學校 乾元範慶祝會)	1908.3.13. 천안성황(天安盛況)
1908.5.28.	미신론(迷信論)	황성기독교청년회 (皇城基督教青年會)	1908.5.28. 청년연설(青年演說)
1908.10.3.	아국경제(我國經濟)의 전도(前途)	대한중앙학회 (大韓中央學會)	1908.10.11. 경제(經濟)의 전도(前途)
1908.10.20.	풍속개량 (風俗改良)	황성기독교청년회 (會皇城基督教青年會)	1908.10.20. 청회연설(青會演說)
1908.11.3.	풍속개량 (風俗改良)	황성기독교청년회 (會皇城基督教青年會)	1908.11.3. 청회연설(青會演說)
1908.11.8.		소년동지회(少年同志會) 정기총회	1908.11.7. 소년개회(少年開會)
1908.11.1.	광음(光陰)은 인지자본(人之資本)	지덕공신회(智德共新會) 배영학당(培英學堂)	1908.11.10. 지덕회연설(智德會演說)
1909.6.5.	애조(哀調)	파성학교장 이종태추도회 (杷城學校長 李鍾泰追悼會)	1909.6.9. 추도정황(追悼情況)

여기서 특기할 것은 그가 1908년에 행한 8차례의 연설 가운데 4회가 황성기독교청년회(皇城基督教青年會)에서 행해졌다는 사실이다. 그것은 그가 이미 이 시기에 이르러 기독교의 지도적인 위치에 있었고 기독교청년회의 활동에도 깊이 관여하고 있었음을 보여주는 것이라 할 수 있다.

안국선은 1907년 11월 30일자로 제실재산정리국(帝室財産整理局)의

---

14) 최기영, 앞의 논문, 137쪽.

사무관에 임명되었다. 안국선의 구한국에서의 관직생활은 만 2년을 조금 넘긴 짧은 기간이었으나 이 기간 동안 그는 제실재산정리국의 사무관을 거쳐, 탁지부 이재국의 감독과장과 국고과장을 역임하였다. 이는 그가 적어도 재정전문가로 인정받고 있었다는 사실을 알 수 있다. 그리고 그가 편술한 『정치원론』이 정부에서 행하는 경의시무사(經義時務士) 선발에 참고서적으로 선정되었던 것은 그가 당대의 대표적인 정치학자로도 인정받았음을 보여준다고 하겠다.15)

1910년 8월에 한일합병이 된 후 안국선은 관직에서 물러나 황성기독교청년회의 활동에 적극 참여하였다. '청년회관운동실'을 건립하기 위한 1만원 모금운동이 시작되자 그는 수금원 25인 가운데 1인으로 선임되었다. 그러나 얼마 되지 않은 1911년 3월 2일자로 그는 조선총독부에 의해 청도군수(淸道郡守)로 보임되어 1913년 6월 28일까지 재임하였다. 한일합병 직후 일제는 식민지 지배를 원활하게 하기 위하여 도장관(道長官)이나 군수 같은 지방관을 한국인으로 충당하였는데 안국선도 여기에 임용되어 2년 3개월 동안 재직하였다.16)

1915년 8월 안국선은 한국 최초의 단편소설집인 『공진회』를 펴냈다. 조선총독부는 합병 5주년을 기념하여 1915년 9월부터 50일간 경복궁에서 '조선물산공진회'를 개최한 바 있는데, 안국선은 이 공진회의 여흥을 돕기 위하여 이 소설을 썼다고 하였다. 청도 군수 직을 그만둔 후 상경한 그는, 개간사업, 금광, 미곡, 주식 등 투기성이 짙은 사업에 관여했으나 실패하여 가산을 탕진하게 되었고 결국 낙향한 것으로 그의 장남 안회남(安懷南)은 회고하고 있다.17) 낙향 후 그는 낚

---

15) 최기영, 앞의 논문, 138쪽.
16) 최기영, 앞의 논문, 139쪽.

시와 음주로 소일하였다고 전해진다. 그 기간은 길어도 3년을 넘지 않았을 것으로 생각되나 1900년대 중반부터 기독교를 신봉하고 있었는데도 음주로 지새웠다는 사실은, 그만큼 서울에서의 경제적인 실패가 견디기 어려운 일이었음을 말해준다고 하겠다.

1920년대에 들어 안국선은 《동아일보》, 《청년》, 《계명》 등에 몇 편의 글을 발표한다. 현재 조사된 것으로는 모두 8편인데, 이 시기에 쓴 글은 주로 경제와 관련된 것이었다. 특히 국제경제와 조선경제와의 관계에 관심이 집중되어 있었다.

1922년 재직하고 있던 해동은행(海東銀行)을 사임한 이후의 안국선의 생활은 여의치 못하였고, 아들 안회남의 회고에 의하면 은거와 같은 생활을 하였으며 기독교에 심취하고 있었던 것으로 생각된다. 1900년대 중반기에 기독교로 개종한 이래, 일시 사업의 실패로 음주를 하는 등의 흐트러진 생활이 있었지만, 말년까지 충실한 신앙생활을 하였던 것으로 믿어진다. 안국선은 은행을 사직한 후 말년에 와병하였을 뿐 아니라 경제적으로도 매우 궁핍하였던 것으로 전해지며 1926년 7월 8일 서울에서 사망했다.

안국선은 일본 유학을 마친 직후부터, 정치범으로 7년이라는 기간을 감옥 또는 유배지에서 보냈다. 이후 그는 계몽운동가로 또는 일제하의 중급관리로 활동하다가 단편집 『공진회』를 발표할 즈음에는 결국 친일 유화적인 경향으로 흐르게 된다. 그것은 구한말의 지식인이나 계몽론자 가운데서 쉽게 볼 수 있는 일이었다. 대체로 계몽운동에 참가한 사람들은 합병을 전후하여 실력양성론을 견지한 집단과, 무장

17) 최기영, 앞의 논문, 140쪽.

항쟁 노선을 추구하는 집단으로 나뉘진다고 지적되고 있는데 일본 유학생 출신들은 대체로 전자의 길을 걸으며 친일유화적인 양상을 보이게 되는데, 안국선도 예외가 아니었던 것 같다.

2) 저술활동

안국선의 저술 활동은 크게 문학작품과 인문사회과학 분야의 두 분야로 나눌 수 있다. 먼저 단행본 형태의 저서는 다음과 같다.

(1) 문학작품

①『금수회의록(禽獸會議錄)』, 1908년

『금수회의록』은 황성서적업조합(皇城書籍業組合)에서 융희(隆熙) 2(1908)년 2월에 발행된 49면에 각 면 14행, 각 행 37자의 한글 활자본 작품이다. 동물들을 등장시켜 당시의 사회상을 신랄하게 비판하고 풍자한 이 소설은 간행 된지 삼 개월 만에 재판을 찍을 만큼 인기를 모았었다. ≪대한매일신보≫에 실린 이 책의 광고는 다음과 같다.

廣告
　弄球室主人 著述 滑小說 禽獸會議錄 表紙 石版寫眞畵 印刷 全一冊 正價 金 拾五錢
　본 小說은 新文壇의 演劇的 小說로 空前絶後의 一大 禽獸會議를 開催ᄒ고 海陸動物이 演壇에 集合ᄒ야 人類와 禽獸의 優劣과 造化主宰의 眞理를 討論批判ᄒᄂ 光景을 傍聽 實寫ᄒ야 독자제군에게 紹介로 今日 吾人類社會의 公擦頹廢ᄒᆷ을 警覺코자 ᄒᆷ이니 그 滑稽的 文體가 光彩陸離ᄒ며 諷刺的 批評이 奇拔疑曲ᄒ야 實로 國文小

說界에 一大異彩를 放홀만 하며 一讀解距의 好書物이오.

發行元 (생략)18)

그러나 이 책은 일본의 정책과 한국 대신들의 행동을 비난 공격하였다 하여 출판법에 의해, 치안 방해를 이유로 곧 압수되었다.19)

② 『공진회(共進會)』, 1915년

이 책은 안국선이 한일합방 이후에 쓴 작품이다. 서문은 다음과 같이 시작한다.

총독부에서 새로운 정치를 시행한 지 다섯 해 된 기념으로 '공진회'를 개최하니, 공진회는 여러 가지 신기한 물건을 벌여놓고 모든 사람으로 하여금 구경하게 하는 것이거니와, 이 책은 소설 『공진회』라. 여러 가지 기기묘묘한 사실은 책 속에 기록하여 모든 사람으로 하여금 보게 한 것이니, 총독부에서는 물산 공진회를 광화문 안 경복궁 속에 개설하였고, 나는 소설 『공진회』를 언문으로 이 책 속에 진술하였도다……. 아무

18) 김효전, 「안국선의 생애와 〈행정법〉 상·하」, 『공법연구』 제31집 제3호, 한국공법학회, 448쪽.
19) 『금수회의록』에 대한 아들 안회남의 회고에는 박문관 출판으로 되어있다. 그러나 서울 범우사가 1983년에 펴낸 안국선의 연보에는 이 책이 황성서적조합에서 출판된 것으로 되어 있다.
"『금수회의록』이란 책이 세상에 나왔는데 그 때 그것이 40,000여 부를 돌파하고 그만 판금되었다 한다. 조선에서는 아직도 그것이 최고 기록일 것이라는 기사를 언젠가 『매일신보』 지상에서 읽었다. 어렸을 적에 나는 가끔 집안어른들에게서 이 책에 대한 이야기를 들었는데 내용은 금수의 회화를 빌어 당시의 부패한 세태와 물정을 야유한 것이다. 선친 저작이 10유여 종임에도 불구하고 사람들이 항상 이것만 가지고 노노(呶呶)한 것을 생각하면 이 책이 어지간히 많이 읽혔다는 것을 헤아릴 수 있다……."
김학준, 『한말의 서양 정치학 수용 연구 - 유길준, 안국선, 이승만을 중심으로-』, 서울대학교 출판부, 2000, 141~142쪽.

쪼록 재미있게 성대한 공진회의 여흥을 돕고자하여 붓을 들어 기록하니, 이때는 대정(大正 : 다이쇼) 4년(즉, 서기 1915년) 팔월이라.

천강(天江) 안국선[20]

원래『공진회』는 기생, 인력거꾼, 시골노인 이야기 외에 탐정순사, 그리고 외국인의 이야기 등 다섯 편의 단편집으로 발간할 계획이었으나 검열로 인하여 두 편은 누락되었다. 이에 관하여는 공진회 마지막에 이렇게 적혀 있다.

자체에 '탐정순사(探情巡査)'라 명칭한 1편과 '외국인(外國人)의 화(話)'라 칭한 일편이 유(有)하나 경무총장의 명령에 의하여 삭제하였사오며, 본 책자의 체제가 완미(完美)치 못함을 독자 제군의 서량(恕諒)하심을 요함.[21]

(2) 기타 미간행물

그밖에 안국선에게는 출판되지 않은 몇 가지 작품이 있다고 전한다. 그의 아들 안회남[22]이 다음과 같이 회고한 바 있다.

---

20) 안국선,『금수회의록·공진회 (외)』, 범우사, 2007, 67~68쪽.
21) 안국선, 앞의 책, 128쪽.
22) 안회남(安懷南, 1910.11.15~?) : 한국의 소설가이며 문학평론가이다. 본명은 안필승(安必承)이다. 안회남은 신소설 ≪금수회의록≫의 작가 안국선의 외아들로, 경성부에서 출생해서 휘문고등보통학교를 다녔다. 휘문고등보통학교 동창인 소설가 김유정과는 절친한 사이였으며, 김유정이 요절하기 전 마지막으로 쓴 편지글이 안회남에게 보내는 것이었다. 1931년 ≪조선일보≫ 신춘문예에 '발(髮)'로 당선되면서 문단에 데뷔했다. 이태준, 박태원, 이상 등 구인회 동인들과 함께 활동을 했던 안회남의 초기 작품은 심리 묘사 위주로 신변을 다룬 사소설(私小說)이 주를 이루었으나, 이후 급격한 경향의 변화를 보인다. 태평양 전쟁 기간 중에 일본에 1년가량 징용으로 끌려갔다온 후로는 이때의 체험을 바탕으로 한 작품을 냈고, 월북 이후로 추정되는 1948년

아버님께서는 또 소설도 쓰셨다. 아직도 내가 이름을 기억하고 있지마는 〈발섭기(跋涉記)〉니 〈됴염라전〉이니 하는, 전혀 우리 어머님 한 분을 독자로 하야 읽고 심심해하지 말라고 하시면서 이야기책을 지어 주셨다. 그 때 나도 그것을 읽어 봤으며, 재미있다고 동네 부인들이 여기서 저기서 빌려가더니 나중에는 그냥 글자 하나 못 알아보게 떨어지고 말았던 것이다.

그러나 출판할 의도는 없었던 것으로 보이며, 또 안국선이 일본에서 귀국하여 정치범으로 투옥될 때까지의 과정을 써둔 글이 있다고 하나 전하지 않는다.[23]

(3) 인문사회과학 분야 저서

① 『연설법방(演說法方)』, 1907년

안국선의 현실비판과 계몽적인문필활동은 『금수회의록』과 『연설법방』을 통해 집약되어 나타난다. 『연설법방』은 연설의 이론과 실제에 대해 기술한 책으로 대중 연설의 방법을 설명하면서 실제 연설의 예문들을 보여주는 일종의 연설 입문서이다. 이 책은 연설이라는 새로운 화법을 최초로 소개하고 있지만, 일제 강점기에 들어서면서 조

발표된 중편인 『농민의 비애』는 미군정의 폭정으로 농민들의 생활이 일제 강점기보다 더 비참해지고 있다는 사회 고발적인 내용이다. 광복 후 좌익 계열 문학 단체인 조선문학건설본부에 이어 조선문학동맹 결성에 참가하여 소설부 위원장을 맡았다. 1947년경에 월북하였고, 한국 전쟁 시기에 종군작가단에 참가하여 서울에 왔다가 박태원, 현덕, 설정식 등 아직 월북하지 않고 있던 문인들과 함께 북조선으로 돌아갔다. 1960년대 숙청되었다는 설만 있을 뿐, 1954년경까지의 활동만 확인되었고 이후 행적은 전혀 알려지지 않았다.

참고자료 : 권영민, 『한국현대문학대사전』, 서울대학교 출판부, 528쪽.

23) 김효전, 앞의 논문, 449~450쪽; 安懷南, 「冥想」, 『朝光』 제3권 1호, 1937년, 334쪽.

선총독부가 시행한 출판법에 의해 1912년 2월에 발매 중지된다.[24] 연설과 토론은 구한말 당시 크게 유행하던 사회계몽 수단의 하나였으며, 이 점은 계몽시대의 유럽이나 미국, 그리고 일본 계몽기에도 동일한 현상을 나타냈다. 안국선은 이러한 시대적 필요에 의해서 연설과 토론을 위한 교본을 만든 것이다. 《황성신문》 1907년 12월 17일자에 게재된 이 책의 광고는 다음과 같다.

> **演說法方 著者 安國善 定價 金二十錢**
> 言論時代라. 能히 社會를 興起케 ᄒᆞᄂᆞᆫ 效力이 有ᄒᆞᆯ 뿐 아니라 人이 社會上에 立ᄒᆞ야 目的을 達ᄒᆞ라면 自己의 意思를 十分 發表ᄒᆞᆯ 必要가 有ᄒᆞ거늘 語가 訥ᄒᆞ고 辭가 短ᄒᆞ야 公會席에서 一言도 發치 못ᄒᆞ다가 不滿足ᄒᆞᆫ 結果를 發見ᄒᆞ고 평생을 他人의 後에 落在ᄒᆞᄂᆞᆫ 者ㅣ 多ᄒᆞ니 此一歐美人도 演說을 特別히 工夫하ᄂᆞᆫ 所以라. 문명에 有志ᄒᆞᆫ 紳士와 장래에 有望ᄒᆞᆫ 靑年은 幸히 本書를 購讀ᄒᆞ야 歷史上에 유명ᄒᆞᆫ 天下名士의 演說記와 時務에 適切ᄒᆞᆫ 演說草本을 反覆熟練ᄒᆞ시면 雄辯家 되기 難치 아니ᄒᆞ오리다.   發賣所 省略[25]

『연설법방』은 동서양의 연설방법, 역사, 연설가들의 태도, 학식문제 등을 다룬 연설개설서로서 고금의 명연설을 예로 들었을 뿐 아니라 '학술강습회의 연설' 등 연설실례를 기술하고 있다.

---

24) 권영민 엮음, 『금수회의록』, 뿔, 2008, 73쪽.
25) 김효전, 앞의 논문, 447~448쪽; 《황성신문》 1907년 12월 17일자.

② 『정치원론(政治原論)』[26], 1907년

이 책은 1907년 10월에 출판되었으며, 일본 학자, 이치지마 겐키치(市島謙吉, 1860~1944)의 동명의 책을 텍스트로 하여 편술한 것이며 원문을 줄여서 번역하였다.[27] 황성신문과 대한매일신보는 다음과 같은 광고를 여러 차례 내었다.

　廣告
　　政治原論, 日本早稲田大學校政治卒業生 安國善 編述 郵料 四錢 定價金 六十錢
　　人類눈 政治的 動物이라. 政治思想은 人民이 國家를 構成ㅎ눈 要素니 國民된 者 政治를 不知홈이 可乎아. 況今 政治를 刷新ㅎ눈 時代에 더욱 斯學을 硏究홀 必要가 有ㅎ고 各學校 敎科書로 用ㅎ기에 適當ㅎ니 첨군자(僉君子)눈 斯速購覽ㅎ심을 爲要[28]

---

26) "이제까지 우리는 이 책을 그의 저술로 여겨 왔다. 그러나 최근에 김효진 교수는 이 책이 일본의 정치학자 이치지마 겐키치(市島謙吉)가 1889년에 도쿄의 부산방서점(釜山房書店)에서 출판한 『정치원론』의 번역임을 밝혀냈다……. 이 책 역시 안국선이 도쿄전문학교에서 공부하던 때 배웠던 책들 가운데 하나였음에 틀림없다. 원저자는 자신의 참고문헌을 '울시(Woolsey)의 〈정치학〉, 오스틴(Austin)의 〈법리학〉, 밀(Mill)의 〈대의정치론〉, 바조트(Bagehot)의 〈헌법론〉, 리발(Rivall)의 〈자치론〉, 칼훈(Calhoun)의 〈식민론〉, 아모스(Amos)의 〈정치학〉, 블룬츨리(Bluntschli)의 〈국법론〉, 토크비유(Tocqueville)의 〈자치론〉, 스펜서(Spencer)의 〈사회학〉, 글래드스톤(Gladstone)의 〈헌법론〉, 메이(May)의 〈헌법사〉, 토드(A.Todd)의 〈영국정치론〉이라고 밝혔다. 이 목록이 말하듯, 당시 세계의 정치학을 이끌던 영국 학자들의 저서에 주로, 그리고 독일과 프랑스의 학자들의 저서에 부분적으로 의존했던 것이다.
　　김학준, 『한말의 서양정치학 수용 연구』, 서울대학교 출판부, 2000, 125쪽.
27) 김효전, 앞의 논문, 450쪽.
28) 김효전, 앞의 논문, 450쪽; ≪황성신문≫ 1907년 11월 2일자 및 ≪대한매일신보≫ 1907년 11월 5일자.

당시 『정치원론』이 인기가 있었던 까닭은 정치에 대한 한국인의 관심이 높은 데에도 원인이 있겠으나, 그보다는 신식 학문으로서의 정치학이 관료를 등용하는 시험과목의 하나였기 때문이었다. 종래의 전통적인 과거제도는 폐지되고, 관리(문관)를 선발하기 위한 교과목으로 법학, 경제학, 정치학과 같은 신학문이 도입되었다. 예컨대 1907년 10월 30일자로 발포된 '성균관사업시선규정(成均館司業試選規程)'에 의하면 제4조에서 정치학 중 '1제(題) 제5조'에 정치 법률 중 '1제'를 응시자에게 부과하도록 규정하고 있다.29)

이렇게 볼 때 이 책은 일반교양서라기보다는 정치학 교과서로서, 또한 수험과목으로서 실제적 수요에 응하기 위해서 쓰인 것임을 알 수 있다.

③ 『외교통의(外交通義)』30), 1907년

이 책은 일본의 외교관인 나가오카 하루카즈(長岡春一, 1877~1949)가 1901년에 펴낸 동명의 저서를 번역한 것이다……. 구한말 당시 조선에서 국제법과 외교는 국권을 수호하는 하나의 방책으로 국민이면 누구나 반드시 알아야 할 지식이라고 각종 신문이나 계몽잡지에서 누누이 강조하고 있었다. 이 번역서에는 역자 서문이나 발문 같은 것이 전혀

---

29) 김효전, 앞의 논문, 451쪽; 《황성신문》 1907년 11월 3일자.

30) 안국선의 출판활동은 잡지에 대한 기고에서 끝나지 않았다. 그는 당시 항일적 성격이 강했던 출판사 보성관(普成館)의 번역원으로 생계를 유지하면서 우선 1907년 5월 15일에 『외교통의(外交通義)』 상, 하 두 권을 보성관에서 역간했다. 여기서 토론해야 할 대목은 안국선이 보성관과 인연을 맺었다는 사실이다. 보성관은 원래 고종 때 친러파의 거두로 일제에 대해서는 철저히 비타협적 자세를 지켰던 이용익이 국권회복을 위한 장기적인 계획의 일환으로 인쇄소 보성사와 함께 세운 출판사였다(김학준, 앞의 책, 120쪽).

없기 때문에 정확한 번역 동기는 알 수 없지만, 당시의 시대적 상황이나 국민적 요구에 비추어볼 때 우리들의 추측은 크게 빗나가지 않을 것이다. 특히 대한매일신보를 비롯하여 신문에 자주 광고가 나갔으며 식자층에서 크게 인기가 있었던 것으로 생각된다.[31)]

④『비율빈전사(比律賓戰史)』[32)], 1907년

이 책은 필리핀인 마리아노 폰세(Mariano Ponce, 1863~1918)의 원작을 1901년 일본에서 번역 출판한 것이다. 저자는 1896년부터 1899년까지 스페인과 싸운 독립전쟁을 연대기적으로 서술하고 있다. 이 책은 1902년 한역되어 상해의 상무인서관(商務印書館)에서 출간되었다.

한말에는 외국의 독립사나 망국사에 관한 책이 많이 출판되었는데, 이들은 모두 국권회복과 독립정신을 고취하기 위한 것이었다.[33)]

⑤『행정법(行政法)』(第一卷, 第二卷), 1908년

이 책은 총 6편으로 구성되어 있다. 제1권은 제1편 분권론(分權論), 제2편 중앙행정론(中央行政論), 제3편 지방행정론(地方行政論) 등 203면으로, 제2권은 제4편 관리(官吏)의 법률(法律), 제5편 행정부(行政府)의 작용(作用), 제6편 행정부(行政府)의 감독(監督)[34)] 등 242면이다. 책 첫

---

31) 김효전, 앞의 논문, 451~453쪽.

32) 『비율빈전사』는 1901년에 일본에서 출간되면서 곧바로 일역됐다. 안국선은 물론 일
    본역을 읽었다. 강대국 제국주의의 침략성을 규탄하고 약소민족의 독립을 호소한 이
    책은 일본 제국주의의 조선 침략에 가슴아파했던 안국선의 피를 끓게 했을 것이다.
    그리하여 그는 일어본을 중역해 이 책을 펴내면서 동포들의 항일의식과 독립열망을
    일깨우고자 했을 것이다(김학준, 앞의 책, 123쪽).

33) 김효전, 앞의 논문, 453쪽.

면에 '보성관 번역원 안국선(普成舘 飜譯員 安國善)'이라고 적혀있다. 이처럼 번역원이란 직함은『비율빈전사(比律賓戰史)』에도 나타나 있다. 안국선은 대체로 1907~1908년 중에 여러 가지의 방대한 책자를 정력적으로 번역하였다.[35]

안국선은 낙후된 조선의 현실을 직시하고 학문으로써 보국하려는 열의에 차 있었다. 그리하여 그는 법학뿐만 아니라 사회과학 전반에 걸쳐 정력적으로 번역하고 소개하였다. 신학문으로서의 법학은 크게는 국권회복의 한 방편 내지는 국민의 권리의식을 함양하기 위한 계몽적 성격을 지니는 것이었다. 법학, 상법, 행정학 등 사회과학 전반에 걸친 안국선의 선구자로서의 정신과 업적은 그가 국문학계에 끼친 영향 못지않게 높이 평가되어야 할 것이다.

(4) 논설 기타

안국선은 각종 계몽잡지와 신문 등에도 많은 글들을 기고하였는데 발표순으로 정리해 보면 아래와 같다.

> 1. 政治의 得失, 親睦會會報 제3호, 1896.
> 2. 政道論, 親睦會會報 제5호, 1897.
> 3. 大韓今日先後策, 畿湖興學會月報, 1907.
> 4. 應用化學, 夜雷 제1호.
> 5. 民元論, 夜雷 제2호, 1907.

---

34) 김효전, 앞의 논문, 458~460쪽.
35) 김효전, 앞의 논문, 456쪽.

6. 國債와 經濟, 夜雷 제3호, 1907.

7. 組合의 必要, 夜雷 제5호, 1907.

8. 政治學 硏究의 必要, 畿湖興學會月報 제2호, 1908.

9. 古代의 政治學, 畿湖興學會月報 제4호.

10. 會社의 種類, 大韓協會會報 제4호, 1908.

11. 民法과 商法, 大韓協會會報 제4호, 1908.

12. 政治家, 大韓協會會報 제5호.

13. 古代의 政治學과 近世의 政治學, 大韓協會會報 제6호, 1908.

14. 我國經濟의 前途, 皇城新聞, 1908.

15. 大韓國에 대한 露國의 處置에 대하여, 太陽 제4권 11호, 1908.

16. 정부의 성질, 大韓協會會報 제7호 제8호 제11호 제12호, 1909.

17. 世界經濟와 朝鮮(全4回), 東亞日報 1920.

18. 經濟上으로 觀한 半島의 將來, 靑年 제1호-제3호, 1921.

19. 産業調査會에 對한 要望, 東亞日報 1921.

20. 足의 束縛을 解放하라, 啓明 제2호, 1921.

21. 레닌主義는 合理한가, 靑年 제1권 5호, 1921.

22. 華府會議의 成功은 世界經濟의 新紀元, 朝鮮人도 大勢에 順應, 生活을 改造하야 經濟上 發展을 策하라, 東亞日報 1922년 1월 1일자.[36]

이상에서 보듯이 안국선은 신문 잡지에도 많은 글을 발표했는데, 내용은 주로 경제에 관한 것이었다. 이는 1920년대에 유행한 민족개량주의자들의 경제적 실력양성론의 전형적인 예라고 하겠다.

---

36) 김효전, 앞의 논문, 455~456쪽.
　　최기영, 「안국선의 생애와 계몽사상(하)」, 『韓國學報』 제64집, 52~74쪽, 1991년 참조.

2. 다지마 쇼지

1) 생애

『인류공격금수국회(人類攻擊禽獸國會)』의 저자, 다지마 쇼지(田島象二)는 1852(嘉永 5)년에 에도(江戸)에서 태어나 1909(明治 49)년에 생을 마쳤다. 그는 희문가(戱文家), 저널리스트, 임천거사(任天居士), 취다도사(醉多道士) 등으로 불렸다. 선조는 신양(信陽)의 지방유생이었다. 다지마 쇼지는 에도에서 자랐지만 어렸을 때 부친을 여의었기 때문에, 서점의 견습 점원이 되어 책과 가까이 지내며 한학을 공부했다. 그는 명치초기에 나루시마 류호쿠(成島柳北)37)나 핫토리 부쇼(服部撫松)38)와 함께

---

37) 나루시마 류호쿠(成島柳北) : 본명은 온(溫)이며 대대로 막부(幕府)를 섬긴 유학자 집안에서 태어났다. 아버지 나루시마 가도(成島稼堂)는 국문에도 조예가 깊었던 사람이다. 류호쿠는 신동이라 불렸고, 8살 때 〈와카슈(和歌集)〉를 저술함. 17세 때 아버지가 사망하자 가장이 되었고, 이어 도쿠가와 이에모치(德川家茂)(1846~1866)의 시강(侍講)이 되어 학자로서 두각을 나타냈다. 하지만 시대가 급박하게 변하고 있는데도 문벌에만 사로잡혀 있던 막부의 비겁함을 개탄하여 광시(狂詩)를 짓고 벼슬아치들을 매도했기 때문에 면직과 근신 처분을 받았다. 나루시마 류호쿠는 서양문명이 유용한 문명이며 공리적으로 사는 것이 신시대의 자유라고 생각했던 시대에 철저하게 반발하는 자세를 취했다. 그는 1870년에 히가시혼간지(東本願寺)에서 사숙을 열고 청년들을 가르쳤다. 1874년에 아사노신분(朝野新聞)의 사장이 되어 수백 편의 글을 발표하면서 명성을 떨쳤다. 만록(漫錄)이라고 불렸던 그의 문장은, 정부를 상당히 예리하게 공격했고 1875년에는 신문지조례에 저촉되어 금고형을 받았으나 이로 인해 명성은 오히려 높아졌다. 1877년에 가게쓰신시(花月新誌)를 발행하여 빼어난 기문(奇文)을 왕성하게 발표하며, 기행과 화류계 사정을 다루는 등 종횡무진으로 붓을 휘둘렀다. 그의 주요 저서인 류쿄신시(柳橋新誌)는 제1편이 1859년, 제2편이 1874년, 제3편은 1876년에 썼으나 발행금지가 되어 오늘날에는 전하지 않는다(나카무라 미쓰오(中村光夫) 저, 일본 메이지문학사, 고재석 · 김환기 옮김, 동국대학교 출판부, 2001, 62~64쪽).

38) 핫토리 부쇼(服部撫松)는 나루시마 류호쿠, 다지마 쇼지와 함께 세상에서 널리 읽힌 희문(戱文)을 쓴 사람이다. 그의 본명은 세이이치(誠一)이며 후쿠시마(福島)현 니혼마쓰(二本松)의 유학자 가문에서 태어났다. 1870년에 도쿄신한조키(東京新繁

한문학계의 희문가로서 인기를 끈 작가이자 저널리스트였다. 또한 그는 17~18세경부터 존왕양이(尊王攘夷)의 사상을 품었던, 자신의 신념을 굽힐 줄 모르는 강직한 국학자였다. 명치유신 이후 청년들이 서둘러 머리를 자르고 양복을 입고 영어를 사용하고 있었지만, 다지마 쇼지는 길게 자란 머리를 묶고 긴 칼을 옆으로 차고 거리를 활보했다.[39)]

그가 시정(市井)에 몸을 숨긴 채, 세상을 매도하고 조롱하기에 이르기까지에는 상당히 기구한 노정을 걸었다. 사사모토 슈지로(佐佐本秀二郎)의 『신문기자열전(新聞記者列傳)』[40)]에 의거하여 그 노정의 대강을 살펴보면, 막부(幕府) 말에 '존왕양이' 운동이 일어나 천하가 소란스러울 때 그는 겨우 십칠팔 세의 청년이었음에도 불구하고, 스스로 지사를 자처하며 존왕양이당(尊王攘夷黨)을 결성하여 이 사상을 널리 펴려고 애썼으나 그의 뜻과는 달리 세상은 점점 개항당(開港黨)의 천지가 되어갔다. 하지만 그는 집요하게 양이설을 고수하며 외국인 보기를 원수처럼 하였고, 또한 일본의 청년들이 서둘러 단발탈도(斷髮脫刀)하

昌記)를 발표하여 대단한 호평을 받았다. 이것은 나루시마(成島)의 류쿄신시(柳橋新誌)보다 훨씬 넓은 범위에 걸쳐 개화의 세태를 희문(戱文)으로 표현하여 세상에서 많은 환영을 받았다. 도쿄신한조키(東京新繁昌記)는 판매면에서도 이례적인 성공을 거두어 그 인세로, 핫토리는 집을 새로 지었고, 1876년에는 도쿄신시(東京新誌)를 간행했다. 핫토리 부쇼의 명성은 명치(明治) 10년대 중반에 절정에 달했던 것 같다. 그러나 그의 명성은 1887년부터 스러지기 시작했고, 1896년에 미야기(宮城)현의 한 중학교의 작문교사로 초빙된 것을 계기로 도쿄를 떠났으며, 1908년 숨을 거둘 때까지 이 학교에 있었다(나카무라 미쓰오, 앞의 책, 66~68쪽).

39) 17.8歳の時から尊王攘夷の思想を抱いた硬骨漢の國學者であった。維新になり青年たちが斷髮洋服を着て英語をあやつっていても、田島は束髮し長刀を横たえて歩いたので狂人とよばれた(日本文壇史 1-開化期の人人, 伊藤 整 著, 東京 講談社, 1994, 124~125쪽)。

40) 佐佐本秀二郎 著, 『新聞記者列傳』, 明治16年刊.

고 개화인이 된 것처럼 행세하는 중에도, 그는 의연히 긴 칼을 옆에
차고 긴 머리를 묶은 채 거리를 활보하여 광인 취급을 받아도 그는
개의치 않았다. 그러한 그였기 때문에 세태가 점점 개화 쪽으로 흐르게
되고 사람들이 외국의 문물을 맹목적으로 모방하여 추종하게 되자,
그는 마침내 완전히 세상에 등을 돌리게 되었던 것이다. 그리하여 그는
가무취탄(歌舞吹彈)에 울분을 달래고 방탕을 일삼게 되어 이전의 그
자신으로 돌아갈 수가 없었다. 이전의 그가 진지한 국학도였고 열렬한
존왕당의 신봉자였던 만큼, 명치의 신시대에 대한 울분과 번민은 남달
랐던 것이다. 그가 세상을 등지고 살면서 자신의 본심을 숨기고 가무취
탄에 번민을 달랬던 심정을 용이하게 추측할 수 있다.41)

  아무리 과감한 개혁도 사회 전체의 모습을 바꾸기 위해서는 많은 시
간이 필요한 것이다. 명치유신의 지도자들은 서둘러 서구문명을 이입하
여 근대국가를 건설하려고 하였으나 그것은 그때까지의 일본의 생활
전통과 국민정서를 근본적으로 개혁하는 대사업이었던 것이다. 그런 만
큼 특히 초반에는 당국자들이 노심초사했던 것처럼 개혁이 진척되지

---

41) 本間久雄 著, 日本文學全史 10卷, 東京堂, 昭和 10(1935), 291~293쪽.
      その市井に隱れて世の中を嘲罵するように迄には、相當に數奇な路を辿つている。……
    幕末の尊王攘夷の說が起つて天下騷然たる時、彼れ未だ漸漸く十七八の靑年にあつ
    たに拘らず、私かに志士を以て任じ、尊王攘夷黨と結んで東西に奔走したが、つひに
    事志と違ひ世は開港黨のものとなつたが彼は執拗にも攘夷說を固守して外人を見るこ
    と仇敵の如く、又時の靑年たちが夙くも斷髮脫刀して開化人を以て任ずる中に彼れは
    依然として長刀を横へ束髮して狂と呼ばれても敢て意としなかつたといふことである。
    そういう彼であつたから世が愈愈開化となり外國の文物を盲目的に模倣したり、追隨
    したりするやうになつてからは愈愈快快として樂しまず全く世の中に面を背けるやうに
    なつたにであつた。彼が歌舞吹彈に鬱悶を遣り……遊女ぐるひに夜をこめて以前の人
    の如くならず。以前が眞摯な國學の學徒であり、熱心な勤王黨であつたがけに明治の
    新時代に對する彼れの憤懣さと心事は容易に推測することが出來る。

않았고 강한 저항에 부딪혔던 것이다. 그러나 대세의 흐름은 막을 수는 없었다. 결국 시세에 거역할 수 없음을 알게 된 다지마는 정치논쟁과 방탕생활을 청산하고 명치 10(1877)년 3월에 창간된 ≪마루마루친분(団団珍聞)≫42)에 들어가 편집을 맡게 되었다. 당년 26세였다. '마루마루(團團)'란 복자(伏字)의 ○○(まるまる)를 의미한다. 명치 8년 '신문지조령'에 의하여 표현의 자유가 제한된 이래 금구(禁句)를 그렇게 표현한 것에서 유래한다고 한다. ≪마루마루친분≫은 일본 최초의 본격적인 '골계(滑稽)풍자잡지'였으며, 명치 40(1907)년에 폐간될 때까지 30년 이상 사람들에게 가장 친숙한 잡지였다. 독자 중에는 유머와 정치를 이해하는 소위 골계가(滑稽家)로 불리는 사람들이 많았으며, 전국의 사족(士族), 민권운동가, 희작(戲作)팬 및 지식청년 층의 지지를 받았다. 특히 ≪마루마루친분≫은 그 풍자만화 부분이 주목되어, 일본의 '만화 저널리즘'을 확립한 신문으로 평가되기도 한다. 확실히 ≪마루마루친분≫의 풍자만화는 기발한 것으로, 거기에는 서민의 희로애락과 시대감정이 실로 잘 표현되어 있었다.43) 다지마 쇼지가 그의 뛰어난 재능과 세상을 놀라게 한 예리한

---

42) まるまるちんぶん(團團珍聞) : 諷刺雑誌(明治10創刊、終刊不明)、週刊、四六倍判。 初めの發行所は、東京神田雉子町31番地團團社である。のち明治30以後、東京京橋區銀座4丁目に移轉するとともに社名も團團珍聞社、のちに珍聞館と改めた。廣島縣人、野村文夫が創刊主宰したもにで、初期には田島象二が編輯人として署名し、總生寛も執筆している。日本人の手になる諷刺雑誌として早く出發したものでそののち同種雜誌が多く發刊されたが、その雜誌ほど有力で長つづきしたものはまずない。內容は諷刺文、狂詩、狂歌、狂句、川柳にわたり、政治、社會、風俗、機微をうかがったものが多い。鶯亭金升が初期以來在社して健筆をふるまい一時幸德秋水が〈いろは庵〉の筆名で茶說(社說)を書いたことも著名である。特に雑誌の初期においては銳い諷刺と戲畵とをもって政府の政策や要人の非行を暴露し自由民權思想普及の上にはたした役割も無視できない。こにため同誌は數回發行を停止され編輯人は罰せられている。後年は初期の生彩を欠くように見うけられる(西田長壽、日本『世界大百科事典』29, 平凡社, 1972, 233쪽)……

필치를 널리 인정받고 문명을 떨치게 된 것은 ≪마루마루친분≫에 들어
가 그의 재담과 풍자를 마음껏 구사한 글과 만화를 동지에 발표하면서부
터였다.44) 그의 기발한 글과 기묘한 풍자만화는 사람들로 하여금 포복
절도케 하였으며 ≪마루마루친분≫의 명성은 도시와 시골로 널리 퍼져
나갔다. 당시 ≪마루마루친분≫의 주 내용은 사설, 잡록, 풍자시, 하이쿠
(俳句)45), 도도이쓰(都都逸)46), 센류(川柳)47), 기타 평민적 문학으로 채
워져 있었다. 납판으로 인쇄한 삽화에 만화, 수수께끼, 그림판화가 있었
다. 모두 당시의 정수를 모은 것들이며, 특히 광체(狂体)48)의 한시문(漢
詩文)으로 쓴 사설과 잡록 및 풍자시는 기발한 필치로 은연중에 당시의
정치를 날카롭게 풍자했다. 문명개화를 자임하면서 10년이 경과한 일본
사회 도처에, 웃지 못 할 모순과 결함이 나타남을 발견하고 이를 날카롭
게 지적하여 피상적 문명에 현혹당하고 있던 위정자와 사회상을 신랄하
게 야유했던 것이다. 종종 당국의 반감을 사게 되어 발행정지를 당하기
도 했지만, 일반인들에게는 대단한 갈채를 받았으며 엄청난 기세로 번져
나가 당시, 남녀노소를 막론하고 커다란 화제 거리가 되었다.

　≪마루마루친분≫은 이렇게 일세를 풍미하며 무려 30여 년이나 발행

---

43) 長沼秀明,「團團珍聞」の條約改正論 -〈笑い〉の 新聞紙のナシヨナリズム-」, 3~4쪽.

44) 中村光夫, 現代日本文學史-明治, 現代日本文學全集 別卷 1, 東京 : 筑摩書房,
　　1959년, 45쪽.

45) 하이쿠(俳句) : 5·7·5의 3구 17음절로 된 일본 고유의 短詩.

46) 도도이쓰(都都逸) : 구어조(口語調)로 된 속요의 하나. 가사는 7·7·7·5의 4구로
　　되었으며, 내용은 주로 남녀 간의 애정에 관한 것임.

47) 센류(川柳) : 에도시대 중기 유행하던 시형의 하나로 하이쿠(俳句)와 같은 형식인
　　5·7·5의 3구 17음으로 된 단시(短詩). 구어를 사용하고 인생의 기미(機微)나 세태·
　　풍속을 풍자와 익살을 주로 하여 묘사하는 것이 특징임.

48) 광체(狂体) : 시가 따위의 보통과 다른 익살스러운 취향을 지닌 체제.

되었으나, 다지마 쇼지는 2년도 재직하지 못하고 이 잡지사를 떠나야 했다. 그의 문장이 너무나 파격적이어서 많은 사람들의 반감과 경멸을 샀기 때문이다. 《마루마루친분》을 떠난 후, 다지마는 《동락상담(同樂相談)》이라는, 유머와 익살잡지를 혼자 간행했으며, 『화류사정(花柳事情)』, 『동경기정(東京妓情)』 등의 저서를 펴내기도 하다가, 명치 15년에 《요미우리신문(讀賣新聞)》에 초빙되어 주필이 되었다.

그는 한때 나고야(名古屋, 지명)에서 중의원의원에 입후보 했다가 낙선한 경험이 있다. 당시 출간된 『중의원의원후보자평전』[49)]에는 다지마 쇼지에 관한 인물평이 상당히 생생하게 기술되어 있다. 이 글은 그를 소개하거나 평한 다른 어떤 글보다 그의 사상과 이력을 이해하는 데 도움이 될 것 같아 간추려 소개하고자 한다.

　　君の閲歴は極めて多面多樣にして殆んど小説的材を以て充たさる。細序詳錄すれば厖然たる一冊子を爲さんとするものあり。因つて此に其梗を摘錄すれば。君は漢學を龜田鵬齊の孫鶯齊先生に學び後水戶藩學、皇朝學を學び神書皇典歷史を修め傍ら本居宣長平田篤胤の著書を涉獵したりと云う。年少尊王攘夷の說を唱へ、近畿地方を往來して尊王の大義を鼓吹しつつ有りしが…… 明治四年攘夷の行ふ可らざるに憤慨し京師を去つて近江國に退き、醫を業とせる義兄の許に客寓し遂に醫を學ばんと期し、西醫學を研究し代診先生を以て任ず。君が書畫骨董癖の生じたるは此時代にして世を忘れんとして爲りしなりと云ふ。明治六年鹿兒島に遊中廢藩令の發するに會し此行を斷念し再び江州に還り、翌七年意を決して東京に歸る。此時に際して維新

49) 鈴木金太 著, 『衆議院議員候補者評傳』, 名古屋 : 山田丹心館, 明治 35(1902年), 128~130쪽.

革命の風雲に乘じたる諸豪廟堂に立ち政見の異同に從つて派を立て
黨を別つて相下らず。政論漸漸勃興すると共に諸豪が靑年逸才を其
門に容るるの風起る。君は遂に江藤參議の知る所と爲り將に官に就か
んとするに際し江藤氏掛冠勇退、佐賀の變を生ずるに及んで已む。

　明治九年政府の施政態度に慊焉たらず、當世の大家を翻弄し一世
を掌上に弄するの槪あり。傍ら益益著述に力め、明治十四年成島柳北
翁等と共に讀賣新聞の論說欄を擔當し柳北任天の名は文壇の二星の
如く讀書社會に嘖嘖たりき。君が皇朝學と弘道館的の學問とは遂に年
少客氣の君を驅つて高山彦九郎的の氣風を生ぜじめ廢佛論を唱へせし
むるに至りたるが、基督教入るに會して新約聖書を講究し靈魂勸善學
二卷を著はし …… 疑を生じ翻然外敎攻擊の地位に立ち、基督敎駁論
書十二卷を著はしたるが、倭魂漢才的の學問は遂に宗敎を論破する能は
ず、以爲らく佛敎書を講究して外敎を擊つに如からずと、卽ち佛敎を
硏究するもの多年往年の廢佛論者全く佛敎の軍門に降伏し熱心なる
佛敎信者となり …… 亦是れ端なき環の因緣なるべし …… 君は嘉永六
年の生れにして年齒正に五十歲。嘗て自由黨たり又大同團結に入り憲
政黨よりして現に政友會員たり。溫雅にして坦懷、想を萬古の往に騁
するもの …… 口を開いて哲理を說くや神儒佛耶よりして、筆を把れば
書畵歌詩俳句文章＝議論敍事批評小說＝漢文和文雅文俗文滑稽文、
手に從つて颯颯聲あるの所、又是れ一種の文豪なり學者なり。

　　(그의 경력은 다방면에 걸쳐 지극히 다양하여서 가히 소설의 재료가
되기에 충분하다. 상세히 기록하자면 한 권의 방대한 책이 될 것이므로
여기에 그 요점을 간추려서 기록해 본다. 그는 일찍이 가메다 보우사이
(龜田鵬齊, 에도 후기 유학자)의 손자에게서 한학을 배웠다. 그 후 미토
한가쿠(水戶藩學)50)를 이상으로 하고 고초가쿠(皇朝學)를 배웠으며

---

50) 水戶藩學 : 尊王攘夷를 고무하는 학문. 江戶時代水戶藩で興隆した學派.國學、史
學、神道を基幹とした國家意識と儒學思想が結合した學派で王政復古に大きな影

신서황전역사(神書皇典歷史)를 수학함과 동시에 모토오리 노리나가(本居宣長)[51], 히라타 아쓰타네(平田篤胤)[52]의 저서를 섭렵했다. 젊었을 때부터 '존왕양이설'을 주창하면서 긴키치호(近畿地方)[53] 등을 왕래하며 존왕의 대의를 고취시키고 있었으나, 명치 4(1871)년 정부의 금령에 의하여 더 이상 '양이운동'을 전개할 수 없게 되자 이에 분개한 그는 교토(京都)의 스승 곁을 떠나 지금의 시가켄(滋賀縣)으로 갔다. 그곳에서 의사로 일하고 있던 매형에게 몸을 의지하고 지내던 중, 그는 의학을 공부하려고 결심한다. 이후 서양의학을 공부하여 대진의(代珍醫)가 된다. 그에게 서화, 골동벽(骨董癖)이 생긴 것은 이 시기이며 이는 세상사를 잊기 위해서였다고 한다. 명치 6(1873)년 이 지방을 떠나 가고시마(鹿兒島)로 향하던 중 폐번령(廢藩令)[54]이 포고되어 발길을 돌렸으며 다음 해에 결심하고 동경으로 돌아왔다. 그때는 유신혁명으로 세상이 크게 바뀌고 있었으며 이에 편승한 여러 호족들이 천하의 대권을 다투게 되었다. 정치논쟁이 날로 격렬해지고 정치적 견해 차이에 따라 당과 파벌을 만들었으며 서로의 주장을 양보하지 않았다. 이에 따라서 각 호족들은 젊은 영재들을 자신들의 문하에 앞 다투어 영입하려는 경향이 있었다. 이때 다지마 쇼지는 실력자 에토 신페이(江藤新平) 참의(參議)[55]에게 알려지게 되어 막 관직에 오르려던 참에, 에토 참의가 용퇴 후, '사가의

響を与えた。(『廣辭苑』, 앞의 책, 2125쪽)

51) 本居宣長(1730~1801)、江戸中期の國學者、語學者、國學四大人の一、伊勢松坂の人、京に上って醫學修業のかたわら源氏物語研究、三十餘年を費して大著、『古事記傳』完成、儒仏を排して古道に歸るべきを説く、著書:『源氏物語玉小櫛』、『古今集遠鏡』、『直毘靈』、『石上私淑言』、外多數。(『廣辭苑』, 앞의 책, 2193~4쪽)

52) 平田篤胤(1776~1843)、江戸後期の國學者、國學の四大人の一、秋田の人、本居宣長歿後の門人として古道の學に志し、古典研究に力を注ぎ、神代文字日文の存在を主張した、著書:『古事徵』、『古道大義』など。(『廣辭苑』, 앞의 책, 1902쪽)

53) 近畿地方:京都, 大阪, 滋賀, 三重, 奈良, 和歌山, 兵庫를 합친 지역.

54) 藩:江戸時代 大名(다이묘)의 領地나 그 정치 형태.

55) 參議:明治初 左右大臣의 다음 지위.

난(佐賀の亂)[56]을 일으켰기 때문에 실현되지 못했다. 이 일로 인해서일까, 다지마는 저술가가 되어 많은 책을 쓰게 되었다. 취다도사(醉多道士), 임천거사(任天居士)라는 필명이 세상에 널리 알려지게 된 것도 이 시기였다. 정부의 시정태도에 불만이 고조된 그는 명치 9년, 동지와 더불어 《마루마루친분》을 창간하여 정부에 대한 야유, 조소, 조롱, 격렬한 매도, 익살과 풍자 등의 종횡무진한 필치로 당대의 대가를 농락하였다. 그것은 마치 천하를 손바닥 위에 놓고 가지고 놀고 있는 형세였다. 또 한편으로 그는 더욱 더 저술에 힘을 쏟았으며, 명치 14(1881)년에는 나루시마 류호쿠(成島柳北) 옹(翁) 등과 함께 《요미우리신문》의 논설란을 담당하여 '류호쿠(柳北)', '닌텐(任天)'의 명성은 문단의 두 개의 별인양 독서계를 떠들썩하게 하였다. 고초가쿠(皇朝學)와 미토 한가쿠(水戶藩學)를 수학한 다지마는 다카야마 히코구로(高山彦九郎)[57]류의 젊은 혈기로 한때 폐불론(廢佛論)을 주창하기에 이르렀다. 그리하여 그리스도교가 들어온 후에는 신약성서를 강구하여 『영혼권선학(靈魂勸善學)』이란 책을 쓰기도 했다. 하지만 후에 그리스도교에 대한 의문을 품게 되면서 외래 종교, 특히 그리스도교를 신랄하게 공격하는 입장에 서게 되어, 그리스도교를 비판하고 공격하는 책을 여러 권 펴냈다. 그러나 일본 고유의 철학과 중국학문의 융합만으로는 종교를 논파하는데 한계를 느낀 그는 오랫동안의 폐불론자의 태도를 버리고 본격적으로 불교를 공부하기 위해 불문에 들어가 다년간 불교를 연구한 끝에 왕년의 폐불론자였던 그가 완전히 불교에 항복하고 열성적인 불교신자가 되었으니 이 또한 윤회의 인연에 의한 것이리라. 중의원에 입후보할 당시 그의 나이는 50세였다. 일찍이 자유당원(自由黨員)이었던 그는 후에 대동단결(大同團結)에 들어갔었고 헌정당(憲政黨)을 거쳐 지금은 정우회원

---

56) 佐賀の亂：明治7年2月、江藤新平、島義勇らが征韓論反對の政府に不滿を懷き佐賀で擧兵した事件。敗れて江藤、島らは死刑に處せられた。(『廣辭苑』, 岩波書店, 昭和 53(1973年), 870쪽)

57) 江戶後期の勤皇家。

(政友會員)으로 있다. 그는 성격이 온화하고 품위가 있으며 마음에 맺힘이 없다. 몸에 밴 지식은 한이 없고, 이상은 영원 저 너머로 끝없이 달린다. 입을 열면 철학, 신학, 유교, 불교, 그리스도교에 이르기까지 막힘이 없으며 필을 잡으면 서화, 시가, 문장, 의론, 비평, 소설, 한문, 국문, 아문(雅文), 속문, 골계문의 구별 없이 맺힘이 없다. 이 또한 일종의 문호이고 학자가 아니겠는가.)58)

다지마 쇼지는 말년에 ≪우에노히비신문(上野日日新聞)≫ 기자로 활동하다가 1909년 8월 30일, 동경에서 불우한 가운데 파란만장했던 생을 마쳤다. 그의 나이 57세였다.

2) 저술활동

한국의 어느 도서관을 검색해 보아도, 『인류공격금수국회』는 물론 다지마 쇼지의 어떤 저서도 발견 되지 않는다. 아래의 리스트는 일본 국립국회도서관에서 검색된 자료이다. 이 중에서 몇몇 작품은 다행히 저작권보호기간이 만료되어 한국에서도 출력이 가능했기 때문에 원작을 접할 수가 있었다.

標題 / 著者 / 出版社 / 出版年度
 1. 學校生徒通 / 田島象二著, 弘令社出版局, 明治 14.
 2. 西國烈女伝. 第1編 / 田島象二編, 弘令本社, 明治 14.
 3. 裁判紀事 / 田島象二編, 耕文堂, 明治 8.
 4. 三楠實錄 / 畠山郡興著他. - 增補, 潛心堂, 明治 15.

---

58) 鈴木金太, 앞의 책, 128~131쪽. 논자 역.

5. 衆議院議員候補者評伝 / 鈴木金太(藏山)著, 山田丹心館, 明治 35.

6. 小說文語繡錦 / 任天居士著, 西村寅二郞, 明治 25.

7. 新聞記者奇行伝. 初編 / 隅田了古(細島晴三)編他, 墨々書屋, 明治 14.

8. 新約全書評駁. 第1卷(馬太氏遺伝書) / 田島象二襲譯評, 若林喜兵衛, 明治 8.

9. 人類攻擊禽獸國會 / 田島象二戱著, 文宝堂, 明治 18.

10. 太平記 / 田島象二訂, 潛心堂, 明15.

11. 哲學大意 / 田島象二(任天)著, 其中堂, 明治 20.

12. 哲學大意 / 田島象二(任天)著, - 校定增補, 東雲堂, 明治 21.

13. 哲學問答 / 田島象二著, 東雲堂, 明治 21.

14. 日本仏法史 / 田島象二著. - 標註增補, 其中堂, 明治 25.

15. 日本仏法史 / 田島象二著. - 標註增補2版, 其中堂, 明治 30.

16. 任天居士漂流記 / 田島象二(任天居士)著, 靑木文宝堂, 明治 18.

17. 婦女立志歐州美談 / 田島象二編, 廣知社, 明治 19.

18. 扶桑伽藍紀要 / 田島象二注, 潛心堂, 明治 17.

19. 明治偉臣金玉音譜 / 田嶋象二編, 玉養堂, 明治 10.

20. 明治中興雲台図錄 / 田島象二編·畵, 高橋榮二郞, 明治 10.

21. 明治中興憾旧編 / 田島象二著, 若林喜兵衛, 明治 12.

22. 明治文章大成 / 小笠原美治編他, 小笠原書房, 明治 16.

23. 耶蘇敎意問答 / 田島象二著, 万笈閣, 明治 8.

24. 郵便端書文通自在 / 田島象二編, 大榮堂, 明治 10.

25. 耶蘇一代弁妄記 / 田島象二著, 和泉屋半兵衛, 明治 7.[59]

위의 목록에서 보는 바와 같이 다지마 쇼지는 다방면에 걸쳐 많은 저서를 남겼다. 이 중에서 원문을 구할 수 있고 또한 그의 사상이나

---

59) 出處, 日本 國立國會圖書館, 電子圖書館, 近代デジタルライブラリ.

작품『인류공격금수국회』의 이해에 도움이 되리라 생각되는 몇 작품
을 선택하여 소개하기로 한다.

(1)『인류공격금수국회(人類攻擊禽獸國會)』[60]
=『임천거사표류기(任天居士漂流記)[61]』, 明治 18(1885)

이 책은 명치 18년 1월, 동경문보당(東京文寶堂) 발행의 단행본이다.
총 117면에 각 면 9행, 각 행 23자의 한자와 히라가나(ひらがな)의 혼합
활자본 작품이다. 일종의 동물우화소설로 작자는 성성이를 위시하여
9마리의 동물을 차례로 등장시켜 인류를 비판하고, 명치유신 이후 일
본 신정부의 서구화 정책을 맹렬히 조소 비난하고 있다. 이 작품은
작중화자인 '나'가 어느 날 자신이 발명한 수상보행기를 타고 낚시를
즐기려고 이틀간의 식량과 음료수 및 낚시 용구를 싣고 고기잡이를
떠났는데, 낚시 도중에 갑자기 폭풍우를 만나 졸지에 격랑에 휩쓸려
오랜 시간 사지를 헤매다가 어느 무인절도로 표류하게 된다. '나'는
그간의 간난 때문에 몹시 피곤하여 깊은 잠에 빠져들고 꿈속에서 천
지간의 온갖 종류의 동물들이 모여 인류를 공격하는 '금수회의'의 자
초지종을 목격하게 된다.『인류공격금수국회』는 그가 남긴 많은 저서
중에서 동물우화소설류로는 유일한 것으로 알려져 있다.

(2)『신약성서평박(新約聖書評駁)』, 明治 8(1875)[62]

이 책은 서명이 말해주고 있듯이 신약성서(마태복음)에 대한 비평 반

---

60) 田島象二 戱著, 人類攻擊禽獸國會, 東京：文宝堂, 明治 18.
61) 田島象二(任天居士) 著, 任天居士漂流記, 東京：靑木文宝堂, 明治 18.
62) 田島象二,『新約全書評駁 第一卷(馬太氏遺傳書), 若林喜兵衛, 明治 8(1875).

박서이다. 서문에 해당하는 저자의 '총평' 요지를 보면 다음과 같다.

①그리스도교가 서구에 포교되어 오랜 세월이 흘렀다. 신교, 구교, 기타 여러 종파가 있지만, 그 가르침의 근본은 모두 같은 일신교인 것이다. 많은 사람들이 일신을 절대 최고의 신으로 신봉하며 우러러 모시고 있다.[63] ②그러나 우리나라(일본)는 동방의 오래된 독립된 황제와 천작(天爵)의 국가이다. 그러므로 예로부터 전해오는 고귀한 가르침과 풍습이 있어 국토와 민중의 마음을 조화시키고 있다. 그 가르침이란 이륜(彛倫=人倫)인 것이다. 민중은 이를 존중하고 특히 황실을 최고로 존귀하게 여기고 있다. 민중은 황실에 대한 친애를 의지처로 하고 더불어 믿고 만족한다.[64] ③그러나 그리스도교는 일신을 신봉하고, 다른 일체의 신을 배척한다. 그렇다면 일본은 천조(天祖) 이래 역대의 성제(聖帝), 현자, 충신, 열사의 종묘는 모두 파괴하여 버릴 수밖에 없다. 그렇게 되면 이 나라를 지켜온 존령(尊靈)들의 세력을 잃게 될 것이다. 그 위에 오랜 세월 지켜온 황실에 대한 위엄과 덕을 존숭하고 섬기는 일은 그리스도교에 반하는 일임은 말할 것도 없다. 이것이 그리스도교가 우리에게 해가 되는 이유이며, 때문에 그리스도교를 받아들이려고 하는 자는 우리나라의 치안을 깨뜨리는 자이며 윤리를 문란케 하는 자들이다.[65] ④성서에는 예수가 군중에게 설교할 때 사용한 많은 비유담이

---

63) 夫れ耶教の西國に行るるや久し。而の新舊面其他種類の別なる有と雖も溯源する所。皆一神を奉するに止まる故に頑に歐美各部の習教となり。諸人之を奉し之に向ひ至貴至尊を以て之に冠りしむ。(田島象二襲譯評, 앞의 책, 4쪽)

64) 我國は此れ東海に在て炳然獨立帝爵の邦國たるか故に確然因習の教法ありて。國土と衆心を中保せり教とは何そや曰く彛倫。法とは何そや。衆心既に之を遵り之を奉し特に皇室を尊んとて至貴至尊とし。衆心其親愛を恃み相望て滿足する。(田島象二襲譯評, 앞의 책, 5쪽)

65) 耶教は一神を奉め他神を廢斥するとなるは天祖以下歷代の聖帝賢佐忠臣烈士の廟社悉く毀破ひざるを得す。然るは古來人臣忠の迹を湮滅し人をめ遵倫處世の勢力を亡はしむるに至る。加ふるに萬古、皇室に威德を仰ぎ忠順奉事以て愛護を無究に盡

실려 있다. 그 뜻을 음미해 볼수록 황당한 이야기로 생각될 뿐이다.[66] ⑤ 천지창조는 자연의 이치에 의한 것임은 명백한 사실로. 인간이 세상의 의무를 말하는 것과 마찬가지로 일상적이고 간단한 일이다. 문명이 발달한 오늘날 누가 성서의 천지창조설을 어리석게 믿는다는 것일까. 어린이들도 그것이 망언임을 알고 있다.[67] ⑥ 그리스도교뿐만 아니라 세상에 전해오는 가르침 중의 많은 것은 다 이와 같은 것이다. 다만 그것이 그릇된 것인지 진실 된 것인지를 구별하여 그릇됨을 버리고 진실 된 것을 받아들이도록 잘 생각하지 않으면 안 된다[68] 등.

(3)『일대기서 서림지고(一大奇書 書林之庫)』, 明治 9(1876)

이 책은, 명치유신을 기화로 서양의 문물이 밀려오면서 양학이 유행한 후, 서고 속에서 먼지를 뒤집어쓰고 책벌레의 먹이로 버려진 채 신음하는 화한고금(和漢古今)의 크고 작은 수천 권의 책의 정령들이, 어느 날 밤 사람들이 모두 잠든 한밤중에 서고 속에서 아무도 돌아보지 않는 신세가 된 것을 원망하며 훌쩍훌쩍 울면서 각자의 입장에서 명치개화 시대를 조롱하고 비판하는 것을, 그 서고의 주인이 몰래 엿

さんと欲するは乃ち耶敎に反すること萬萬なり此れ耶敎の我に害ある所以にして。耶敎を我に開かんと欲する者は我邦の治安を破んと欲する者なり。(田島象二襲譯評, 앞의 책, 5~6쪽)

66) 本文耶蘇か譬に設け衆生に示す語の如く。眞味を嘗るに從って愈よ荒唐迂遠なるを覺え世の所爲賣談僧か愚爺痴嫗を畏縮せしむるに似類して未た曾て昭明較著。(田島象二襲譯評, 앞의 책, 7쪽)

67) 天造地設の自然に由る。日用常行する。至易至簡人世の義務を辨せざる者の如く。文化開達の今日に在て孰て之を愚信せんや。三尺の童子も猶之か妄を驅る。(田島象二襲譯評, 앞의 책, 8쪽)

68) 豈獨り耶敎のみならんや宇内の廣き敎の多きも皆斯の如し唯だ謬妄なると。正實なるとを區別して確然人心を維持し得る者は。其用捨。世運ともに推し遷らん已耳。夫れ世敎に參議する者。宜しく再志せざる可んや。(田島象二襲譯評, 앞의 책, 9~10쪽).

들은 내용을 기록한 책이다. 책의 자세한 내용은 찾아볼 수 없었으나 이 책에 대하여 혼마 히사오(本間久雄)는 다음과 같이 평하고 있다.

> "이 책은 그 속에 펼쳐진 종횡무진한 골계해학의 필치 속에 작자의 해박한 지식과 신랄한 비평의식을 유감없이 나타낸 것으로, 작자 일대의 걸작일 뿐 아니라 그 당시의 주목할 만한 일종의 '문명비평서'이기도 하다. 명치은일전(明治隱逸傳)을 생각하는 경우, 다지마(田島)는 류호쿠(柳北)와 더불어 빼놓을 수 없는 한 사람이다."[69]

(4)『소설문어수금(小說文語繡錦)』, 明治 25(1892)[70]

이 책을 쓴 작자의 의도를 엿볼 수 있는 서문의 대략을 소개하면 다음과 같다.

> ① 세계는 소설일 뿐이다. 구약전서를 경전이라고 하지만 결국은 소설이다. 일본의 신대기(神代記),[71] 석가의 세계조경(世界造經)을 소설의 관점에서 보면 곧 소설이고, 종교의 관점에서 보면 곧 경전이 된다. 중국의 삼황오제사(三皇五帝史), 도교의 방서(方書)도 어찌 소설

---

69) 本間久雄, 앞의 책(日本文學全史, 第10卷), 294쪽.
　洋學が流行してから書庫の中に全く藏ひこなれ、塵埃の中に紙魚の喰ふに委せられている和漢古今の硬軟幾千の書籍の精靈が、惑る夜人の寢靜つた眞夜中に、その庫の中で顧みられなくなつたことを恨み、唧ちながら夫夫の立場から明治開化の時代を嘲弄し批評するのを、その書庫の主人が立聞きをするといふことを書いたもので、その滑稽諧謔を恣にした筆致の中に、作者の該博な知識と峻辣な批評とを遺憾なく現したもので、この作者一代の傑作であるばかりでなくこの當時として、注目すべき一種の文明批評でもある。明治隱逸傳を考はる場合、彼は柳北と並んで逸すべからざる一人である。

70) 任天居士(田島象二) 著, 『小說文語繡錦』, 東京：西村寅二郎, 明治 25(1892).

71) 신대기(神代記)：일본 신화에서 신이 다스렸다고 전해진 시대.

의 범위를 벗어날 수 있겠는가. 신에게는 즉 신의 소설이 있고, 사람에게는 즉 사람의 소설이 있을 뿐이다.[72] ② 근래 문학이 위력을 발휘하여 소설의 시대를 만들어 냈다. 국내에 백 개가 넘는 신문잡지들이 하루도 빠짐없이 소설을 게재하고 있다. 그야말로 소설천국이라고 할만하다.[73] ③ 나는 나이 들어 한가해 져서 소설, 전기 등을 즐겨 읽고 있다. 읽으면서 유창한 표현이나 아름다운 구절을 만날 때마다 기록해 놓고 뒤에 기록에 더하여 보충해 놓았다. 어느 새 수천 개의 문장이 모이게 되었다. 지금 소설의 시대를 만나 초심의 문학도에게 조금이라도 도움이 된다면 이 또한 무의미한 일이 아닐 것이다.[74]

---

72) 世界は小說のみ。舊約全書を經典と云ば卽ち小說。吾神代記。釋氏の世界造經。小說の思想を以てすれば卽ち小說。宗敎の感念よりすれば卽ち經典。況んや三皇五帝史。道家の方書豈に小說範圍を免れんや。神は卽ち神の小說あり。人は卽ち人の小說あり。(1쪽)

73) 輓近文學の威力を發揮。小說の時代を捻出し。海內百有餘種の新聞雜誌。日として揭載せざるはなく。眞に小說の天地と謂べし。(2쪽)

74) 余老南窓に閑なり。好で小說傳記を愛す讀て而して流暢の語、佳麗の句に至る每に拔鈔して之を追錄す。數千章を得たり。今や小說の時代に遭ひ徒つらに若し補益する所あらば老來の閑事の亦た徒爾にあらず。(3쪽)

Ⅲ
작품의 비교분석

1. 내용분석

1) 『금수회의록』

안국선의 『금수회의록』은 인간보다 저급한 동물들을 내세워 인간의 비도덕성, 비윤리성 등으로 말미암아 유래되는 인간사회의 제 악행을 규탄하고 고발하는 동물우화소설이다. 일반적으로 동물은 인간보다 저급한 지위에 있는 것으로 인식되는데 이 작품에서는 오히려 동물이 인간을 비하하기 때문에, 그 이야기의 방식 자체로 우의적 풍자가 성립된다. 그리고 이러한 기법에 의하여 우화적 공간이라는 특이한 서사 공간이 창조된다. 이 우화적 공간은 물론 인간의 경험적 세계와는 다른 비현실적인 공간이다. 이 비현실적인 우화의 공간 속에 등장하는 동물이, 현실 속에 살고 있는 인간의 존재와 그 가치를 비하함으로써 그 우화적 상징성을 획득하게 되는 것이다. 현실에 대한 비판과 새로운 이상의 제시를 위해 우화적 공간을 활용하여, 야만으로 상징되는 금수의 세계와 문명으로 상징되는 인간의 세계를 역전시켜 놓는다.[1]

　『금수회의록』에는 '나'라는 일인칭 관찰자가 작중화자로 등장한다. 이 작중화자가 꿈속에서 '금수회의소'에 들어가, 인류를 논박하는 동물들의 연설 내용을 보고 듣게 된다. 작중화자가 꿈속에서, 연설하는 동물들이 각각의 속성과 이를 비난하는 인간들의 행위를 대비시켜 비판하는 연설 장면을 독자들에게 펼쳐 보이는, '몽유담계 액자형 이야기'의 서사 구조를 취하고 있다. 이 작품의 서두는 '나'를 중심으로 하는 이야기의 외형적 틀을 이루며 독자들을 이야기 속으로 끌어들이는 도입액자의 구실을 한다. 여덟 마리의 동물의 연설은 이 작품의 중심 내용이 되는 액자의 내부에 해당되며, 동물들의 연설 내용에 대한 '나'의 견해를 덧붙이면서 이야기를 마무리하는 결말액자로 이루어져 있다.

　『금수회의록』은 또한 꿈이라는 가상의 공간에서 이루어지는 동물들의 연설을 우화적으로 그려낸 '몽유담'의 형식을 취하고 있다. 꿈이라는 가상의 공간을 설정하여 그 속에서 동물을 주인공으로 등장시켜 인간의 현실을 비판 풍자하는 연설회를 열게 한다. 꿈이라는 비현실적 공간 설정과 함께 인간의 행태를 동물에 가탁하여 비판한다는, 우화의 본질적인 속성을 함께 갖추고 있는 셈이다. 몽유담은 꿈의 세계라는 독특한 공간을 이용하여 서사적 시간과 공간이 요구하는 실재성의 원리를 초월한다. 서사에서의 시간과 공간은 이야기의 실재성을 부여하는 중요한 요소이다. 그런데 몽유담의 경우 꿈이라는 환상적인 공간을 꾸며내어 서사적 시간과 공간의 한계성을 뛰어 넘어 현실적인 상황과 반대되는 우화적 상황 설정이 용이해진다.

---

1) 권영민 편, 『안국선 신소설, 금수회의록』, 뿔, 2008, 53~54쪽.

　연설은 개화계몽시대에 민중의 정치의식의 성장과 함께 새로이 등장한 담론 형식이다. 독립협회나 만민공동회와 같은 사회단체의 계몽활동은 모두 연설이라는 새로운 담론 형식을 통해 이루어진 것이었다. 이 시기의 계몽적 지식인들은 연설을 통해 개인적인 정치이념이나 사상을 청중을 향해 직접 공개적으로 피력했다. "『금수회의록』은 우화라는 틀 속에서, 연설이라는 담론의 방법을 이야기의 기술 방식으로 활용함으로써 계몽적 담론으로서의 정치성을 더욱 분명하게 들어낸다."2) 작품 분석에 있어서는 내용과 구조면으로 크게 분류하여 살펴보기로 한다.

(1) 서언 – 작중화자 – 요지

　　㉠ 우쥬는 의연히 백대에 흔결 갓거늘 사롬의 일은 엇지흐야 고금이 다르뇨 지금 세상 사롬을 살펴보니 애닯고 불상호고 탄식흐고 통곡 흘만흐도다.(안국선, 『금수회의록』, 1쪽. 이하 쪽수만 기재함)

　　㉡ 녯적 사람은 량심이 이셔 텬리를 순종흐야 하나님끽 갓가왓거늘 지금 셰샹은 이문이 결단나셔 도덕도 업셔지고 의리도 업셔지고 렴치도 업셔지고 졀개도 어셔져셔 사롬마다 어렵고 흐린 충랑에 빠지고 헤여나올줄 몰나셔 왼 셰샹이 다 악흔고로……(1쪽)

　　㉢ 착흔 사롬과 악흔 사롬이 걱구루 되고 츙신과 역적이 밧고엿도다 이갓치 텬리에 어긔여지고 덕의가 업셔셔 더럽고 어둡고 어리셕고 악독흐야 금슈만도 못흔 이 셰샹을 쟝찻 엇지흐면 됴흘고.(2쪽)

　　㉣ 조셰히 보니 다셧 글자를 크게 써스되 금슈회의소라 흐고 그엽헤 문뎨를 걸엇는대 인류를 론박홀 일이라 흐엿고 또 광고를 붓첫는

대 하놀과 따스이에 무삼 물건이던지 의견이 잇거든 의견을 말ᄒ
고 방청을 ᄒ려거든 방처ᄒ되 다 각기 자유로ᄒ라.(2~3쪽)

 ⓜ 그곳에 모힌 물건은 길즘생 눌즘생 버러지 물고기 풀 나무 돌 등
  물이 다 모혓더라.(3쪽)

작중화자인 '나'는, 우주는 의연히 백대에 한결같은데 사람들은 변하
여 금수만도 못한 세상이 된 인류 사회를 탄식하며 성현의 글을 읽다가
잠이 들고 꿈속에서 '금수회의소'라는 곳에 이르게 된다. 그 곳에 모인
물건은 길짐승, 날짐승, 버러지, 물고기, 풀, 나무, 돌 등이었는데 '인류를
논박할 일'이라는 문제로 회의가 열리는 장소였다. 그곳에서 '나'는 동물
들이 행하는 바, 인간 세상을 매도하는 연설을 들으며 세상이 바뀌어
가장 귀한 존재였던 인간이 금수들에 의해 무도패덕(無道悖德)함을 공
격 받는 것에 부끄러움과 분함을 느끼면서 그 회의를 지켜본다.

(2) 개회취지 - 요지

 ⓐ 세계만물을 창조ᄒ신 조화쥬를 곳 하나님이라 ᄒ나니 일만리치
  의 쥬인 되시난 하나님꺼셔 세계를 만드시고 …… 만드신 목덕은
  그 영광을 나타내여 모든 생물로 ᄒ여곰 인즈ᄒ 은덕을 베프러
  영원ᄒ 행복을 밧게ᄒ랴 홈이라 그런고로 셰상에 잇난 모든 물
  건은 사롬이 던지 즘생 던지 초목이 던지 귀ᄒ고 쳔ᄒ 분별이
  업슨즉 …… 다 각기 텬디 본래의 리치만 조차셔 하나님의 뜻대
  로 본분을 직히고 한편으로는 제몸의 행복을 누리고 한편으로는
  하나님의 영광을 나타낼지니 ……(4~5쪽)

 ⓑ 사롬이라 ᄒ는 물건은 당초에 하나님이 만드실 때에 특별이 령혼
  과 도덕심을 너허셔 다른 물건과 다르게 ᄒ셧신즉 사롬들은 더욱

하나님의 뜻을 순종ᄒᆞ야 착ᄒᆞᆫ 행실과 아름다온 일로 하나님의 영광을 나타내여야 ᄒᆞᆯ터인데 지금 셰샹 사람의 ᄒᆞᄂᆞᆫ 행위를 보니 …… 하나님의 영광을 나타내기는 고사ᄒᆞ고 도로혀 하나님의 영광을 더럽게ᄒᆞ며 은혜를 배반ᄒᆞ야 졔반악증이 마토다.(5~6쪽)

ⓒ 여러분은 금슈라 초목이라 ᄒᆞ야 사람보다 쳔ᄒᆞ다ᄒᆞ나 …… 하나님의 법을 직히고 텬디 리치대호 행ᄒᆞ야 정도에 어김이 업슨즉 지금 여러분 금슈 초목과 사람을 비교ᄒᆞ야 보면 사람이 도로혀 얏고 쳔ᄒᆞ며 여러분이 도로혀 귀ᄒᆞ고 놉혼 디위에 잇다 ᄒᆞᆯ수잇소 사람들이 이갓치 졔 ᄌᆞ격을 일코도 거만한 ᄆᆞ음으로 오히려 만물중에 졔가 가장 귀ᄒᆞ다 놉다 신령ᄒᆞ다 ᄒᆞ야 우리 족속 어러분들을 멸시ᄒᆞ니 우리가 엇지 그 횡포를 밧으리오.(7쪽)

ⓔ 내가 여러분의 ᄆᆞ음을 찬셩하야 하나님ᄭᅴ 알외고 본 회의를 소집ᄒᆞ엿는데 이 회의에서 결의ᄒᆞᆯ 안건은 셰가지 문뎨가 잇소.
뎨일 사람된쟈의책임을 의론ᄒᆞ야 분명히ᄒᆞᆯ일
뎨이 사람의 행위를 들어 셔 올코 그름을 의론ᄒᆞᆯ일
뎨삼 지금 셰샹 사람중에 인류ᄌᆞ격이 잇ᄂᆞᆫ쟈와 업ᄂᆞᆫ쟈 를 됴사ᄒᆞᆯ일.(7~8쪽)

ⓜ 이 셰가지 문뎨를 토론ᄒᆞ야 여러분과 사람의 관계를 분명히ᄒᆞ고 사람들이 여전히 악ᄒᆞᆫ 행위를 ᄒᆞ야 회개치 아니ᄒᆞ면 그 동물의 사람이라 ᄒᆞᄂᆞᆫ 일홈을 ᄲᅢ앗고 이등마귀라 ᄒᆞᄂᆞᆫ 일홈을 주기로 하나님ᄭᅴ 샹쥬ᄒᆞᆯ 터이니 여러분은 이뜻을 본밧아 이 회의에서 결의ᄒᆞᆯ일을 진행ᄒᆞ시기를 바라옵ᄂᆞ이다.(8쪽)

회장인 듯한 짐승이 나와서 개회취지를 설명한다. 태초에 천지만물을 창조하신 조화주는 곧 하나님이시며, 창조하신 목적은, "그의 영광을 들어내어 모든 생물들이 빠짐없이 하나님의 은덕을 입어 영원한 행복을 누리게 하려 함이었다." 그러므로 세상만물은 사람, 짐승, 초목의 분별이나 귀천이 없고 높고 낮음도 없다. 다 각기 천지 본래의 이치를 쫓아 하나님의 뜻대로 본분을 지키고, 한편으로는 제 몸의 행복을 누리고, 다른 한편으로는 하나님의 영광을 드러내야 한다. 특별히 사람은 하나님에 의해 영혼과 도덕심을 부여받았기 때문에 천리를 따르고 착한 행실과 아름다운 일로 하나님의 영광을 나타내야 할 텐데, 하나님의 영광을 드러내기는커녕 온갖 악한 행위로 하나님의 영광을 더럽혀 은혜를 배반한다는 것이다. 반면에 사람보다 천하다고 하는 금수 초목이 오히려 하나님의 법을 지키고 천지 이치대로 살아가고 있다. 그럼에도 불구하고 인간이 동물과 금수 초목을 멸시하고 자신들이 가장 귀하다, 높다 하므로 그 횡포의 부당함을 하나님께 알리기 위해 회의를 소집하였다고 한다.

　그러면서 회장은, 이 회의에서 토론하고 결의할 중요한 안건으로 다음의 세 가지를 제시한다.

　첫째, 사람의 책임을 분명히 하고,
　둘째, 사람의 행위의 옳고 그름을 따지고,
　셋째, 사람의 자격이 있는 자와 없는 자를 가리는 일이라고 한다.

　이 세 가지 문제를 토론하여 여러분과 사람의 관계를 분명히 하고, 사람들이 여전히 악한 행위를 회개치 아니하면 사람이란 이름을 빼앗고 '이등 마귀'라는 이름을 주기로 하나님께 상주할 터이니, 이 뜻을 받들어 회의를 진행해주기를 바란다고 개회취지를 설명했다.

　　이하 '제일석'에서 '제팔석'까지는 동물들이 차례로 등장하여 인간
의 타락상을 낱낱이 제시하고 비판하는데, 비판의 효과를 높이기 위
해 등장한 동물들의 행실을 상대적으로 미화하는 부분이 삽입된다.
그 형식은 먼저 각 동물이 말하고자 하는 주제를 내세운 후 이 주제에
역행하는 인간의 타락상을 공격하고 각 동물들의 미담을, 고사나 동
서고금의 명언 예화를 경전 등에서 인용함으로써 결국 인간이 금수만
도 못함을 확인하는 과정으로 짜여 있다.

(3) 데일셕 〈반포지효(反哺之孝)〉3)–까마귀의 연설요지

　　㉠ 녯 날 동양 성인들이 말삼ᄒ기를 효도는 덕의 근본이라 효도는
　　　일백행실의 근원이라 효도는 텬하를 다사린다 ᄒ엿고 예수교 계
　　　명에도 부모를 효도로 섬기라 ᄒ엿스니 효도라 ᄒᄂᆞ겨슨 ᄌᆞ식된
　　　자가 고연ᄒᆞᆫ 직분으로 당연히 행ᄒᆞᆯ일이올시다.(9쪽)

　　㉡ 우리 까마귀족속은 …… 효성을 극진히 ᄒᆞ야 망극ᄒᆞᆫ 은혜를 갑하
　　　셔 하나님이 뎡하신 본분을 직히여자자 손손이 텬 만대를 나려
　　　가도록 가법을 변치아니 ᄒᄂᆞ고로 녯 적에 백낙천〈백락텬〉이라

---

3) 반포지효(反哺之孝) : 이밀(李密, 224~287)의 〈진정표(陳情表)〉에 나오는 말이다.
　이밀(李密, 224~287)은 진(晉)나라 무양(武陽) 출신으로, 태어나서 6개월 만에 아버
　지를 잃고, 네 살 때 어머니가 개가(改嫁)하여, 조모인 유(劉)씨의 손에서 자랐다.
　진(晉) 무제(武帝) 자신에게 높은 관직을 내리지만 늙으신 할머니를 봉양하기 위해
　관직을 사양한다. 이밀은 자신을 까마귀에 비유하면서 "까마귀가 어미 새의 은혜에
　보답하려는 마음으로 조모가 돌아가시는 날까지만 봉양하게 해 주십시오." 하고 무
　제에게 <진정표>를 상주했다. 무제는 그의 효성에 감복하여 그에게 노비를 하사하
　고 관할 군현에서는 이밀의 조모에게 의식(衣食)을 제공하도록 하였다. 중국문학에
　서 서정문을 대표하는 작품 중 하나로, 제갈량(諸葛亮)의 출사표(出師表), 한유(韓
　愈)의 제십이랑문(祭十二郎文)과 더불어 중국 3대 명문에 속한다. 예로부터 '진정표
　를 읽고 눈물을 흘리지 않으면 효자가 아니다.'라는 말이 있다.

흐는 사람이 우리를 가라쳐 새 중에 〈증자(曾子)〉라 하였고, 본
초강목에는 〈ᄌᄃ됴(慈鳥)〉라 일카럿스니 …… (9쪽)

ⓒ 지금 세상 사람들 행실을 보면 쥬색잡기에 침혹(沈惑)하야 부모
의 뜻을 어긔며 형졔간에 재물로 닷토아 부모의 마암을 샹케 하
며 졔혼몸만 생각흐고 부모가 주리되 도라보지 아니하고 …… 인
류 사회에 효도 업셔짐이 지금 셰샹보다 더 심홈이 업도다. 사람
들이 일백 행실의 근본 되ᄂᆞᆫ 효도를 아지 못흐니 다른거슨 더 말
흘것 무엇 잇소.(10쪽)

ⓔ 또 우리ᄂᆞᆫ 아침에 일즉 해뜨기젼에 집을 떠나서 사방으로 날아단
니며 먹을것을 구흐야 부모 공양도흐고 나무가지를 물어다가 집
도짓고 곡식에 해되ᄂᆞᆫ 버러지도 잡어셔 하나님 뜻을 밧들다가 져
녁이되면 반다시 내 집으로 도라가되 사ᄅᆞᆷ들은 졈심 때까지 잠을
자고 흔번 집을떠나 나가면 혹은 협잡질흐기 혹은 술장보기 혹은
계집의 집뒤지기 혹은 노름흐기로 셰월이 가ᄂᆞᆫ줄을 모로고 져희
부모가 진지를 잡수엇ᄂᆞᆫ지 쳐자가 기다리ᄂᆞᆫ지 모로고 쏘단이ᄂᆞᆫ
사ᄅᆞᆷ들이 엇지 우리 가마귀의 족속만 흐리오.(13~14쪽)

ⓜ 결단코 우리ᄂᆞᆫ 사ᄅᆞᆷ들 흐ᄂᆞᆫ 행위ᄂᆞᆫ 아니흐오 여러분도 다 아시거
니아 우리가 사ᄅᆞᆷ에게 업수히 젹임을 밧을 까닭이 업삼을 살피시
오.(14쪽)

까마귀는 〈반포지효(反哺之孝)〉를 제목으로, 옛 성현들의 말과 성경
의 십계명을 인용하여 '효'는 덕의 근본이며 일백 행실의 근원으로서
자식이 마땅히 지켜야 할 도리임을 강조한다. 본래 까마귀라는 족속
은 효성이 지극한 까닭에 새 중의 '증자(曾子)'이고 '자조(慈鳥)'라 일컬
어진다 한다. 하지만 지금 세상 사람들의 행실을 보면 주색잡기에 탐

닉하여 부모의 뜻을 어기며, 형제간에 재물로 다투어 부모의 마음을 상케 하고, 부모가 주리되 돌아보지 않으니 인류 사회에 효도 없어짐이 지금 세상보다 심함이 없다. 사람들이 일백 행실의 근본 되는 효도를 알지 못하니 다른 것은 더 말할 것도 없다고 한다. 까마귀는 결단코 사람들 하는 행위는 아니하니, 사람들이 까마귀 족속만할 리가 없으며 사람에게 멸시를 받을 까닭이 없음을 주장한다. 이처럼 까마귀는 인간사회의 패륜과 어리석음, 효의 붕괴 현상을 들어 까마귀의 지극한 효성과 절도 있는 생활에 미치지 못함을 비판한다.

(4) 데이석 〈호가호위(狐假虎威)〉[4]−여호의 연설요지

    ㉠ 사롬들이 옛브터 우리 여호를 가라쳐 말ᄒ기를 요망ᄒ거시라 간

---

[4] 호가호위(狐假虎威): 전한(前漢) 시대의 유향(劉向)이 편찬한 〈전국책(戰國策)〉, 〈초책(楚策)〉에 나오는 이야기이다. 기원전 4세기 초, 초(楚)나라 선왕(宣王) 때의 일이다. 하루는 선왕이 신하들에게 "듣자하니, 위나라를 비롯하여 북방의 여러 나라들이 우리 재상 소해휼(昭奚恤)을 두려워하고 있다는데 그게 사실이오?"하고 물었다. 이때, 강을(江乙)이란 변사가 얼른 대답하기를, "그렇지 않습니다. 북방의 여러 나라들이 어찌 한 나라의 재상에 불과한 소해휼을 두려워하겠습니까?" 이런 이야기가 있습니다. 한번은 호랑이가 여우를 잡았습니다. 그러자 교활한 여우가 호랑이에게 말하기를 '나는 천제(天帝)의 명을 받고 내려온 사자(使者)다. 네가 나를 잡아먹으면 나를 백수의 왕으로 정하신 천제의 명을 어기는 것이니 천벌을 받게 될 거다. 만약 내 말이 믿기지 않는다면 내가 앞장설 테니 내 뒤를 따라와 봐라. 나를 보고 달아나지 않는 짐승은 하나도 없을 테니'라고 했습니다. 그래서 호랑이는 여우의 뒤를 따라갔습니다. 그랬더니 과연 여우의 말대로 만나는 짐승마다 모두 달아나기에 바빴습니다. 사실 짐승들을 달아나게 한 것은 여우 뒤에 따라오고 있던 호랑이였습니다. 그런데도 호랑이는 이 사실을 깨닫지 못했다고 합니다. 이 경우도 마찬가지입니다. 지금 북방의 여러 나라들이 두려워하고 있는 것은 일개 재상에 불과한 소해휼이 아니라 그 뒤에 있는 초나라의 병력, 곧 임금님의 강한 군사력입니다. 〈전국책(戰國策)〉의 내용은 왕 중심 이야기가 아니라, 책사(策士), 모사(謀士), 설객(說客)들이 온갖 꾀를 다 부린 이야기가 중심으로 언론(言論)과 사술(詐術)이다. 그리하여 영어로는 Intrigues(음모, 술책)으로 번역되어 있다. 그러나 그 내용은 우리에게 시사하는 바가 크다.

수흔거시라고하야……우리가 그 더럽고 괴악흔일홈을 듯고잇스
나 졍말 요망흐고 간스흔거슨 사롬이오.(15쪽)

ⓛ 사롬들이 우리를 간교흐다 흐ᄂ거슨 다름아니라 젼국책이라 흐
ᄂ 책에 긔록하기를 호랑이가 일백즘생을 잡어 먹으려고 구홀새
몬져 여호를 엇은지라 여호가 호랑이다려 말흐되 하나님이 나로
흐여곰 모든 즘생의 어룬이 되게 흐셧스니 지금 자네가 나의 말
을 밋지아니흐거든 내뒤를 따라와 보라 모든 즘생이 나를보면
다 두려워 흐나니라 호랑가 여호의 뒤를 따라가니 과연 모든 즘
생이 보고 벌벌떠며 두려워흐거늘 호랑이가 여호의 말을 졍말노
알고 잡어먹지 못흔지라……여호가 호랑이의 위엄을 빌어셔 모
든 즘생으로 흐여곰 두렵게 흠인대 사롬들은 이걸 빙자흐야 우
리 여호다려 간스흐니 교활흐니 흐되 남이 나를 죽이려흐면 엇
더케 흐던지 죽지안토록 쥬션흐ᄂ거슨 당연흔 일이라.(15~16쪽)

ⓒ 지금 세상 사람들은 당당흔 하나님의 위엄을 빌어야 홀터인대 외
국의 세력을 빌어 의뢰흐야 몸을 보젼흐고 벼살을 엇어흐려흐며
타국사롬을 부동흐야 제나라를 망흐고졔 동포를 압박흐니 그거
시 우리 여호보다 나흔일이오 결단코 우리 여호만 못흔 물건들이
라 흐옵내다.(16~17쪽)

ⓔ 또 나라로 말홀지라도 대포와 총의 힘을 빌어셔 남의 나라를 위
협흐야 속국도 만들고 보호국도 만드니 불안당이 칼이나 륙혈포
를 가지고 남의 집에 들어가셔 재물을 탈취흐고 부녀를 겁탈흐
ᄂ거시나 다를거시 무엇잇소 각국이 평화를 보젼한다 흐여도 하
나님의 위엄을 빌어셔 도덕상으로 평화를 유지홀 생각은 조금도
업고 젼혀 병장긔의 위엄으로 평화를 보젼흐려흐니 우리 여호가
호랑이의 위엄을 빌어셔 졔몸의 죽을거슬 피흔 것과 엇던거시
올코 엇던거시 그로오.(17쪽)

ⓜ 셰샹사름들이 구미호를 요망ᄒ다ᄒᄂ 그거슨 대단히 잘못아ᄂ거시라 녯적 챌을 볼지라도 꼬리 아홉잇ᄂ 여호ᄂ 샹셔라 ᄒ엿스니 잠학거류셔라ᄒᄂ 책에ᄂ 말ᄒ엿스되 구미호가 도잇스면 나타나고 나올적에ᄂ 글을 물어 샹셔를 주문에 지엿다 ᄒ엿고 왕포사쟈 강덕론이라 ᄒᄂ 책에ᄂ 쥬나라 문왕이 구미호를 응ᄒ야 동편 오랑캐를 도라오게 ᄒ엿다 ᄒ엿고 산해경이라 ᄒᄂ책에ᄂ 청구국에 구미호가 잇서셔 덕이잇으면 오ᄂ니라 ᄒ엿스니.(17~18쪽)

ⓑ 이런 책을 볼지라도 우리 여호를 요망ᄒ거시라홀 까닭이 업거늘 사름들이 무식ᄒ야 이런거슨 아지못ᄒ고 여호가 쳔년을 묵으면 요사스러운 녀편네로 화ᄒ다 ᄒ고 혹은 말ᄒ기를 녯적에 음란ᄒ 계집이 죽어서 여호로 태여낫다ᄒ니 이런 거짓말이 어대 또 잇스리오 사름들은 음란ᄒ야 별일이 만흐되 우리 여호ᄂ 그러치안소 우리ᄂ 분슈를 직혀셔 다른즘생과 교통ᄒᄂ 일이 업고 우리뿐아니라 여러분이 다 그러ᄒ시되 사름이라 ᄒᄂ것들은 음란ᄒ기가 짝이업소 …… 사름의 행위가 그러ᄒ되 오히려 하나님을 두려워ᄒ지 아니ᄒ며 즘생을 붓그러워ᄒ지 아니ᄒ고 …… 이런 행위를 볼작시면 말ᄒᄂ 내입이 다 더러워지오 …… 만일 우리다려 사름 갓다ᄒ면 우리ᄂ 그 일홈이 더러워셔 아니밧겟소.(18~19쪽)

여우는 〈호가호위(狐假虎威)〉라는 고사성어를 가지고 연설한다. 사람들은 여우를 가리켜 요망한 것, 간사한 것이라고 하지만 정말 요망하고 간사한 것은 사람이라고 한다. 여우는 중국 전국시대의 사적을 기록한 책인 『전국책(戰國策)』에 실린 고사를 들어, 여우가 호랑이의 위엄을 빌려 모든 짐승으로 하여금 두려움에 떨게 한 행위는 교활한 것이 아니고, 자신의 목숨이 위험에 처했을 때 죽음을 모면하기 위한 당연한 행동이라고 한다. 그러나 지금 세상 사람들은 당당한 하나님의 위엄을 빌려야 함에도 불구하고, 외세에 의존하여 벼슬을 얻으려 하며 타국 사람과 한통속이 되어 나라를 망하게 하고 동포를 핍박하고 있다고 비판한다. 또 무기의 힘을 빌려 남의 나라를 속국으로 만드는 제국주의 야욕을 비판한다. 사람들은 음란한 계집이 죽어서 여우로 태어났다고 하지만 정말로 음란한 것은 사람이라 한다. 사람들은 음란하기 짝이 없어 별의 별일이 많지만 여우는 그렇지 않다. 만일 여우더러 사람 같다 하면 여우는 그 이름이 더러워서 아니 받겠다고 한다.

(5) 뎨삼셕 〈정와어해(井蛙語海)〉5)−개구리의 연설요지

> ㉠ 사룸들은 우리 개고리를 가라쳐 말ᄒ기를 우물안 개고리와 바다 니야기 홀수업다ᄒ니 항샹 우물안에 잇는 개고리는 바다에는 가 보지못ᄒ야 바다가 큰지 젹은지 넓은지 좁은지 아지못ᄒ나 못본 거슬 아는 톄는 아니ᄒ거눌 사룸들은…… 제나라 일도 다 아지못

---

5) 정와어해(井蛙語海); 정저지와(井底之蛙); 좌정관천(坐井觀天) :《후한서서(後漢書)》, 〈마원전(馬援傳)〉에 나오는 말. 후한(後漢) 때 '마원'이란 인재가 있었다. 고향에서 조상의 묘를 지키며 살다가 외효(隗囂)에 의해 장군으로 발탁되었다. 그 무렵, 공손술(公孫述)은 촉(蜀) 땅에서 제(帝)라 불리고 있었다. 외효는 그가 어떤 인물인가 궁금하여 마원을 보내 알아오도록 했다. 마원은 공손술과 고향 친구였으므로 즐거운 마음으로 촉으로 향했다. 그러나 공손술은 무장한 군사들을 계단아래 세워놓고 거만한 태도로 마원을 맞이했다. 마원은 공손술의 오만방자한 태도로 보아 큰일을 할 수 있는 자가 아니라고 판단하고 서둘러 돌아와서 외효에게 이렇게 말했다. "공손술은 조그만 촉 땅에서 뽐내는 재주밖에 없는 '우물 안 개구리'입니다. 상대하지 마십시오." 마원의 말을 들은 외효는 공손술을 멀리하고 훗날 후한의 시조가 된 광무제(光武帝)와 손을 잡게 되었다.
　정중지와(井中之蛙) :《장자(莊子)》, 〈추수편(秋水篇)의 이야기이다. 장자는 이 장에서 하백과 약의 문답 형식을 빌어, "도(道)의 높고 큼이나 대소귀천(大小貴賤)은 정해진 것이 아니다. 따라서 사람들은 그 구별을 잊고 도에 따라야 한다."고 주장한다. '정중지와'는 '부지대해(不知大海)'와 함께 한 구를 이룬다. 즉, '우물 안 개구리는 바다를 말해도 알지 못한다[井中之蛙 不知大海]'로 쓴다.

ᄒ면서 보도듯도못혼 다른 나라 일을 다 아노라고 츄쳑대니 가
증하고 우숩듸다.(20~21쪽)

ⓛ 년젼에 어늬나라 엇던 대관이 외국 대관을 맛나셔 수작홀새 외국
대관이 뭇기를 대감이 지금 내부대신으로 잇스니 젼국의 인구와
호슈가 얼마ᄂ 도는지 아시오 혼대 그 대관이 묵묵무언 ᄒᄂ지라
또 뭇기를 대감이 젼에 탁지대신을 지내엿스니 젼국의 결총과 국
고의 세출세립이 얼마나 되ᄂ지아시오혼대 그 대관이 또 아모말
도 못ᄒᄂ지라 그 외국 대관이 말ᄒ기를, 대감이 이 나라의 나셔
이 졍부의 대신으로 이갓치 모로니 귀국을 위ᄒ야 가셕ᄒ도다 ᄒ
얏고 작년에 어늬ᄂ라 내부에서 각읍에 훈령ᄒ고 부동산을 조사
ᄒ야 보ᄒ라 ᄒ엿더니 엇던 군슈ᄂ 보ᄒ기를 이 고을에ᄂ 부동산
이 업다ᄒ야 일셰의 우숨거리가 되얏스니 ……(21~22쪽)

ⓒ 사롭은 여간좀 연구ᄒ야 아ᄂ거시 잇거든 세상에 유익ᄒ고 사회
에 효험 잇게 아름다운 사업을 영위할 거시어ᄂᆯ 조고맛치 남보
다 몬져 알엇다고 그 지식을 이용ᄒ야 남의나라 ᄲᅢ앗기와 남의
백셩 학대ᄒ기와 군함 대포를 만드러셔 악흔일에 죵사ᄒ니 그런
ᄂ라 사롭들은 당초에 사롭되ᄂ 령혼을 주지아니 ᄒ얏더면 도로
혀 조홀번 ᄒ얏소.(22~23쪽)

ⓔ 엇던 사람은 졔 나라 형편도 모르면셔 타국 형편을 아노라고 외
국 사람을 부동ᄒ야 님군을 속이고 나라를 해치며 백셩을 위협
ᄒ야 재물을 도젹질ᄒ고 벼살을 도득ᄒ며 개화ᄒ얏다 자칭ᄒ고
양복 입고 단장 집고 궐연물고 시계차고 살죽경쓰고, 인력거나
자행거타고 제가 외국사롬인톄ᄒ야 졔 나라 동포를 압졔ᄒ며, 혹
은 외국스롬 상죵함을 영광으로 알고 아쳠ᄒ며 여간 월급량이나
벼살 낫치나 엇어 ᄒ노라고 남의 나라 져탐군이 되어 애매혼 사
람 모홈ᄒ기 어리셕은 사람 위협ᄒ기로 능사를 삼으니 이런사람

들은 안다ᄒᆞᄂᆞᆫ거시 도로혀 큰 병통이 아니오.(23쪽)

ⓜ 우리 개고리의 족속은 우물에 있으면 우물에 잇난 분슈를 직히고
미나리 논에 잇스면 미나리논에 잇는 분슈를 직히고 바다에 잇스
면 바다에 잇는 분슈를 직히ᄂᆞ니 그러면 우리ᄂᆞᆫ사람보다 샹등이
아니오닛가…… 동양 셩인 「공ᄌᆞ」ᄭᅴ셔 말삼ᄒᆞ시기를 아는거슨 안
다ᄒᆞ고 아지못 ᄒᆞᄂᆞᆫ거슨 아지못ᄒᆞᆫ다 ᄒᆞᄂᆞᆫ거시 졍말 아는거시라
ᄒᆞ셧스니 져의들이 쳔박한 지식으로 남을 속이기를 능소로 알고
텬하 만ᄉᆞ를 모도 아는 톄ᄒᆞ니 우리는 이갓치 거짓말은 ᄒᆞ지아니
ᄒᆞ오.(23~26쪽)

ⓑ 사롬이란거슨 하나님의 리치를 아지못ᄒᆞ고 악흔 일만 만히ᄒᆞ니
그대로 둘수가 업스니 ᄎᆞ후는 사롬이라 ᄒᆞᄂᆞᆫ 명칭을 주지 마ᄂᆞᆫ
거시 대단히 올흘 줄노 생각ᄒᆞ오.(26쪽)

개구리는 〈졍와어해(井蛙語海)〉를 제목으로 연설한다. 사람들은 개
구리를 가리켜 우물 안 개구리와 바다 이야기를 할 수 없다고 하지만
개구리는 모르는 것을 아는 체 하지 않는다. 개구리 족속은 우물에
있으면 우물에 있는 분수를 지키고, 미나리 논에 있으면 미나리 논에
있는 분수를 지키고, 바다에 있으면 바다에 있는 분수를 지킨다. 그런
데 제 나라일도 잘 모르는 이 나라의 대신과 관리들이 - 내부대신이
전국의 인구와 호수(戶數)가 얼마나 되는지 모르고, 국가의 재정을 책
임진 탁지대신이 국고의 세출세입이 얼마인지도 모르며 또 나라에서
각 읍에 훈령하여 부동산을 조사하여 보고하라 했더니 어떤 군수가
'이 고을에는 부동산이 없다'고 보고하여 일세의 웃음거리가 되는 등
- 천하대세를 아는 체 하고 나라는 망하여 가건만 외국인을 부동하여

임금을 속이고 백성을 착취하는 지배세력, 또 일부 외형만을 흉내 내어 개화 하였다 자칭하고 제가 외국 사람인 체 제 나라 동포들을 압제하며, 하찮은 벼슬을 얻어 남의 나라 정탐꾼이 되어 애매한 사람 모함하기, 어리석은 사람 위협하기를 능사로 하는 사람들의 교활함을 신랄하게 비판한다. 또 사람들이 그들의 지식을 세상에 유익하고 아름다운 사업에 사용해야할 것인데, 이를 악용하여 각종 무기를 만들어 남의 나라 빼앗기와 남의 백성 학대하는 일에 종사하는 제국주의를 신랄하게 비판한다. 이처럼 사람들이 하나님의 이치를 알지 못하고 악한 일만 하니 차후로는 사람이라는 명칭을 주지 않는 것이 옳을 것이라 한다.

(6) 뎨수셕 〈구밀복검(口蜜腹劍)〉[6]-벌의 연설요지

ㄱ 사룸들이 우리 벌을 독흔 사람에 비유흐야 말흐기를, 입에 꿀이 잇고 배에 칼이 잇다흐나 우리입의 꿀은 남을 꾀이려 흐는거시 아니라 우리 량식을 만드는 거시오 우리배의 칼은 남을 공연히 쏘거나 찌르는거시 아니라 남이나를 해치려 흐는때에 졍당방위로 쓰는칼이오 ⋯⋯ 사룸들 은 됴와라고 지낼때에는 깨소곰 항아리갓치 고소흐고 맛잇게 슈작흐다 가 조곰만 미흡흔 일이 잇스면 죽일놈 살닐놈흐며 무셩포가 잇스면

---

6) 구밀복검(口蜜腹劍) :≪〈십팔사략(十八史略)〉≫에 있는 고사의 이야기이다. 당(唐) 나라 현종(玄宗)은 45년 치세의 초기에는 측천무후(則天武后) 이래의 정치의 난맥 (亂脈)을 바로잡고 안정된 사회를 이룩한 정치를 잘한 인물로 칭송을 받았다. 그러나 시간이 흐르면서 정치에 염증을 느끼고 양귀비(楊貴妃)를 총애하여 주색에 빠져 들 기 시작하였다. 그 무렵 이임보(李林甫)라는 간신이 있었는데, 왕비에 아첨하여 현종 의 환심을 사 출세하여 재상이 된 사람이다. 이임보는 황제의 비위만을 맞추면서 절 개가 곧은 신하의 충언이나 백성들의 간언(諫言)이 황제의 귀에 들어가지 못하게 하 였다. 이런 식으로 신하들의 입을 봉해 버렸다. 설령 직언을 생각하고 있는 선비라 할지라도 황제에게 접근할 엄두조차 낼 수 없었다. 그래서 사람들이 "이임보는 입에 는 꿀이 있고 배에는 칼이 있는 음흉한 사람이라고 말했다[이임보 투현질능 성음험 인이위 구유밀복유검(李林甫 妬賢嫉能 性陰險 人以爲 口有蜜腹有劍)]."

곳 노아죽이랴ᄒ니 그런 악독흔거시 어대 또 잇스리오 …… 우리는 텬
디간에 미물이로대 그럿치는 안소.(28~29쪽)

ⓛ 또 우리는 님군을 셤기되 충성을 다ᄒ고 장슈를 뫼시되 군령이
분명ᄒ며 다 각각 직업을 직혀 일을 부지런히ᄒ야 주리지아니
ᄒ거늘 엇던나라 사름들은 졔 님군을 죽이고 역적의 일을ᄒ며
졔 장슈의 명령을 복죵치 아니ᄒ고 란병도되며 백셩들은 게을너
셔 …… 술이나 먹고 노름이나 ᄒ고 계집의 집이나 차자단니고
협잡이나 ᄒ고 그렁더렁 세월을 보내여 집이 구차ᄒ고 나라이
간난ᄒ니 사름으로 생겨나셔 우리 벌들보다 낫다ᄒᄂ거시 무엇
시오.(29~30쪽)

ⓒ 그래 사름중에 사름스러운 거시 몃치나 잇소 우리는 사름들에게
시비 드를것 조곰도 업소 사름들의 악한 행위를 말ᄒ려면 끗치
업겟스나 시간이 부족ᄒ야 고만 둡내다.(30쪽)

　벌은 〈구밀복검(口蜜腹劍)〉을 주제로 하여, 사람들이 흔히 독한 사
람을 벌에 비유하여 '입에 꿀이 있고 배에 칼이 있다'고 하지만, 벌의
입에 있는 꿀은 남을 속이기 위한 것이 아니라 양식을 만드는 것이고,
벌의 배에 있는 칼은 남이 나를 해치려 하는 때에 정당방위로 쓰는
것이라고 한다. 이러한 벌과 달리 사람의 입은 변화무쌍하여 서로 맞
대하였을 때는 달게 말하다가 돌아서면 흉보고 욕하고 무성포(無聲砲)
가 있으면 곧 쏘아 죽이기라도 할듯하다고 한다. 또 벌들의 사회에서
는 임금을 섬기되 충성을 다하고 장수를 뫼시되 군령(軍令)이 분명하
지만 사람들은 임금을 죽이고 역적의 일을 도모하며 장수의 명령을
어기고 난병(亂兵)도 된다. 사람이야말로 꿀같이 말을 달콤하게 하고
칼 같은 마음을 품으니, 사람에게 시비 들을 것 조금도 없다고 인간의

표리부동함을 비판한다.

(7) 데오셕 〈무장공자(無腸公子)〉[7]-게의 연설요지

ㄱ 무장공자라 ᄒᆞ는 말은 창자업는 물건이라 ᄒᆞ는 말이니 녯적에 '포
박자'라 ᄒᆞ는 사ᄅᆞᆷ이 우리 게의 족속을 가라쳐 무장공자라 ᄒᆞ얏스
니 대단히 무례ᄒᆞᆫ 말이로다 그래 우리는 창자가 업고 사ᄅᆞᆷ들은
창자가 잇소?(31쪽)

ㄴ 지금 엇던 나라 정부를보면 …… 신문에 그러케 나물래고 사회에
셔 그러케 시비ᄒᆞ고 백성이 그러케 원망ᄒᆞ고 외국사ᄅᆞᆷ이 그러케
욕들을 ᄒᆞ야도 모로는 체ᄒᆞ니 이거시 창자잇는 사ᄅᆞᆷ들이오? 그
정부에 올흔 마암먹고 벼살ᄒᆞ는 사ᄅᆞᆷ 누가잇소 만판 경륜이 님
군 속일 생각 백성 잡어먹을 생각 나라 파러먹을 생가밧게 아모
생각업소 이갓치 썩고 더럽고 구닌내가 물큰물큰나는 창자는 우
리의 업는거시 도로혀 낫소.(31~32쪽)

---

7) 무장공자전(無腸公子傳) : 고려 의종 때 이윤보(李允甫)가 지은 가전체소설. 원전이
전하지 않아 서지적 상황과 작품내용을 구체적으로 알 수 없다. 이규보(李奎報)의
≪동국이상국집(東國李相國集)≫ 권21과 최자(崔滋)의 ≪보한집(補閑集)≫ 권中에
이윤보가 〈무장공자전〉을 지었다는 기록이 보인다. 무장공자는 ≪본초강목(本草綱
目)≫에 해(蟹)의 일명으로 되어 있는데 창자가 없기 때문에 지어진 이름이다. 그 밖
에 방해(螃蟹)·곽삭(郭索)·횡행개사(橫行介士) 등의 별명이 있다고 하였다. 이 작
품의 내용을 이규보와 최자의 기록을 통하여 간접적으로 추정해보면 다음과 같다.
곧, 〈무장공자전〉은 세상을 빈정거리고 희롱한 작품이다. 한유(韓愈)의 〈모영전(毛
穎傳)〉, 〈하비후혁화전(下邳侯革華傳)〉과 비교한다 하여도 선후를 알 수 없다. 이규
보가 약관에 〈국수재전(麴秀才傳)〉을 지은 적이 있는데, 이윤보가 처음 과거에 오를
때 이를 효칙(效則)하여 지었다는 등의 내용이다.
  이러한 사실을 근거로 하여 볼 때, 이윤보는 게를 의인화하여 세상을 조롱하되, 사
람들이 앞으로 똑바로 걷지도 못하고, 창자 없는 게처럼 자존심도 없이 사는 모습을
희작화(戲作化)한 작품이다.(한국민족문화대백과, 한국학중앙연구원)

ⓒ 또 욕을 보아도 셩낼줄도 모로고 조혼일을 보아도 깃버홀줄도 아
지못ㅎ는 사룸이 만히잇소 남의 압졔를 밧아 살수업는 디경에 니
르되 깨닷고분혼 마음업고 남의게 그러케 욕을보아도 노여홀줄
모로고 죵노릇 ㅎ기만 됴케녁이고 달게녁이며 관리의 무례혼 압
박을 당ㅎ여도 ㅈ유를 차질 생각이 도모지 업스니 이거시 챵ㅈ잇
는 사룸들이라 ㅎ겟소 우리는 챵ㅈ가 업다 ㅎ여도 남이 느를 해
치려ㅎ면 쥭 더래도 가위로 집어 흔놈 물고 죽소.(32쪽)

ⓔ 지금 사람들을 보면 그 창자가 다 썩어서 미구에 창자 있는 사람
은 하나도 없이 다 무장공자 될 것이니, 이다음에는 사람더러 무
장공자라 불러야 옳겠다.(34~35쪽)

게는 〈무장공자(無腸公子)〉라는 제목으로 국민들의 자유의지의 부
족, 비굴한 속성을 공격한다. 무장공자라는 말은 창자 없는 물건이라
는 말인데, 사람들이 게를 가리켜 무장공자라 함은 부당하며 오히려
썩고 더러운 창자를 가진 인간이 문제라고 한다. 게는 창자가 없다
치고 사람들은 창자가 있는가 반문한다. 신문과 사회와 백성들과 외
국인이 그렇게 시비하고 비난하고 원망하며 욕을 해도 모르는 체, 임
금 속일 생각, 백성 잡아먹을 생각, 나라 팔아먹을 생각 밖에 없는 이
나라 정부의 관리들과, 남의 압제를 받아 살 수 없는 지경이 되어도
분한 마음이 없고 남에게 그렇게 욕을 보아도 노여워할 줄 모르고 아
무리 관리의 무례한 압박을 당해도 자유를 찾을 생각이 없는 국민,
이것이 과연 창자 있는 사람들의 정부고 국민이냐고 신랄하게 비난한
다. 그리고 오히려 창자 없는 게들이 행한 사적이 창자 있는 인간들이
행한 일보다 옳고 아름다움을 말한다. 게는 창자 없는 게를 비웃는
사람들에 대해 지금의 사람들은 창자가 다 썩어 무장공자가 될 것이

니, 앞으로는 사람더러 무장공자라 불러야 옳다고 한다.[8]

(8) 뎨륙셕 〈영영지극(營營之極)〉[9]-파리의 연설요지

㉠ 사룸들이 우리 파리를 가라쳐 말ᄒ기를, 파리는 간사ᄒ 소인이라 ᄒ니 대뎌 사룸이라 ᄒᄂ것들은 뎌의 흉은 살피지못ᄒ고 다만 남의 말은 잘ᄒᄂ것들이오 간사한 소인의 셩품과 태도를 가진것들은 사룸들이오.(35쪽)

㉡ 우리는 결단코 가하ᄒ 일은 ᄒ지아니 ᄒ얏소마는 인가에는 참소인이 만습듸다 사슴을 가라 쳐 말이라ᄒ야 님군을 속인거시 비단 「조고」ᄒ 사룸뿐아니라 지금 망ᄒ야가는 나라 조뎡을 보면 온 정부가 다 「조고」갓ᄒ 간신이오.(36쪽)

㉢ 친구라고 사괴다가 뎌잘되면 차바리고 동지라고 샹죵타가 남죽이고 뎌잘되기 누구누구는 빈 쳔지교 뎌바리고 조강지쳐 내쫓치니 그거시 사룸이며 아모아모 유지지사 고발ᄒ야 감옥셔에 모라녓코 뎌 잘되기 희망ᄒ니 그것도 사룸인가.(36쪽)

㉣ 우리는 먹을서슬 보면 혼자 먹는 법 업소 여러 족속을 쳥ᄒ고 여러 친구를 불너 화락ᄒ 마음으로 ᄒ가지로 먹지마는 사룸들은 리끗만 보면 형 뎨간에도 의가 샹ᄒ고 일가간에도 졍이 업셔지며 심ᄒ 쟈는 셔로 골육샹쟁 ᄒ기를 례ᄉ로 아니 참 긔가 막히오.(36~37쪽)

㉤ 동포끼리 셔로 ᄉ랑ᄒ고 구 졔 ᄒᄂ거슨 하나님의 리치어늘 사룸들은 과연 뎌의 동포끼리 셔로 ᄉ랑ᄒᄂ가 뎌들끼리 셔로 빼앗고

---

8) 권영민 엮음, 『금수회의록』, 뿔, 2008, 50쪽.
9) 영영지극(營營至極): '영영(營營)하다'에서 유래한 말로, 세력이나 이익 따위를 얻기 위하여 가만히 있지 못하고 이리저리 쏘다니는 모양이 매우 번잡하여 극에 달하다.

싸호고 서로 싀긔ㅎ고 서로 총을노아 죽이고 칼노질너 죽이고 서
로 피를 빠라 마시고 살을 깍가 먹으되 우리는 그러치안소.(37쪽)

ⓑ 사롬들이 ㅎ는 말이 파리는 쫏쳐도 쫏쳐도 도로온다 미워ㅎ니 뎌의
들이 쫏칠거슨 쫏지 아니ㅎ고 아니 쫏칠거슨 쫏는도다 사롬들은
우리를 쫏치려ㅎ거시 아니라 불가불 쫏칠거시 잇스니 사롬들아
너희들이 당연히 쫏칠거슨 너의 마음을 슈고롭게 ㅎ는 마귀니라
…… 너의 ᄆᆞ음속에 잇는 물욕을…… 너의 머릿속에 잇는 썩은 생
각을…… 죠뎡에 잇는 간신들을…… 너의 세상에 잇는 소인들을
내여쫏치라.(38쪽)

ⓢ 사롬들아 사롬들아 우리수십 억만마리가 일 졔 히 손을 뷔비고 비ᄂᆞ
니 우리를 뮈워ㅎ지 말고 하나님이 뮈어ㅎ시는 너의를 해치는 여러
마귀를 쫏치라 손으로만 비러서 아니드르면 발노라도 빌겟다.(38쪽)

파리는 〈영영지극(營營之極)〉이라는 제목으로 연설한다. 사람들은
파리는 간사한 소인이라고 말하나, 간사한 소인의 성품을 가진 것은
오히려 사람들임을 주장한다. 그리고 파리는 먹을 것을 보면 혼자 먹
는 법이 없고 여러 족속과 친구를 청하여 서로 화락한 마음으로 나누
어 먹는데, 사람들은 서로 사랑하기 보다는 조금이라도 이익이 되는
일을 보면 골육상쟁하기와 빈천지교(貧賤之交), 조강지처 버리기를 예
사로 하며 심지어는 유지지사를 고발하여 감옥에 몰아넣으며 저 잘되
기만을 꾀하니 참으로 기가 막힌다고 인간들의 행동을 비판 한다. 사
람들은 '파리는 쫓아도 쫓아도 다시 온다'고 화를 내지만, 성내며 쫓아
야 할 것은 파리가 아니라 인간들 마음속에 있는 물욕, 머릿속에 있는
썩은 생각, 조정에 있는 간신들, 세상에 있는 소인들임을 충고하며,

"사람들아 우리 수십억만 마리가 일제히 손을 비비고 비나니, 우리를 미워하지 말고 너희를 해치는 여러 마귀를 쫓으라, 손으로만 빌어서 아니 들으면 발로라도 빌겠다."고 하며 연설을 마친다.

(9) 데칠석 〈가졍이맹어호(苛政猛於虎)〉[10]-호랑이의 연설요지

㉠ 이거슨 넷적 유명훈 셩인 '공자'님이 ᄒ신 말삼이라 가졍이맹어호라 ᄒ는 뜻은 까다로온 졍ᄉ가 호랑이보다 무섭다 홈이니 「양자」라ᄒ는 사롬도 이와갓흔 말이 잇는대 혹독훈 관리는 늘개잇고 뿔잇는 호랑이와 갓다훈지라 사롬들이 말ᄒ기를 뎨일 포악ᄒ고 무셔운거슨 호라이라 ᄒ엿스니 ᄌ고이래로 사롬들이 우리의게 해를 밧은쟈이 몃명이나 되ᄂᆞ뇨 도로혀 사롬이사롬의게 해를 당ᄒ며 살육을 당훈쟈이 몃 억만명인지 알수 업소.(39쪽)

㉡ 우리는 셜ᄉ 포악훈 일을 훌지라도 깁흔산과 깁흔 골과 깁흔 슈풀 속에셔만 횡행할뿐이오 사롬쳐럼 쳥텬백일지하에 사롬을 죽이고 재물을 빼앗스며 죄업는 백셩을 감옥셔에 모라너허 돈밧치면 내여놋코 셰업스면 죽이는것과 …… 돈을밧고 벼살을 내여셔 그벼살 사롬이 그미쳔을 뽑으려고 음흉훈 슈단으로 졍ᄉ를 까다롭게ᄒ야 백셩을 못 견대게ᄒ니 사롬들의 악독훈 일를 우리

---

10) 가정맹어호(苛政猛於虎) : 《예기(禮記)》의 〈단궁하편(檀弓下篇)〉에 나오는 '가정맹어호야(苛政猛於虎也)'에서 유래되었다. 가정이란 혹독한 정치를 말하고, 이로 인하여 백성들에게 미치는 해는 백수(百獸)의 왕이라 할 만큼 사납고 무서운 범의 해(害)보다 더 크다는 것이다. 공자(孔子)가 노나라의 혼란 상태에 환멸을 느끼고 제나라로 가던 중 허술한 세 개의 무덤 앞에서 슬피 우는 여인을 만났다. 사연을 물은 즉 시아버지, 남편, 아들을 모두 호랑이가 잡아먹었다는 것이었다. 이에 공자가 "그렇다면 이곳을 떠나서 사는 것이 어떠냐?"고 묻자 여인은 "비록 호랑이가 많아 위험하기는 하나 가혹한 정사(政事)가 없기 때문입니다."라고 대답하였다. 이에 공자가 제자들을 둘러보며 말했다. "명심해서 들어두거라. 가혹한 정치는 호랑이보다도 무섭다는 것을 ……."

호랑이의게비ᄒ야보면 몃만배가 될런지 알수업소.(39~40쪽)

ⓒ 또 우리는 다른 동물을 잡아먹더래도 하ᄂ님이 만드러주신 발톱
과 니빨노 하ᄂ님의 뜻슬 밧아 텬성의 행위를 행홀뿐이어늘 사
롭들은 학문을 이용ᄒ야 화학이니 물리학이니 배하서 사룸의 도
리에 유익ᄒ ᄋᆞᆯ혼일에 ᄂᆞ거슨 별노업고 각색병긔를 발명ᄒ야
…… 재물을 무한이 내바리고 사룸을 무수히 죽여서 나라를 만들
때에 만반경륜은 다 남을 해ᄒ려는 마암뿐이라.(40쪽)

ⓓ 녯적 사룸은 호랑이의 가죽을 쓰고 도적질 ᄒ얏스나 지금 사룸들
은 겁즐은 사룸의 겁즐을 쓰고 마암은 호랑이의 마암을 가져셔
더욱 험악ᄒ고 더욱 흉포ᄒ지라 하나님은 지공 무사ᄒ신 하나님
이시니 이갓치 험악ᄒ고 흉포ᄒ것들의게 뎨일 귀ᄒ고 신령ᄒ다
는 권리를 줄까닭이 무엇시오 사룸으로 못된일ᄒ는자의 종자를
업새는거시 조흘줄노 생각ᄒ옵내다.(42~43쪽)

호랑이는 〈가정맹어호(苛政猛於虎)〉라는 고사성어를 제목으로 연
설한다. 사람들은 제일 포악하고 무서운 것은 호랑이라 하지만, 사람
들이 해를 입음은 호랑이보다는 같은 사람에게 당한 자가 몇 억만 명
인지 알 수 없다고 한다. 음흉한 수단으로 정사를 까다롭게 하여 백성
의 고혈을 빠는 탐관오리와 학문을 배워 유익한 일에 쓰는 일은 별로
없고, 각색 병기를 발명 제조하여 재물을 무한히 탕진하고 대량으로
사람을 죽이는 인간의 어리석음과 잔인성을 규탄한다. 지극히 공정하
여 사사로움이 없으신 하나님은 이같이 흉악하고 포학한 인간에게 제
일 귀한 권리를 줄 까닭이 없으며, 사람으로 못된 일 하는 자의 종자
를 없애는 것이 옳은 줄로 안다고 한다.

(10) 뎨팔셕 〈쌍거쌍래(雙去雙來)〉[11]-원앙의 연설요지

㉠ 여러분이 인류의 악행을 공격하ᄂᆞᆫ거시 다 졀당ᄒᆞᆫ 말삼이로되 인
류의 뎨일괴악ᄒᆞᆫ 일은 음란ᄒᆞᆫ거시오 하나님이 사ᄅᆞᆷ을 내실ᄯᅢ에
ᄒᆞᆫ남자에 ᄒᆞᆫ녀인을 내셧스니 ᄒᆞᆫ 사나이와 ᄒᆞᆫ 녀편네가 셔로 져
바리지 아니홈은 텬하에 뎡ᄒᆞᆫ 인류라 사나희도 계집을 여럿
두ᄂᆞᆫ거시 올치안코 녀편네도 셔방을 여럿 두ᄂᆞᆫ거시 올치 안커눌
⋯⋯지금 셰샹 사ᄅᆞᆷ들은 괴악ᄒᆞ고 음란ᄒᆞ고 박졍ᄒᆞ야 길가에 ᄒᆞᆫ
가지 버들을 꺽기위ᄒᆞ야 백년 해로ᄒᆞ랴던 사ᄅᆞᆷ을 니져바리고 동
산에 ᄒᆞᆫ송이 꼿보기 위ᄒᆞ야 조강지쳐를 내쫏치며 남편이 병이
들어 누엇ᄂᆞᆫ대 의원과 간통ᄒᆞᄂᆞᆫ 일도잇고 복을빌어 불공ᄒᆞ다 가
탁ᄒᆞ고 즁셔방ᄒᆞᄂᆞᆫ 일도잇고 남편죽어 사흘이 못되야 셔방해갈
쥬션ᄒᆞᄂᆞᆫ 일도 잇스니 사ᄅᆞᆷ들은 계집이나 사나희나 인졍도 업고
의리도 업고 다만 음란ᄒᆞᆫ 생각뿐이라 홀수밧게 업소.(43~45쪽)

㉡ 우리 원앙새ᄂᆞᆫ 텬디간에 지극히 젹은 물건이로되 사ᄅᆞᆷ과 갓치 그
런 더러온 행실은 아니ᄒᆞ오⋯⋯ 리 원앙새의 력ᄉᆞ를 짐작ᄒᆞ기로
니야기ᄒᆞᄂᆞᆫ 말이 잇소 녯날에 ᄒᆞᆫ 산양군이 원앙새 ᄒᆞᆫ말리를 잡엇
더니 암원앙새가 슈원앙새를 일코 슈졀ᄒᆞ야 과부로 잇슨지 일년
만에 또 그산양군의 활살에 마져엇은바 된지라 산양군이 원앙새
를 잡어가지고 집으로 돌아와셔 텰을 뜰을새 눌개아래 무어시잇
거눌 자셰히보니 거년에 ᄌᆞ긔가 잡어온 슈원앙새의 대가리라 이
거슨 암원앙새가 슈원앙새와 갓치 잇다가 슈원앙새가 산양군의
활살을 마져셔 떠러지니 그 창황즁에도 슈원앙새의 대가리를 집
어가지고 숨어셔 일시의 란을 피하야 짝일흔흔을 닛지아니ᄒᆞ고
셔방의 대가리를 눌개밋헤 끼고 슬피 셰월을 보내다가 또한 산양

---

11) 쌍거쌍래(雙去雙來) : 쌍쌍이 오고 쌍쌍이 간다ᄂᆞᆫ 뜻으로 부부간의 금실이 좋음을
이르는 말.

> 군의게 엇은바 된지라 그 산양군이 이거슬보고 정절이 지극한 새
> 라ᄒ야 먹지아니ᄒ고 정결훈 따에 장사를 지낸후로브터 다시 원
> 앙새논 잡지아니 ᄒ얏다ᄒ니 우리 원앙새논 즘생이로되 절개를
> 직힘이 이러하오.(45~46쪽)

　마지막으로 원앙새가 연단에 올라서서 〈쌍거쌍래(雙去雙來)〉라는
제목으로 인간사회의 문란해진 부부윤리를 규탄한다. 원앙새는 인류
의 제일 괴악한 일은 음란이라고 한다. 하나님이 사람을 내실 때에
한 남자에 한 여인을 내셨으니, 남녀를 불문하고 두 사람을 섬기는
것은 옳지 않은데 사람들은 예사로 조강지처를 버리고 간통을 일삼는
다고 인간사회의 처첩제도와 남녀의 음란함을 비난한다. 그러면서 옛
날 한 사냥꾼이 수 원앙새 한 마리를 화살로 잡은 지 일 년 만에 같은
장소에서 다시 암 원앙새 한 마리를 잡았는데, 사냥꾼이 집에 와서
털을 뽑을 때, 그 원앙새의 겨드랑이 밑에서 원앙새의 머리 하나가
떨어졌다. 이는 일 년 전에 그 사냥꾼이 수 원앙새를 잡을 때 떨어진
머리를, 그 창황 중에서도 암 원앙새가 집어서 겨드랑이에 품고 난을
피하여 숨어서, 짝 잃은 한을 잊지 않고 슬피 세월을 보내다가 같은
사냥꾼의 화살에 잡힌 것이다. 이를 알게 된 사냥꾼은 정절이 지극한
새라하여 먹지 않고 정결한 땅에 장사를 지낸 후 다시는 원앙새를 잡지
않았다는 아름다운 고사를 소개한 후, 원앙새는 짐승이지만 절개를
지킴이 이러한데 세상에 제일 더럽고 괴악한 것은 사람이라, 다 말하려
면 자기 입이 더러워질 터이니 그만 두겠다며 물러난다.

(11) 폐회 - 회장

> 여러분 ᄒ시는 말삼을 드르니 다올ᄒ신 말삼이오 대뎌 사롬이라 ᄒ
> 는 동물은 세 상에 뎨일 귀ᄒ다 신령ᄒ다 ᄒ지마는 뎨일 어리석고 뎨
> 일 더럽고 뎨일 괴악ᄒ다ᄒ오 그 행위를 들어 말ᄒ자면 한뎡이 업고
> 또 시간이 진ᄒ얏스니 그만 폐회하오.(47쪽)

폐회 선언 후 회의소에 모였던 짐승들은 다 돌아가고, 여러 짐승의
연설을 듣고 난 '나'는 서글픔을 느끼며 다음과 같이 탄식한다.

> "슳ᄒ다 여러 즘생의 연설을 듯고 가마니 생각 ᄒ야보니, 셰상에 불
> 상한 거시 사롬이로다. 내가 엇지ᄒ야 사롬으로 태여ᄂᆞ셔 이런 욕을
> 보는고 사롬은 만물 중에 귀ᄒ기로 졔일이오 신령하기도 졔일이오 재
> 조도 졔일이오 지혜도 졔일이라 ᄒ야 동물 중에 졔일 됴타 ᄒ더니 오
> 날늘로 보면 졔일 악ᄒ고 졔일 흉괴하고 졔일 음란ᄒ고 졔일 간사ᄒ고
> 졔일 더럽고 졔일 어리석은거슨 사롬이로다.
> 가마귀쳐럼 효도홀줄도 모르고 개고리쳐럼 분수직힐줄도 모르고 여
> 호보담도 간샤하고 호랑이보담도 포악ᄒ고 벌과갓치 정직ᄒ지도 못하
> 고 파리갓치 동포 ᄉᆞ랑홀줄도 모르고창ᄌᆞ업는 일은 게보다 심ᄒ고 부
> 졍흔 행실은 원앙새가 부그럽도다 여러 즘생이 연설홀 때 나는 사롬을
> 위ᄒ야 변명 연설을 ᄒ리라 ᄒ고 멋번 생각ᄒ야 본즉 무슨말노 변명홀
> 수가 업고 반대를 ᄒ려ᄒ나 현하지변을 가져드래도 쓸대가 업도다 사
> 롬이 떠러져서 즘생의 아래가 되고 즘생이 도료혀 사롬보다 샹등이 되
> 얏스니 엇지ᄒ면 죠흘고 예수씨의 말삼을 드르니 하ᄂᆞ님이 아직도 사
> 롬을 ᄉᆞ랑ᄒ신다ᄒ니 사롬들이 악흔 일을 만히 하엿슬지라도 회개ᄒ
> 면 구완 잇는길이 잇다ᄒ얏스니 이 세상에 잇는 여러 형졔ᄌᆞ매는 깁히
> 깁히 생각ᄒ시오.(47~48쪽)

폐회 선언 후 회의 장소에 모였던 짐승들은 다 각각 돌아가고, 짐승들의 연설을 처음부터 끝까지 듣고 난 화자는 서글픔을 느낀다. 만물 중에 가장 존귀한 줄 알았던 인간이 실은 제일 악하고 제일 흉하고 제일 음란하고 제일 간사하고 제일 더럽고 제일 어리석음을 알고 탄식한다. 그러나 이러한 상황에서도 사람이 하나님께 회개하면 구원의 길이 있다는 '예수 씨'의 말씀을 상기시키며 여러 형제자매들에게 이 말씀을 깊이깊이 생각할 것을 당부한다. 앞에서 살펴본 바와 같이 이 작품 저변에는 전통적인 유교사상 이외에 시종일관 기독교의 하나님 사상이 깊숙이 깔려 있다. 이는 기독교를 받아들인 안국선의 종교관을 반영한 것으로, '서언'에서 인류사회의 타락과 패악을 고발하고 마지막 '화자의 말'을 통해 그러한 현실을 '회개와 구원'이라는 기독교의 종교의례적인 구조와 연결시켜 구원의 가능성을 열어 보였다.

2)『인류공격금수국회』

이 작품은 작자가 요미우리신문의 주필로 활약하고 있던 시기에 쓴 것으로 추측되는데, 당시의 정치와 세태를 풍자하여 문명개화의 모순을 비판하고 야유하는 일관된 작가의 반골(反骨) 정신을 보여주는 작품이라 할 수 있다. 당시의 정부의 근대화 정책이었고 또한 사회풍조였던 문명개화의 모순을 폭로하기 위하여 금수를 내세워 세태를 마음껏 야유하고 비판한 일종의 동물우화소설로, 작자는 성성이를 위시하여 9마리의 동물을 차례로 등장시켜 인류의 타락상과 명치유신 이후 일본 신정부의 서구화 정책을 맹렬히 조소 비난하고 있다. 이 소설은 안국선의『금수회의록』과 마찬가지로 '꿈'이라는 가상의 비현실적인 공간과 의인화한 동물들의 연설을 통하여 작자의 사상과 비판의식, 창작의도를 자유자재로 개진한 몽유록계, 액자소설의 형식을 취한 동물우화소설이다. 꿈이라는 비 서사적 상황을 설정함으로써 서사적 시간과 공간의 한계성을 초월하여 우화적 상황 설정을 용이하게 하였다.

작중화자인 '나'는 스스로 발명한 수상보행기를 타고 어느 날 낚시를 떠났는데, 낚시 도중에 폭풍우를 만나 격랑에 휩쓸려 정신없이 외해로 흐르게 된다. 정신을 차리고 보니 '나'는 어느 무인절도에 표류해 있었다. 그는 그간의 간난(艱難)과 극심한 피로 때문에 수마가 엄습해와 깊은 잠에 빠져들게 되고, 꿈속에서 '나'는 인류의 타락상과 명치유신 이후의 정부가 추진하는 무모한 서구화정책과 문명개화를 비판하고 야유하는 '금수회의'의 자초지종을 목격하게 된다. 이하, 이 작품의 내용을 분석해 보기로 한다.

(1) 서언(緖言) - 요지(要旨)

　　㉠ 夏季の蟲類。豈に冬に皚雪あるを知んや。人類に於るも亦た然り。
　　　限りある智慧を以て限りなき天地相像し之れ至論なりとするは猶
　　　ほ夏蟲の皚雪に於ると何ぞ擇まん。(田島象二, 『人類攻擊禽獸國會』,
　　　緖言 1쪽, 이하 쪽수만 기재함)

(여름철의 충류. 어찌 겨울의 흰 눈을 알 수 있을까. 인류에 있어서도 마찬가지다. 유한한 지혜를 가지고 무한한 천지의 이치를 상상하여 그것을 지극히 당연한 이론이라고 하는 것은 여름 벌레가 겨울의 흰 눈을 알 수 없는 것과 다를 바 없다.) (필자 번역, 이하 동일)

　　㉡ 日耳曼理學者は自から說く。近頃月世界中に動物の生活するを發
　　　見せりと。其說に曰く巨大なる望遠鏡を以て月界を寫し。更に寫

眞に撮影し之を數倍に重寫せは其中に市邑村落等あるを見るを得
べしと。(緖言, 1쪽)

(일이만(日耳曼)이라는 물리학자가 말하기를, 최근 달나라에 동물
이 생활하는 것을 발견했다. 그가 거대한 망원경을 가지고 월세계를
촬영하여 그것을 몇 배로 확대해 보았더니 그 곳에 시읍촌락 등이 있
는 것을 알 수 있었다.)

　ⓒ 月世界に棲息する動物は果して如何なる形容ぞ。斯く云ひ去らば人
　　　は己か骨格及び他の動物の組織を推し必らず我等人類此世の下等
　　　動物に異ならざらんと推測すべし。何ぞ知らん我等人類より奇異に
　　　機敏に此世の下等動物より靈妙に神通なるを。(緖言, 1~2쪽)

(월세계에서 서식하고 있는 동물은 과연 어떠한 형상을 하고 있을
까. 이렇게 묻는다면 사람들은 아마 자기의 골격과 다른 동물의 조직
으로 미루어 생각하기를, 반드시 우리 인류, 이 세계의 하등동물과 다
르지 않으리라 추측할 것이다. 그러나 누가 알겠는가. 우리 인류보다
기이하고 기민하며 이 세계의 하등동물보다 영묘하고 신통할지를.)

　ⓔ 余か孤島漂流の寓言。人或は言んか下等動物を以て人類を制せし
　　　むと。我を罪し我を知る者は唯だ此書乎。(緖言, 2쪽)

(나의 고도표류의 우언을 읽고 사람들은 말할지 모른다. 하등동물로
하여금 인류를 제패 하게 하려느냐고. 그러나 나를 벌하거나 나를 이
해하는 자는 다만 이 책뿐.)

여름철의 충류가 겨울철의 흰 눈을 상상할 수 없듯이, 유한한 지혜
를 가진 인류가 무한한 천지의 일을 상상하는 것은 지난한 일이다.

최근 어느 물리학자가 거대한 망원경을 통하여 월세계에 동물이 서식하고 있는 것을 발견했다. 월세계에 살고 있는 동물은 과연 어떤 형상을 하고 있을까? 이렇게 물으면 사람들은 자신들의 골격과 다른 동물들의 신체조직으로 미루어 생각하기를 반드시 우리 인류, 그리고 이 세상의 하등동물과 같으리라고 추측할 것이라고 한다. 그러나 그들 월세계의 동물이 인류보다 기묘하고 기민하며 이 세상 하등동물보다 영묘하고 신통할지 누가 알 것인가 하고 의문을 던진다. '나'의 〈고도표류우언(孤島漂流寓言)〉인 이 책을 보고 사람들은 하등동물로 하여금 인류를 지배케 하려 하느냐고 말할지 모른다. 필자를 벌하거나 필자를 이해하는 자는 다만 이 책뿐이라고 한다.

(2) 도입부(導入部) − 요지(要旨)

㉠ 余は嘗て余が發明せし水上步行器機の完全し已に試驗も畢りれば之を踏で釣魚の游びを取んと本年九月十五日築地の濱より步行して遙かに品海の沖二里の外に出たり時に午前六時なり。其日は器機の左りの浮桶に二日間の食料に宛たる麥麪餅びに食水を二本の洋壜に盛り葡萄酒佃煮等も亦た備へ たり右の浮桶には釣魚の要具餌及び匕首帆等を備へたり。(본문, 1~2쪽)

(나는 일찍이 내가 발명한 수상보행기계를 완성하여 그 시험을 끝냈으므로, 이것을 타고 낚시를 즐기려고 금년 9월 15일 '쓰키지(築地)'(동경의 한 지명) 해변을 걸어서 멀리 바다 쪽으로 20리 가까이 이르렀을 때는 아침 6시였다. 그날 수상보행기 왼쪽에 띄운 통에는 이틀간의 식량에 해당하는 보리빵, 식수 2병, 포도주, 해물조림 등을 준비하고, 오른쪽 통에는 낚시 용구와 비수와 돛을 준비했다.)

　　ⓛ 一時間も釣りしに天色俄然と變じ雨はぽつぽつ帽子を叩き水面も甚た
　　　 穩やかならず． 何ぞ圖むん風東西に吹まわえ速力之に加わり驟雨盆
　　　 を傾むけて來りけりゆえ激浪內海を盡して起る速力八十二英里の暴
　　　 雨の爲に數段の高浪に吹送られ， 逐に渺渺たる外海へ吹流され山嶽
　　　 に髣髴たる怒濤に乘られ往へも知らむなりふなり。余は幻ともなく
　　　 夢ともなく突然眼を見ひらき四顧を見廻して此わ太平洋中北緯二
　　　 十度にある三維斯群島を遙か西に隔たる孤島にして……。(3~8쪽)

(한 시간 쯤 낚시를 하고 있을 때 갑자기 날씨가 변하여 비가 내리
기 시작하더니 이윽고 폭풍우가 되었다. 나는 졸지에 격랑에 휩쓸려
정신없이 외해로 떠내려갔다. 시간이 얼마나 지났을까 꿈인지 생시인
지 돌연 눈을 뜨고 주위를 둘러보니, 나는 태평양 한 가운데 북위 20도
샌드위치 섬 멀리 서쪽에 있는 어느 고도에 표류해 있었다.)

　　ⓒ 余は昨朝よの艱難に身力頗ぶる疲れ睡魔むなだしく襲ひ來るが故
　　　 に一睡貪ぼりて，日の丸の旗を取出し之を一層高き巖上に茂きる
　　　 檳榔樹の葉に張り以て救助を請の印とし，森林に入り猛獸の害を
　　　 避ん爲め一大樹木に登り十字ふせる枝に橫たわり細引を以て其
　　　 體を幹に結び墜ぬ用意を果すが否や故鄕の夢を結びつつ前後も
　　　 知らむ寢入けり。(8~9쪽)

(나는 어제 아침부터의 간난 때문에 몹시 피곤해서 수마가 끊임없
이 엄습해 왔으므로, 우선 잠을 좀 자려고 일장기를 꺼내 높은 바위 위
빈랑나무에 구조를 청하는 표시로 걸어 놓고 삼림 속으로 들어가 맹수
로 부터의 해를 피하기 위해 큰 나무 위에 올라가 십자형의 나뭇가지
에 누워 노끈으로 몸을 묶자마자 정신없이 고향의 꿈을 꾸며 깊은 잠
에 빠져들었다.)

ⓐ 寝て四時間も果しと思ふころ不圖目さめて四顧を見るに怪しむべ
し,身は先の樹上にあらず碧巖の大洞中にあらんとは,余は餘まり
の事に驚いて逃れ去んと門頭に奔り出れば,天地間に有ゆる諸動
物,門外の漠漠たる原野に會同し獅子鰐魚大鷲大蛇を上位に坐
せしめ何やらん議ある者の如し。(10쪽)

(잠이 들어 네 시간쯤 지났다고 생각되었을 때 문득 잠에서 깨어 사
방을 둘러보니 이상하게도 내 몸은 아까의 빈랑나무 위에 있지 않고
벽암의 대 동굴 속에 있었다. 나는 놀란 나머지 달아나려고 동굴 밖으
로 뛰어 나가자, 동굴 밖 넓은 평원에는 천지간의 온갖 종류의 동물들
이 다 모여 있었다. 사자, 악어, 독수리, 대사 등을 상좌에 앉히고, 무언
가 회의를 하고 있는 것 같았다.)

‘나’는 일찍이 내가 발명한 수상보행기계를 완성하여 그 시험을 끝냈
으므로, 이것을 타고 고기잡이를 가려고 이틀간의 식량과 음료수, 낚시
용구를 가지고 동경만을 떠났다. 이렇게 고기잡이를 떠난 내가 낚시를
하고 있을 때, 갑자기 폭풍우를 만나 졸지에 격랑에 휩쓸려 외해로 흐르
게 된다. 시간이 얼마나 지났는지 아침이 되어 정신을 차려보니 나는
어느 무인고도에 표류해 있었다. 나는 어제 아침부터 겪은 험난한 고생
때문에 몹시 피곤하여 수마가 끊임없이 엄습해 왔기 때문에 한잠 자고
나서 앞으로의 일을 생각하기로 한다. 나는 구조기를 높은 빈랑나무
위에 걸어놓고 맹수의 해를 피하기 위해, 삼림 속 큰 나무 위에 올라가
십자형의 나뭇가지에 노끈으로 몸을 묶고 누워서 깊은 잠에 빠져들었
다. 잠이 들어 네 시간쯤 지났다고 생각되었을 때 문득 잠에서 깨어
사방을 둘러보니 이상하게도 그의 몸은 아까의 나무 위에 있지 않고
벽암의 대동굴 속에 있었다(꿈속의 꿈). 그는 놀란 나머지 달아나려고

동굴 밖으로 뛰어 나가자, 천지간의 온갖 종류의 동물들이 넓은 평원에 모여 있는 것을 발견한다. 사자, 악어, 독수리, 대사 등을 상좌에 앉히고, 무언가 중대한 모임이 있는 것 같았는데, 이윽고 내가 보고 있는 가운데 금수회의가 시작되었다. 회장인 듯한 사자가 산악을 울리는 큰 소리로 구약성경의 천지창조의 구절을 인용하면서 회의의 취의를 설명했다.

(3) 개회취지(開會趣旨) - 사자

　　㉠ 今日玆に來會せし諸族諸君よ玆に吾輩諸動物の此の地球上に生じたる淵源を說くは今日來會の趣意に就て最も緊要なりと信じるが故に造化眞神が甞て默示し給まひし聖經卽わち舊約全書を引て之を說明し申すべし。(12쪽)

　　(오늘 여기 모이신 제족제군들이여, 우리들 동물이 이 지구상에 생겨나게 된 연원을 설명하는 것은 오늘 이 회의에 있어서 가장 긴요한 취지라고 믿기 때문에 일찍이 조화진신이 묵시(默示)하신 성경, 즉 구약전서를 인용하여 이를 설명하고자 한다.)

　　㉡ 夫の聖書に據る時天神第一に光りを造り。第二に天を造り。第三に地を造り。第四に日月を造りて晝夜を分ち。第五に鱗介昆蟲及び羽族類を造り給ふ此動物や是れ此全世界動物に鼻祖と云べし而して吾輩獸類は第六日目に造られ。次に人類を造られなり。(12~13쪽)

　　(성서에 의하면 천신은 제일 먼저 빛을 만들었고, 두 번째로 하늘을 만들었고, 세 번째로 땅을 만들었고, 네 번째로 해와 달을 만들어 낮과 밤을 나누었다. 그리고 다섯 번째로 어패류, 곤충, 날짐승을 만드셨는데 이들이야말로 전 세계 동물의 조상이라 할 수 있다. 그리고 우리 동물은 제6일째에 만들어졌다. 그리고 다음으로 인류를 만드셨던 것이다.)

ⓒ 此生世の前後を以て論ずるときは來會せし諸族こそ眞神より此の地
球の主權を許される者として人類は之に隸屬する者と謂ざる可ら
ぬ。彼れ最後に造られて地球上の主權なき族たるにも拘わらず吾輩
諸族を度外視し目して畜生の禽獸のと呼び,夫の知識とか分別とか
云ふ魔法を以て逐地球に押領せり。今に之か處分を爲ずんば千古
の末も我輩諸族は高枕安眠の所を失なふべし。(13~15쪽)

(이 세상 출생의 전후를 가지고 논한다면 여기 모이신 제족이야말
로 진신으로부터 이 지구상의 주권을 부여받은 자들이고, 인류는 여러
분들에게 예속된 자들이라고 말하지 않을 수 없다. 그들은 최후에 만
들어져서 지구상의 주권이 없는 자들임에도 불구하고 우리 제족을 도
외시할 뿐만 아니라 우리를 보고 축생이니 금수니 하고 부르며, 저 '지
식'이니 '분별'이니 하는 '마법'을 가지고 마침내 지구를 점령 말았다.
지금이야말로 저들을 처분하여 바로잡지 않으면 우리 제족은 앞으로
영원히 고침안면의 장소를 잃고 말 것이다.)

ⓓ 此れ本日諸族諸君を會して欲するなり何族たりとも意見あらば速
に陳述し給へかし。(15~16쪽)

(이것이 오늘 제족 제군을 모이게 하여 논의하고자 하는 일이니, 어
떤 종족이든지 의견이 있으면 서슴지 말고 진술해주기 바란다.)

개회취지에서 회장인 '사자'는 구약성서의 천지창조 내용을 인용하
여 태초에 만물이 창조된 순서를 소개한 후, 이처럼 세상에 태어난
전 후를 가지고 논한다면 여기 모인 제족이야말로 진신으로부터 이
세상의 주권을 부여받은 자들이고 인류는 제족에게 예속된 자들이라
고 하지 않을 수 없다고 한다. 이처럼 인류는 최후에 창조된 주권 없
는 족속인데도 불구하고 동물 제족을 도외시하고 축생이니 금수니 하

고 무시할 뿐 아니라, '지식'이니 '분별'이니 하는 '마법'을 가지고 마침
내 지구를 불법으로 빼앗고 말았다. 그러므로 지금이야말로 이를 처
분하여 바로잡지 않으면, 우리 동물제족은 앞으로 영원히 이 지구상
에서 고침안면의 장소를 잃고 말 것이라고 하며 이것이 오늘 제족제
군을 모이게 하여 의논하고자 하는 일이니, 어떤 종족이든지 의견이
있으면 서슴지 말고 진술해주기 바란다고 했다.

(4) 양견(洋犬) – 발언요지

㉠ 拙者は何時となく人類社會に交はれば其情態を知り候らえぬ。
(16쪽)

(졸자는 언제부터인가 인류사회 속에 섞여 살아왔기 때문에 그들의
정태를 잘 알고 있다.)

㉡ 輓近人類社會は大に開け目今に至りて事物は悉く進化變遷せし者
との理論に傾むき其性相近き者に據て其起源を搜索するが如し是
に於てか人類自から人類の大祖は猿なりの說を立たり。(16~17쪽)

(최근 인류사회는 크게 발달하여 지금에 이르러서는 '사물은 모두
진화변천하는 것'이라는 이론(進化論)에 경도되어 그들은 성상이 비슷
한 것들을 비교연구하며 그 기원을 탐색하고 있는 모양이다. 이에 의
해서인지 인류 스스로가 인류의 조상은 '원숭이'라는 설을 세웠다.)

㉢ 玄理果して然る時人類は最とも後世の者にして地球の主權なきは
瞭瞭として明かなり其は兎もあれ角もあれ先ず遠族を御呼出しあ
りて人類を制する方法及び彼が體質等も尋問の上にて計らはれん
方然るべしと發議する。(17쪽)

(심원한 진리로 인류는 최후에 창조된, 이 지구상의 주권이 없는 자들임이 명명백백하다. 그러므로 우선 인류의 조상이라고 하는 원숭이 족을 불러내어 그들의 체질 등 불분명한 점을 심문하여 밝혀냄으로써 인류를 제압할 방법을 강구하는 것이 마땅하다고 발의한다.)

'양견'은 말하기를, 언제부터인가 그들 양견족은 인류사회 속에 섞여 살아왔다. 때문에 인류의 정태를 잘 알고 있다. 인류는 지금 새로운 이론인 '진화론'에 열중하여 인류의 기원을 탐구한 끝에 그들 스스로가, 인류의 조상은 원숭이라는 설에 이르렀다고 한다. 심원한 진리로 인류는 최후에 창조된, 이 지구상에서 주권을 가질 수 없는 자들임이 분명하므로 우선 인류의 조상이라고 하는 원숭이를 불러내어 그들의 체질 등 불분명한 점을 심문하여 밝혀냄으로써 인류를 제압할 방법을 강구하는 것이 좋겠다고 제안한다. 회장인 사자는 이 말을 주의 깊게 듣고 숙고한 후 현실적으로 지당한 말이라고 하며 원숭이를 부르러 보냈다.

(5) 원숭이 – 발언요지 및 대의사 선출

㉠ 只今犬の發論せし、伍族を人類の祖とするは,印度群島の波羅に住する猩猩の骨組形容とも人類に甚た近きを以て斯は云ふ者歟. 將た進化說の證する如く果して人類の祖なるや未た與論とあらざれば確信する事能いず.(18쪽)

(방금 개님이 말한 '원숭이가 인류의 조상이라는 설'은 아마 인도군도의 파라(波羅)라는 곳에 사는 성성이의 골조모양이 인류와 아주 흡사해서 그러는지, 과연 진화설이 증명하는 것과 같이 인류의 조상인지는 아직 사회일반의 공통된 의견이나 확신이라고 할 수 없다.)

　　㉡ 人類の僭横を制さんとする一段も頗ぶる難しと思考するなり大王も
　　　知りるる如く彼れ夫の知識分別てふ魔法を行ない之に加ふるに諸
　　　諸の器械造りて我諸族を惱まし候なれば之に抵抗する事は覺束な
　　　く。由ては本日會同の諸族より代議士を撰み擧げ且つ各各一問題
　　　を出し衆議可決の上に人類問罪の訴狀を作り之を造化眞神に致し
　　　以て主權回復を圖らはんこそ得策なれと。(18~19쪽)

　　(인류의 극심한 횡포를 제압하는 문제는 결코 쉽지 않다고 생각한
다. 대왕님도 알고 계시는 바와 같이 그들 인류는 저 '지식 분별'이라고
하는 마법을 사용할 뿐 아니라, 그 위에 각종 기계를 만들어 우리 제족
을 괴롭히고 있는데 이에 저항하는 일은 도무지 가망이 없어 보인다.
따라서 오늘 여기 모인 제족이 대의사(代議士)를 선출한 후 그들이 각
각 문제를 하나씩 제출하여 이를 같이 논의한 후 중의를 가결하여, 인
류의 죄를 묻는 소장을 만들어서 그것을 '조화진신'에게 바쳐서 우리의
'주권회복'을 도모하는 것이 득책이라 생각한다.)

　　㉢ 獅子はじめ諸動物は尤ともと同じて立處ろに代議士を選拔せり。
　　　獸族-猩猩, 洋犬. 禽族-鸚鵡, 鴉. 魚族-たこ。以上の如く撰擧し
　　　更に書記として兎羊の二名を備いあげた。(19~20쪽)

　　(사자를 위시하여 모든 동물이 이에 동의하여 즉시 대의사를 선발
했다. 수족 중에서 성성이와 양견을, 금족 중에서 앵무새와 까마귀를,
어족 중에서 문어를, 그리고 토끼와 양을 서기로 임명했다.)

　'원숭이'는 말하기를, 인류의 횡포를 제압하는 문제가 결코 쉽지 않
다고 생각한다고 한다. 인류는 지금 저 '지식, 분별'이라는 마법을 사
용할 뿐만 아니라 그 위에 각종 기계를 만들어 동물제족을 괴롭히고
있지만 그들 동물이 이에 저항하기에는 너무나 불안한 상태에 있다고

한다. 그러므로 오늘 여기 모인 제족이 각각 하나씩 문제를 제출하여
이를 같이 협의한 결과를 가지고 인류의 죄를 묻는 소장(訴狀)을 만들
어 그것을 조화진신(造化眞神)에게 바쳐서 동물제족의 '주권회복'을
도모하는 것이 득책이라 생각한다고 말하고, 우선 오늘 회동한 제족
중에서 대의사를 선출하자고 제안했다. 동물들은 모두 이에 동의하여
수족 중에서 성성이와 양견을, 금족 중에서 앵무새와 까마귀를, 어족
중에서 문어를, 그리고 서기로 토끼와 양을 선출했다.

(6) (첫째 연사) 성성이-연설요지

㉠ 時に猩猩は議長と呼で席を前め謂く、拙者が玆に呈出する議題は
人類が尙に誇唱する所の萬物の靈てふ一事なる。彼が萬物の靈と
云ふ說明に曰く人類は他の動物と異にして神秘微妙の知識を有
せり。故に他の動物を支配する權利ありと。(21~22쪽)

(그때 성성이가 의장님 하고 앞으로 나와서 말하기를, 졸자가 제출
하는 의제는 인류가 자랑스럽게 외치고 있는 '만물의 영'이라고 하는
문제이다. 그들이 만물의 영장이라고 하는 설명에 의하면, 인류는 다른
동물과 달리 '신비하고 미묘한 지식'을 가지고 있기 때문에 다른 동물
을 지배할 권리가 있다고 한다.)

㉡ 人類に於て著明しく知識なきを表出する者は學校の數及び宣敎師の
數是なり。人類悉く知識ありとせば何ぞ學校を設立して敎ふるに遑
あらんや。宣敎師を置て德義道心を堅固にされるを須なんや。此れ
人類が知らず識らず其族中に無知識者多きを表するなり。(23~25쪽)

(그러나 인류에게 명백히 지식이 없음을 나타내는 것은, 인류사회의
학교 수와 선교사의 수인 것이다. 모든 인류에게 지식이 있다면, 어째

서 학교를 설립하여 가르치는데 필사적이고, 선교사를 두고 도덕심을 견고히 하지 않으면 안 되는 것일까. 이것은 인류가 무의식중에 인류 중에는 무지식자가 많음을 나타내고 있는 것이다.)

ⓒ 我動物中には未だ學校なく宣教師なきも各各自立して食ひ自から巣を營なみ、只簡に天神の命しの隨隨其職を奉じて誤ることなし。然るに人類に至りては學校あり宣教師ある社會に生れながら、私慾の爲に天心を蔽はれ貪瞋痴の三惡に責られ生死に流轉する。(25～27쪽)

(우리 동물에게는 아직 학교도 선교사도 없지만 각자 자립하여 의·식·주의 문제를 해결하며, 다만 천명에 따라 스스로의 직책에 충실하여 그릇됨이 없다. 그러나 인류는 수많은 학교와 선교사가 있는 사회에 태어났으면서도 '탐·진·치'의 삼악에 쫓기며 생사를 유전하고 있다.)

ⓔ 且や人類の情誼なく殘酷を以て處とするは都鄙を往て之を知れり。一は、軒傾むき壁落て朔風を凌ぐ事能はず、物なく食に米粟なくして茱菓纔かに口にふくみ薄幸を嘆する者あれば、出るに馬車あり入す變妾美姬之に侍し金屋爛爛として榮華非時に發し米酒佳肴其廚下に堆たかく時に歌舞。時に吹彈、羅綾を帳りし蜀錦を席となし。寒天ストーフは以て春候を造り。暑天氷壁は以て雪中を畫き出し乾坤の間に遨遊して天地の上に驕る者あり。其驕る者は其貧しき者を救ふとも爲ず又憫れむの心なし。知識あるてふ者よく之を忍べんや。(28～30쪽)

(그 위에 나는 인류의 잔혹함을 도시와 시골을 오가며 보고 알게 되었다. 어떤 사람들은 다 쓰러져가는 초라한 집에서 삭풍을 견디며 먹을 것이라곤 주식이 없는 채소나 과일로 겨우 연명하며 불행을 탄식하며 살고 있는가 하면, 어떤 사람들은 고급 저택에서 아름다운 처첩을 거느리고 주방에는 고급술과 안주를 쌓아 놓고 가무를 즐기며 추운 겨

울에도 봄날처럼 따뜻하게, 더운 여름날에는 빙벽으로 눈 속에 있는
듯한 서늘함을 연출하며 호의호식 하며 살고 있다. 그러면서도 그 오
만한 자들은 가난한 사람들을 도우려고도 하지 않고 불쌍히 여기는 마
음도 없다. 이것이 소위 지식이 있다고 하는 자들의 소행인 것이다.)

   ⓒ 以上を以て觀る時は人類は知識の有無を呈出して我諸族を支配
     するの權利ありと謂を得ずと。(31쪽)

  (이상으로 미루어 볼 때 인류가 지식의 유무를 내세워 우리 제족을
  지배할 권리가 있다고 할 수는 없는 것이다.)

‘성성이’는 인류가 자칭하는 ‘만물의 영장’을 의제로 연설한다. 인류
의 설명에 의하면 인류는 다른 동물과 달리 ‘신묘한 지식’을 가지고
있기 때문에 만물의 영장이며 다른 동물을 지배할 권리가 있다고 한
다. 그러나 인류가 스스로 무식하다는 것을 증명하는 것은, 인류 사회
의 수많은 학교와 선교사의 수가 증명한다고 한다. 왜냐하면 인류에
게 ‘신묘한 지식’이 있다면 그 많은 학교와 선교사를 두고 지식과 도
덕을 필사적으로 가르칠 필요가 없기 때문이라는 것이다. 동물세계에
는 학교도 없고 선교사도 없지만 각기 천명에 따라 행동하며 각자의
역할에 그릇됨이 없다고 한다. 그러나 인류는 수많은 학교와 선교사
가 있는 사회에 살고 있으면서도 ‘사리사욕’과 ‘탐·진·치’ 등 삼악에
빠져 생사의 유전을 거듭하고 있다고 한다. 또한 인류 사회에는 빈부
의 격차, 신분계급의 차이가 극심하지만 인류에게는 약자와 빈자에
대한 자비심은 추호도 없고 잔혹하기만 하다. 이렇게 잔인한 인류가
‘만물의 영장’이라든가 ‘영묘한 지식’을 내세워 우리 제족을 지배할 권
리가 없다고 매도한다.

(7) (둘째 연사) 양견(洋犬) ― 연설요지

㉠ 動物が第一に惜む者は生命ならん然るに人類は我我諸族の如く
眞神の命の隨隨飲食及ひ進退せず衆惡の母なる酒に耽り晝夜
の飲を爲し之のみならず房事に荒みて其度なく之が爲め天命を
逐ずして死する者蓋し十中八九に居る。知識ある者誰が生命を
斯く暴殄せんや。(32쪽)

(우리 동물이 가장 소중하게 여기는 것은 생명이다. 그런데 인류는
우리제족과 마찬가지로 진신(眞神)의 생명을 부여받고 태어났음에도
불구하고 주야로 폭음 폭식하고 모든 악의 원천인 주색에 탐닉하여 그
무절제한 생활은 한계를 모른다. 때문에 천명을 다하고 죽는 자는 열
명 중 한 두 명에 지나지 않는다. 지식 있는 자 어찌 감히 귀중한 생명
을 이처럼 탕진할 수 있단 말인가.)

㉡ 人類また云ん人の萬物の靈てふ證據は君臣父子兄弟の綱常を守る
が故なりと。人類悉く君臣父子兄弟の綱常を守らば文字に不忠不
孝不悌もなきはずなり。道德の書。倫理の書も誰にか示さん儒者
や傳道師は何の用備へん。老子が大道廢れて仁義ありと謂しがご
とく。(34~35쪽)

(인류는 또 말한다. 사람이 '만물의 영장'이라는 증거는 사람은 군신
부자형제지간의 강상(綱常)을 지키기 때문이라고. 그러나 인류가 모두
그렇게 강상을 지킨다면 '불충불효부제(不忠不孝不悌)'라는 문자도
생겨나지 않았어야 한다. 또한 그 많은 도덕서나 윤리서는 누구를 위
한 것이며, 유학자나 전도사는 또 무슨 필요가 있겠는가. 일찍이 노자
가 말했다. 대도가 퇴폐한 세상에 인의가 필요하게 된다고.)

ⓒ 鳩に三枝の禮あり鴉に反哺の孝あり鴛鴦に夫婦の道あり。此を我
諸族一般に及ぼして綱常を守るとして萬物の靈と謂ずんば非ず。
何ぞ斯る道理あらんや。(36쪽)

(우리 비둘기 세계에는 '삼지례(三枝禮)'[12]가 있고 까마귀 세계에는
'반포의효'가 있고, 원앙새에는 '부부의 도'가 있다. 우리제족에 있어 강상
(綱常 = 三綱五常)을 지키는 것은 지극히 일반적인 일인데, 우리를 '만
물의 영장'이라고 하지 않는 것은 옳지 않다. 이런 도리가 어디 있는가.)

ⓓ 人類また云ん我族は父子兄弟相姦せず之れ萬物の靈たる所由なり
と。嗚呼これ何の鬼語ぞや人類の大祖の昔を尋ぬるに西洋に在あ
りては亞當夏蛙天神の禁を犯し夫の埃田の園を逐はれ生兒の罰を
受け始めて二子を擧ぐ長子を該隱と云ひ次子を亞伯と云ふ。共に
男子なり而して此の該隱の子孫世界に繁殖せしなれとあり。抑抑
此該隱の妻は誰れなりしや聖經傳ふる所ろ天神他に婦人を造らざ
りし明瞭なれば母の夏蛙と相姦して子を産しや疑ひなく其子兄弟
姉妹また相姦して漸漸子孫を遺せしや亦疑ふまでもなく。また日
本に在りては天照大神其弟なる須佐雄の尊と盟約して五男三女
を生しと古事記にあれば縱令息吹の小霧に生ませる御子と雖ども
御兄弟の中に産れしと云ざるを得ず。支那に在ても陶堯は其の娘
二人を虞舜に妻はせ舜も姉妹を一度に妻とせて愧ず。以上の如く
なる時は兄弟姉妹相姦せずと云を得ず。(36~38쪽)

(인류는 또 말한다. "우리 인류는 근친상간을 하지 않는다. 만물의
영장이기 때문이다."라고. 이 무슨 망언이란 말인가. 일찍이 서양에 있
어서 그들의 조상인 아담과 이브가 신의 금기사항을 어기고 에덴동산

---

12) 삼지례(三枝禮) : 비둘기는 새 가운데서도 예의가 있어 어미가 앉는 가지로부터 아
래로 셋째가지에 앉는다는 뜻으로 부모에 대한 지극한 효성을 이르는 말.

에서 쫓겨나 출산의 벌을 받게 되었다. 그리하여 '카인과 아벨'이라는 두 아들을 낳았는데, 후에 (카인이 질투로 인해 동생 아벨을 살해했기 때문에) 카인의 자손이 널리 세계에 퍼져나갔다. 그런데 도대체 카인의 아내가 누구란 말인가. 신이 이브 이외에 다른 여인을 만들었다는 기록이 없으므로 카인은 모친인 이브와 상관하여 자손을 번식시켰음에 틀림없다. 또한 일본에 있어서는 '아마테라스 오미카미(天照大神)'가 그녀의 남동생인 '스사노노 미코토(須佐雄の尊)'와 굳게 서약하고 5남 3녀를 낳았다고『고지키(古事記)』에 기록 되어 있다. 또 중국에 있어서도 도요(陶堯)가 그의 두 딸을 우순(虞舜)에게 시집보냈는데 우순은 자매를 동시에 아내로 삼고도 부끄러운 줄을 몰랐다고 한다. 사실이 이러한데도 인류는 근친상간하지 않는다고, 그래서 '만물의 영장'이라고 말할 수 있을 것인가.)

두 번째 연사로 나선 '양견'은, 동물계에서 가장 소중하게 여기는 것은 하늘로부터 부여받은 생명인데, 인류는 동물과 마찬가지로 진신(眞神)의 고귀한 생명을 부여 받고 태어났음에도 불구하고 주야로 폭음 폭식하고 주색에 빠져 그 무절제한 생활은 한을 모른다. 때문에 천명을 다하고 죽는 자는 10명 중에 1~2명에 지나지 않는다고 하며 인간사회의 생명경시 풍조를 규탄한다. 그리고 스스로 '만물의 영장'이라고 하면서 인류 사회에 군신부자형제지간의 강상(綱常)이 없음과 무너진 도의를 비판한다. 또한 비둘기 세계의 '삼지례'와 까마귀 세계의 '반포지효', 원앙 세계의 '부부의 도'를 들어, 인간사회의 예의, 효도, 부부의 도의 무너짐을 한탄하고, 무엇보다도 신의 인류창조 이래의 인류의 근친상간의 악습과 축첩제도, 일부다처의 풍습을 들어 인류를 '만물의 영장'이라고 하는 것은 망언이라고 규탄한다.

(8) (셋째 연사) 호랑이 – 연설요지

    ㉠ 拙者は人類の惡逆なるを暴白すべし。人類は兎もすれば大王及び鰐
        魚大蛇豹狼拙者どもを見認れば彼獰惡なり近づく可らずと罵しれ
        ども我諸族は決して性來惡なる者に非ず彼れ獰惡なるか故に其暴
        惡を正當に防禦せんとして遂に今日の有樣に及べり。(44~45쪽)

(나는 인류의 악역(惡逆)을 폭로하고자 한다. 인류는 걸핏하면 사자
대왕을 비롯하여 악어, 대사, 표범, 이리 등 우리들을 보면 영맹(獰猛)
한 무리들이니 가까이하지 말라고 매도하지만, 우리들은 결코 천성이
사나운 것이 아니었다. 인류가 영악하기 때문에 그 폭악을 정당방어
하기 위하여 결국 오늘날과 같은 상태에 이르게 된 것이다.)

    ㉡ そのかみ我我の先祖か睦まじく患難を與にしたるを打忘れ我諸族
        が何の野心もなく山野に逍遙し食を獵り風景を咏め以て娛しむ
        隙を窺がひ射て之を殺し落し穴を設けては之を屠る其數幾千萬
        なるを知らず實に名狀す可らざると惡虐と云ふべし。斯く暴擧に
        及ぶ上は最早用捨なし難し所謂俱不戴天の仇なれば人類を見れ
        ば飽まで戒心を加へよ。彼もし暴を加へんとせば正當の防禦なさ
        では叶ひ難し。天神は定めし照覽し給ふならん罪源は人類に在
        て我諸族にあらざる事を。(47~49쪽)

(그 옛날 우리 선조들은 사람들과 고락을 같이하며 사이좋게 살았었는
데 이를 망각하고 어느 때부터인가 우리 제족이 아무런 야심도 없이 산야
를 한가로이 거닐며 먹을 것을 찾으며 경치를 즐기고 있었을 뿐이었는데,
인류는 이 틈을 노려 화살과 함정을 만들어 우리들을 무차별로 죽였다.
이렇게 희생된 수는 헤아릴 수 없을 정도며 그 참상은 말로 표현할 수
없을 정도로 잔학했다. 이러한 폭거가 계속되는 한 우리는 목숨을 걸고
대적하지 않을 수 없는 것이다. 천신은 이러한 사실을 명백히 알고 계실

것이다. 죄의 원천은 인류에게 있는 것이지 우리 제족에게 있지 아니함을.)

ⓒ 文明開化とは各各德義を重んじ仁愛の道を布き自由を愛し他の妨た
げを爲さず强は弱を助け娑婆卽寂光世界に導びくの謂ならん。斯の
如き時は卽はち勞苦して殺人銃器を發明するを要せんや人類の膏血
を集めて兵備を嚴にするを須いんや。口では文明を唱へ開化と云ふ
も其實腕力世界にして兵器が百步進めば野蠻に百步却たりと謂ざ
るを得ず。歐洲の大文明國ほど大野蠻に却步したりと謂ざる可らず。
(50~51쪽)

(문명개화란 각각 도의를 중히 여기고 인애의 길을 펼쳐 자유를 사
랑하고 타인을 방해하지 않으며 강한 자가 약한 자를 도와서 괴로움
많은 이 세계를 부처님의 깨달음의 세계로 인도한다는 의미일 것이다.
이러한 때 애써 살인 총기를 발명하고 고혈을 결집하여 병기를 강화할
필요가 있을 것인가. 인류는 입으로는 문명개화를 부르짖고 있지만 사
실은 완력으로 세계를 제패하려 한다. 병기가 백보 전진하면 야만으로
백보 후퇴하는 일이나 마찬가지다. 그러므로 유럽의 '대문명국'일수록
'대야만'으로 후퇴했다고 하지 않을 수 없다.)

'호랑이'는 인류의 갖가지 도리에 어긋나는 극악한 행위를 폭로 성
토한다. 인류는 사자, 악어, 표범, 대사 등을 가리켜 영맹(獰猛)한 무리
들이니 가까이 하지 말라고 하지만 모질고 사나움은 그들의 본성이
아니라고 한다. 옛날 그들의 선조는 사람들과 고락을 같이하며 사이
좋게 살았었다. 그런데 어느 때부터인가 그들 동물이 아무런 야심도
없이 산야를 한가로이 경치를 즐기며 먹을 것을 찾고 있을 때, 인류는
이 틈을 노려 화살로 쏘거나 함정을 만들어 그들을 무차별로 죽였다.
그 수는 헤아릴 수 없을 정도로 많으며 그 행위는 말로 표현할 수 없

을 정도로 잔학한 것이었다고 한다. 이로 인하여 부모를 살해당한 자, 자식을 잃은 자, 친구를 살해당한 동물이 산야에 넘치고 있었다. 이러한 폭거가 계속되는 한 그들은 목숨을 걸고 인류를 대적할 수밖에 없다는 것이다.

대저 문명개화란 덕의(德義)를 중히 여기고 인애의 도를 펴서 자유를 사랑하고 타인을 배려하며 강한 자가 약한 자를 도와서 이 괴로운 사바세계를 적광토(寂光土)로 인도함을 뜻할 것이다. 진리가 제창되는 이러한 시대에 애써 살인무기를 발명하고 고혈을 결집하여 병기를 강화하는 인류는 입으로는 문명개화를 부르짖고 있어도 내실은 무력으로 세계를 제패하려고 한다. 그러나 병기가 백보 전진하면 야만으로 백보 후퇴하는 격이라는 것이다. 그러므로 유럽의 대문명국일수록 대야만으로 후퇴했다고 말하지 않을 수 없다고 하며 무기를 제조하여 같은 인류를 죽이는 인간의 기만적 문명개화를 성토한다.

(9) (넷째 연사) 앵무새 - 연설요지

ⓐ 拙者も及ばずながら一論を露出仕るべし。問題は例の文明開化の疑問なり。夫れ文明開化とは何なる者ぞ。(53~54쪽)

(나도 불충분하지만 한 가지 문제를 제기하겠다. 그 문제란 예의 '문명개화'에 관한 의문이다. 도대체 인류가 말하는 문명개화란 무엇을 말하는 것일까.)

ⓑ 輓近日本人が西洋流に鬢を生し洋服を着し洋語を用い洋食を喰ひ横濱へ轉宅して西洋に近からん事を願へども愁れむべし茶眼黒髪鼻開けて舊世界の人種を免かるるを能むざる。(60쪽)

(최근 일본인들이 서양풍으로 수염을 기르고 양복을 입고 외국어를 사용하며 양식을 먹고 요코하마(橫浜)로 이사하여 서양에 좀 더 가까워지려고 하지만, 가련하게도 그들의 눈은 갈색이고 머리는 검고 코는 벌어져, 구세계의 인종임을 면하기 어렵다.)

    ⓒ 人類又曰ん我の禽獸に異なる所由に者は言語は多數なると何れの國語も通譯するを得るに依ると。我諸動物の語を集めて比較せば其多寡如何ん。(61쪽)

(인류는 또 말한다. 우리가 금수와 다른 이유는 언어의 수가 많아 어떤 나라 말도 통역할 수 있는 데 있다고. 그러나 우리 동물들의 언어를 다 합쳐서 비교해 보면 그 다과는 어떨 것인가.)

    ⓔ 昔し挪亞の裔孫漸やく繁殖し第二世界の有樣を爲せし時再び大洪水あらんことを虞はかり一大高塔を造り之に登りて難を天に避んと衆議一決せし、數百萬の人類集まり愈愈精を勵まし天に達せんと力めたり時に天神其遇を觀て大に怒らせ給ひ元來衆音同一同語なりしを忽然として變じ給ふ。(63~64쪽)

(옛날 '노아'의 후손들이 점점 늘어서 제이세계의 형태가 이루어졌을 때 또다시 대홍수가 올 경우를 근심하여 사람들은 아주 크고 높은 탑을 만들어 그것을 타고 하늘로 올라가서 난을 피하려고 모두 모여 결정했다. 수백만의 인류가 모여 더욱 더 분발하여 하늘에 이르게 하려고 애쓰고 있을 때, 천신이 그 어리석음을 보시고 크게 노하시어, 원래는 동음 동어였던 인류의 언어를 돌연 변화시키고 말았다.)

'앵무새'는 호랑이의 연설에 이어 예의 '문명개화'에 대한 의문을 제기한다. 앵무새는 문명개화된 서구를 모방하여 최근 일본인들이 서양풍으로 수염을 기르고, 양복을 입고, 외국어를 사용하며 양식을 먹고, 요코하마(横浜, 지명)로 이사하여 서양에 좀 더 가까워지려고 하지만, 가련하게도 그들의 눈은 갈색이고 머리는 검고 코는 납작하여, 구세계인으로 오해받기 십상인 것이 현실이라고 하며 일본인의 경박한 서구화를 야유한다. 또한 금수와 달리 인류는 언어의 종류가 많고 그것들을 모두 통역할 수 있다고 자랑하는 인류에게, 인류의 언어가 아무리 많아도 동물들의 언어를 다 합친 수와는 비교도 안 된다고 한다. 그리고 성서의 바벨탑 이야기를 인용하여, 애초에 인류가 많은 언어를 갖게 된 이유는 인류의 오만을 벌하기 위한 천신의 벌이었다는 것을 상기시키며 언어의 다수를 자랑하는 인류를 논박한다.

(10) (다섯째 연사) 까마귀 – 연설요지

㉠ 人類は動もすれば禽獸には惻隱の心なし是れ人間に及ばざる所なると申せり。何ぞ不穿鑿の甚だしきや苟しくも天神の生類を生ぜる皆惻隱の心を以てせり余今其例を擧んに。(67~68쪽)

(인류는 걸핏하면 금수에게는 측은지심이 없어 이에는 인간에 미치지 못한다고 한다. 이 무슨 조금도 탐구해 보지 않은 무식한 말인가. 적어도 천신이 지으신 모든 생물에게는 측은지심을 갖게 하셨던 것이다. 이제 그 예를 들어보자.)

· 昔し以色列耶羅破晉王の時天下饑饉して餓死者野に充ちたり時に知德の人以利亞曠野に鳴吟に余輩先祖之を見て救はざる可らずと爲し朝夕肉と餅とを含み來り其飢を助け道德家の種子を猶太の地にせり。(68쪽)

(옛날 이스라엘 야라파음왕(以色列耶羅破音王) 시대에 기근으로 인해 아사자가 들에 가득했을 때 뛰어난 덕성의 사람, '이리아'가 광야에서 신음하고 있는 것을 보고 그를 구하기 위해 우리 까마귀 선조는 조석으로 빵과 고기를 물어다가 그를 먹여 살려서 유대 땅에 도덕가의 씨앗을 남겼다.)

· 又猶太の賢人但以利比倫國の最後に宰相と爲り時に群僚等其才を妬み巧にして誣告し, 王信じて大怒り但以利を獅子に群棲せる洞窟に投ず己にして數日の後ち窺がしむるに但理利恙がなくして晏如たり王甚だ驚ろき助け出して本官に復せしめたり。(68~69쪽)

(또 유대의 현인인 '타이리'가 재상으로 있을 때 그의 재능을 시기한 자들의 무고를 왕이 믿고 대노하여 '타이리'를 사자들이 서식하는 동굴에 던져넣고 수일 후에 동굴을 들여다보았더니 '타이리'는 아무 일도 없이 무사했다. 왕은 심히 놀라서 그를 구출하여 원래의 자리로 복직시켰다.)

· 瑞西山間の犬は降雪の候に望んで往奔走し雪に埋められたる旅客を救ひ出す事に盡力した。(68~69쪽)

(스위스 산속에서 사는 개들은 겨울철 자진하여 분주히 오가며 눈속에 매몰된 여객을 구출하기 위해 진력하고 있다.)

· 其他象は舜の不運を助け, 猿は高橋德次郎の爲に賊を捕る等古今枚擧に遑まあらず。豈に惻隱の致す處ろと言ざる可んや。(69쪽)

(그 외에 코끼리는 '순(舜)'의 불운을 구했고, 원숭이는 주인인 다카하시 도쿠지로(高橋德次郎)를 구하기 위해 도적을 잡았다. 등등 이러한 예는 세일 수 없이 많다. 이것은 동물에게 측은의 정이 있기 때문이라고

말하지 않을 수 없다.)

· 抑抑知らず人類は悉く惻隱の心ありや非望の望みに蔽はれて之發表
するを能むず己に發表するなくんば是れなしと云も可なり故に釋尊
は人類を汚濁衆生と謂ひ楊子は人に性は惡なりと罵しれり。(70쪽)

(도대체 인류는 모두 측은지심이 있는 것일까? 분에 맞지 않는 욕망
에 가려져 측은지심을 표출할 수 없다면 처음부터 없는 것이나 마찬가
지다. 그래서 ‘석존’은 인류를 가리켜 ‘오탁중생’이라 하였고, ‘양자(楊
子)’는 인간의 본성을 ‘악’이라고 매도했다.)

㉡ 人類は我一族を見れば彼れ鴉は口ゆえに憎まるるなりと。我の異聲を
發するは人類に死者ある時直ちに了知し必らず汚物を捨るならん故に同
僚を呼び速かに之を食ひ以て人類の健康を保護せんとて急忙の聲を發す
るなり。其を凶聲と聞き惡口と見認るは……。(71쪽)

(인류는 우리 일족을 보면, 까마귀는 입 때문에 미움을 받는다고 험
담한다. 그러나 우리가 괴이한 소리를 내는 것은 인류에게 죽은 자가
생겼을 때 이 사실을 동료들에게 즉시 알려서 오물을 방치하지 않고
재빠르게 먹어치워 인류의 건강을 지키려고 함인데 그것을 불길한 소
리로 듣고 악담을 하는 것은…….)

㉢ 昔し唐土に一人の馬鹿儒者あり其者の語に曰く天の人を生せる豈に偶
然ならんやと夫夫役目あればこそ生と云にあり。一步讓りて人類のみ
役目ありて偶然に生ずとせんに天神なんすれば其壽命を長くせしめざり
しや。此頃出版の美國の統計表に據るに諸動物の長壽左の如し。鴉
駱駝鷲百年、白鳥三百年、象四百年、鯨千年、以上の如し。日本
に於て龜は萬年鶴は千年と云ひ、人類が自から定めたる人生五十年
七十歲は古來稀なりと云に此すれば其の差如何ん。(72~76쪽)

(옛날 당나라에 한 사람의 바보 같은 유학자가 있었는데 그 자가 말하기를 하늘이 사람을 태어나게 한 것이 어찌 우연이겠는가. 제각각 임무가 있기 때문에 태어났다고 한다. 일보 양보하여 인류만이 사명이 있어 태어났다면, 어째서 천신은 인류의 수명을 다른 동물들보다 길게 하지 않았을까. 최근 출판된 미국의 한 통계표에 의하면, 동물들의 수명은 다음과 같다. 까마귀·낙타·독수리 100년, 백조 300년, 코끼리 400년, 고래 1000년. 이상과 같다.

또 일본에는 옛날부터 학은 천 년, 거북은 만 년 산다는 말이 있다. 이것과 인류 스스로가 정한 '인생 50년, 70세를 고희라 하여 사람이 70세까지 사는 것은 고래로 드문 일이라 하니, 그 차이가 어떠한지.)

　㉣ 人類は鳥の跡を見て文字を造り鶺鴒に男女の道を敎へられ雁を見て故鄕の親を思ひ鷄ないて夜の明るを覺ゆ比類枚擧に遑あらず斯る冥冥の恩惠を辨まえず只簡暴虐を逞しふするは眞に不當と謂ざるを得ず。(79~80쪽)

(인류는 새의 발자국을 보고 문자를 만들었으며, 할미새(척령/鶺鴒)로부터 남녀의 도리를 배웠고, 기러기를 보고 고향의 어버이를 생각했으며, 닭이 우는 소리를 듣고 새벽이 왔음을 안다. 일일이 열거할 수 없는 이런 은혜를 모르고 오로지 우리들에게 횡포를 가하는 것은 참으로 부당하다고 하지 않을 수 없다.)

'까마귀'는, 인류가 말하기를 금수에게는 측은지심이 없어 이에는 인간에 미치지 못한다고 하지만 사실이 아니라고 반박한다. 까마귀는 수많은 동서양의 고사와 예화를 들어 동물의 측은지심을 증명한 후, 측은지심이 없는 것은 오히려 인류라고 한다. 그래서 '석존(釋尊)'은 인류를 가리켜 '오탁중생(汚濁衆生)'이라 했고, 중국의 '양자(楊子)'는 사람의 본성을 '악'으로 규정했다고 한다. 인류는 또 말하기를 까마귀는 그 울음 때문에 미움을 받는다고 하지만 까마귀들이 특이한 소리를 지르는 것은, 그들이 인류의 시체를 발견했을 때 이를 즉각 까마귀 동료들에게 알려서 오물을 방치하지 않고 먹어치움으로써 인류의 건강을 지키기 위함인데, 그것을 불길한 소리로 듣고 까마귀를 미워하는 인류의 어리석음을 비난한다. 또 인류가 말하기를 하늘이 인류를 태어나게 한 것은 인류에게는 임무가 있기 때문이라고 하지만, 이 세상에는 아주 작은 충류(蟲類)조차도 모두 임무가 있어 태어났다고 하며 수많은 구체적 예를 들어 반박한다. 일보 양보하여 인류만이 특별한 사명을 갖고 태어났다면 신은 어찌하여 인류의 수명을, 천년, 만년 혹은 수백 년씩 사는 동물들에 비해 턱없이 짧게 한 것일까 하고 반문한다. 또 인류는 문자를 만드는 일을 비롯하여 수많은 것을 조류로부터 배웠음에도 불구하고 은혜를 모르고 오로지 그들에게 횡포를 가하는 것은 도리에 어긋나는 일이라고 공격한다.

(11) (여섯째 연사) 문어 – 연설요지

㉠ 人類は拙者を目してたこ法主と呼べり.然れば則はち佛教に緣なしと爲さず故に古來佛教を駁擊したる儒道の事を論じ人類の鼻を挫ぎ申すべし。(80쪽)

(인류는 우리를 보고 '중머리 / 뭉구리'라고 한다. 그렇다면 불교와 인연이 없다고 할 수 없으므로, 고래로 불교를 비난 공격해 온 유교의 일을 논하여 인류의 콧대를 꺾어야겠다.)

㉡ 抑抑聖人とは、天心を得たる者とすれば惟れ至聖至德の人にして天神と同體なりと謂ざるを得ず。人類は孔子を以て大聖の至聖のと云と雖ども余の眼より觀れば平平凡凡の男と謂ざるを得ず。(81쪽)

(대저 성인이란, 천심을 터득한 사람을 두고 하는 말이라고 한다면, 지성지덕인은 천신과 동체라고 하지 않을 수 없다. 인류는 '공자'를 가리켜 대성이니 지성이니 하지만 내 눈으로 보면 지극히 평범한 남자에 지나지 않는다.)

ⓒ 彼れ未開の代に出て天下は一人の天下たるの妄想を取り人類社會の眞理も辨まへず三皇五帝文武周公等が威力を以て民を壓し以て天下を治めたるを見認め是れ天下の公道なり之を敷衍して治平の道を得さしめんと、人に對すれば則はち曰く身を修め家を齋のへよ王侯に對すれば則ち曰く仁義を以て天下を治め給へと斯く說きあるきしが、各王侯は彼れ狂人のみ今日の天下に何の用をか爲ざん寄つけべからず、皆に用いられず飢渴に迫る事數回無闇と那四百餘州を流浪したる男なり。(81~83쪽)

(그는 아직 미개한 세상에 출현하여 세상은 일인 천하라는 망상에 사로잡혀 인류사회의 진리를 분별하지 못하고 '삼황오제문무주공' 등 강력한 군주 한 사람의 위력으로 백성과 천하를 다스린 것을 천하의 공도라고 인정하고 이를 널리 펴 세상을 다스리는 도(道)로 삼으려고 했다. 그래서 그는 개인을 대하면 '수신제가'를, 왕후를 대하면 즉 '인의'로써 천하를 다스리라고 설하며 다녔으나 왕후들은 그를 광인 취급할 뿐, 지금 세상에 아무런 도움이 안 된다고 그를 가까이 하려하지 않았다. 아무에게도 등용되지 못하여 그는 여러 번 굶주림과 목마름에 직면하면서도 무턱대고 지나(支那) 사백여주를 유랑한 사나이다.)

ⓔ 想ふに修身齊家平天下を唱へしは畢竟官途に就んとの口實にして適適魯の定公を騙し得て僥倖にも大司寇となるや七日にして大夫少正卯が己れに善からざるを憎み之を殺せり何等の不仁ぞ。人類の思想大抵斯の如し知識分別の魔法も亦た以て論するに足らざるなり。(83~85쪽)

(생각해 보면 그가 '수신제가치국평천하'를 외친 것도 필경 관직에 오르기 위한 구실이었다. 그는 노국(魯國)의 정공을 속일 수가 있어 요행히 '대사구'의 벼슬을 얻었지만 7일 만에 대부인 '소정묘'의 그를 대하는 태도가 호의적이지 않다 하여 그를 증오 끝에 죽이고 말았다. 이무슨 '인'을 거스르는 행위일까. 대저 인류의 사상이란 이런 것으로 '지식 분별의 마법' 또한 논할 가치가 없는 것이다.)

　㉤ 唯り此たこ法主の怖るるものは此法主の名の本元なる釋敎なり釋
　　 迦牟尼世尊は至德至聖の人にして八相を成道なし給ふ間だ肉を
　　 裂て鷹に與へ股を斷て飢たる熊に施こし生類を視る同仁にして草
　　 木國土悉皆成佛なさしめんと誓ひ給へ。(85쪽)

(다만 이 뭉구리가 외경하는 것은 '뭉구리'라는 내 별명의 근원이 된 석가의 가르침이다. 석가모니세존은 지덕지성인으로서 그가 팔상성도를 위해 수행할 때, 자신의 살을 찢어 매에게 주었고 허벅다리의 살을 베어 굶주린 곰을 먹였다. 그는 모든 생물에게 골고루 인을 베풀었고 초목국토까지도 빠짐없이 성불시킬 것을 맹세했다.)

　㉥ 然れども世尊の法燈を嗣ぎ其敎を布く僧侶は眞に僧侶にあらずし
　　 て悉く第六天の魔王の眷族が相集まりて佛法を滅ぼさん爲めに
　　 假に化け此丘の事を行なふなれば早晩滅法の期いたるは睹易れ所
　　 ろとす。衆生濟度し給しをも顧りみず莊嚴の堂舍殿閣に住居し
　　 飽まで食ひ暖かに着加のみならず金襴を袈裟とし壇那に對する時
　　 は僞つて菩薩顔作し食殿の建立に汲汲たり。(86~87쪽)

(그러나 세존의 법등을 이어 받아서 그 가르침을 포교해야 할 오늘날의 승려들은 참 승려가 아니라 그들은 모두 제육천 마왕의 권족이 모여 불법을 멸망시키기 위해 중으로 화한 거짓 모습인 것이다. 그들이 비구의 행세를 한다면 조만간 불법이 멸망할 시기가 올 것이다. 왜

냐하면 그들은 중생을 제도하는 일은 돌보지 않고 장엄한 사찰에서 살면서 호의호식하고 시주(施主) 앞에서는 거짓 보살의 얼굴을 하여, 창고를 채우는 데만 열심이기 때문이다.)

　　㋐ 夫の悟道徹底せしと云ふ者も法鏡常圓特倚珠林看月色禪心獨逸閑飛錫杖出風塵なぞてふ語句に執着。衆生濟度は其方除にして喧嘩を深山に避け世故を僻邑に辭し只だ禪定して閑日月を送る有樣なり此等の僧は悟道徹底の名を賣て糊口するものなれば畢竟一個の糞の入物に過ぎず人類最上乘の敎法にえて有樣已に斯の如き、人類社會は滅法して我動物諸族の權力を恢復する期當に遠にあらざるべし。(87~88쪽)

　　(또 불교진리를 철저하게 추구하여 깨달음을 얻고자 한다는 학승들은 '법경상원특기주림칸월색선심독일한비석장출풍진(法鏡常圓特倚珠林看月色禪心獨逸閑飛錫杖出風塵)'[13]과 같은 어구에 집착하여, 중생구제는 뒷전으로 하고 세속을 피해 벽지 심산에 들어가 오로지 참선에만 허송세월 하고 있다. 이들이 깨달음을 얻은 자라는 이름을 팔아 호구하고 있다면 결국은 하나의 오물통에 지나지 않는다. 인류 최고의 가르침인 불법조차 이런 지경에 이르렀으니 머지않아 인류사회의 법은 소멸하고 우리 동물 제족이 권력을 회복할 시기도 멀지 않을 것이다.)

　'문어'는 인류가 존경하는 '공자(孔子)'에 대한 인신공격으로부터 시작하여 고래로 불교를 비난해온 유교를 공격하고, 동시에 석존의 가르침과는 거리가 멀어진 불교의 타락한 승려들을 매도한다. 문어는 말하기를 인류는 공자를 가리켜 대성지성(大聖至聖)이라고 숭상하지

───────

13) 법경(法鏡)은 변함없이 원만하고 깊고 아름다운 삼림 달빛에 젖는다. 홀로 선(禪)의 삼매경 하늘을 날고 석장(錫杖)은 풍진(風塵)을 일으킨다.

만, 공자가 '수신제가치국평천하'를 제창하면서 중국 사백여주를 방랑한 것은 결국 관직을 얻기 위한 구실이었다고 한다. 반면에 석가를 찬양하여 이르기를, 석가는 성도(成道)를 위해 수행할 때 자신의 살을 찢어 매에게 주었고 허벅다리의 살을 베어 굶주린 곰에게 먹였다고 한다. 또한 석존은 인류와 동물뿐 아니라 초목국토까지도 빠짐없이 성불시킬 것을 맹세했다고 한다.

그러나 세존의 법등(法燈)을 이어 그 가르침을 포교해야 할 오늘날의 승려들은 세존의 고귀한 행위를 돌아보지 않고 장엄한 사찰에서 살면서 호의호식하고 세속사람들을 대할 때는 거짓 보살의 얼굴을 지으며 무학문맹의 본심을 감추고 저희들의 창고를 채우는 데만 열심이므로 그들은 참 승려가 아니라 제육천의 마왕의 권속이, 불법을 멸망시키기 위해 중으로 화한 거짓 모습이라고 한다. 또 일부 학승은 허황된 어구에 집착하여, 중생구제는 제쳐놓고 세속을 피해 궁벽한 깊은 산에 들어가 오로지 참선에만 허송세월 하고 있으며, 이들은 깨달음을 얻은 자라는 이름을 팔아 끼니를 이어가고 있으나 결국은 하나의 '오물통'에 지나지 않는다고 맹비난한다. 인류 최고의 가르침인 불법조차 이런 지경에 이르렀으니 머지않아 인류사회의 법은 모두 소멸하고, 그들 동물 제족이 권력을 회복할 시기가 가까워진 것이라고 한다.

(12) (일곱째 연사) 말(馬) – 연설요지

　　㉠ 彼れ人類文明開化と唱へ其文明開化とは汎愛の意味を含みたる事
　　　柄なるにも拘はらず最とも人類に接近し運輸の便を爲し耕作の勞
　　　を助くる我我を虐待すること實に日にだしさを加へたり。(89쪽)

(인류가 외치고 있는 '문명개화'라는 말에는 박애의 뜻을 내포하고 있음에도 불구하고 가장 인류 가까이에서 운수의 편리를 도모하고, 경작의 노동을 돕고 있는 우리들을 학대하는 일은 날이 갈수록 심해지고 있다.)

  ㉡ 今其一二.の例を擧んに昔しは我我が職たるは人類一軀を乘るを以て天然の務めたりし,輓近人類の推量として我我の骨格を見て馬は力ある者なりとし一頭に十人を乘べしと巨大の馬車を製り人を盛て之を牽しむるに至れり、炎署嚴寒の嫌ひなく街を驅立られ二六時中絕て休息を與ふる事なし、且つ又我我と鹿とは人類白痴者に加ふる名とせり。(89~91쪽)

(이제 한두 가지 예를 들어 보겠다. 옛날에는 등에 한 사람만 태우는 것이 우리들의 임무였는데, 최근에는 인류의 추량으로써 우리의 골격을 보고 말은 힘이 세니까 한 마리에 10명을 태워야 한다고 거대한 마차를 만들어 사람을 가득 태우고 이를 끌게 하기에 이르렀다. 염서혹한에 관계없이 시가를 달리게 하며 하루 종일 쉴 틈을 주지 않는다. 또 우리들과 사슴은 인류가 백치, 바보(ばか=馬鹿)에게 붙이는 이름이 되었다.)

  ㉢ 牛の族も亦た然り祖先が人類と殊に親睦せし情誼を以て後世子孫重荷を負ひ遠きを辭せず山坡を凌ぎ以て其勞を代りしに近頃牛は滋養物に一等に位いする者なりと其勞を思ひやらず其恩を忝けなしとも爲さず食物一方に牧養する者あり。例の萬物の靈長と云ながら牛の肉を假ずんば其生保がたしとするは人類自から萬物の靈にあらざるを表せりと謂ずんばあらず。(92~94쪽)

(소(牛)족도 또한 마찬가지다. 소는 특별히 인류와 친근하여 정의로써 자자손손 무거운 짐을 등에 지고 험한 산의 급경사 길을 오르내리며 인류의 노고를 대신해왔다. 그럼에도 불구하고 인류는 은혜를 갚기

는커녕, 최근에는 소는 자양분의 첫째라고 하며 오직 식용만을 위해 소를 키우는 자들이 있다. '만물의 영장'이라고 하면서 그 고기를 이용하기 위해 소의 생명을 위협하는 것은 인류 스스로가 '만물의 영장'이 아니라고 표명하는 것이라 하지 않을 수 없다.)

'말(馬)'은 소족(牛族)의 입장까지 대신해서 발언하기 시작한다. 인류가 외치고 있는 '문명개화'란, 박애의 의미를 내포하고 있음에도 불구하고 가장 인류 곁 가까이에서 운수의 편의를 도모하고, 경작의 노동을 돕고 있는 그들을 학대하는 일은 날이 갈수록 심해지고 있다고 개탄한다. 또한 말과 사슴은 인류가 바보(바카:馬鹿)에게 붙이는 이름이 되었다고 분개한다. 소족도 인류에게 학대받기는 마찬가지라고 한다. 예부터 소는 특별히 인류 가까이에서 여러모로 인류를 도와왔는데 인류는 고맙게 생각하기는커녕, 최근에는 소는 자양분의 첫째라고 하며 마구 잡아먹기까지 한다고 비난한다. 소고기가 자양분의 첫째라면 소고기를 먹는 현대인의 건강이, 소고기 먹는 것이 유행하기 전과 비교하여 현저하게 좋아졌어야 하는데 아니라고 한다. 고대인의 체격은 강건하여 백난을 견뎌냈지만 현대인은 도리어 유약하고 나약해졌다고 한다. 스스로 만물의 영장이라고 하면서 단지 식생활을 즐기기 위해, 인류 곁에서 항상 그들을 돕고 있는 소의 생명을 마구 죽이는 것은 인류 스스로가 '만물의 영장'이 아니라고 표명하는 것이라고 비판한다.

(13) (여덟째 연사) 토끼 – 연설요지

㉠ 近頃余は心神不靈なる人類の爲に玩弄され恰かも博具の如く使用
 せられたり然るに之に由て財産を傾むくる者或は究迫の果て死を
 致す者ありしかば其罪を斯る白痴の人類に歸せずして余が身に歸

し兎は無能無藝の下等動物なり豕と何ぞ擇まん。抑抑余輩の性
質たる豈に斯る讒謗の下に在る者ならんや。(94~96쪽)

(최근 나는 영혼부재의 한심한 인류의 노리개가 되어 마치 도박기
구처럼 도박장에서 이용된 일이 있었다. 노름에 재산을 탕진한 자도
있고 궁지에 몰려 스스로 목숨을 끊은 자도 있다. 그런데 그 죄를 백치
인류에게 돌리지 않고 우리 탓으로 돌려 '토끼는 무능무예의 하등동물
이다. 돼지와 조금도 다를 바 없다.'고 토끼를 저주했다. 그러나 우리의
본성은 그런 비방을 받아야 할 자가 아니다.)

ⓛ 近頃佛蘭斯巴里に於て出版に係る一書に余が事を論じたる一章
を譯出し余が性質の代言と爲すべし其の書に曰く兎は甚はだ美
術學者の性質を禀得たる者にして能く造化の隱微を悟り深く山
水の風韻に感ずるの智あり其巢窟は常に眺望よき最とも高き地
位を選んで棲息の所とし四方を眺め斯く山野の風景に遊ぶを常
とする。又兎が香氣ある草木のみを求めて食するはただに味はひ
斗りの爲のみにあらず其眼力と鼻感をば養なふに就て欠く可ら
ざる者と知られたり又此兎が最とも能く守る者は孝順の德、祖
先に對し柔順なるは更に變ることなし。(96~99쪽)

(최근 프랑스에서 출판된 책의 일부를 소개하여 우리의 성질을 대
변코자 한다. 그 책에 말하기를 "토끼는 천성적으로 미술학자의 성질
을 갖고 있어 조형의 미묘함을 깨닫고 있으며 깊이 산수의 풍취를 감
상하는 지혜가 있다. 그들은 항상 전망이 좋은 넓은 들 가장 높은 위치
를 택하여 서식처로 삼고 사방을 바라보며 항상 산야의 풍광과 노니며
산다. 또한 토끼는 향기로운 초목만 구하여 먹고 있는데, 이는 단지 맛
을 즐기기 위해서가 아니라 토끼의 안력(眼力)과 비감(鼻感)을 향상시
키는데 없어서는 안 되기 때문이라고 알려져 있다. 또한 토끼 족이 가

장 잘 지키는 덕은, 효순의 덕, 선조에 대한 유순의 덕으로 이것은 언제까지나 변하는 일이 없다.”라고 그 책은 기록하고 있다.)

ⓒ 却つて人類社會の有樣を察するに夫の風流人はいざ知らず其他の
　棲息する家たるや固より風韻の何たるを知らざるか故に喧譁雜踏
　の間にありて塵を蒙むり其汚穢なる云可らず又下等社會に至にい
　たりては汚水に臨み惡臭鼻を撲つ處に生涯を送り, 余が境界に比
　ふれば如何ぞやいずれを知識分別ある者と爲す歟。(100~102쪽)

(반대로 인류사회의 형편을 보면, 일부 풍류인은 별개로 하고 대부분의 사람들은 정취가 뭔지도 모르는 채 소란스러운 혼잡 속에서 먼지와 쓰레기 속에 묻혀 살고 있다. 하류사회에 이르면 사정은 더 심하다. 악취가 코를 찌르는 곳에서 일생을 보낸다. 이것을 우리 토끼세계의 처지와 비교해 보면 어느 쪽이 ‘지식 분별’이 있는 자일까.)

ⓓ 且つ生子を殺すを〈マビキ(間引き)〉[14]と唱へ子却しと稱し殺す。
　豈に殘忍の甚だしき者と謂ざる可んや。唯り人類は其子を殺すの
　みならず同族も殺す戰爭なものありて連年地球上に絶えず。又一
　人一個を殺す慣習なぞもありて此等は實に虛日なきが如し, 故に
　法律の上に身體に對する罪の字面を揭げ謀殺故殺の罪毆打刱傷
　の罪てふ明文を戴せ其獰惡なる者を待り以て人類の殘忍を知る
　べし。(101~103쪽)

(또한 인류 사회에는 ‘마비키(マビキ)’라고 하는 악법이 있어, 갓 태어난 아기를 죽여 버리거나 태내의 아기를 낙태 시켜버리는 일들이 일상적으로 행해진다. 이 무슨 잔인한 일인가. 인류는 자식을 죽일 뿐 아

---

14) 間引き(솎아냄) : 일본 에도 강호(江戶)시대에 생활고로 인하여 낳는 아이를 다 기르지 못해서 채소를 솎아내 듯이 낳은 아기를 가려내 죽이던 일.

니라 동족도 죽인다. 전쟁이라는 것이 있어 몇 년씩 계속되며 지구상에서 전쟁이 그칠 날이 없다. 개인이 개인을 죽이는 관습도 있어 이런 일들은 거의 매일 같이 생긴다. 때문에 법률상으로 '모살고살의 죄', '구타창상의 죄목' 등의 문구를 명문화하여 영악한 자들을 벌하기 위해 기다리고 있다. 이것들로 미루어 인류의 잔인함을 알아야 한다.)

  ㉤ 殊に是より甚しき者は、英國の漁業者が妻子並びに支那人五名を
   引連れ島に航し同所に假屋を築造し漁業に從してありしが、島の
   土人數名襲ひ來り直ちに屠殺し腕や股に喰ひつき看る看る奇麗に
   喰ひ盡し。當時の新聞に明瞭に記載せられている。(103~105쪽)

(이들보다 더 잔인한 자들이 있다. 어느 영국의 어업자가 처자와 지나인 5명을 데리고 오스트레일리아의 어떤 섬에 갔다. 거기에 임시 집을 마련하고 어업에 종사하고 있었다. 어느 날 그 섬의 토인들이 습격해와 그들을 죽여서 순식간에 뼈만 남기고 깨끗이 먹어치웠다는 기사가, 당시의 신문에 명료하게 실려 있다.)

  ㉥ 斯く人類に獰惡にして無殘なる者あるにも拘はらず兎みれば我族を蔑
   視して無感覺の下等動物と爲すは盖し眼界の未だ動物界に周ねから
   ざるか故のみ諸君も以上を默思熟考し我族の知識と道德あることは
   決して人類に讓らざることを予知せらるるならん。(105~106쪽)

(이처럼 인류는 영악무참한 자들인데도 불구하고 우리 토끼족을 멸시하여 무감각한 하등동물이라고 하는 것은 확실히 그들의 생각이 아직 동물계에 미치지 못하기 때문이므로 여러분도 이 점을 심사숙고하여 우리 토끼족의 지식과 도덕을 결코 인류에게 양보할 수 없음을 알지 않으면 안 된다.)

최근 영혼 부재의 한심한 인류의 노리개가 되어 도박에 이용되었던 '토끼'가 등단하여, 도박에 진 인류가 토끼를 가리켜 '무능무예의 돼지와 다름없는 하등동물'이라고 저주했음을 분개한다. 토끼는 '토끼의 미학적 안식과 풍취'를 찬양한, 프랑스의 한 책을 소개하며 이를 반박한다. 또한 토끼족은 '효순의 미덕'을 자자손손 지켜가고 있다고 소개한 그 책의 내용을 인용하여 토끼의 효순성을 강조한다. 반대로 인류의 대부분은 정취가 뭔지도 모르는 채, 먼지와 쓰레기와 소란스러움과 혼잡 속에 살고 있어, 이를 토끼 세계의 우아한 삶과 비교해 보면, 어느 쪽이 '지식 분별'이 있는 자일까 반문한다. 토끼는 또 인류사회의 영아 살해와 낙태의 악습을 들어 개탄한다. 그리고 전쟁으로 인하여 수많은 사람들이 죽거나 불구가 되는데도 지구상에 전쟁이 그칠 날이 없다고 한탄한다. 그 위에 인류사회는 법률이라는 것을 만들어 갖가지 죄목으로 인간을 죽이고 벌한다고 하며 인류의 잔혹함을 비난한다. 더 잔인한 일은 식인종이 있어 같은 사람들을 잡아먹는다고 하며 인류의 잔인성을 성토한다. 이처럼 인류는 영악무참한 자들인데도 불구하고 토끼족을 멸시하여 무감각한 하등동물이라고 하는 것은 확실히 인류의 생각이 아직 동물에 미치지 못하기 때문이므로 동물족의 '지식과 도덕'의 우수함을 결코 인류에게 양보할 수 없음을 강조한다.

(14) (아홉째 연사) 개미 – 연설요지

㉠ 可笑かな人類の有樣余は知識の萬物の靈のとの語を駁擊せずして彼をして愕然たらしむる者あるなり諸君請ふ之を聽け抑抑人類は加何なる有樣を以て地球に在るや。佛家の說に地獄なる者あり而して此地獄中に等活地獄てふ一區あり此等活地獄の變相を聞く

に羅刹(卽はち鬼)等罪人を捕へ鐵棒を以て半死半生に打し之を
石臼に投じて分細して次に紗囊に盛て微塵にし之を姑くして一陣
の怪風吹き來るや否や羅刹等口口に呪を唱へ活活と呼ば此微塵
の骨自から相集まりて舊の人體に復して活動すると羅刹また之を
捕へ責酷むこと以前の如くし萬劫の末まで同じ責苦を與ふ者なり
と。(106~107쪽)

(가소롭게도 인류의 상태는 그들의 지식이니 만물의 영장이니 하는
말을 공박하지 않고도 그들을 아연케 할 방법이 있다. 여러분 들어보세
요. 도대체 인류는 어떤 모습으로 이 지구상에 존재해 있는 것일까요?
불경에는 지옥이 있고 이 지옥 안에는 '등활지옥(等活地獄)'이라는 곳이
있다. 이곳에는 나찰 등이 있어. 죄인들이 이곳으로 떨어지면, 그들을
잡아서 철봉으로 반 쯤 죽인 후 그것을 돌절구로 잘게 부순 다음 명주주
머니에 넣어서 가루로 만든다. 그리고 잠시 후 한 차례 이상한 바람이
불자마자 나찰들이 '활활(活活)'하고 주문을 외면, 이 가루는 다시 본래
의 인체로 복원되어 활동한다. 그러면 나찰들은 이들을 또 붙잡아서 이
전과 같은 모진 고통을 우주의 수명이 다 할 때까지 계속한다고 한다.)

ⓒ 此說を見るに是れ釋氏が人類のあさましき有樣を指したる寓意な
り何となれば彼れ人類上下となく貴賤となく其職務を取るや朝
に起き夜眠るまで力を勞するならん故に俗言に此心力を勞するこ
とを骨を折と云ひ或は身を粉にして働くと云ひ。卽はち羅刹の鐵
棒に打れて身骨微塵になりて始めて職務を廢し夜に入て眠りに
就き人事不詳の境に夢遊するが否や曉鴉忽まち活活と唱ふるば
前日の微塵の骨また人体に復し更に職務を取て骨を折り身を粉
にすること以前の如し此曉鴉の聲は羅刹が呪を唱へ活活呼にあ
らずや明るも晩るも一生の間だ斯る責苦を受けて終る者は人類
なり。(107~109쪽)

(이 이야기는 석존이 인류의 비참한 모습을 비유한 우의인 것이다. 왜냐하면 인류는 신분의 고하 귀천을 막론하고 직무를 위해 아침에 일어나서 밤에 잠들 때까지 고달프게 일하지 않으면 안 된다. 때문에 속언에 '뼈가 부러지도록', '몸이 가루가 되도록' 일한다는 말이 있다. 즉 나찰의 철봉에 맞아 신골이 가루가 되도록 일한 후 밤이 되어 잠이 들면 인사불성이 되어 꿈속을 헤매다가 충분히 쉴 틈도 없이 새벽 까마귀가 갑자기 '활활!'하고 외치면, 전날 가루가 된 뼈가 또 인체로 복원되어 다시 직무에 매달려 뼈가 부러지고 몸이 가루가 되는 일이 반복된다. 이 새벽 까마귀 소리는 나찰이 주문을 외는 소리일까. 낮이나 밤이나 일생동안 이 같은 모진 괴로움을 받고 생을 마치는 것이 인류인 것이다.)

ⓒ 我族は煩惱あらず常に暖和の氣候に乘じ一歲の生活に餘る物を收納し秋冬春の三季は巢窟にありて無上の愉快を取り子子孫孫皆安樂法を行なひ未だ嘗て等活地獄の慘狀を露はさず、之に反し下等の人類に至りては其の日の生活に追れ等活地獄の最とも等活地獄を表はす者是れなり想ふに地球上人類の八分通りは此人類の占む所ろなるべし夫れ萬物の靈と誇り知識分別ありと自稱する人類にして其處世の有樣余輩微少の蟻にも及ばざるは實に憫笑するに堪たり。(109〜110쪽)

(우리 개미족은 온화한 기후 때는 일 년 생활에 충분한 식물을 거두어들여 가을, 겨울, 봄의 세 계절에는 집 안에서 더없이 유쾌하게 자손들과 안락하게 살고 있어 지금까지 한 번도 '등활지옥'과 같은 참상을 드러낸 적이 없다. 이에 반하여 하등인류에 있어서는 그날그날의 생활에 쫓기어 등활지옥 중에 등활지옥 같은 생활을 하고 있다. 아마도 지구상 인류의 8할은 이런 인류가 차지하고 있을 것이다. '만물의 영장'이라고 자랑하며 '지식, 분별'이 있다고 자칭하는 인류로서 그 처세 형편은 미소한 우리 개미에도 미치지 못하는 것은 실로 연민의 웃음을 금할 수가 없다.)

개미는 불경의 '등활지옥'의 참상을 자세히 소개하며, 이것은 석가가 인류의 비참한 모습을 비유한 것이라고 한다. 이 '등활지옥'이란 곳에는 나찰(羅刹)들이 있어, 죄인들이 이 지옥으로 떨어지면 그들을 잡아서 철봉으로 때려 반 쯤 죽인 후 그것을 돌절구로 잘게 부순 후 모래주머니에 넣어서 가루로 만든 다음 잠시 놓아둔다. 한 차례 이상 한 바람이 불고 나서 나찰들이 주문을 외면, 이 가루가 된 뼈들이 다시 모여 본래의 인체로 복원되어 활동한다. 그러면 나찰들은 이들을 또 붙잡아서 이전과 똑같은 일을 되풀이 하여 우주의 수명이 다할 때까지 계속한다고 한다. 속언에 '뼈가 부러지도록, 몸이 가루가 되도록' 일한다는 말이 있는데, 이는 등활지옥과 같은 일상을 되풀이하며 비참한 일생을 살아가는 인류의 모습이라고 한다. 즉 신골이 가루가 되도록 고된 하루 일을 마치고, 밤이 되어 겨우 잠이 들면 인사불성이 되어 꿈속을 헤매다가 얼마 쉬지도 못하고 새벽 닭 우는 소리에 전날의 미진의 뼈가 또 인체로 복원되어 '뼈가 부서지고 몸이 가루가 되는' 고된 일이 반복된다. 이 새벽 닭 우는 소리는 나찰이 주문을 외는 소리에 비유된다. 날이면 날마다 일생동안 이와 같은 괴로움을 겪는 것이 인류인 것이다. 그래서 인류를 '생사를 유전하는 중생'이라 하고 그들이 사는 세계를 '예토화택(穢土火宅)'이라 한다고 한다.

그러나 개미들은 온화한 기후 때는 일 년 생활에 필요한 충분한 식물을 거두어들이고 가을과 겨울철에는 집 안에서 즐겁고 기분 좋게 자손들과 함께 안락하게 살고 있기 때문에 지금까지 한 번도 '등활지옥'과 같은 참상을 만난 적이 없다고 한다. 그런데 '만물의 영장'이라고 자칭하며 '지식 분별'이 있다고 자랑하는 인류의 처세 형편은 미소한 그들 개미에도 미치지 못하는 것은 실로 가련하고 웃을 수밖에 없는 일이라고 조소한다.

(15) 폐회사(閉會辭) - 의장(議長)

議長獅子王は諸動物の義大抵終たりと見てければ前前よりの發議を兎と羊の書記に寫さしめ大に哮て曰く諸族議員諸君の發議せし所ろ節節余が意に適し且つ諸族も滿足の意を表せられたり人類の行爲已に業に斯の如くにして絶て我我を支配し及び之に長さるの德義なく綱常なき時は何時まで其下に屈すべき速かに可決せる論議を諸議員連署の上之を天神に訴へべしと罵しりければ滿場然るべしと同じて遂に前議を淨書し諸動物連署して訴狀の手續きに及びけり。(110~111쪽)

(의장인 사자왕은 동물들의 의론이 대체로 끝났다고 보고, 앞에서 발의한 것을 서기인 토끼와 양에게 쓰게 한 후 한 번 크게 포효한 후 말했다. 제족의원 여러 분들이 발의한 것은 절절이 내 의견과 같았으며 또한 여러분들께서도 만족함을 표명했다. 인류의 행위, 행동은 이미 이 모양이다. 우리를 지배하고 있으면서도 거기에 따르는 도덕적 의무는 조금도 행하지 않고 있다. 그런데도 우리가 언제까지나 그들 밑에 굴복하고 있을 필요는 없다. 지금 즉시 가결할 의론을 제 의원이 연서하여 이것을 '천신'에게 호소해야 한다고 했다. 모두 이에 동의하여 서명한 후 소장의 수속 마쳤다.)

소장(訴狀)

前件の如く人類は天神と同一なる德義を傷り靈魂を非望の望に投じ肉體を魔鬼の輩に入れ以て天神の創造し給ふ地球を汚し加ふるに天神の愛し給ふ柔順なる我等動物を虐待し遂に遺類なからしめん企てたり仰れ願くば上天皇帝人類が惡虐の原素なる夫の知識分別てふ機能を奪ひ再び謀反すること忽らしめ地球上の主權は創世の際我等動物に附與せさせ給ひしか如く更に附與あらん事を。(111~112쪽)

　　(이상과 같이 인류는 천신과 동일한 덕의를 해치고, 영혼을 부당한 욕망에 던져 육체를 마귀의 무리에게 주어 천신께서 창조하신 지구를 모독했습니다. 그 위에 천신께서 사랑하시는 유순한 우리 동물들을 학대하고 마침내는 없애 버리려고 획책하고 있습니다. 앙망하옵건대 상천황제(上天皇帝)께서는 인류의 제악과 포학의 원천인 저 '지식 분별'이라고 하는 기능을 박탈하시어 두 번 다시 모반할 수 없도록 하시고, 지구상의 주권을 창세 때에 우리 동물들에게 부여하셨던 것처럼 다시 우리들에게 부여해 주시옵소서.)

　위와 같이 모든 것을 정리한 의원 동물은 이를 천신 앞에 가져가 공손히 바쳤다.

　　㉠ 신의 응답(神의 應答)
　　天神は具さに其始め終りを讀たまひ呵呵と打笑ひ實に汝等の訴ふるも無理ならず現に此程度輪及び風雨すら人類の取意擅斷を怒り斯の如き訴狀を呈せりと渡し給ひけれむ獅子は恭しく取て之を讀む。
　(112~113쪽)

　　(천신은 소장을 처음부터 끝까지 자세히 읽고 껄껄 웃으며 말했다. 실로 너희들이 호소하는 것도 무리가 아니다. 실제로 일전에 태양과 풍우까지도 인류의 독단과 횡포에 화를 내어 다음과 같은 글을 가져 왔다고 하며 사자에게 넘겨주자, 사자는 황송하게 이를 받아서 읽었다.)

　　㉡ (太陽과 風雨의) 청사직표(請辭職表)
　　臣等。天神創世の時に當り世界と與に顯はれ爾來命を奉して地球を護り未だ曾て其職を汚さざるはつとに天神の照覽し給ふ所なり然るに人類日に專橫を事とし取意擅斷に擧まひ絶て我我の保護を恩とせず日輪冬出れば好い御日和と譽るも夏は仇敵の如く叫んで惡く熱い日だ

と罵しり風伯が夏吹けば好い風だと譽るも冬は憎んで惡い風だ火事の
用心を爲せ恰かも火事は風伯の所爲の如く罵しり雨師が久しく降ずし
て旱魃に及べば人類仰ひて一雨ほしいと請ふを以て一日雨ふれば好お
しめりだと譽るも降て二日に至れば惡い雨だと云ひ幷せて天神を誹謗
して困まった天氣と云ふ其暴虐專橫なる實に名狀す可らず臣等天神の
命に從かふも人類の頤使に從かふ者にあらず人類已に斯の如き時は臣
等最早之を保護するを屑とせず願くば各各職を辭し光りと風雨を人類
に與へず以て其惡を懲さんことを謹て白す。(113〜115쪽)

(신들은, 천신창세 당시에 세계와 더불어 태어난 이래 천명을 받들어
지구를 보호해 왔으며 일찍이 그 직을 욕되게 한 적이 없다는 것은 천신께
서 밝히 보아오신 대로입니다. 그러나 인류의 방자함과 횡포는 날이 갈수
록 심해졌습니다. 일을 독단적으로 판단하여 제멋대로 행동하며 우리가
인류를 보호하고 있는 일을 고맙게 생각하기는커녕, 태양이 겨울에 비추
면 좋은 해라고 칭찬하지만 여름에는 우리를 원수처럼 여기며 덥다고
욕을 퍼붓습니다. 바람이 여름에 불면 좋은 바람이라고 칭찬하지만 겨울
에 불면 미워하며 나쁜 바람이니까 불조심 하라고, 마치 화재가 바람의
소행인 것처럼 욕합니다. 또 비가 오랫동안 오지 않아 가뭄이 들면 인류는
하늘을 애타게 쳐다보며 비가 오기를 기원합니다. 그러다가 비가 오면
좋은 비라고 칭찬하지만 이틀만 비가 계속되면 못된 비라고 욕하며 더불
어 천신까지 비난하며 곤란한 날씨라고 불평합니다. 그 포학전횡(暴虐專
橫)한 태도는 말로는 다 표현할 수 없을 정도입니다. 신들은 천신의 분부
에 따르는 자들이지 인류의 거만한 지시에 따르는 자들이 아닙니다. 인류
가 이미 이 지경에 이르렀으므로 우리 신하들(태양과 풍우)은 더 이상
이들을 보호하는 것은 떳떳하지 않다고 생각합니다. 원하옵건대 우리들
은 모두 사직하여 빛과 풍우를 인류에게 더 이상 제공하지 않도록 하여
인류의 악을 응징할 수 있도록 여기에 삼가 글을 올리는 바입니다.)

　　ⓒ 天神見すわせ給ひ如何に獅子人類の末期已に至れるの有様にあり
　　　ずや汝等の訴ふる所日輪風雨の請ふ所我嘗て之を前知せり故に地
　　　球に第二の洪水をへたり看よ今の人間世界を看よ看よ今の人間世
　　　界を看よ…… 此れ人間が洪水に遭遇し彼の破船に依りて命を有
　　　つ此れ流木に取つひて纔かに生を得るに異ならず一旦若し其破船
　　　其流れ木を失せば忽まち生苦に沈淪し泳遊の内に一生期を終りて
　　　汝等社會は創世の時と其性情を變ぜず故に我れ之を憫れんで此第
　　　二の洪水は眞の洪水を以てせず獨り人間處世の上に辛苦生活の
　　　大波瀾を與べたり之を以て汝等諸族が忿怒を慰むるに足んと宣給
　　　へば。(115~116쪽)

　　(천신은 소장을 읽고 나신 후 말씀하셨다. "그야말로 사자가 말하는
대로 이미 인류의 종말이 도래한 모양이다. 너희들이 호소하는 일이나
태양, 풍우가 청원하는 바를 나는 일찍이 알고 있었다. 그래서 지구에
제이의 홍수를 내렸던 것이다. 보아라. 지금의 인간세계를! 마치 인간이
홍수를 만나 파선에 달라붙어 생명을 유지한 것처럼 유목에 매달려 간신
히 생명을 부지하고 있는 것과 다를 바 없다. 일단 그 파선이나 유목을
놓치면 곧바로 생활고에 빠져 헤매는 사이 인생은 끝나고 만다. 그러나
너희들(동물) 사회는 창세 때로부터 그 성정이 변하지 않았다. 그래서
나는 이를 어여삐 여겨 제이의 홍수를 정말 홍수로 하지 않고 다만 인간
처세상 신고생활(辛苦生活)의 대파란을 주려고 했다. 이것으로 너희들
제족의 분개함과 분노를 진정시킬 수 있겠지."라고 천신은 말씀하셨다.)

　　ⓓ 獅子は豁然として悟入し一聲哮る聲に驚ろき四顧を観れば此れ一
　　　宵の夢にして居士は碧巖集を枕らにして鬼谷の棲所に在り。
　　　(116~117쪽)

　　(사자는 미망과 의혹에서 순식간에 풀리어 진리를 깨달았다. 사자의

포효 소리에 놀라 사방을 돌아보니 이것은 하룻밤 꿈이었고 거사는 ≪벽암집(碧巖集)≫을 베게하고 괴이한 골짜기에 누워 있었다.)

2. 구조분석

1) 인물과 사건의 비유기적 구조

『금수회의록』과『인류공격금수국회』의 인물과 사건의 구성은 상당히 단순하다. 이들 작품은 등장인물에 의하여 진행되는 사건의 구분이 외관상 아주 뚜렷한 12단락과 14단락으로 구성되어 있다. 부연하면 전자인 『금수회의록』은 12단락으로 구분할 수 있지만 크게 나누면 두 작품 모두 3단 구조 〈표 3〉으로 정리할 수 있으며 이러한 구조는 우리 고전문학, 특히 기행가사(紀行歌辭) 장르에서 흔히 찾아볼 수 있다. 그러나 사건이나 등장인물간의 유기적 관계를 볼 수 없으며 오직 주제 전달을 위한 단순한 나열식 연설체로 일관되어 있다. 소설 형식상 12개의 단락 14개의 단락 형식을 취한 것은 문학의 유기적 구조를 전제로 짜인 것이라기보다는 작자의 의지를 직접적으로 전달하려는 목적에 의하여 짜인 것으로, 문학작품으로서의 심미적 원숙성을 결여하고 있다. 그러나 이러한 형식은 특수한 사회적 혼란기, 그 당시 선각자들에 의한 사회 교화의 초조감 속에 관념과 선전이 앞서는 문학으로 생산되었기 때문에 작가의 주관의 과잉 노출과 소설적 요소의 결함 등은 시대적 요청에 의한 강한 목적의식에서 창작된 배경과 함께 이해되어야 할 것이다.

서언에서 작중화자의 각몽(覺夢)에 이르기까지의 12단락, 14단락의 구성을 간단히 도식화하면 다음과 같다.

〈표 2〉

단락	『금수회의록』	『인류공격금수국회』
1단락	서언	도입부
2단락	개회취지	개회취지 – 사자
3단락	제1석, 반포지효 – 까마귀	첫째 연사 – 성성이
4단락	제2석, 호가호위 – 여우	둘째 연사 – 양견
5단락	제3석, 정와어해 – 개구리	셋째 연사 – 호랑이
6단락	제4석, 구밀복검 – 벌	넷째 연사 – 앵무새
7단락	제5석, 무장공자 – 게	다섯째 연사 – 까마귀
8단락	제6석, 영영지극 – 파리	여섯째 연사 – 문어
9단락	제7석, 가정맹어호 – 호랑이	일곱째 연사 – 말
10단락	제8석, 쌍거쌍래 – 원앙	여덟째 연사 – 토끼
11단락	폐회사 – 회장	아홉째 연사 – 개미
12단락	끝맺는 말 – 작중화자	폐회사 – 사자
13단락		신(神)에의 상주 및 신의 응답
14단락		각몽 – 작중화자

2) 액자형 서사구조

『금수회의록』과『인류공격금수국회』는 두 작품 모두 꿈 소재 서사 문학의 서술양식과 액자소설의 구조를 취한 연설체 동물우화소설이다. 서언을 도입액자로, 동물들의 회의 내용을 본문인 내부 이야기로, 그리고 작중화자의 끝맺는 말과 각몽의 마지막 부분을 종결액자로 볼 수 있다. 이처럼 두 작품은 모두 전체적인 구조가 꿈을 이용한 액자 형식의 소설로, 도입적 액자와 종결적 액자가 있으며, 내부 이야기에 해당하는 작품의 중심부분은 동물들의 연설로 구성되는데, 이 연설 속에는 많은 고사와 예화, 시사, 불경 및 성경의 내용, 동서양의 명언, 역사적 사실 등이 광범위하게 인용되어 소설의 중요한 구성요소가 된다.

안국선의 『금수회의록』은 전대의 꿈 소재 서사문학의 서술양식과 액자소설의 구조를 계승하여 동물을 통해 현실에 대한 비판과 풍자를 우의적인 수법으로 표현한 전형적인 동물우화소설이다. 우리 문학에서의 액자형식의 소설은 고대의 민담류나 설화 등에서 그 근원을 찾아볼 수 있다. 〈삼국사기〉의 열전, 〈삼국유사〉의 서사물, 전(傳), 몽유록을 비롯하여 조선시대의 단형(短形) 서사문학, 개화기소설, 근 현대소설에 이르기까지 다양한 양상으로 수용되고 있다. 이와 같이 액자 형태의 서사물은 우리 문학의 뿌리에서부터 현재에 이르기까지 면면히 이어져 오고 있는 전통적인 서술유형식의 하나라고 할 수 있다. 몽유록계 꿈 소재 소설은 역사적 모순이 심화되던 조선 중기 양반 관료사회라는 특정한 사회 역사적 배경 속에서 사대부들이 이상과 현실에서 오는 그들의 갈등을 표현하기 위해 만들어진 독특한 서사양식이라 할 수 있다. 바로 이와 같은 특성이 사회의 모순과 민족적 위기의식 속에서 현실적 부조리를 극적으로 부각시킬 수 있는 양식이라는 판단아래 개화기에도 곧잘 구사된 것으로 해석된다. 『금수회의록』은 몽중 세계를 인간세계가 아닌 금수의 세계로 설정하여 '나'를 포함한 인간을 금수만도 못한 존재로 규탄케 하고 있다. 이렇게 동물을 통한 인간 공격 방법은 민족으로 하여금 스스로를 반성케 하고 당면한 현실을 깨우치는 하나의 방법이 될 수 있다. 작자는 몽유적 액자소설의 우의적 서술방법을 최대한 활용함으로써 자신의 주제의식을 십분 드러내고 있다.[15]

---

15) 김준선, 「한국 액자소설 연구 - 서술상황과 담론 특성을 중심으로-」, 전북대학교 대학원 국어국문학과 박사학위논문, 2001, 34쪽.

　　다지마 쇼지의 『인류공격금수국회』도 안국선의 『금수회의록』과 마
찬가지로 꿈이라는 가상의 비현실적인 공간과 의인화한 동물들의 연
설을 통하여 작자의 사상과 비판의식, 창작의도를 자유자재로 개진한
몽유록계 액자소설의 형식을 취한 동물우화소설이다. 『인류공격금수
국회』는 작중화자인 '나'가 어느 날 바다낚시를 떠났다가 갑자기 폭풍
우를 만나 격랑에 휩쓸려 어느 무인절도로 표류하게 되며 꿈속에서
인류사회를 맹렬히 비난 조소하는 '금수회의'의 자초지종을 목격한
후 꿈에서 깨어난다. 즉 현실세계에서 꿈을 통해 '금수회의'라는 환상
의 세계로 들어갔다가 다시 꿈에서 깨어나 현실세계로 돌아온다는 액
자소설의 전형적 형식을 취하고 있다. 이 소설의 전체적인 구조는 도
입 액자에 해당하는, 작중화자가 무인도에 표류하여 입몽하기까지의
도입부와 본내용에 해당하는, 개회취지에서부터 9마리 금수들의 인
류 비난연설, 신에게 드리는 상주문 부분, 그리고 화자가 각몽하여 현
실로 돌아오는 종결액자로 마무리된다. 전술한 바와 같이 두 작품은
모두 전체적인 구조가 하나의 액자 형태를 이루고 있다.
　　두 작품의 액자 형태를 도표화 해보면 다음과 같다.

〈표 3〉

	『금수회의록』	『인류공격금수국회』
Ⅰ부. 도입액자	서언	도입부
Ⅱ부. 내부이야기	개회취지 제1석, 반포지효 – 까마귀의 연설 제2석, 호가호위 – 여우의 연설 제3석, 정와어해 – 개구리의 연설 제4석, 구밀복검 – 벌의 연설 제5석, 무장공자 – 게의 연설 제6석, 영영지극 – 파리의 연설	개회취지 첫째 연사 – 성성이의 연설 둘째 연사 – 양견의 연설 셋째 연사 – 호랑이의 연설 넷째 연사 – 앵무새의 연설 다섯째 연사 – 까마귀의 연설 여섯째 연사 – 문어의 연설

	제7석, 가정맹어호 - 호랑이의 연설 제8석, 쌍거쌍래 - 원앙새의 연설 폐회사	일곱째 연사 - 말의 연설 여덟째 연사 - 토끼의 연설 아홉째 연사 - 개미의 연설 폐회사 신(神)에의 상주 및 신의 응답
Ⅲ부. 종결액자	끝맺는 말 - 작중 화자	각몽 - 작중 화자

3) 우화와 몽유의 이원적 공간 구조

안국선의 『금수회의록』과 다지마 쇼지의 『인류공격금수국회』는 두 작품 모두 인간보다 저급한 동물들을 내세워 인간 사회를 규탄하고 야유하는 동물우화소설이다. 일반적으로 동물은 인간보다 저급한 지위에 있는 것으로 인식되는데 이들 작품에서는 오히려 동물이 인간을 비하하기 때문에, 그 이야기의 방식 자체로 우의적 풍자가 성립된다. 그리고 이러한 기법에 의하여 우화적 공간이라는 특이한 서사 공간이 창조된다. 이 우화적 공간은 물론 인간의 경험적 세계와는 다른 비현실적인 공간이다. 이 비현실적인 우화의 공간 속에 등장하는 동물들이, 현실 속에 살고 있는 인간의 존재와 그 가치를 비하함으로써 그 우화적 상징성을 획득하게 되는 것이다. 현실에 대한 비판과 새로운 이상의 제시를 위해 우화적 공간을 활용하여 야만으로 상징되는 금수의 세계와 문명으로 상징되는 인간의 세계를 역전시켜 놓는다. 꿈이라는 비 서사적 상황을 설정함으로써 서사적 시간과 공간의 한계성을 초월하여 우화적 상황 설정을 용이하게 하였다. 즉 현실과 유리된 꿈이라는 가상의 공간에 자신의 견해나 생각을 자유롭게 나타냄으로써 현실사회에서 직면한 좌절이나 갈등을 간접적으로 해소할 수 있었던 서사양식이라 할

수 있다. 따라서 몽유적 서사문학은 처음부터 교훈 풍자의 목적의식을
피력할 수 있도록 우의적 성격을 다분히 내포할 수밖에 없다.

　『금수회의록』과『인류공격금수국회』에서 주목해야 할 양식적 특징
은 꿈이라는 가상의 공간을 우화적으로 활용하고 있다는 점이다. 즉
꿈이라는 가상의 공간을 설정하여 그 속에서 동물을 주인공으로 등장
시켜 인간의 현실을 비판 풍자하는 연설회를 갖게 한다.16) 꿈이라는
비현실적 공간 설정과 함께 인간의 행태를 동물에 가탁하여 비판한다
는, 우화의 본질적인 속성을 함께 갖추고 있는 셈이다. 몽유담은 꿈의
세계라는 독특한 공간을 이용하여 서사적 시간과 공간이 요구하는 실
재성의 원리를 초월한다. 서사에서의 시간과 공간은 이야기의 실재성
을 부여하는 중요한 요소이지만 몽유담의 경우, 꿈이라는 환상적인
공간을 꾸며내어 서사적 시간과 공간의 한계성을 뛰어넘어 현실적인
상황과 반대되는 우화적 상황 설정을 용이하게 한다.

　우화와 몽유의 이원적인 공간 구조를 통한 풍자, 교훈, 현실 비판이
라는 공통점에도 불구하고 두 작품의 시대적, 사회적, 정치적인 배경
의 차이로 인해 풍자, 비판, 교훈의 대상과 방식과 주제의 차이가 현
저하다.『금수회의록』이 주제의식을 내포한 고사성어를 표제로 우리
에게 익숙한 동물들을 통하여 인간사회의 도덕적, 인성적, 가치의 타
락을 풍자 비판하려 함으로써 보다 동양적이고 전통적이며 관습적인
특성을 지니고 있다고 할 수 있다. 그런 의미에서『금수회의록』에 나
타난 우화와 몽유의 공간구조는 유교사상과 기독교의 구원사상에 바
탕을 둔 전통적이고 보편적인 인간성 회복과 사상의 조화를 지향하는

---

16) 권영민, 앞의 책, 뿔, 2008, 75~76쪽.

반면, 『인류공격금수국회』에 나타난 우화와 몽유의 이원적 구조는, 지극히 일본적인 전통과 문화의 수호 및 존왕양이(尊王洋夷)사상의 고수 및 서구화로 대변되는 문명개화 정책에 대한 신랄한 비판과 거부의 의식으로 나타나고 있다.

4) 현실비판과 풍자의 반어적 구조

안국선의 『금수회의록』은 짐승들을 의인화하여 인간세계의 비윤리성과 부도덕성을 비판하고 풍자하고 있는 작품이다. 『금수회의록』은 금수들이 모여 행한 연설 형식의 회의를 기록한 회의록의 성격을 띠고 있는 작품이다. 또한 이 작품의 중심 내용을 이루는, 제일석부터 제팔석까지의 금수들의 연설에는 등단 순서대로 연사의 이름과 연설 내용을 함축하고 있는 한자성어와 관용어가 제시되어 있어 전체적인 내용을 어렵지 않게 짐작할 수 있다.

이 작품에서 금수들의 입을 통한 인간세계의 비판적 논의는 그 성격상 두 가지로 대별해 볼 수 있는데, 하나는 대인간적인 발언으로 가치관의 전도가 극에 달한 당대 인간의 도덕과 윤리에 관한 비판이고, 다른 하나는 정부 관리의 무능과 부패상, 제국주의의 횡포와 폭력 등에 관한 대사회적 정치적 발언이 바로 그것이다. 그런데 제일석에서부터 제팔석에 이르는 금수들의 연설에서 각각의 짐승은 인간들이 자기들을 대상으로 만들어낸 고사성어를 주제적 담론으로 하여 인간이 자신들에게 부여한 부정적 속성을 인간에게 되돌리는 반어적 구조로 논의를 전개한다.[17]

작품 『금수회의록』이 지닌 또 다른 구조적 특성은 종교적 세계관에 기초한 권위적인 담론이 작품 전편을 이끌어가는 양상이다. 특히 이 작품에서 현실을 부정하고 비판하는 근저를 이루고 있는 것은 기도교적 세계관의 수용이다. 이와 아울러 전통적인 유교적 윤리관도 당대의 윤리적 현실을 비판하고 풍자하는 데에 개입되고 있다. 그런데 매우 이질적이고 상충할 것으로 보이는 이 두 가지 사상은 작품 내에서 서로 대립하거나 충돌하지 않고 조화를 이루면서 현실비판의 전거로서 유용하게 사용되고 있다…… 그러나 보다 많은 곳에서 성경상의 하나님의 말씀을 현실비판의 강력한 근거로, 적극적으로 인용 제시하고 있음도 간과할 수 없는 중요한 사실이다.18)

『금수회의록』의 반어적 구조를 간단히 도식화하면 다음과 같다.

> 제1석, 반포지효(反哺之孝) - 까마귀
>
> 　　까마귀의 검은 마음, 흉조(凶鳥) → 인간의 패륜, 불효
>
> 제2석, 호가호위(狐假虎威) - 여우
>
> 　　여우의 요망함, 간사함 → 기회주의적 인간, 도덕적 타락
>
> 제3석, 정와어해(井蛙語海) - 개구리
>
> 　　우물 안 개구리의 좁은 소견 → 인간의 허세, 무능과 안일무사
>
> 제4석, 구밀복검(口蜜腹劍) - 벌
>
> 　　벌의 구밀복검의 속성 → 표리부동한 인간성
>
> 제5석, 무장공자(無腸公子) - 게
>
> 　　창자 없는 게의 허약성 → 자유의지의 부재, 비굴한 인간성
>
> 제6석, 영영지극(營營之極) - 파리
>
> 　　간사한 소인의 속성 → 이익 앞에서의 골육상쟁, 동포애의 부재

---

17) 고영학, 앞의 책, 160쪽.

18) 고영학, 앞의 책, 163~164쪽.

제7석, 가정맹어호(苛政猛於虎) - 호랑이
　　　호랑이의 잔인함 → 인간의 비정, 지배층의 가렴주구
제8석, 쌍거쌍래(雙去雙來) - 원앙
　　　원앙의 정절 → 인간의 괴악한 음란성

　한편『인류공격금수국회』는 당시의 정치와 세태를 풍자하여 문명개
화의 모순을 비판하고 야유하는 일관된 작가의 반골정신을 보여주는
작품이라 할 수 있다. 정부의 근대화 정책이며 당시의 사회풍조였던
문명개화의 제 모순을 폭로하기 위하여 금수를 내세워 당시의 세태를
마음껏 야유하고 비판한 동물우화소설로, 작자는 성성이를 위시하여
9마리의 동물을 차례로 등장시켜 인류의 타락상과 명치유신 이후 일본
신정부의 서구화 정책을 맹렬히 조소 비난하고 있다. 이 소설도 안국선
의『금수회의록』과 마찬가지로 '꿈'이라는 가상의 비현실적인 공간과
의인화한 동물들의 연설을 통하여 작자의 사상과 비판의식, 창작의도
를 자유자재로 개진한 몽유록계 형식을 취한 동물우화소설이다. 이
작품에서 금수들의 발언을 통한 인간과 인간세계의 비판적 논의는 크
게 두 가지로 대별해 볼 수 있는데 하나는 부당하게 인류에게 박탈당한
이 세상에 대한 주권의 회복이요, 다른 하나는 '지식 분별', '만물의
영장', '문명개화'를 내세워 금수에 대한 인류의 우월성을 주창하는 인
류사회의 제반악증을 비판하고 풍자하는 내용이 그것이다.
　『인류공격금수국회』의 현실비판과 풍자의 반어적 구조를 간결하게
도식화하면 다음과 같다.

· 첫째연사 – 성성이

인류가 자칭하는 '만물의 영장'[19] → 인류의 잔혹함, 인류사회의 불평등

· 둘째연사 – 양견

지식을 자랑하고 만물의 영장임을 자처하는 인류 → 생명경시 풍조, 무너진 도의

· 셋째연사 – 호랑이

사자, 악어, 표범, 이리, 호랑이를 모질고 사나운 무리라고 매도하는 인류 → 인류의 극악한 행위, 기만적 문명개화

· 넷째연사 – 앵무새

문명개화를 자만하는 인류 → 은혜를 모르는 인류, 경박한 서구화

· 다섯째연사 – 까마귀

금수에게는 측은지심이 없다고 비하하는 인류 → 측은지심이 없는 것은 오히려 인류, 사람의 본성은 악

· 여섯째 연사 – 문어

불교를 공격하는 인류 → 유교와 공자를 공격하는 금수

· 일곱째 연사 – 말

만물의 영장, 문명개화를 자랑하는 인류 → 날로 심해지는 동물학대 실상, 식생활을 즐기기 위해 동물을 마구 도살

· 여덟째 연사 – 토끼

지식 분별을 자랑하는 인류 → 영아 살해 낙태의 악습, 전쟁이 그치지 않는 인류사회

· 아홉째 연사 – 개미

개미사회의 안락한 생활 → 등활지옥(等活地獄)과 같은 인류사회

---

19) 時に猩猩は議長と呼で席を前め謂て曰く拙者が玆に呈出する議題は人類が常に誇唱する所の萬物の靈てふ一事なり彼れ人類誰の許しを得て萬物の靈と申すや。(田島象二, 앞의 책, 21쪽)

3. 작품개요

1) 사건

(1)『금수회의록』

작중 화자인 '나'는, 우주는 백대에 한결같은데 사람들은 변하여 금수만도 못한 세상이 된 인류 사회를 탄식하며 성현의 글을 읽다가 잠이 들고 꿈속에서 '금수회의소'라는 곳에 이르게 된다. 그 곳은 갖가지 금수, 초목이 다 모인 가운데 '인류를 논박할 일'이라는 문제로 회의가 열리는 장소였다. 그 곳에서 '나'는 동물들이 행하는 바, 인간 세상을 매도하는 연설을 들으며 세상이 바뀌어 가장 귀한 존재였던 인간이 금수들에 의해 무도패덕함을 공격받는 금수들의 회의를 처음부터 끝까지 지켜보게 된다.

우선 회장인 듯한 물건이 머리에는 금색의 찬란한 큰 관을 쓰고, 몸에는 오색이 영롱한 의복을 입은 이상한 태도로 회장석에 올라서서 여러 회원을 대하여 개회취지를 설명한다. 태초에 하나님이 만물을 창조하신 목적은 하나님의 영광을 나타내어 모든 생물들로 하여금 영원한 행복을 누리게 하려함이었다. 그러므로 세상만물은 사람이든지 짐승이든지 초목이든지 귀천이나 상하의 구별이 없다. 특별히 하나님으로부터 영혼과 도덕심을 부여받은 인간이 제반악증으로 하나님의 영광을 더럽혀 그 은혜를 배반하는 반면에 사람보다 천하다고 하는 금수 초목이 오히려 하나님의 법을 지키고 천지 이치대로 살아가고 있다. 그럼에도 불구하고 인간이 동물과 금수 초목을 멸시하고 자신들이 가장 귀하다 높다 하므로 그 횡포의 부당함을 하나님께 알리기 위해 회의를 소집하였다고 설명한 후, 오늘 회의에서 토론할 세 가지 안건을 제시한다. '첫째, 사람 된 자의 책임을 의논하여 분명히 할 일. 둘째, 사람의 행위를 들어서 옳고 그름을 의논할 일. 셋째, 지금 세상 사람 중에 인류 자격이 있는 자와 없는 자를 조사할 일'이다. 이 세 가지 문제를 토론하여 사람들이 여전히 악한 행위를 회개치 아니하면 사람이란 이름을 빼앗고 '이등 마귀'라는 이름을 주기로 하나님께 상주할 터이니, 이 뜻을 받들어 회의를 진행해주기를 바란다고 개회취지를 설명하고 의장석에 앉자 제일 먼저 까마귀가 우렁찬 소리로 회장을 부르고 연단으로 나아가서 연설을 시작한다.

까마귀는 〈반포지효(反哺之孝)〉라는 고사성어를 제목으로 인간의 불효를 비판한다. 옛 성현들은 효가 덕의 근본이며 모든 행실의 근원이라 하였고 예수교 계명에도 부모를 효도로 섬기라 했는데, 지금 세상 사람들의 행실을 보면 인류 사회에 효도 없어짐이 지금 세상보다 심함이 없다고 개탄한다. 사람들이 일백 행실의 근본 되는 효도를 알지 못하니 다른 것은 더 말할 것도 없다고 비난한다.

다음으로 등단한 여우는 〈호가호위(狐假虎威)〉라는 고사성어를 가지고 인간의 교활함과 음란을 비판한다. 사람들은 여우를 가리켜 요망한 것, 간사한 것이라고 하지만 정말 요망하고 간사한 것은 사람이라고 한다. 여우가 호랑이의 위엄을 빌려 모든 짐승으로 하여금 두려움에 떨게 한 행위는, 교활한 것이 아니고 목숨이 위험에 처했을 때 죽음을 모면하기 위한 정당한 행위였다고 한다. 그런데 지금 세상 사람들은 당당한 하나님의 위엄을 빌려야 함에도 불구하고 외세를 등에 업고 나라를 망하게 하고 제 동포를 압박한다고 비난한다. 여우는 또 무기의 힘을 빌려 힘없는 나라를 속국과 보호국으로 만드는 제국주의를 비판한다. 또한 인간의 음란성을 들어 사람들은 음란하기 짝이 없어 별의별일(獸姦) 등이 많지만 여우는 그렇지 않다고 하며 만일 여우더러 사람 같다 하면 여우는 그 이름이 더러워서 아니 받겠다고 한다. 여우가 연설을 마치고 내려가자, 개구리가 연단으로 뛰어 올라가 연설한다.

개구리는 〈정와어해(井蛙語海)〉라는 주제로, 분수를 지킬 줄 모르는 사람들의 어리석음과 지식을 악용하여 각종 병기를 만들어 약소국을 침략하는 제국주의를 비판한다. 사람들은 개구리를 가리켜 우물 안 개구리와 바다 이야기를 할 수 없다고 하지만 개구리는 모르는 것을 아는 체 하지 않는데, 제 나라 일조차 모르는 대신들이 천하대세를 아는 체 하고, 나라는 망하여 가건만 썩은 생각으로 외국인을 부동하여 임금을 속이고 백성을 착취하는 지배세력을 신랄하게 비난한다. 또한 개구리는 천지의 이치는 만물의 주인 되시는 하나님밖에 아는 이가 없는데, 자신의 지식이 남보다 좀 낫다 하여 제 욕심만 채우고 남을 해롭게 하며, 지식을 세상에 유익하고 아름다운 사업을 영위하는데 사용하는 일은 별로 없고 남의 나라 빼앗기와 남의 백성 학대하는 일에 사용하는 제국주의를 규탄한다. 개구리가 말을 마치고 내려오자, 또 한편에서 벌이 회장을 부르고 연단에 올라선다.

벌은 〈구밀복검(口蜜腹劍)〉을 주제로 하여, 인간의 표리부동한 이중성과 불충심, 게으른 습성을 비판한다. 사람들은 흔히 독한 사람을 벌에 비유하여 '입에 꿀이 있고 배에 칼이 있다'고 비난하지만, 벌의 입에 있는 꿀은 남을 속이기 위한 것이 아니라 양식을 만드는 것이고, 벌의 배에 있는 칼은 남이 나를 해치려할 때에 정당방위로 쓰는 것이라고 한다. 그러나 사람의 입은 변화무쌍하여 서로 맞대하였을 때는 달게 말하다가 돌아서면 무성포가 있으면 곧 쏘아 죽이기라도 할듯하니 사람이야말로 꿀같이 말을 달콤하게 하고 칼 같은 마음을 품고 있다고 비판한다. 또한 벌은 임금을 섬기되 충성을 다하고 다 각각 일을 부지런히 하여 주리지 않는데, 사람들은 제 임금을 죽이고 역적의 일을 도모하며 백성들은 게을러서 집이 구차하고 나라가 가난하다고 비난한다. 벌이 연설을 끝내고 미처 연단에서 내려서기 전에 게가 두 팔을 쩍 벌리고 나와서 연설한다.

게는 〈무장공자(無腸公子)〉라는 제목으로, 사람들은 게를 가리켜 창자 없는 동물이라고 하지만 사람들의 창자 없는 일은 게보다 심하다고 비판한다. 신문과 사회와 백성들이 그렇게 시비하고 원망하고 욕을 해도 모르는 체 임금 속일 생각, 백성 잡아먹을 생각, 나라 팔아먹을 생각 밖에 없는 이 나라 정부의 관리들과 남의 압제를 받아 살 수 없는 지경이 되고, 남에게 그렇게 욕을 보고 압박을 당해도 분한 마음 노여워하는 마음이 없고 자유를 찾을 생각이 없는 국민, 이것이 과연 창자 있는 사람들의 정부고 국민이냐고 신랄하게 비판한다. 게가 입에 거품을 품고 엉금엉금 기어 내려가자, 파리가 나는 듯이 연단에 올라가 두 손을 싹싹 비비면서 말을 한다.

파리는 〈영영지극(營營之極)〉이라는 제목으로, 사람들의 간사함과 이익 앞에서의 골육상쟁과 동포 사랑할 줄 모름을 비난한다. 사람들이 파리는 간사한 소인이라고 하지만 간사한 소인의 성품을 가진 것은 오히려 사람들임을 주장한다. 그리고 파리는 먹을 것을 보면 혼자 먹는 법이 없고 여러 족속과 친구를 청하여 서로 화락한 마음으로 나누어 먹는데 자신들과는 달리, 조금이라도 이익이 되는 일을 보면 골육상쟁하기를 예사로 아는 인간들의 행동을 보면 참으로 기가 막힌다고 한다. 사람들은 '파리는 쫓아도 쫓아도 다시 온다'고 화를 내지만,

성내며 쫓아야 할 것은 파리가 아니라 인간들 마음속에 있는 물욕, 머릿속에 있는 썩은 생각, 조정에 있는 간신들, 세상에 있는 소인들임을 충고한다. 그러면서 "사람들이 우리 수십억만 마리가 일제히 손을 비비고 비나니, 우리를 미워하지 말고 너희를 해치는 여러 마귀를 쫓으라, 손으로만 빌어서 아니 들으면 발로라도 빌겠다."는 말로 권고하고 내려가자, 위풍이 늠름한 호랑이가 연단에 올라가 좌중을 내려다하며 말을 시작한다.

호랑이는 〈가정맹어호(苛政猛於虎)〉라는 제목으로, 탐관오리의 음흉함과 인간의 어리석음, 제국주의의 잔인성을 비판한다. 사람들은 제일 포악하고 무서운 것은 호랑이라 하지만, 사람들이 해를 입음은 호랑이보다는 같은 사람에게 당한 자가 몇 억만 명인지 알 수 없다고 한다. 음흉한 수단으로 정사를 까다롭게 하여 백성의 고혈을 빠는 탐관오리와 학문을 악용하여 각종 병기를 발명 제조하는 데에 재물을 무한히 탕진하고 대량으로 사람을 죽이는 인간의 어리석음과 잔인성을 규탄한다. 호랑이가 연설을 마치고 내려오자, 형용이 단정한 원앙새가 연단에 올라가 애연한 목소리로 말을 시작한다.

원앙새는 〈쌍거쌍래(雙去雙來)〉라는 제목으로, 원앙새의 지극한 정절과 비교하며 인간의 음란성을 비판한다. 원앙새는 인류의 제일 괴악한 일은 음란이라고 탄식한다. 하나님이 사람을 내실 때에 한 남자에 한 여인을 내셨으니, 남녀를 불문하고 두 사람을 섬기는 것은 옳지 않은데 사람들은 예사로 조강지처를 버리고 간통을 일삼는다고 인간사회의 처첩제도와 남녀의 음란성을 비난한다. 그러면서 정절이 지극한 '사냥꾼과 암원앙새'에 얽힌 아름다운 이야기를 소개한 후, 원앙새는 짐승이지만 절개를 지킴이 이러한데 세상에 제일 더럽고 괴악한 것은 사람이라 다 말하려면 자기 입이 더러워질 터이니 그만 두겠다며 물러난다.

폐회, 원앙새가 연설을 마치고 연단에서 내려오자, 회장이 다시 일어나서 연사들의 연설 내용이 모두 옳다고 하며 세상에서 제일 어리석고 더럽고 괴악한 동물은 사람이라고 한다. 그러면서 인간의 추악한 행위를 말하자면 한정이 없고, 또 시간이 다 되었으므로 폐회를 선언한다고 한다. 폐회 선언 후 회의소에 모였던 짐승들은 일시에 나는 자는 날고, 기는 자는 기고, 뛰는 자는 뛰어 다 각각 돌아가고, 여러 짐승의 연설을 다 듣고 난 '화자'는 서글픔을 느끼며 다음과 같이 탄식한다.

"슬프다! 여러 짐승의 연설을 듣고 가만히 생각해 보니 세상에 불쌍한 것이 사람이로다……. 사람은 만물 중에 귀하기도 제일이요 신령하기도 제일이요 재주도 제일이요 지혜도 제일이라 하여 동물 중에 제일 좋다 하더니 오늘날로 보면 제일 악하고 제일 흉괴하고 제일 음란하고 제일 간사하고 제일 더럽고 제일 어리석은 것은 사람이로다……. 사람이 떨어져서 짐승의 아래가 되고 짐승이 도리어 사람보다 상등이 되었으니 어찌하면 좋을꼬? 예수 씨의 말씀을 들으니 하나님이 아직도 사람을 사랑하신다 하니 사람들이 악한 일을 많이 하였을지라도 회개하면 구원 있는 길이 있다 하였으니 이 세상에 있는 여러 형제자매는 깊이깊이 생각하시오."라고 당부하며 끝을 맺는다.

(2) 『인류공격금수국회』

작품 도입부에서, 작중화자인 '나'는 자신이 발명한 수상보행기를 타고 고기잡이를 가려고 이틀간의 식량과 음료수, 낚시 용구를 가지고 동경만을 떠났다. 이렇게 고기잡이를 떠난 '나'는 낚시를 하고 있을 때, 갑자기 폭풍우를 만나 졸지에 격랑에 휩쓸려 어느 무인절도로 표류하게 된다. '나'는 몹시 피곤하여 깊은 잠에 빠져들고 꿈속에서 천지간의 온갖 종류의 동물들이 모여 인류를 공격하는 '금수회의'의 자초지종을 목격하게 된다.

회의가 시작되자 회장인 사자가 구약성경의 천지창조의 내용을 인용하여 태초에 만물이 창조된 순서를 소개한 후, 이처럼 세상에 태어난 전 후를 가지고 논한다면 인류는 최후에 창조된 주권 없는 족속인데도 불구하고 동물 제족을 도외시하고 축생이니 금수니 하고 무시할 뿐 아니라, '지식'이니 '분별'이니 하는 마법을 가지고 마침내 지구를 불법으로 빼앗고 말았다. 그러므로 지금이야말로 이를 처벌하여 바로 잡지 않으면, 동물 제족은 앞으로 영원히 이 지구상에서 고침안면(高枕安眠)의 장소를 잃고 말 것이라고 한다. 이것이 오늘 제족 제군을 모이게 하여 의논하고자 하는 일이니, 어떤 종족이든지 의견이 있으면 서슴지 말고 진술해주기 바란다고 했다.

사자의 개회사가 끝나자 독일종의 양견이 등단하여 의견을 말한다. 언제부터인가 양견은 인류사회 속에 섞여 살아왔기 때문에 인류의 상태를 잘 알고 있는데. 그들은 지금 새로운 이론인 '진화론'에 경도되어 인류의 기원을 탐구한 끝에, 그들 스스로가 인류의 조상은 원숭이라는 설에 이르렀다고 한다. 심원한 진리로 인류는 최후에 창조된, 이 지구상에서 주권을 가질 수 없는 자들임이 분명하므로 인류를 제압할 방법과 인류의 체질 등을 밝히기 위해 우선 원숭이족을 불러내는 것이 좋겠다고 제안한다.

이렇게 하여 앞으로 불려 나온 원숭이는, 인류는 지금 저 '지식 분별'이라는 마법을 사용할 뿐만 아니라 그 위에 각종 기계를 만들어 동물 제족을 괴롭히고 있지만 그들 동물이 이에 저항하기에는 너무나 불안한 상태에 있으므로 인류의 횡포를 제압하는 문제가 결코 쉽지 않다고 생각한다고 한다. 그러므로 오늘 여기 모인 제족이 각각 하나씩 문제를 제출하여 이를 같이 협의한 결과를 가지고 인류의죄를 묻는 소장(訴狀)을 만들어 그것을 '조화진신'에게 바쳐서, 그들의 주권회복을 도모하는 것이 득책이라 생각한다고 말한다.

이렇게 하여 첫 연사로 나선 '성성이'는, 인류가 자칭하는 '만물의 영장'설에 이의를 제기한다. 인류는 주장하기를 인류는 '신묘한 지식'을 가지고 있기 때문에 '만물의 영장'이며 다른 동물을 지배할 권리가 있다고 하지만, 인류사회에 만연한 인종차별, 신분계급의 차이, 빈부의 차이, 약자와 빈자에 대한 자비심이 추호도 없는 인류의 잔혹함 등을 들어 이렇게 잔인한 인류가 '만물의 영장'이라든가 '영묘한 지식'을 내세워 우리 제족을 지배할 권리가 없다고 주장한다.

두 번째 연사로 등단한 '양견(洋犬)'은, 인류사회에 팽배해 있는 생명 경시의 풍조와 무너진 도의를 비판한다. 동물계에서 가장 소중하게 여기는 것은 하늘로부터 부여받은 생명인데, 인류는 '진신(眞神)'의 생명을 부여 받았음에도 불구하고 주야로 폭음 폭식하고 주색에 빠져, 그 무절제한 생활로 인하여 천명을 다하고 죽는 자는 10명 중에 1~2명에 지나지 않는다고 하며 인간사회의 생명경시 풍조를 규탄한다. 그리고 스스로 만물의 영장이라고 하지만 인류사회의 강상(綱常)이 없음과 무너진 도의를, 비둘기 세계의 '삼지례(三枝禮)'와 까마귀 세계의 '반포지효', 원앙 세계의 '부부의 도'에 비유하며 인류를 '만물의 영장'이라고 하는 것은 망언이라고 성토한다.

세 번째 연사로 등단한 '호랑이'는, 인류의 도리에 어긋나는 극악한 행위를 폭로하고 인류의 기만적 '문명개화'를 성토한다. 인류는 사자, 악어, 표범, 대사(大蛇) 등을 가리켜 영맹한 무리들이니 가까이 하지 말라고 하지만 모질고 사나움은 절대로 그들의 본성이 아니라고 반박한다. 옛날 그들의 선조는 사람들과 고락을 같이하며 사이좋게 살았었다. 그런데 어느 때부터인가 그들 동물이 아무런 야심도 없이 산야를 한가로이 경치를 즐기며 먹을 것을 찾고 있을 때, 인류는 이 틈을 노려 그들 동물을 무차별로 죽이기 시작했다. 이러한 폭거가 계속되는 한 그들 동물은 목숨을 걸고 인류를 대적할 수밖에 없다는 것이다. 또한 인류는 입으로는 '문명개화'를 부르짖고 있어도 내실은 고혈을 결집하여 병기를 강화하며 무력으로 세계를 제패하려 한다고 하며. '병기가 백보 전진하면 야만으로 백보 후퇴하는 격'이라고 한다. 그러므로 유럽의 대문명국일수록 대야만으로 후퇴했다고 말하지 않을 수 없다고 하며 인류의 기만적 '문명개화'를 성토한다.

다음 네 번째 연사인 '앵무새'는, 일본인의 경박한 서구화를 야유하며 '문명개화'에 대한 의문을 제기한다. 앵무새는, 문명개화된 서구를 모방하여 최근 일본인들이 서양풍으로 수염을 기르고, 양복을 입고, 외국어를 사용하며 양식을 먹고, 요코하마(橫浜)로 이사하여 서양에 좀 더 가까워지려고 하지만 가련하게도 그들의 눈은 갈색이고 머리는 검고 코는 납작하여 구세계의 인종으로 오해받기 십상인 것이 현실이라고 하며 일본인의 경박한 서구화를 야유한다. 또한 금수와 달리 언어의 다수를 자랑하는 인류에게 성서의 바벨탑 이야기를 들어 논박한다.

다섯 번째 연사로 등단한 '까마귀'는, 금수에게는 측은지심이 없다고 비하하는 인류, 인류의 독특한 임무를 운운하는 인류, 은혜를 모르는 인류를 비판 반박한다. 금수에게는 측은지심이 없어 이에는 인간에 미치지 못한다고 하는 인류에게, 까마귀는 수많은 동서양의 고사와 예화를 들어 동물의 측은지심을 증명한 후, 측은지심이 없는 것은 오히려 인류라고 비난한다. 또 인류는 말하기를 하늘이 인류를 태어나게 한 것은 인류에게는 임무가 있기 때문이라고 하지만 이 세상에는 아주 작은 충류조차도 모두 임무가 있어 태어났다고 반박한다. 그러면서 인류는 문자를 만드는 일을 비롯하여 수많은 것을 조류로부터 배웠음에도 불구하고 은혜를 모르고 오로지 그들 조류에게 횡포만을 가하는 것은 도리에 어긋나는 일이라고 비난한다.

여섯 번째 연사인 '문어'는 유교와 공자를 비난하고 불교와 석가를 찬양한다. 동시에 석가의 가르침을 멀리한 타락한 승려들을 매도한다. 문어는 인류가 존경하는 '공자'에 대한 인신공격으로부터 시작하여, 인류는 공자를 가리켜 대성지성(大聖至聖)이라고 하지만, 공자가 '수신제가치국평천하'를 제창하면서 지나사백여주(支那四百余)를 방랑한 것은 결국 관직을 얻기 위한 구실이었다고 조소한다. 반면에 석가를 찬양하여 석가는 성도를 위해 수행할 때 자신의 살을 찢어 매에게 주었고 허벅다리의 살을 베어 굶주린 곰을 먹였다 한다. 또한 석가는 인류와 동물 뿐 아니라 초목국토까지도 빠짐없이 성불 시킬 것을 맹세했다고 한다. 그러나 세존의 법등(法燈)을 이어 그 가르침을 포교해야 할 오늘날의 승려들은 세존의 고귀한 행위를 돌아보지 않고 장엄한 사찰에서 호의호식하고 거짓 보살의 얼굴을 지으며 저희들의 창고를 채우는 데만 열심이므로 그들은 참 승려가 아니라 제육천 마왕의 권족이 불법을 멸망시키기 위해 중으로 화한 거짓 모습이라고 비난한다. 그러면서 '인류 최고의 가르침'인 불법조차 이런 지경에 이르렀으니 머지않아 인류사회의 법은 모두 소멸하고 그들 동물 제족이 권력을 회복할 시기가 가까워진 것이라고 한다.

이어서 일곱 번째 연사인 '말'이 등단하여, 날로 심해지는 인류의 동물학대 실상을 고발하며 인류가 자랑하고 있는 '문명개화'와 '만물의 영장'의 허상을 비판한다. 모름지기 문명개화란 박애의 정신을 내포하고 있음에도 불구하고 가장 인류 곁 가까이에서 운수의 편의와 경작의 노동을 돕고 있는 말과 소를 학대하는 일은 날이 갈수록 심해지고 있다고 개탄한다. 최근에는 소는 자양분의 첫째라고 하며 마구 잡아먹기까지 한다고 비난한다. 스스로 '만물의 영장'이라고 하면서 단지 식생활을 즐기기 위해 소의 생명을 죽이는 것은 인류 스스로가 '만물의 영장'이 아님을 증명하는 것이라고 비난한다.

이어서 여덟 번째 연사인 '토끼'의 연설이 시작된다. 토끼는 인류사회의 비위생, 낙태와 영아 살해의 악습, 끊임없는 전쟁에 의한 대량살상 등을 들어 인류의 영악무참함을 개탄하고, 토끼의 미학적 안식과 풍취의 우위성, 동물족의 지식과 도덕의 우수성을 역설한다. 토끼는 '토끼의 미학적 안식과 풍취'를 찬양한 프랑스의 책을 소개한 후, 대부분의 인류는 정취가 뭔지도 모르는 채 쓰레기와 소란스러움의 혼잡 속에 살고 있는데, 이것을 토끼세계의 처지와 비교해 보면 어느 쪽이 '지식 분별'이 있는 자일까 하고 반문한다. 그런데도 불구하고 토끼족을 하등동물이라고 멸시하는 것은 확실히 인류의 생각이 아직 동물에 미치지 못했기 때문이므로 동물 족의 '지식과 도덕'의 우수함을 결코 인류에게 양보할 수 없다고 강조한다.

마지막 아홉 번째 연사로 등단한 '개미'는 불경의 '등활지옥(等活地獄)'의 참상은, 석존이 인류의 비참한 모습에 비유한 것이라고 하며 '만물의 영장', '지식 분별'을 외치는 인류의 참상을 조소한다. '등활지옥'에는 나찰이라는 악귀들이 있어. 죄인들이 이 지옥으로 떨어지면 그들을 잡아서 철봉으로 때려 반쯤 죽인 후 그것을 돌절구로 잘게 부순 다음 그것을 모래주머니에 넣어서 가루로 만든 후 잠시 놓아두지만 한 차례 이상한 바람이 불고 나서 나찰들이 주문을 외면 가루가 된 이 뼈들이 다시 모여 본래의 인체로 복원되어 활동한다. 그러면 나찰들은 이들을 또 붙잡아서 이전과 똑같은 일을 되풀이 하여 우주의 수명이 다 할 때까지 계속된다고 한다. 속언에 '뼈가 부러지도록, 몸이 가루가 되도록' 일한다는 말이 있는데, 이는 등활지옥과 같은 일상을 되풀이하며 비참한 일생을 살아가는 인류의 모습이라고 한다. 그러나 개미들은 온화한 기후 때는 일 년 생활에 필요한 충분한 식물을 거두어들이고 가을, 겨울철에는 집안에서 즐겁게 자손들과 함께 안락하게 살고 있기 때문에 지금까지 한 번도 '등활지옥'과 같은 참상을 만난 적이 없다고 한다. 그런데 '만물의 영장'이라고 자랑하며 '지식 분별'이 있다고 자칭하는 인류의 처세 형편은 미소한 그들 개미에도 미치지 못하는 것은 실로 가련하고 웃을 수밖에 없는 일이라고 조소한다.

　폐회식에서 의장인 사자왕은 앞에서 결의한 내용을 서기인 토끼와 양에게 쓰게 한 후, 그 내용을 여러 의원들에게 연서케 한 후 '천신'에게 바칠 소장(訴狀)의 수속을 마쳤다.

　신에게 바친 소장에서 동물들은 고하기를, "인류는 천신과 동일한 영혼을 부당한 욕망에 던지고 육체를 마귀의 무리에게 던져 천신께서 창조하신 지구를 모독했다. 그 위에 천신께서 사랑하시는 유순한 우리 동물들을 학대하고 마침내는 없애 버리려고 획책하고 있다. 앙망하옵건대 상처황제께서는 인류의 제악과 포학의 원천인 저 '지식 분별'이라고 하는 기능을 박탈하시어 지구상의 주권을 창세 때에 우리 동물들에게 부여하셨던 것처럼 다시 우리들에게 되돌려 주시옵소서."
라는 내용의 상주문을 신에게 올렸다.

소장을 읽고 난 신이 껄껄 웃으며 응답하시기를, "실제로 너희들이
호소하는 것도 무리가 아니라고 하며 일전에 태양과 풍우까지도 은혜
를 모르는 인류의 독단과 횡포에 화를 내어 더 이상 인류에게 빛과
풍우를 제공하지 않도록 하여 인류의 악을 응징할 수 있도록 사직서를
제출했다고 하였다. 그러면서 신은, 너희들이 호소하는 일이나 태양,
풍우가 청원하는 바를 나는 일찍이 알고 있었다. 그래서 지구에 제이의
홍수를 내렸던 것이다. 보아라. 지금의 인간세계를! 마치 인간이 홍수
를 만나 파선에 달라붙어 생명을 유지한 것처럼 유목에 매달려 간신히
생명을 부지하고 있는 것과 다를 바 없다. 일단 그 파선이나 유목을
놓치면 곧바로 생활고에 빠져 헤매는 사이 인생은 끝나고 만다. 그러나
너희들(동물) 사회는 창세 때로부터 그 성정이 변하지 않았다. 그래서
나는 이를 어여삐 여겨 제이의 홍수를 정말 홍수로 하지 않고 다만
인간 처세상 신고생활의 대파란을 주려고 했다. 이것으로 너희들 제족
의 분개함과 분노를 진정시킬 수 있겠지."라고 천신은 말씀하셨다.

'나'는 사자의 포효 소리에 놀라 사방을 돌아보니 이것은 하룻밤 꿈
이었고 거사(居士)는 '벽암집(碧巖集)'을 베게하고 이상한 골짜기에 자
리하고 있었다.

2) 주제 및 사상

두 작품의 주제는 본 논문 Ⅲ장의 작품 분석에서 들어난 연설 요지
를 재조명 해봄으로써 고찰해 보기로 한다.

(1) 『금수회의록』

(가) 주제

서언에서 화자인 '나'는, 우주는 백대에 한결 같은데 사람은 변하여 금수만도 못한 세상이 된 인류 사회를 탄식한다. 가장 귀한 존재였던 인간이 세상이 바뀌어 금수들에 의해 무도패덕(無道悖德)함을 공격받는 부끄러운 존재가 되었음을 한탄한다. 이처럼 작자는 옛적과 지금이라는 시간적 대응관계를 설정하여 우주의 한결같은 무변성과 대조되는 인간의 변화와 타락상에 대한 비판 의지를 드러낸다.

개회취지에서 회장은, 회의를 열어 논박할 수밖에 없는 인간의 타락상을 열거한 후, 이 회의에서 결의할 안건으로 다음 개회취지의 세 가지를 제시한다. 첫째, 사람 된 자의 책임을 의논하여 분명히 할 일. 둘째, 사람의 행위를 들어서 옳고 그름을 의논할 일. 셋째, 지금 세상 사람 중에 인류 자격이 있는 자와 없는 자를 조사할 일.

여기에 제시된 세 가지 안건은 이 작품이 인간의 근본적인 본성 즉 인성 문제를 제기하여 인간을 각성케 하려는 작품의 성격을 드러낸다.

제1석, 까마귀의 연설 : 인간의 불효를 신랄하게 비판한다. "사람들이 일백 행실의 근본 되는 효도를 아지 못ᄒ니 다른거슨 더 말ᄒᆞᆯ 것 무엇잇소."라고 개탄한다.

작자는 단순히 인간의 불효를 비판하는데 그치지 않고 전통적인 윤리양식의 핵이라 할 수 있는 최고의 가치 체계인 '효'를 강조함으로써 인간의 윤리적 성정면을 강조한 것이라고 할 수 있다.

제2석, 여우의 연설 : 외세에 의존하여 사리사욕에 눈이 먼 부패한 정부 관리들과 기회주의자들, 무력에 의해 약소국을 식민지화 하려는 제국주의의 야욕, 음란하기 이를 데 없는 인간의 패륜을 비판한다.

작자는 모든 정치 사회적 부조리는 인간의 도덕적 타락에 기인한다고 보고 기회주의적인 탐관오리를 고발하며, 일본을 위시한 세계적 추세인 제국주의의 야욕을 경계하고, 인간의 패륜을 비판함으로써 당시 한국인의 의식면을 강조한 것으로 파악된다.

제3석, 개구리의 연설 : 무능하고 안일 무사한 정부 관리들, 외국인을 부동하여 임금을 속이고 백성을 착취하는 벼슬아치들, 무기를 사용하여 약소국을 침탈하는 제국주의를 비판한다.

작자는 "대포와 총의 힘을 빌어서 남의 나라를 위협ㅎ야 속국도 만들고 보호국도 만드니 불한당이 칼이나 육혈포를 가지고 남의 집에 들어가서 재물을 탈취ㅎ고 부녀를 겁탈ㅎ는 거시나 다를 거시 무엇잇소."라고 제국주의의 기만성을 규탄함으로써 일본이 우리나라를 위협하여 보호국을 만든 것이 강도짓이 아니고 무엇이냐는, 일제의 야욕을 간접적으로 격렬히 비난한 것으로 파악된다.

제4석, 벌의 연설 : 인간의 표리부동한 이중성, 나라와 임금에 대한 불충심, 일상의 게으른 습성을 비판한다.

작가는 벌로 대변되는 정직성과 충성심과 근면성을 통해 인간의 의식면을 각성시키려 한 것으로 파악된다.

제5석, 게의 연설 : 사람들의 창자 없는 행위는 게보다 심하다고 하며 타락한 관리들과 저항할 줄 모르는 국민들의 무의지를 개탄한다.

저자는 '을사보호조약'으로 인해 사실상 국토와 국권을 박탈당한 현실에서도 자각하지 못하고 있는 지배계급과 국민들의 자주의식의 부재를 신랄하게 비판한 것으로 파악된다.

제6석, 파리의 연설 : 사람들의 간사한 소인의 성품, 이익 앞에서의 골육상쟁과 동포 사랑할 줄 모름을 비판한다.

작자는 파리의 입을 통하여, 사람들이 성내며 쫓아야 할 것은 파리가 아니라 인간들 마음속에 있는 물욕, 머릿속에 있는 썩은 생각, 조정에 있는 간신들, 세상에 있는 소인배임을 상기시킨다.

제7석, 호랑이의 연설 : 음흉한 수단으로 정사를 까다롭게 하여 백성의 고혈을 빼는 탐관오리들과 또 각종 병기를 제조하여 재물을 무한히 탕진하고 대량으로 사람을 죽이는 인간의 어리석음과 잔인성을 규탄한다.

"오늘놀 오대쥬를 둘너보면 사롬사는 곳곳마다 어나ᄂ라이 욕심업는 나라이 잇스며 어느 나라이 포학 흐지아니흔 나라이 잇스며 ……"라는 구절에서 작자는 당시 세계적으로 증대되고 있는 제국주의의 위험을 우려하고 있다.

제8석, 원앙새의 연설 : 원앙은 인류의 제일 괴악한 일은 음란이라고 비난한다.

하나님이 사람을 내실 때에 한 남자에 한 여인을 내셨으니, 남녀를 불문하고 두 사람을 섬기는 것은 옳지 않은데 사람들은 예사로 조강지처를 버리고 간통을 일삼는다고, 인간사회의 처첩제도와 남녀의 음란을 비난한다. 그러면서 정절의 극치라고 할 수 있는 원앙새의 아름다운 예화를 소개하여 인간의 음란성과 극명한 대비를 이루게 한다.

전통윤리와 하나님 계명에도 어긋나는 인간사회의 축첩의 폐습과 불륜을 강하게 비판함으로써 건전한 성윤리를 옹호하는 작가의 의식이 주목된다.

회장의 폐회사 : 세상에서 제일 어리석고, 더럽고 괴악한 동물은 사람이라고 한다. 그러면서 인간의 추악한 행위를 말하자면 한정이 없다고 하며 폐회를 선언한다.

작중화자의 탄식 : 만물 중에 가장 존귀한 것으로 알았던 사람이 떨어져서 금수의 아래가 되고 세상에서 제일 악하고 제일 흉괴하고 제일 음란하고 제일 간사하고 제일 더럽고 제일 어리석은 것이 사람임을 깨닫게 된다.

이상 동물들의 연설 주제에서 들어난 바와 같이 『금수회의록』은 근본적인 인간의 타성으로서의 패악을 비판함과 동시에 당대 현실사회의 시대적 상황에서 들어난 지배계급의 부패상과 비리성, 전통윤리의식의 붕괴, 인간성의 해체, 제국주의의 야욕 등을 신랄하게 풍자 비판함으로써 이러한 사회적 모순을 구제하고 인간의 본성을 각성시켜서 인간성을 회복하고 정의로운 사회구현을 희망하는 사회개조적 의식을 주제로 한 작품이라 할 수 있겠다.『금수회의록』의 주제의 진수는 이 작품의 '개회취지'와 작품의 결말 부분인 '화자의 탄식'에 압축되어 있다고 볼 수 있다. 개회취지에서 회장은, 회의를 열어 논박할 수밖에 없는 인간의 타락상을 열거한 후, 이 회의에서 결의할 안건으로 인간이 갖추어야 할 기본 요건인 책임, 행위, 자격 문제를 제시하여 인간답지 못한 인간을 비판하겠다는 작품의 성격을 강하게 나타낸 것이다. 결말 부분에서 작중화자는 다음과 같이 탄식함으로써 만물 중에 가장 존귀한 것으로 알았던 사람이 떨어져서 금수의 아래가 되고 세상에서 제일 악하고 제일 흉괴하고 제일 음란하고 제일 간사하고 제일 더럽고 제일 어리석은 것이 사람임을 깨닫게 된다. 그러나 작자는 여기서 단지 인간에 대한 비판과 매도로 그치지 않고 기독교 사상을 바탕으로 개선의 희망을 저버리지 않고 있다는 점이 주목된다.

(나) 사상

『금수회의록』의 근저에 흐르고 있는 사상은 전통적인 유교사상과 기독교 사상이다. 안국선이 태어나고 성장한 한국 전통사회는 유교의 이념을 최상의 가치로 삼았었다는 점을 고려할 때 그의 골격을 이룬 사상이 유교사상이었을 것이라는 것은 추측하기 어렵지 않을 것이다. 그러나 안국선은 1899년 감옥에서 선교사 아펜젤러와 벙커 등의 권유로 기독교로 개종하였으며 진실한 기독교인으로 생애를 마쳤음은, 본 논문「안국선의 생애」에서 살펴본 바와 같다. 기독교에 대한 그의 신앙은 작품 구석구석에 여실히 드러나 있다. 이 작품 '서언'에서부터 마지막 결론에 이르기까지 모든 연설의 중요한 부분에서 하나님을 언급하지 않은 곳이 거의 없을 정도다. 그 내용을 간추려 보면 다음과 같다.

① 녯적 사롬은 량심이 잇셔 텬리를 순종ᄒ야 하나님끠 갓가왓거늘 지금 세샹은 …… (셔언, 1쪽)

② 사롬은 만물지중에 가장 귀ᄒ고 뎨일 신령ᄒ야 텬디의 화육을 도으며 하나님을 대신ᄒ야 세샹 만물의 금슈 초목까지라도 야 맛하 다스리ᄂᆞᆫ 권능이 있고 …… (셔언, 3쪽)

③ 대뎌 우리들이 거쥬ᄒ야 사ᄂᆞᆫ 이 세샹은 당쵸부터 잇던 거시 아니라 지극히 거룩ᄒ시고 지극히 젼능하신 하나님끠셔 조화로 만드신 거시라 세계만물을 창조ᄒ신 조화쥬를 곳 하나님이라 ᄒ나니 일만 리치의 쥬인 되시ᄂᆞᆫ 하나님끠셔 세계를 만드시고 또 만물을 만드러 각색물건이 세샹에 생기게 ᄒ셧스니 …… (개회 취지, 4~5쪽)

④ 우리 가마귀 족속은 먹을거슬 물고 도라와셔 어버이를 기르며 효성을 극진히ᄒ야 망극흔 은혜를 갑하셔 하나님이 뎡ᄒ신 본분을 직히여 …… (가마귀, 9쪽)

⑤ 지금 세상 사람들은 당당흔 하나님의 위엄을 빌어야 홀터인데 외국의 셰력을 빌어 …… (여호, 16~17쪽)

⑥ 하ᄂ님은 곳 리치라 ᄒ얏스니 하ᄂ님이 곳 리치오 하ᄂ님이 곳 만물 리치의 주인이라 …… (개구리, 22쪽)

⑦ 사롬은 특별이 모양이 하나님과 갓고 마음도 하ᄂ님과 갓게ᄒ엿스니 사롬은 곳 하나님의 아달이라 ᄒᄂᆫ 뜻슬 잇지말고 하나님의 마음을 본밧아 …… (벌, 27쪽)

⑧ 우리 수십억만마리가 일제히 손을 비비고 비ᄂ니 우리를 미워ᄒ지 말고 하나님이 뮈워ᄒ시ᄂᆫ 너희를 해치ᄂᆫ 여러 마귀를 쫏으라 …… (파리, 38쪽)

⑨ 우리는 다른 동물을 잡어먹더래도 하ᄂ님이 만드러주신 발톱가

니빨로 <u>하ᄂᆞ님</u>의 뜻을 밧아 텬셩의 행위를 행홀뿐이어늘 ……
(호랑이, 40쪽)

⑩ <u>하ᄂᆞ님</u>의 텬연ᄒᆞᆫ 리치로 말홀진대 사나희ᄂᆞᆫ 안해 ᄒᆞᆫ 사ᄅᆞᆷ만 두고
녀편네ᄂᆞᆫ 남편 ᄒᆞᆫ사ᄅᆞᆷ만 좃칠지라 …… (원앙, 44쪽)

⑪ 예수씨의 말삼을 드르니 <u>하ᄂᆞ님</u>이 아직도 사ᄅᆞᆷ을 ᄉᆞ랑하신다ᄒᆞ
니 사ᄅᆞᆷ들이 악ᄒᆞᆫ일을 만히 ᄒᆞ엿슬지라도 회개ᄒᆞ면 구완 잇ᄂᆞᆫ길
이 잇다ᄒᆞ얏스니 …… (화자, 48쪽)

비록 안국선이 자신의 주체적인 신학적 논리로 기독교의 깊은 사상과 휴머니즘을 이해했다고는 할 수 없을지 모르지만, 안회남의 회고에 의하면 말년에 안국선이 모든 공직에서 물러난 후 그의 생활이 여의치 못하여 은거와 같은 생활을 하였으나 기독교에 심취하고 있었던 것으로 생각된다. 일시 사업의 실패로 음주를 하는 등의 흐트러진 생활이 있었지만 말년까지 충실한 신앙생활을 하였던 것으로 믿어진다. 그러나 그가 새로 받아들인 기독교 사상이 전통적인 유교사상과 상충됨이 없이 화합하거나 대등한 것으로 파악하게 한 점이 특이하다. 그러면서도 마지막 부분에서 "예수씨의 말삼을 드르니 하ᄂᆞ님이 아직도 사ᄅᆞᆷ을 ᄉᆞ랑ᄒᆞ신다 ᄒᆞ니 사ᄅᆞᆷ들이 악ᄒᆞᆫ 일을 만히 ᄒᆞ엿슬지라도 회개ᄒᆞ면 구완 잇ᄂᆞᆫ길이 잇다ᄒᆞ얏스니 이 세상에 잇ᄂᆞᆫ 여러 형졔ᄌᆞ매ᄂᆞᆫ 깁히깁히 생각ᄒᆞ시오."라고 결론지음으로써 "궁극적으로는 하나님의 사랑을 전제로 한 인간의 '회개'라는 기독교 사상에 의해서 개조될 수 있다고 강조하는 부분에서 기독교 사상의 상대적 우월성이 감지되게 하고 있다."[20]

---

20) 김교봉·설성경, 앞의 논문, 109쪽.

(2) 『인류공격금수국회』

(가) 주제

개회취지에서 회장인 사자는, 구약성경의 천지창조 구절을 인용하여 여기 모인 제족이야말로 진신(眞神)으로부터 세상의 주권을 부여받은 자들이고 인류는 제족에게 예속된 자들인데도 불구하고 '지식'이니 '분별'이니 하는 마법을 가지고 지구를 불법으로 빼앗고 말았으니 지금이야말로 이를 처벌하여 회복하지 않으면 동물 제족은 앞으로 영원히 고침안면의 장소를 잃고 말 것이라고 한다. 즉 본래는 동물에게 속했으나 '지식이니 분별이니 하는 마법'에 의해 인류에게 강탈당한 동물의 '주권회복'을 역설하고 있다.

첫 연사로 나선 성성이는, 인류는 다른 동물과 다르게 '신묘한 지식'을 가지고 있기 때문에 '만물의 영장'이며 다른 동물을 지배할 권리가 있다고 한다. 그러나 성성이는 이를 반박하여 인류의 잔혹함을 열거한다. 이것이 '신묘한 지식'을 가졌다는 인류가 할 짓인가 매도하며 이렇게 잔인한 인류가 '만물의 영장'이라든가 '영묘한 지식'을 내세워 동물 제족을 지배할 권리가 없다고 주장한다.

두 번째 연사인 양견은, 인류사회에 만연해 있는 생명경시의 풍조와 강상(綱常)의 부재, 불효, 불윤을 신랄하게 비난하며 인류를 '만물의 영장'이라고 하는 것은 망언이라고 규탄한다.

세 번째로 등단한 호랑이는, 각종 무기를 제조하여 평화로운 동물을 무차별로 살상하는 인류의 악덕을 폭로하며 병기(兵器)가 백보 전진하면 야만으로 백보 후퇴하는 격이라고 한다. 그러므로 유럽의 대문명국일수록 대야만으로 후퇴했다고 말하지 않을 수 없다고 하며 무기를 제조하여 동물과 인류를 무차별로 죽이는 인간의 기만적 '문명 개화'를 비판한다.

네 번째 연사로 등단한 앵무새는, 호랑이의 연설에 이어 문명개화된 서구인의 외형만을 모방하는 최근 일본인의 웃지 못 할 경박한 서구화를 조소하며 '문명개화'에 대한 의문을 제기한다. 또한 언어의 다수를 들어 인류의 우수성을 자랑하는 인류에게 '바벨탑'의 이야기를 상기시키며 인류의 오만을 조소한다. 결국 문명개화에 대한 비판이라 하지 않을 수 없다.

다섯 번째 연사인 까마귀는, 금수에게는 측은지심이 없다고 비하하는 인류, 인류의 독특한 임무를 운운하며 오만한 인류, 조류로부터 수많은 것을 배웠음에도 불구하고 은혜를 모르는 인류를 비난한다. 이는 결국 작자가 간접적으로 지식 분별을 자랑하는 인류, 만물의 영장을 주장하는 인류를 비판한 것으로 파악된다.

여섯 번째 연사로 나선 문어는 석가의 고귀한 가르침을 멀리한 타락한 승려들을 매도한다. 인류 최고의 가르침인 불법조차 이 지경에 이르렀으니 머지않아 인류사회의 법은 모두 소멸하고 동물제족이 권력을 회복할 시기가 가까워진 것이라고, 동물제족의 '주권회복'을 강조한다.

저자는 여기서 '인류 최고의 가르침인 불법(佛法)'이라고 하면서 간접적으로 불교를 찬양하였고, 결국 이런 불법조차 소멸할 위기에 놓였으니 동물들의 권리회복 시기도 가까워 진 것이라고, 여기서도 동물들의 '주권회복, 권리회복'을 강조하고 있다.

일곱 번째 연사인 말은, 날로 심해지는 인류의 동물학대 실상을 고발하고, 인류 가까이에서 힘든 노동을 돕고 있는 소를 단지 식생활을 즐기기 위해서 마구 잡아먹는 것은 인류 스스로가 만물의 영장이 아님을 증명하는 것이라고 하며 인류가 자랑하고 있는 '문명개화'와 '만물의 영장'의 허상을 비판한다.

여덟 번째로 토끼가 등장하여, 인류사회의 비위생, 낙태의 유행, 끊임없는 전쟁에 의한 살상을 들어 인류의 영악무참함을, 토끼의 '미학적 안식 및 풍취'와 비교하며 어느 쪽이 '지식 분별'이 있는 자일까 하고 반문하며, '지식 분별의 마법'을 사용하여 동물을 지배하는 인류의 부당성을 비판한다.

마지막 연사로 개미가 등단한다. 개미는 불경의 '등활지옥'의 참상을 상세히 밝히며 이는 석존이 인류의 비참한 실상을 '등활지옥'에 비유한 것이라고 한다. 이것을 토끼 세계의 안락한 생활과 비교해 볼 때, 인류가 처한 형편은 미소한 그들 개미에도 미치지 못하는 것은 실로 가소롭다고 하며 '만물의 영장', '지식 분별'을 내세워 오만하는 인류를 조소하고 비판한다.

폐회사 : 인류의 행위, 행동은 이미 이 모양이다. 우리를 지배하고 있으면서도 거기에 따르는 도덕적 의무는 조금도 행하지 않고 있다. 인류가 행해야 할 의무를 하지 않을 때, 언제까지나 그들 밑에 굴복하고 있을 필요는 없다고 한다고 인류의 만물 지배의 부당성을 강조한다.

소장(訴狀) : 영혼을 부당한 욕망에 던지고 육체를 마귀의 무리에게 주어, 천신께서 창조하신 지구를 모독한 인류, 천신께서 사랑하시는 유순한 우리 동물들을 학대하고 마침내는 없애 버리려고 획책하는 '인류의 악과 포학의 원천인', 저 '지식, 분별'이라는 기능을 인류로부터 박탈하시어 두 번 다시 모반할 수 없도록 하시고,

'지구상의 주권을, 창세 때에 우리 제동물들에게 부여하셨던 것처럼' 지금 다시 우리들에게 되돌려 주시옵기 바랍니다.

작자는 여기서 '지식, 분별'이 인류의 악과 포학의 원천이라고 고발함으로써 간접적으로 문명개화를 비판하고 있다.

이 작품 전편에 일관되게 흐르는 비판의 주제적 키워드는 '동물의 주권회복', '지식 분별이라는 마법', '만물의 영장', '문명개화'라 할 수 있다. 그 예를 간략하게 추출해 보면,

- 동물의 '주권회복' 역설 -

① 此生世の前後を以て論ずるときは來會せし諸族こそ眞神より此の地球の主權を許される者として人類は之に隷屬する者と謂ざる可らぬ。彼れ最後に造られて地球上の主權なき族たるにも拘わらず夫の知識とか分別とか云ふ魔法を以て遂地球に押領せり。今に之が處分を爲ずば千古の末も我輩諸族は高枕安眠の所を失なふべし。(개회취지, 13~15쪽)

(이 세상 출생의 전 후를 가지고 논한다면 여기 모이신 제족이야말로 진신으로부터 이 지구상의 주권을 부여받은 자들이고, 인류는 여러분들에게 예속된 자들이라고 말하지 않을 수 없다. 그들은 최후에 만들어져서 지구상의 주권이 없는 자들임에도 불구하고 저 '지식'이니 '분별'이니 하는 마법을 가지고 마침내 지구를 점령하고 말았다. 지금이야말로 이를 처리하지 않으면 우리들 제족은 앞으로 영원히 고침안면의 장소를 잃고 말 것이다.)

② 以上を以て觀る時は人類は知識の有無を呈出して我諸族を支配するの權利ありと謂を得ずと。(성성이, 31쪽)

(이상으로 미루어 볼 때 인류가 지식의 유무를 내세워 우리 제족을 지배할 권리가 있다고 할 수 없는 것이다.)

③ 人類最上乘の教法にえて有樣已に斯の如き、人類社會は滅法して我動物諸族の權力を恢復する期當に遠にあらざるべし。(문어, 88쪽)

(인류 최고의 가르침인 불법조차 이런 지경에 이르렀으니 머지않아 인류사회의 법은 소멸하고 우리 동물 제족이 권력을 회복할 시기도 멀지 않을 것이다.)

④ 地球上の主權は創世の際我等動物に附與せせ給ひしか如く更に附與あらん事を。(神への 上奏, 112쪽)

(지구상의 주권을 창세 때에 우리 동물들에게 부여하셨던 것처럼 다시 우리들에게 부여해 주시옵소서.)

- 인류의 '지식, 분별의 마법' 비판 -
① 夫の知識とか分別とか云ふ魔法を以て逐地球に押領せり。(개회취지, 14쪽)

(저 '지식'이니 '분별'이니 하는 마법을 가지고 마침내 지구를 점령하고 말았다.)

② 大王も知りるる如く彼れ夫の知識分別てふ魔法を行ない之に加ふるに諸諸の器械造りて我諸族を惱まし候なれば之に抵抗する事は覺束なく。(원숭이, 19쪽)

(대왕님도 알고 계시는 바와 같이 그들 인류는 저 '지식 분별'이라고 하는 마법을 사용할 뿐 아니라, 그 위에 각종 기계를 만들어 우리 제족을 괴롭히고 있어 이에 저항하는 일은 가망이 없어 보인다.)

③ 知識分別ありと自稱する人類にして其處世の有樣余輩微少の蟻に
も及ばざるは實に憫笑するに堪たり。(개미, 110쪽)

(지식, 분별이 있다고 자칭하는 인류로서 그 처세 형편은 미소한 우
리 개미에도 미치지 못하는 것은 실로 연민의 웃음을 금할 수가 없다.)

④ 仰き願くば上天皇帝人類が惡虐の原素なる夫の知識分別てふ機能を
奪ひ再たび謀反すること忽らしめ地球上の主權は創世の際我等動物に
附與せさせ給ひしが如く更に附與あらん事を。(神에의 上奏, 112쪽)

(앙망하옵건대 상천황제(上天皇帝)께서는 인류의 제악과 포학의
원천인 저 '지식 분별'이라고 하는 기능을 박탈하시어 두 번 다시 모반
할 수 없도록 하시고, 지구상의 주권을 창세 때에 우리 동물들에게 부
여하셨던 것처럼 다시 우리들에게 부여해 주시옵소서.)

- 인류의 '만물의 영장설' 항변 -
① 拙者が玆に呈出する議題は人類が尙に誇唱する所の萬物の靈てふ
一事なる。彼が萬物の靈と云ふ說明に曰く人類は他の動物と異にし
て神秘微妙の知識を有せり。故に他の動物を支配する權利ありと。
(21-2쪽)且や人類の情誼なく殘酷を以て處とするは都鄙を往て之を
知れり。(28쪽)其驕る者は其貧しき者を救ふとも爲ず又憫れむの心な
し、知識あるてふ者よく之を恐べんや。(30쪽)(성성이)

(졸자가 제출하는 의제는 인류가 자랑스럽게 외치고 있는 '만물의
영'이라고 하는 문제이다. 그들이 만물의 영이라고 하는 설명에 의하
면, 인류는 다른 동물과 달리 '신비하고 미묘한 지식'을 가지고 있기 때
문에 다른 동물을 지배할 권리가 있다고 한다. 그 위에 나는 인류의 잔
혹함을 도시와 시골을 오가며 보고 알게 되었다. 그 오만한 자들은 가
난한 사람들을 도우려고도 하지 않고 불쌍히 여기는 마음도 없다. 지
식이 있다고 하는 자 잘도 이것을 견뎌내고 있다.)

② 人類また云ん人の萬物の靈てふ證據は君臣父子兄弟の綱常を守るか故なりと。人類悉く君臣父子兄弟の綱常を守らば文字に不忠不孝不悌もなきはずなり。道德の書。倫理の書も誰にか示さん儒者や傳道師は何の用備へん。老子が大道廢れて仁義ありと謂しがごとく。(양견, 34~35쪽)

(인류는 또 말한다. 사람이 만물의 영이라는 증거는 사람은 군신부자형제지간의 강상(綱常)을 지키기 때문이라고. 그러나 인류가 모두 그렇게 강상을 지킨다면 불충, 불효, 부제라는 문자도 없어야 한다. 또한 도덕서나 윤리서는 누구를 위한 것이며, 유학자나 전도사는 무슨 필요가 있겠는가. 일찍이 노자가 말했다. "대도가 퇴폐한 세상에 인의가 필요하게 된다."고)

③ 例の萬物の靈長と云ながら牛の肉を假ずんば其生保がたしとするは人類自から萬物の靈にあらざるを表せりと謂ずんばあらず。(말, 94쪽)

(만물의 영장이라고 하면서 그 고기를 이용하기 위해 소의 생명을 위협하는 것은 인류 스스로가 '만물의 영장'이 아니라고 표명하는 것이라 하지 않을 수 없다.)

④ 可笑かな人類の有樣余は知識の萬物の靈のとの語を駁擊せずして彼をして愕然たらしむる者あるなり諸君請ふ之を聽け抑抑人類は加何なる有樣を以て地球に在るや。(개미, 106쪽)

(가소롭게도 인류의 상태는 그들의 지식이니 만물의 영장이니 하는 말을 공박하지 않고도 그들을 아연케 할 방법이 있다. "여러분 들어보세요. 도대체 인류는 어떤 모습으로 이 지구상에 존재해 있는 것일까?")

- 인류의 '문명개화' 비판 -

① 口では文明を唱へ開化と云ふも其實腕力世界にして兵器が百步進めば野蠻に百步却たりと謂ざるを得ず。歐洲の大文明國ほど大野蠻に却步したりと謂ざる可らず。(호랑이, 51쪽)

　　(입으로는 문명개화를 부르짖고 있지만 실은 완력으로 세계를 제패
하려 한다. 병기가 백보 전진하면 야만으로 백보 후퇴하는 일이나 마
찬가지다. 그러므로 유럽의 '대문명국'일수록 '대야만'으로 후퇴했다고
하지 않을 수 없다.)

　　② 拙者も及ばずながら一論を露出仕るべし,問題は例の文明開化の
　　疑問なり。夫れ文明開化とは何なる者ぞ(53쪽)。輓近日本人が西
　　洋流に髥を生し洋服を着し洋語を用い洋食を喰ひ横濱へ轉宅して
　　西洋に近からん事を願へども愁れむべし茶眼黑髮鼻開けて舊世界の
　　人種を免かるるを能むざる。(앵무새, 60쪽)
　　(졸자도 불충분 하지만 한 가지 문제를 제기하겠다. 그 문제란 예의
'문명개화'에 관한 의문이다. 도대체 인류가 말하는 문명개화란 무엇을
말하는 것일까. 최근 일본인들이 서양풍으로 수염을 기르고 양복을 입
고 외국어를 사용하며 양식을 먹고 요코하마(橫浜)로 이사하여 서양
에 좀 더 가까워지려고 하지만, 가련하게도 그들의 눈은 갈색이고 머
리는 검고 코는 벌어져, 구세계의 인종임을 면하기 어렵다.)

　　③ 彼れ人類文明開化と唱へ其文明開化とは汎愛の意味を含みたる
　　事柄なるにも拘はらず最とも人類に接近し運輸の便を爲し耕作の勞
　　を助くる我我を虐待すること實に日にだしさを加へたり。(말, 89쪽)
　　(인류가 외치고 있는 '문명개화'라는 말에는 박애의 뜻을 내포하고 있음
에도 불구하고 가장 인류 가까이에서 운수의 편리를 도모하고, 경작의 노
동을 돕고 있는 우리들을 학대하는 일은 날이 갈수록 심해지고 있다.)

　앞에서 인용한 연설의 내용에서 알 수 있듯이 이 작품의 주제는 정
부의 근대화 정책, 서구화 정책, 문명개화 정책을 비판하고 작자 자신
의 신념인 일본 고유의 전통과 문화의 수호, 존왕양이 사상, 문명개화

관을 들어내려 한 것으로 볼 수 있다. 아울러 문란해진 사회적 윤리와 외래 종교를 비판하여 인심을 깨우치려고 했으며, 서구문화를 받아들여 문명개화정책을 추진한 후에 들어난 여러 가지 사회적 모순을 바라보며 문명개화에 대한 강한 의문을 제기한다. 이 작품은 작자가 ≪마루마루친분(團團珍聞)≫에서 보여준 것과 같이, 문명개화의 모순을 신랄하게 공격하고 야유하는 일관된 저항정신을 여실히 보여주는 작품이라 할 수 있겠다.

(나) 사상

안국선의『금수회의록』이 전통적인 유교사상과 기독교의 구원 사상이 바탕을 이루고 있는 것과는 달리 다지마 쇼지는 젊었을 때부터 존왕양이(尊王攘夷)를 고무하는 학문을 이상으로 황조학(皇朝學)을 배우고 신서황전역사(神書皇典歷史)를 수학한 전통 일본사상의 고수였다. 그는『인류공격금수국회』에서는 성경의 천지창조 부분, 바벨탑 이야기, 노아의 홍수 이야기 등을 거론하고 있지만, 이는 그가 기독교 사상을 수용함에서가 아니라 단지 전기적 사실로서 궤변적으로 인용하고 있을 뿐이다. 오히려 그는 기독교에 대하여 매우 비판적이어서 기독교를 비판하는 여러 권의 저서를 남기고 있다. 그는 앞에서 소개한 그의 저서,『신약성서평박(新約聖書評駁)』이나『야소교의문답(耶蘇教意問答)』그리고『소설문어수금(小說文語繡錦)』에서 기독교를 맹렬하게 비판 조소했으며 작중에서 '문어'의 연설을 통하여 유교와 공자를 조롱하였다. 또한 그는 일찍이 한학을 몸에 익혔으며 모토오리 노리나가(本居宣長)[21], 히라타 아쓰타네(平田篤胤)[22] 등 일본의 대표적인 국학자의 저서를 탐독한 경골한의 국학도였다. 유신 이후 일본 청

년들이 앞 다투어 단발탈도(斷髮脫刀)하고 양복을 입고 외국어를 자랑
스럽게 사용하고 있어도 그는 의연히 속발한 채 긴 칼을 옆으로 차고
거리를 활보하던 문명 조소주의자였다. 그는 이러한 그의 문명 조소
사상을 작품 속 호랑이의 연설을 통하여, 문명의 한 단면이라고 할
수 있는, 대량학살 무기개발을 비판하여 "…… 병기가 백보 전진하면
야만으로 백보 후퇴하는 것이다. 그러므로 유럽의 대문명국일수록 대
야만으로 후퇴했다고 하지 않을 수 없다"고 하여 그의 문명비판 사상
의 일면을 보여 주었다. 혼마 히사오(本間久雄)는 다지마 쇼지(田島象
二)의 저서 『일대기서서림지고(一大奇書書林之庫)』에 대한 서평에서
'작가 일대의 걸작일 뿐 아니라 그 당시의 주목할 만한 문명비평서이
기도 하다'[23]고 평하였다. 그리고 무엇보다 ≪마루마루친분≫을 통한
그의 종횡무진한 골계풍자 기사는, 문명개화를 주창하면서 일본 사회
곳곳에 나타난 웃지 못 할 모순과 결함을 날카롭게 지적하여, 피상적
문명에 현혹당하고 있던 당시의 위정자와 사회상을 신랄하게 비판했
던 것이다. 이러한 점들을 미루어 볼 때, 이 작품의 바탕이 되어 있는
사상은, 일본 고유의 황실존중 사상인 신토(神道)[24]와 불교사상 그리

---

21) 本居宣長(1730~1801)、江戸中期の國學者、語學者、國學四大人の一、伊勢松坂
   の人、京に上って醫學修業のかたわら源氏物語研究、三十餘年を費して大著、『古
   事記傳』完成、儒仏を排して古道に歸るべきを說く、著書：『源氏物語玉小櫛』、『古
   今集遠鏡』、『直毘靈』、『石上私淑言』外多數。(『廣辭苑』、2193~4쪽)

22) 平田篤胤(1776~1843)、江戸後期の國學者、國學の四大人の一、秋田の人、本居
   宣長歿後の門人として古道の學に志し、古典研究に力を注ぎ、神代文字日文の存
   在を主張した、著書：『古史徵』、『古道大義』など。(『廣辭苑』、1902쪽)

23) 本間久雄、『日本文學全史』、東京堂、昭和 10, 294쪽.

24) 神道(しんとう)：わが國固有の民族信仰。天照大神への尊崇を中心とする。古來の
   民間信仰が外來思想である佛教儒教の影響を受けつつ成立し理論化されたもの。平
   安時代にわ神佛習合本地垂迹があらわれ兩部神道山王一實神道が成立。中世にわ

고 문명비평 사상이라 할 수 있겠다.

3) 등장인물

『금수회의록』	『인류공격금수국회』
서언, 작중화자(저자)	도입부, 작중화자(저자)
개회취지, 사회자(사자)	개회취지, 사자
제1석, 까마귀의 연설(反哺之孝)	원숭이의 발언
제2석, 여우의 연설(狐假虎威)	성성이의 연설
제3석, 개구리의 연설(井蛙語海)	양견(洋犬)의 연설
제4석, 벌의 연설(口蜜腹劍)	호랑이의 연설
제5석, 게의 연설(無腸公子)	앵무새의 연설
제6석, 파리의 연설(螢螢至極)	까마귀의 연설
제7석, 호랑이의 연설(苛政猛於虎)	문어의 연설
제8석, 원앙새의 연설(雙去雙來)	말(馬)의 연설
폐회, 사회자	토끼의 연설
끝맺는 말(화자)	개미의 연설
	폐회사
	신(神)에의 상주 및 신(神)의 응답
	각몽(覺夢)(화자)

『금수회의록』에는 작중화자, 짐승회장(사자?), 까마귀, 여우, 개구리, 벌, 게, 파리, 호랑이, 원앙새가 등장하고, 『인류공격금수국회』에는 작중화자, 회장인 사자, 원숭이, 성성이, 양견, 호랑이, 앵무새, 까마귀, 문어, 말, 토끼, 개미, 신(神)이 등장한다. 이 중에서 '까마귀'와 '호랑이'만이 일치하고 있다.

『금수회의록』의 등장동물을 보면, 반포지효(反哺之孝, 까마귀), 호가호

伊勢神道吉田神道なごが起り。江戸時代にわ垂加神道吉川神道などが流行した。明治以降は教派神道と神社神道とに分れ、後者は敗戰まで政府の大きな保護をうけた。(『廣辭苑』, 岩波書店)

위(狐假虎威, 여우) 등과 같이 동양고사성어의 소제목이 붙어 있는 것으로 미루어 알 수 있듯이 등장인물이 모두 동양적 성격을 띠고 있다. 반면 양견을 비롯하여 진화론을 펴는 성성이, 일본인의 경박한 서구화를 조롱하는 앵무새 등이 등장하는 『인류공격금수국회』는 『금수회의록』과 달리 연설 주제가 되는 동양 고사성어의 소제목이 없을 뿐 아니라 등장인물이 반드시 동양적 우의를 드러내는 상징인물이라 보기 어렵다. 또한 우리의 오랜 동물우화소설의 전통과는 달리, 일본의 어느 문학사를 훑어보아도 동물우화소설항목을 찾아볼 수 없다. 세리카와 데쓰요(芹川哲世)는 앞에서 소개한 그의 논문에서, "현대일본문학연표(現代日本文學年表)'를 조사한 결과 대략 다음과 같은 작품들이 나왔다. ① 만테이 오가(万亭應賀), 『충류대의론(忠類大議論)』(1873), ② 괴테, 이노우에 츠토무 역(井上勤 譯), 『독일기서 호내재판(獨逸奇書 狐乃裁判)』(1884), ③ 다지마 쇼지(田島象二), 『인류공격금수국회(人類攻擊禽獸國會)』(1885)" 등이다. 그러면서 세리카와는, "비록 작품은 읽어보지 못했지만(구득하지 못하여) 만테이 오가의 『충류대의론』이 서명(書名)으로 보아서 또 저작자가 문명개화 비판논자였다는 점으로 보아서, 『인류공격금수국회』에 영향을 준 작품이 아니었던가 추측된다."25)고 하였다.

그러나 만테이 오가의 『충류대의론』은 제목이 암시하듯 다지마 쇼지가 『인류공격금수국회』에 이용할 만한 동물은 등장하지 않은 것으로 생각된다. 그보다는 괴테 작인, 이노우에 츠토무(井上勤) 역의 『독일기서 호내재판』은 출판연도를 보아서도 다지마 쇼지가 이 작품을 읽지 않았을까 생각되는데, 이 작품은 괴테가 그리스 로마시대 그리고 중세

---

25) 芹川哲世, 앞의 논문, 서울대학교, 65쪽.

를 거치면서 유럽 여러 나라의 언어로 조금씩 내용과 형식을 달리하며 수많은 대중들의 애호를 받아왔던 민중 시가를 개작한 것으로, 『여우 라이네케(Reineche Fuchs)』라는 표제로 1794년 출간된 동물설화이다. 이 작품은 2001년에 『괴테의 여우라이네케』라는 책명으로 우리나라에 서도 번역 출간되었다.[26] 여기에 등장하는 동물은 사자, 여우, 오소리, 늑대, 개, 고양이, 표범, 토끼, 곰, 까마귀, 두루미, 수탉, 암탉 등이다. 이 중에서 '사자, 여우, 개(양견), 표범(호랑이), 까마귀' 등이 『인류공격금 수국회』의 동물과 일치한다. 그러나 『여우 라이네케』에 등장하는 동물 들은 오랫동안 유럽인과 같이해 온, 유럽인에게 친숙한 동물들로서 동양적인 동물이라고 할 수는 없을 것 같다.

4) 창작 동기

『금수회의록』은 한국개화기에 정치가이며 소설가인 안국선이, 자 신이 살고 있었던 시대를 가치전도와 갈등의 현장으로 파악하고 당시

---

26) 요한 볼프강 폰 괴테 저, 윤용호 역, 『괴테의 여우라이네케』, 종문화사, 2001.
   내용 : 유쾌한 축제날인 '성령강림절'에 사자왕 노벨이 궁전회의를 소집했다. 큰 무리든 작은 무리든 모두 참석했으나 유일하게 악당으로 소문난 여우 라이네케만 빠졌다. 여우 는 자신이 저지른 수많은 범행 때문에 운집한 무리들을 두려워하여 회의 참석을 포기했 다. 그러자 무리들 중에서 먼저 '늑대 이제그림'이 사자왕에게 여우의 간악한 행위를 고발하기 시작하여 차례로 많은 금수가 여우의 악랄하고 비겁한 행위를 고소한다. 소송 자 측의 대표는 이제그림인 늑대다. 화가 난 사자왕은 여우를 불러 힐문한다. 그러나 여우는 교묘한 궤변으로 석방된다. 그러나 여전히 간악한 행위가 그치지 않으므로 거듭 체포되어 재판을 받았고 한 때는 교수형에 처해지기도 하고 수류(獸類)의 권리까지 박탈 당하기도 했으나 천성의 교지(狡智)를 끝없이 이용하여 재삼 석방되어 드디어 원고인 늑대 이제그림과 단신 결투를 하게 된다. 그러나 여우는 역시 교지를 발휘하여 늑대를 이기고 사자왕의 신임을 얻는다는 줄거리로 악이 선을 이긴다는 풍자적인 이야기다.

개화기가 안고 있었던 위기의 병리적 국면을 더욱 날카롭게 관찰한 것에 해당된다. 『금수회의록』이 발표된 1908년 전·후의 한국의 정치 상황을 살펴보면, 1905년 을사조약의 체결과 함께 대한의 주권은 침탈되었고, 1907년 '광무 신문지법'에 의한 언론 탄압이 자행되었던 시기였다. 이런 상황에서도 이 작품은 정부 관리의 부패상과 함께 반제국의 사상을 거침없이 직접적으로 피력하고 있는 점으로 미루어 보아 작가는 이 작품을 통하여, 망국의 위기 상황에서도 각성할 줄 모르는 정부와 국민을 깨우치고 일본으로 대표되는 제국주의의 야욕을 비판하려 한 것이 주된 집필 동기였다고 간주된다.

한편 『인류공격금수국회』는 명치정부가 추진한 서양문물 모방정책인 구화주의(歐化主義)를 실행한 지 10년이 지난 후 많은 사회적 모순과 생활상을 발견하게 되면서 작자 다지마 쇼지는 정부의 구화주의와 문명개화 정책에 강한 의구심과 저항감을 품게 된다. 젊었을 때부터 황조학(皇朝學)을 수학하여 그것을 이상으로 했던 그는 문명개화와 구화주의를 신랄하게 비판 야유함으로써 문명에 현혹된 위정자와 사회를 각성시킴과 아울러 작자 자신의 신념인, 일본 고유의 전통과 문화의 수호, 황실존중 사상, 문명비평관을 이 작품을 통하여 개진하려 했던 것으로 파악된다.

5) 시대적 배경

(1) 『금수회의록』

안국선이 생존하여 활약한 19세기 초는 외부의 충격 그리고 자생력에 의해 근대에서 현대로 폐쇄사회에서 개방사회로 옮아가는 급변의 시대였다고 할 수 있다. 현명한 군주와 위정자를 갖지 못했던 한말은 관기문란, 매관매직, 당쟁의 여파로 인한 경제 파탄 등 정치적 부패상은 날로 심해 일반 서민들은 더욱 허덕이게 되었다. 이 같은 관료와 특권계급의 횡포에 분노를 터뜨리고 과감히 치켜든 저항의 깃발이 바로 동학농민운동(1894)이었다. 이 맨주먹 서민들의 기세에 쫓기어 정부는 청(淸)나라에 원군을 청하여 이를 간신히 진정시켰다. 그러자 여기에 일본군이 뛰어들게 되었고 이는 결국 청일전쟁(1894)의 도화선이 되었다. 청일전쟁에서 대승한 일본은 노골적으로 한국의 내정 간섭을 시작했고 갑오개혁(1894)이라는 수단으로 항구적 한반도 독점을 기도했다. 208항에 달하는 이 개혁의 공포는 그대로 실시되지는 못했으나 개화정신은 그 실효를 나타내어 대한제국(1897)으로 신 발족을 하게 되었고 한국이 근대사조를 맛볼 수 있는 계기가 되었으며 나아가서는 국민들의 각성을 촉구한 하나의 분수령이 되어 서구문화를 끊임없이 도입하기에 이르렀다. 그러나 한국의 근대화는 우리가 자발적으로 받아들이기 전에 이미 타율적으로 강행된 것이며 군사적으로 억눌린 한국으로서는 갑오경장의 강행을 거부할 수가 없었다. 또 한편 우리나라는 이미 새로운 문화를 받아들이지 않을 수 없는 실정이기도 했다. 이처럼 한국 근대화의 첫 걸음은 자의반 타의반의 형태로 이루어진 것이었다.

우리 민족은 19세기 후반부터 외세의 도전에 의해 야기된 민족적 위기를 극복하기 위해 이에 대응할 수 있는 사상적 응전 태세를 준비하게 되었다. 개화사상, 위정척사사상, 동학사상 등이 당시의 이질적인 외래문명과 열강세력에 대한 배타적인 인식에 바탕을 두면서 성립된 새로운 사상이었다. 이러한 정신적 개항에 힘입어 개항 이후 정치 사회적인 측면에서, 갑신정변(1884), 갑오개혁 등의 근대화 작업이 시도되기도 하였고 독립협회(1896), 만민공동회(1898)같은 사회단체가 설립되어 개혁운동을 추진하기도 하였다. 그러나 외세의 압력에 의해 자주적인 근대화의 역량을 제대로 발휘하지 못하고 근대화 운동의 민중적 기반도 확립할 수 없게 되면서 민족적 위기에 직면하게 되었던 것이다. 그러나 1905년을 전후하여 침략세력의 실체가 일본제국주의임이 분명해지자 국권을 회복하고 이를 자주적으로 수호해야 한다는 민족적인 투쟁의지가 더욱 강력하게 촉발되었다. 이처럼 한말의 애국계몽운동(1907)은 궁극적인 목표를 국권의 회복과 이의 자주적인 수호에 두고 있었다. 그리고 그 실천 과제로서 민족의식과 자주독립정신의 계발과 교육을 통한 민족적 역량의 배양, 외래문화의 주체적인 수용과 민족문화의 육성, 민족 산업의 장려와 발전, 민족독립운동의 적극적 지지와 국권수호투쟁 등의 방향을 설정하고 있었다.

한국개화기에 정치가이며 소설가인 안국선은 자신이 살고 있었던 시대를 가치전도와 갈등의 현장으로 파악하고 그의 작품『금수회의록』은 당시 개화기가 안고 있었던 위리의 병리적 극면을 더욱 날카롭게 관찰한 것에 해당된다.『금수회의록』이 발표된 1908년은 안국선이 강단에서 정치학을 강의하며 잡지에 그의 논문 및 시사평론을 활발하게 발표하던 시기였다. 1905년 을사조약의 체결과 함께 대한의 주권은 침탈되었고 동시에 1907년 '광무 신문지법'에 의한 언론 탄압이 자행되었던 시기였다. 이런 상황에서도 이 작품은 정부 관리의 부패상과 함께 반제국의 사상을 거침없이 직접적으로 피력하고 있다. 일제는 보호정치 및 통감정치를 실시한 이래 더욱 침략 정책을 노골화하여 1907년 한일신협약에 의한 차관정치(次官政治)[27]로 내정 및 외교에 걸쳐 국정을 간섭하던 시기였다. 이러한 시기에 발표된『금수회의록』은 개화기의 특수한 시대적 상황에서 야기되는 갖가지 문제점을 인간과 동물의 가치 전도의 세계로 묘사하며 비판 풍자한 작품으로 1909년 12월 언론 탄압에 의해 압수당한 금서이기도 하다.

(2)『인류공격금수국회』

에도바쿠후(江戸幕府) 말년에, 265년 동안 계속되어 온 일본의 무가 (武家)정치가 무너지고 조정을 중심으로 한 중앙집권 정치가 실현되기에 이른다. 그러나 '에도바쿠후'가 항복한 후에도 동북지방을 중심으로 한 바쿠후 지지 세력은 완강한 저항을 계속하였다 …… 또한 관동지방, 동북지방의 바쿠후 지지 영주들도 유신정권에 완강히 저항하여 …… 1869년 5월 1년 반에 걸친 내란은 끝나고 전국통일이 완수되었다.[28] 이후 명치정부는 일련의 적극적인 개혁을 추진하였으나 민중의 생활 상태는 거의 호전되지 않았다. 이에 백성들은 토지개혁과 소작료 경감

---

27) 차관정치(次官政治) : 한말에 일제의 조선통감(朝鮮統監)이 임명한 각부 일본인 차 관이 대한제국의 실권을 장악하고 직접 집행하던 정치. 1904년의 제1차 한일협약 이 후, 조선에서 이른바 '고문정치(顧問政治)'를 행하며 재정·외교문제 등에 내정간섭 을 해온 일제는 1907년 7월 '헤이그특사사건'을 구실로 한일신협약(정미조약)을 강제 로 체결시켰다. 이에 따라 조선통감부는 입법·사법·행정 전반에 걸쳐 조선의 통치 권을 전담할 수 있게 되었고, 이를 뒷받침하기 위해 종래의 고문정치제도를 폐지하 고, 통감이 임명한 대한제국 정부의 각부 차관이 실권을 장악하게 하는 차관정치를 시행하였다.

차관정치가 시행됨에 따라 대한제국 정부의 중요한 관직에는 모두 일본인이 임용되 어, 모든 관청에는 일본인 관리가 없는 곳이 없을 정도가 되었다. 1909년의 통계로는 일본인 고등관(高等官) 466명, 판임관(判任官) 1,614명, 순사 1,548명에 이르렀다. 일 제는 차관정치를 통하여 한·일 경찰을 통합하고, 경찰관을 당해 일본 관헌의 지휘· 감독 아래 두었다. 이어 조선의 사법권을 탈취하였으며, 헌병보조원제를 실시하여 헌 병경찰체제를 확립, 마침내 완전 병합할 기반을 굳혔다.

28) 강동진, 『일본근대사』, 한길사, 1985, 43쪽.

을 요구하면서 곳곳에서 폭동을 일으켰다. 이러한 농민폭동과 더불어 무사계급의 정리에 반대하는 하급사족들의 폭동도 일어났다. 반란은 1870년에 접어들면서 더욱 더 확대되었다. 민중의 투쟁이 번(藩)의 단위를 넘어서 뭉치기 시작하자 유신정부는 분산된 번(藩)의 힘으로써는 탄압하기 힘들다는 사실을 알고, 강력한 중앙집권적 통일국가 건설의 필요성을 통감하게 되었다 …… 결국 유신정부는 쿠데타의 방식으로 판적봉환(版籍奉還, 1869년)29)과 폐번치현(廢藩置縣, 1871년)30)을 선포하였다. 이리하여 전국은 72개의 현(縣)(그 후 47개현으로 준다)과 3개의 부(府) 즉 도쿄(東京), 교토(京都), 오사카(大阪)로 정리되고 비로소 통일국가가 완성된 셈이다 …… 중앙관제도 재정비하였다.31) 중앙집권제를 완성한 후, 정부는 우선 부국강병정책을 취하고 군제의 근대화를 기도할뿐더러 식산흥업에 정열을 쏟았다. 그러나 한편 민간에서 토족들이 선두에 선 자유민권운동이 대두하여 민선의원의 개설을 요구했다. 그러자 정부도 입헌정치의 수립을 결의하고, 드디어 헌법을 제정하여 의회를 열고(1890년), 비로소 일본은 근대적인 입헌국가가 되었다.

유신정부는 바쿠후(幕府)가 외국에 팔아넘긴 민족적 권리를 되찾으려 했으며 구미열강과는 막부 말기에 맺은 불평등조약의 개정문제로 분규를 계속했지만 청일전쟁이 일어날 때쯤 대체로 해결됐다. 대외관계로는 명치 초년 이래 일본은 청국과 조선에 국교의 회복을 요구했

---

29) 版籍奉還(はんせきほうかん) : 明治二年全國の各藩主が舊來領有していた土地と人民とを朝廷に返還したこと。國か封建政治を終結し中央執權を促すための大變革で廢藩置縣の前提。(東京, 廣辭苑, 岩波書店, 昭和53年, 1838쪽)
30) 廢藩置縣(はいはんちけん) : 明治四年政府が舊來の藩制を廢して全國に郡縣制度をしき中央集權をはかったこと。(東京, 廣辭苑, 岩波書店, 昭和 53年, 1765쪽)
31) 강동진, 앞의 책, 47쪽.

다. 그래서 조선은 개항되었지만 얼마 지나지 않아 조선을 사이에 두고 일본은 청국과 대립하여 청일전쟁(1894년)을 일으켰다. 또한 부국 강병정책도 이 무렵 결실을 맺고 자본주의도 본격화 되었다. 그 위에 청일전쟁에서 승리하자 영토를 확장하여 국내의 산업은 발전하고 무역도 신장되어서 일본의 국제적 지위는 현저하게 향상되었다.

국내에서는 한바쓰세이후(藩閥政府)[32]가 민권운동의 전통을 이어받은 각 정당과 대립하여 과격한 정쟁을 계속하다가 청일전쟁 후에는 정당과 정부가 타협했다. 한편 노일전쟁에서 승리한 일본은 조선을 합병하여 더욱 만주에 진출하는 기회를 잡았다. 이리하여 일본은 점차적으로 구미열강과 어깨를 같이하고 제국주의의 단계에 들어섰다.[33] 『인류공격금수국회』가 나온 시기(1885년)는 명치정부가 행한 서양문물 모방 정책인 서구화주의가 시대를 풍미하고 있었다. 구미열강과의 조약개정[34]을 촉진하기 위해서 풍속을 서구화하여 외국인과의 교제를 성대히 하고 열국의 환심을 사려고 했던 시기였다.[35] 이 책이 쓰어졌던 당시의 일본은 정부의 탄압으로 민권운동은 잠시 침체된 시기였고 반면 위장적인 선전수단이었던 정치소설은 오히려 전성기를 이루었던 시기였다.

---

32) 한바츠세이후(藩閥政府) : 명치유신에 공이 있었던 번(藩, 제후가 다스리는 영지)의 출신자가 만든 파벌 정치를 행한 정부.
33) 芹川哲世, 서울대학교 대학원 석사학위논문, 1977, 15~16쪽.
34) 幕末に日本は開國し、歐美列強との間に通商條約が締結された。しかし、それらの條約は日本側に不利な内容を含む、いわゆる不平等條約であった。それで、明治維新後の日本でわこのような條約の不平等を解消して對等な條約を締結することが課題とされ、ほぼ明治の全時代をかけてこの國家的課題の達成を實現することにたる。これが、いわゆる條約改正である。(長沼秀明、〈團團珍聞 條約改正論〉、3쪽)
35) 芹川哲世, 앞의 논문, 『일본학보』 제5집, 1977, 171쪽.

6) 유사점과 차이점

앞의 작품분석에서 밝혀진 두 작품 간의 유사점과 차이점을 정리해 보면 다음과 같다.

(1) 유사점

구성상으로는『금수회의록』과『인류공격금수국회』는 매우 유사하다.

첫째, 두 작품 모두 꿈을 통해 환상의 세계로 이끌어 들인 몽유록계의 동물우화소설로서 액자적 구성방법을 활용하여, 서두와 결말에 이야기를 이끌어가는 화자가 등장한다.

둘째, 작품의 중심 내용은 양자가 모두 동물들에 의한 연설의 연속으로 이루어져 있다. 다만『금수회의록』은, 제1석, 제2석 등과 같이 동물들의 연설 순서에 따라 확연히 구분되어 있을 뿐 아니라, 반포지교(까마귀), 호가호위(여우), 정와어해(개구리) 등과 같이 연설하는 동물마다 자신의 연설 내용을 암시하는 소제목을 제시하는 데 반해,『인류공격금수국회』에서는 이러한 소제목이 없을 뿐 아니라 연설하는 동물 간에 확연한 구별이 없이 하나의 긴 이야기처럼 이어져 간다.

셋째, 인용한 내용은 다르지만 고사성어, 관용어, 성경의 이야기, 신문기사, 시사 등 광범위한 소재를, 인간 비판에 이용하고 있다는 점도 유사하다.

(2) 차이점

두 작품은 작품의 도입부에서부터 대조되는 현저한 분위기의 차이를 느끼게 한다.

『금수회의록』의 서언은 우리에게 익숙한 고대소설의 분위기가 완연한데 비해『인류공격금수국회』의 도입부분은 스위프트의『걸리버 여행기』나 디포우의『로빈슨 크루소』의 발단 부분, 표류장면과 유사한 것 같다.[36) 실제로 이 작품은, 같은 저자의 같은 작품인데도 다음과 같이 두 가지 다른 표제로 출간되어 있다. ①『임천거사표류기(任天居士漂流記)』, 田島象二(任天居士)著, 靑木文宝堂, (明18), ②『인류공격금수국회(人類攻擊禽獸國會)』, 田島象二戱著, 문보당(文宝堂), (明18).[37)

(가) 사건의 차이

우선『금수회의록』의 사건은 여덟 종류의 동물의 등장과 여덟 개의 사건으로 짜여져 있으며, 각각의 사건은 제1석, 제2석, 제3석 등과 같이 각각 독립적으로 구성되어 있어 연설 순서에 따라 확연히 구분되어 있을 뿐만 아니라 연설하는 동물마다 각기 자신의 연설 내용을 암시하는 전통적인 고사성어의 소제목을 제시하며 독립된 에피소드로 짜여있다. 때문에 사건과 사건 사이의 유기적인 관련성 없이 비판, 풍자하고자 하는 대상 및 주제에 보다 집중하는 형식으로 사건을 전개시키고 있다.

반면『인류공격금수국회』는 아홉 종류의 동물의 등장과 아홉 개의 사건으로 구성되어 있지만『금수회의록』과 달리 사건과 사건 사이에 뚜렷한 구분과 독립된 주제의식 없이 앞 발언자의 말을 뒤의 발언자가 이어가는 형식으로 작품 전체를 하나로 엮으며 전개시키고 있다.

이러한 차이는 전자인『금수회의록』이 보다 등장인물 중심적, 주제 중심적인 특성을 띠고 있다면 후자인『인류공격금수국회』는 보다 설

---

36) 서정자, 앞의 논문, 156쪽.
37) 日本 國立國會圖書館, 近代デジタルライブラリ.

명적, 비판적 서사 전개의 특성을 지니고 있다고 할 수 있겠다.

(나) 주제 및 사상의 차이

『금수회의록』은 개회취지에서 회장이 회의를 열어 논박할 수밖에 없는 인간의 타락상을 열거한 후 이 회의에서 결의할 안건으로, 사람된 자의 책임과 행위와 자격 문제를 제시한다. 여기서 제시된 이 세 가지 안건은 이 작품이 인간의 근본적인 문제를 제기하여 비판하겠다는 작품의 성격을 나타낸 것이다. 그리고 결말 부분에서 작중화자는 다음과 같이 탄식함으로써 만물 중에 가장 존귀한 것으로 알았던 사람이 금수의 아래로 떨어져 세상에서 제일 악하고 제일 흉괴하고 제일 음란하고 제일 간사하고 제일 더럽고 제일 어리석은 것이 사람임을 깨닫게 된다. 그러나 여기서 단지 인간에 대한 비판과 매도로 그치지 않고 기독교 사상을 바탕으로 개선의 희망을 저버리지 않고 있다. 『금수회의록』의 근저에 흐르고 있는 사상은 전통적인 유교사상과 새로운 기독교 사상이다. 작품에서 동물들의 연설제목에서 보듯 '반포지효'에서의 효도, '호가호위'에서의 덕성, '정와어해'에서의 이치에 순응하는 분수 지킴, '영영지극'에서의 동포사랑과 우애, '쌍거쌍래'에서의 정조의 강조 등은 모두 한국사회에 오랫동안 존속되어 왔던 전통적인 유교의 가치관이다. 그리고 안국선은 1899년 감옥에서 기독교를 받아드렸으며 진실한 기독교인으로 생애를 마쳤음은, 본 논문「안국선의 생애」에서 살펴본 바와 같다. 기독교에 대한 그의 신앙은 작품 구석구석에 여실히 드러나 있다. 이 작품 '서언'에서부터 결론에 이르기까지 모든 연설의 중요한 부분에서 하나님을 언급하지 않은 곳이 거의 없을 정도다.

한편『인류공격금수국회』는 앞에서 소개한 여러 권의 기독교 비판

서와 동물들의 연설의 내용에서 알 수 있듯이 이 작품의 주제는 정부의 근대화 정책, 서구화 정책, 문명개화 정책을 비판하고 작자 자신의 신념인 일본 고유의 전통과 문화의 수호, 존왕양이 사상, 문명개화관을 들어내려 한 것으로 볼 수 있다. 아울러 문란한 사회의 제 윤리와 외래 종교를 비판하여 인심을 깨우치려고 했으며, 서구문화를 받아들여 문명개화정책을 추진한 후에 들어난 여러 가지 사회적 모순을 바라보며 문명개화의 모순을 신랄하게 공격하고 야유하는 일관된 저항정신을 여실히 보여주는 작품이라 할 수 있겠다.

　『금수회의록』이 유교사상과 기독교의 구원사상이 바탕을 이루고 있는 것과는 달리 다지마 쇼지의 『인류공격금수국회』의 바탕이 되어 있는 사상은 황실 존중의 일본고유의 신토(神道)사상과 불교사상 그리고 철저한 문명비평 사상과 반기독교사상 할 수 있다. 그는 젊었을 때부터 황조학(皇朝學)을 배우고 존황양이 사상에 철저했으며 일본 신서황전역사(神書皇典歷史)를 수학한 전통 일본 사상의 고수였다. 또한 작중 문어의 연설을 통하여 불교와 석가를 찬양했을 뿐만 아니라 자신이 한때 불교 수업에 몰입했었고 불교에 관한 서적도 여러 권 남겼다. 그러나 기독교나 유교에 관하여는 매우 비판적이었음을 그의 저서나 작중 인물의 연설을 통하여 나타내고 있다.

(다) 등장인물의 차이

　『금수회의록』의 등장동물을 보면, 반포지효(反哺之孝, 까마귀), 호가호위(狐假虎威, 여우) 등과 같이 동양고사성어의 소제목이 붙어 있는 것으로 미루어 알 수 있듯이 등장인물이 모두 동양적 성격을 띠고 있다. 반면 양견을 비롯하여 '진화론'을 펴는 성성이, 일본인의 경박한 서구화를 조롱하는 앵무새 등이 등장하는『인류공격금수국회』는『금수회의록』과 달리 연설 주제가 되는 동양 고사성어의 소제목이 없을 뿐 아니라 등장인물이 반드시 동양적 우의를 드러내는 상징인물이라 보기 어렵다. 또한 우리의 오랜 '동물우화소설'의 전통과는 달리, 일본의 어느 문학사를 훑어보아도 '동물우화소설' 항목을 찾아볼 수 없다. 그러므로 전통적인 일본의 동물이라 하기도 어려울 것 같다.

(라) 창작동기의 차이

『금수회의록』의 작자 안국선은 자신이 살고 있었던 시대를 가치전도와 갈등의 현장으로 파악하고 당시 개화기가 안고 있었던 위기의 병리적 국면을 날카롭게 비판하여 위기 상황에서도 각성할 줄 모르는 정부와 국민을 깨우치고 일본으로 대표되는 제국주의의 야욕을 비판하려 한 것이 주된 집필 동기였다고 간주된다.

한편『인류공격금수국회』는 명치정부가 추진한 서양문물 모방정책인 구화주의를 실행한 이후 많은 사회적 모순과 생활상을 발견하게 되면서 작자 다지마 쇼지는 정부의 문명개화정책과 구화주의를 신랄하게 비판 야유함으로써 문명에 현혹된 위정자와 사회를 각성시킴과 아울러 작자 자신의 신념인, 일본 고유의 전통과 문화의 수호, 황실존중사상, 문명비평관을 이 작품을 통하여 개진하려 했던 것으로 파악된다.

(마) 시대적 배경의 차이

『금수회의록』이 발표된 개화기는 우리 민족사에서 격동과 충격의 시기였다. 안으로는 지배계층의 부패와 전통문화의 급격한 변화로 인한 사회질서의 문란으로 계층 간의 갈등이 심화되고 개화파와 수구파의 대립이 첨예화되어 통치 질서의 안정을 기할 수 없는 상태였고, 그로 인해 급격히 밀려드는 열강의 세력에 대해 능동적으로 대처하기에는 역부족이었다. 이러한 위기 상황의 타개를 위하여 모든 역량을 동원하여 개화, 계몽운동이 전개된 것은 지극히 당연한 일이었으며 문학도 그 대열에 합류하였다. 이러한 시기에 작품 『금수회의록』은 당대의 시대상을 비판적으로 조명하고 민중계몽이라는 시대적 요구에 적극적으로 부응했던 것이다.

『인류공격금수국회』의 시대적 배경이 되는 당시의 일본은 막부말(幕府末), 무가 정치가 무너지고, 조정을 중심으로 한 중앙집권정치가 실현됐다. 신정부는 한세키호칸(版籍奉還, 1869년)[38]과 하이한치켄(廢藩置縣, 1871년)[39]을 단행하고, 봉건제도를 거의 완전히 청산하여 중앙집권제를 완성한 후 명치유신을 통하여 근대 일본의 기초를 다지는 과정에서 문명개화정책인 구화주의를 적극적으로 추진하였다. 그러나 이 정책을 추진하여 10여 년이 지난 후 일본의 전통적인 미풍양속은 급속히 무너지고 많은 모순이 나타났다. 『인류공격금수국회』가 나온 시기(1885년)는 명치정부가 행한 서양문물 모방정책인 구화주의가 시대를 풍미하고 있었으며, 구미열강과의 조약개정[40]을 촉진하기 위해서 풍속을 서구화하여 외

---

38) 版籍奉還(はんせきほうかん)：明治二年全國の各藩主が舊來領有していた土地と人民とを朝廷に返還したこと。(國が封建政治を終結し中央執權を促すための大變革で廢藩置縣の前提. 東京, 廣辭苑, 岩波書店, 昭和 53年, 1838쪽)
39) 廢藩置縣(はいはんちけん)：明治四年政府が舊來の藩制を廢して全國に郡縣制度をしき中央集權をはかったこと。(東京, 廣辭苑, 岩波書店, 昭和 53年, 1765쪽)
40) 幕末に日本は開國し、歐美列强との間に通商條約が締結された。しかし、それらの條約は日本側に不利な内容を含む、いわゆる不平等條約であった。それで、明治維新後の日本でこのような條約の不平等を解消して對等な條約を締結することが課題とされ、ほぼ明治の全時代をかけてこの國家的課題の達成を實現することになる。

국인과의 교제를 성대히 하고 열국의 환심을 사려고 했던 시기였다.

이상의 차이점을 다음과 같이 표로써 간단하게 정리해 볼 수 있겠다.

〈표 4〉

		『금수회의록』	『인류공격금수국회』
사 건		여덟 종류의 동물의 등장과 여덟 개의 사건이 각각 독립적으로 확연히 구분되어 있을 뿐만 아니라 연설하는 동물마다 각각 자신의 연설 내용을 암시하는 전통적인 고사성어의 소제목을 제시하며 사건을 전개시키고 있다.	아홉 종류의 동물이 등장과 아홉 개의 사건으로 구성되어 있자만 사건과 사건 사이의 뚜렷한 구분과 독립된 주제의식 없이 앞 발언자의 말을 뒤의 발언자가 이어가는 형식으로 작품 전체를 하나로 엮으며 사건을 전개시키고 있다.
주 제		인간의 본성에 대한 근본 문제를 제기하여 인간의 뿌리 깊은 타성으로서의 패악을 비판, 인간의 본성을 각성시켜 회복시킴으로써 사회적 제약을 구제하고 정의로운 사회 구현을 희망하는 인간의 근본적인 인성 회복을 주제로 함.	명치유신 후 일본정부가 의욕적으로 추진한 일본의 근대화 정책, 구화주의(歐化主義), 문명개화 정책의 모순성을 신랄하게 비판하여, 작자 자신의 신념인 일본의 전통문화의 수호와 문명비평관의 표출을 주제로 함.
사 상		한국의 전통전인 유교사상과 새로운 기독교사상의 융합 조화.	일본 고유의 황실존중의 신토(神道)사상, 불교사상, 문명비판사상 및 반기독교 사상.
등 장 인 물		제1석, 까마귀 제2석, 여우 제3석, 개구리 제4석, 벌 제5석, 게 제6석, 파리 제7석, 호랑이 제8석, 원앙새 * 까마귀, 호랑이만이 일치함	개회취지, 사자 대의사 선출, 원숭이 첫째 연사, 성성이 둘째 연사, 양견 셋째 연사, 호랑이 넷째 연사, 앵무새 다섯째 연사, 까마귀 여섯째 연사, 문어 일곱째 연사, 말 여덟째 연사, 토끼 아홉째 연사, 개미 신(神)

これが、いわゆる條約改正である。(長沼秀明,〈團團珍聞 條約改正論〉, 3쪽)

창작동기	작자 안국선은 자신이 살고 있었던 시대를 가치전도와 갈등의 현장으로 파악하고 이런 위기 상황에서도 각성할 줄 모르는 정부와 국민을 깨우치고 일본으로 대표되는 제국주의의 야욕을 비판하려 한 것이 주된 집필 동기였다고 간주됨.	명치정부가 강력하게 추진한 서구화 정책 실행 후 일본사회에 나타난 많은 모순과 전통 파괴의 생활상을 바라보면서 작자 다지마(田島)는 서구화가 곧 문명개화라고 믿고 문명에 현혹되어 있는 위정자와 사회를 비판함으로써 그들을 각성시키려는 것이 창작동기였다고 간주됨.
시대적배경	『금수회의록』이 발표된 개화기는 우리 민족사에서 격동과 충격의 시기였다. 안으로는 지배계층의 부패와 전통문화의 급격한 변화로 인한 사회질서의 문란으로 계층 간의 갈등이 심화되고, 밖으로는 급격히 밀려드는 열강의 세력에 대해 능동적으로 대처하기에는 역부족이었다. 이러한 시기에 작품 『금수회의록』은 당대의 시대상을 비판적으로 조명하고 민중계몽이라는 시대적 요구에 적극적으로 부응했던 것이다.	『인류공격금수국회』의 시대적 배경이 되는 당시의 일본은 무가(武家) 정치가 무너지고 중앙집권정치가 실현되었다. 중앙집권제 완성 후 신정부는 명치유신을 통하여 문명개화 정책인 구화주의를 의욕적으로 추진하였다. 그러나 이 과정에서 일본의 전통적인 미풍양속은 급속히 무너지고 많은 모순이 나타났다. 『인류공격금수국회』가 쓰여진 시기(1885년)는 명치정부가 행한 서양문물 모방정책인 구화주의가 시대를 풍미하고 있었으며, 구미 열강과의 조약개정[41]을 촉진하기 위해서 풍속을 서구화하여 외국인과의 교제를 성대히 하고 열국의 환심을 사려고 했던 시기였다.

41) 幕末に日本は開國し、歐美列强との間に通商條約が締結された。しかし、それらの條約は日本側に不利な内容を含む、いわゆる不平等條約であった。それで、明治維新後の日本でわこのような條約の不平等を解消して對等な條約を締結することが課題とされ、ほぼ明治の全時代をかけてこの國家的課題の達成を實現することになる。これが、いわゆる條約改正である。(長沼秀明,〈團團珍聞 條約改正論〉, 3쪽)

IV
『금수회의록』 비교연구의
한국문학사적 의의와 과제

필자는 『금수회의록』 비교연구가 가지는 문학사적 의의에 우선하여 한국문학에 대한 비교문학적 역사를 간략하게 돌아보고 국문학에 있어서의 앞으로의 비교문학의 방향을 생각해 보고자 한다. 한국 문학에 대한 비교문학적 관점의 연구가 본격적으로 시도되기 시작한 것은 1950년대 이후라고 할 수 있겠다. 비교문학적 접근에 방법론적 토대를 부여하기 위해 서구의 비교문학 이론서들이 번역되었으며, 비교문학 연구의 필요성에 공감한 한국 문학 전공자와 외국문학 전공자들이 모여 '한국비교문학학회'라는 공식적인 학회가 조직되었고, 한국 비교문학 연구라 부를 만한 일련의 가시적인 성과물들이 나타나기 시작한 이 시기였다.

특히 기본 이론의 체계 정립과 관련해 1954년에 프랑스의 비교문학의 이론가 방 띠겜의 『비교문학』이 우리말로 번역되었다는 사실은 한국 비교문학 연구사에서 매우 중요한 의미를 지닌다. 같은 해에 오스틴 워렌과 르네 웰렉의 『문학의 이론』이 번역되었다. 방 띠겜의 책이 프랑스 비교문학의 입장을 대변한다면, 워렌과 웰렉의 책은 미국의 비교문학의 이론을 대표한다고 할 수 있다. 워렌과 웰렉의 『문학의 이론』의 역자인 백철은 여러 글에서 번역의 동기를, 미국의 비교문학이 프랑스의 비교문학과는 달리 세계문학으로서 일반성을 찾는데 목적이 있으며, 이 책을 번역함으로써 한국 비교문학의 발전에 이바지할 수 있다는 희망 때문임을 밝혔다. 그러나 위의 두 책 가운데 한국 비교문학 연구에 직접적이고 뚜렷한 영향을 미친 것은 방 띠겜으로 대표되는 프랑스 비교문학 방법론이었다. 방 띠겜의 『비교문학』을 번역한 김동욱은 프랑스 비교문학의 공식을 '발신자 – 전신자 – 수신자'의 틀로 규정하고 이러한 프랑스 비교문학의 공식이 가져다주는 장점을 부각시켰다. 이렇듯 프랑스 비교문학 중심의 한국 비교문학 연구는 1960년대에 들어 보다 강화된다.

 한국 최초의 비교문학 관련 학위논문인 채희영의 「한국비교문학 소고」[1]는, 한국 비교문학의 영역을 설천하고 그 방법론적 토대를 놓기 위해서는 프랑스 비교문학의 방법론을 받아들여야 함을 역설하고 있다. 흥미롭게도 이 논문에서는 프랑스 비교문학 가운데서도 방 띠겜이 아니라 귀야르의 『비교문학』을 주로 참조하고 있다. 이렇듯 이 논문에서는 귀야르를 한국 비교문학 연구의 기본적인 방법론적 틀로 설정하고 있기 때문에 한국 비교문학의 본령을 '발신자 – 전신자 – 수신자'의 틀이 아니라 '영향 연구'의 틀로 옮기게 된다. 이러한 사실은 향후 한국 비교문학 연구의 전개와 관련해 중요한 의미를 갖는다. 이른바 한국의 작가가 외국 문학으로부터 받은 영향에 관한 연구가 한국 비교문학 연구의 가장 핵심적인 영역으로 부각되었기 때문이다.

---

1) 채희영,「한국비교문학 소고」, 서울대학교 국문과 석사논문, 1964.

이렇듯 귀야르의 방법론에 의존하면서 한국 비교문학 연구의 핵심적인 영역으로 '영향 연구'로 제한시키는 경향은 1960, 1970년대 한국 비교문학의 일반적인 경향이라 할 수 있다. 실제로 1960년대까지 이루어진 대부분의 한국 비교문학 연구는 크게 두 가지 유형으로 나눌 수 있다. 하나는 프랑스 비교문학 연구의 기본적인 틀이라 할 수 있는 '발신자 - 전신자 - 수신자'의 틀에 의거한 국가 간의 문학적 관계를 탐구하는 것이며, 다른 하나는 이러한 기본적인 틀 위에서 한국 문학이 외국 문학으로부터 받은 '영향 관계'를 보다 집중적으로 탐구하는 것이었다.[2]

이러한 프랑스 비교문학 중심의 한국 비교문학 연구는 1970년대 민족주의적 관점의 비교문학 연구를 촉구하는 일련의 작업에 의해 반성적인 검토의 대상이 된다. 한국 비교문학이 서구의 비교문학 이론 수용 과정에서 보인 문제점들에 대한 본격적인 비판과 반성은 1980년대에 이루어지는데, 이혜순[3]의 「한국 비교문학의 위기」나 김용직[4]의 「비교문학의 오늘과 내일」이 대표적인 글에 속한다.

이혜순은 프랑스 비교문학을 비판하면서 르네 웰렉이나 에티앙 블이 사용했던 '비교문학의 위기'라는 진단이 한국 비교문학에도 동일하게 적용될 수 있다고 하며 한국의 비교문학적 연구가 그 이론을 프랑스 학파와 미국학파로 나누고, 그중에서도 프랑스 학파의 이론과 방법을 수용한 것은 방법론적 편중을 낳았을 뿐만 아니라, 한국문학의 특수성을 고려할 수 없게 하는 결과를 낳았다고 비판한다. 일단 그 '학파'라는

2) 박성창,『비교문학의 도전』, 민음사, 2009, 206~215쪽.
3) 이혜순,「한국 비교문학의 위기」,『비교문학』1집, 1981.
4) 김용직,「비교문학의 오늘과 내일」,『비교문학』20집, 1995.

것이 실재하지도 않을뿐더러 수용한 이론과 방법이 제대로 된 것인지
에 대해서도 의문을 제기하면서, 결국 한국의 비교문학은 프랑스의
방식도 미국의 방식도 아닌 또 다른 방법을 모색해야 함을 역설한다.
세계적으로 비교문학의 새로운 연구 경향들이 생겨나면서 프랑스나
미국의 비교문학의 정체성이 흐려지고 있을 뿐만 아니라, 두 나라 비교
문학 사이의 거리도 점점 좁혀지고 있는 마당에 우리의 경우와 같이
과거의 기계적인 구분을 그대로 답습하고, 나아가서는 한쪽에 편중되
어 그것만을 추종하는 태도는 비교문학의 발전을 저해하는 위기적 양
상임을 분명히 하고 있다.5) 사실 비교문학에 대한 이론은 학자의 수만
큼 다양할 수 있다. "그 어디에서나 연관성과 예증은 있게 마련이다.
어느 한 사건이나 문학도 다른 사건이나 문학과의 관계를 배제하고서
는 제대로 이해되어지지 않는다."라고 한 매슈 아놀드의 말과도 같이
인간을 둘러싼 모든 사물은 서로 비교되는데서 질적, 또는 양적인 실체
가 파악될 수 있다. 그러나 그 비교 자체 내에 어떤 일정한 원리가
있는 것이 아니다. 때와 장소에 따라 비교의 대상이나 방법이 달라지기
마련이다. 이렇게 볼 때 비교문학의 경우도 마찬가지다. 비교문학 그
자체 속에 어떤 고착된 원리가 있다고는 할 수 없다. 다만 문학작품을
분석하는 방법상의 유용한 기술로서 비교가 가능한 것일 뿐이다.6)

　"비교문학의 개념은 각 국민문학의 고립된 단위에서가 아니라 초
국가적인 시야에서 문학과 문학은 물론, 문학과 다른 지적 영역과의
관계를 고찰하여 그 총체성을 얻는데 있다는 것이 이제까지 논의해
온 공통적인 견해라 할 수 있다."7)

---

5) 박성창, 앞의 책, 236~237쪽.
6) 김학동, 『비교문학론』, 새문사, 1983, 9~10쪽.

"전통적 의미의 비교문학은 상이한 두 나라 문학이 지니고 있는 유사점과 차이점에 의해서 두 나라 문학의 관계가 무엇인가를 규명하는 연구 분야를 의미한다. 이러한 의미의 비교문학은 '세계문학(Weltliteratur)'이라는 말과 일맥상통한다. 오늘날 세계문학이라고 했을 때, 그것은 르네 웰렉의 말과 같이 모든 나라와 민족의 문학, 즉 공간적으로는 서로 반대 위치에 있는 아이슬란드의 문학에서부터 뉴질랜드의 문학까지, 시간적으로는 고대 원시인의 문학에서부터 바로 이 순간을 살고 있는 현대인의 문학까지를 포함하는 개념으로, 다양하고 풍부한 아이디어의 교환에 의해서 각 나라의 문학과 연관 짓고 또 인간정신을 풍요롭게 하고 고양시키는 문학을 의미한다."[8]

오늘날 비교문학을 논할 때 괴테의 세계문학을 언급하지 않고 지나칠 수는 없다. 괴테는 이른바 '세계문학'에 대한 진지한 고민을 통해 19세기 서구문학의 보편 지향적 성향을 가장 잘 대변한다. "괴테는 그의 제자 에커만과의 대화에서 문학을 통해 시간적 공간적 거리, 문화, 인종 등의 차이를 극복하고 초월하게 해주는 어떤 가능성에 주목하였다. 실제로 그는 먼 나라인 중국의 문학에 대해서 진지한 연구를 하거나 페르시아의 중세 시인 하피스의 시에 관심을 두기도 했다. 그의 오리엔트 문화와 예술에 대한 관심은 〈서동시집〉으로 결실을 맺는다…… 그는 그를 오랫동안 따르던 에커만에게 다음과 같은 희망 섞인 의견을 피력한다. "나는 시가 인류의 보편적 소유물이며 사람들이 있는 곳이면 항상 어디서나 자신의 모습을 드러낸다는 점을 점점 더 확신하게 되네. 나는 내 주위를 돌아보고 외국을 돌아보기를 즐기네.

---

7) 김학동, 앞의 책, 9쪽.
8) 윤호병, 『비교문학』, 민음사, 1994, 25쪽.

나는 모든 사람이 그러기를 권하네. '민족문학'이란 용어는 오늘날에
는 더 이상 큰 의미가 없네. 우리는 세계문학의 시대로 들어서고 있으
며 모두 이 시대의 도래를 앞당기기 위해 노력해야 하네."[9] 그가 말하
는 세계문학은 문학을 통한 민족 간의 대화를 뜻하며, 문학을 통해서
민족 상호 간의 이해를 깊게 하는 데 주안점이 놓여 있다. 괴테의 세
계문학에서 코스모폴리타니즘의 뚜렷한 흔적을 읽어 내는 일은 그리
어렵지 않다. 당시 독일은 이른바 신성로마제국이라는 울타리 안에
존재하는 수많은 군소국들로 통치되던 봉건적 정치 체제 아래 있었
다. 그렇기 때문에 독일의 계몽주의자들은 귀족 중심의 봉건 체제를
극복할 수 있는 근대화의 이념으로 코스모폴리타니즘의 기치를 내세
웠다. 이러한 역사적 배경에서 괴테는 학문과 예술의 세계에 관심을
집중하여 '학문과 예술은 민족의 범위를 넘어서 세계에 속한 것'이라
는 신념 아래 자신의 코스모폴리타니즘을 실현했다. 그러나 무엇보다
도 중요한 것은 '세계문학'에 대한 괴테의 관점이 세계문학은 민족문
학의 실체를 부정하는 것이 아니라, 각 지역과 국가, 민족의 현대 문
학의 결함과 결점을 보완하고 교정하는 일을 담당함으로써 각국의 문
학을 상호 교정하는 역할을 본질적으로 가지고 민족적 특성이 최대한
발휘되는 가운데서 비로소 성립된다고 보는 데에 있을 것이다. 괴테
의 세계문학은 당대의 문맥에서만 유효한 것이 아니라, 오히려 그의
세계문학에 관한 성찰은 세계화와 전 지구적 의사소통이 전면적으로
실현되고, 문자 그대로 세계문학의 실현가능성이 그 어느 때보다도
높아진 20세기 후반과 21세기에 이르러 이론적 조명을 받으며 각광

---

9) 윤호병, 앞의 책, 29~30쪽.

받고 있다. 괴테의 세계문학론은 21세기에 들어 더욱 새롭게 조명되면서 서구 중심의 보편적 세계문학의 한계에서 벗어난 새로운 세계문학론의 가능성을 시험하고 있다.10)

그간 안국선의『금수회의록』과 관련된 비교연구 논문을 살펴본 결과,

김교봉·설성경, 「근대전환기소설연구 - 〈금수회의록〉, 〈경세종〉, 〈자유종〉 분석」

김영민, 「이인직과 안국선 문학 비교연구」.

김봉은, 「20세기 초 한국과 미국의 동물담론 비교 연구」.

남민수, 「한국 근대전환기소설에 미친 중국 근대소설의 영향」.

서정자, 「금수회의록의 번안설에 대하여 - 〈인류공격금수국회〉와의 비교」.

성현자, 「양계초와 안국선의 관련양상 - 〈동물담〉과 〈금수회의록〉을 중심으로」.

세리카와 데쓰요, 「한일개화기 정치소설의 비교연구」, 「한일개화기 우화 소설의 비교연구」.

양기동, 「개화기 동물우화소설 연구 - 〈금수회의록〉과 〈경세종〉을 중심으로」.

이상원, 「개화기 동물우화소설고」.

인권환, 「금수회의록의 재래적 원천에 대하여」.

최광수, 「〈호질〉과 〈금수회의록〉의 비교연구」.

최선욱, 「〈금수회의록〉과 〈경세종〉의 비교고찰」.

등을 찾을 수 있었다.

___

10) 박성창, 앞의 책, 29~32쪽.

　　이상은『금수회의록』과 관련된 비교연구 논문의 목록이다. 여기에
나타난 바와 같이 대부분의 논문이 같은 국문학의 다른 작품과의 비교
이거나 혹은 작품 자체가 아니라 관련된 일부 사항을 비교하여 거론했
을 뿐이다. 물론 그런 연구도 필요하고 앞으로도 계속 장려되어야 하리
라 생각한다. 그러나 비교문학이 기본적으로 국제간의 문학작품을 연
구의 대상으로 하는 학문임을 감안할 때, 안국선의『금수회의록』은
본격적인 비교문학의 관점에서 연구된 논문이 없는 것 같다. 번안 물의
를 일으킨 세리카와 데쓰요(芹川哲世)조차 전적으로 이 작품을 다룬
것이 아니라 그의 논문 중 겨우 13쪽11)을 할애하여『금수회의록』과
『인류공격금수국회』를 동시에 다루었던 것이다. 안국선의『금수회의
록』에 한하는 한, 필자의 이번 연구가 최초의 본격적인 비교연구에
해당하는 것이 아닌가 한다. 그런 의미에서 특별한 의의를 부여할 수도
있을 것이다. 그러나 필자는 그보다는 한 사람의 국문학도로서 앞으로
의 국문학 분야에서의 비교문학 문제를 같이 생각해 보고자 한다. 비교
문학의 목적이 궁극적으로는 자국문학과 외국문학을 비교 고찰함으로
써 한편으로는 자국의 문학, 문화 향상을 도모하고 다른 한편으로는
보편적인 세계문학과 문화에 기여함을 목적으로 하고 있다고 한다면,
우리 국문학계는 특히 비교문학 분야에 있어서 성찰의 기회를 가질
필요가 있지 않을까 생각한다. 우리 국문학 연구가 비교문학의 궤도에
오르기 위해서는 우선 비교문학에 관심을 가지는 연구자들이 가져야
할 조건을 고민하지 않으면 안 될 것이다. 이미 여러 이론서에서 언급된
바와 같이 비교문학자가 갖추어야 할 여러 가지 장비 중에서 무엇보다

---

11) 芹川哲世, 앞의 논문, 64~76쪽.

우선해야할 점은 자기가 다루려는 작품을 원전으로 읽고 해독할 수 있는 외국어 능력이 필수적인 조건이 될 것이다. 번역문을 참조한다고 해도 최소한 원전과 대조하여 번역의 오류를 알아낼 수 있는 실력을 갖추고 있어야 한다.

국문학에 있어서의 비교문학의 방향을 생각해 볼 때, 필자는 이론적으로는 인류의 보편적 가치를 바탕으로 하는 '세계문학'의 정신을 토대로 하고, 방법에 있어서는, "비교 그 자체 내에 어떤 고착된 원리가 있는 것이 아니다. 비교의 대상이나 비교연구자의 관점에 따라 비교방법이 달라질 수 있다"는 아놀드의 방법론을 염두에 두고 있으며, 국문학의 앞으로의 과제에 대해서는 우리 문학의 폭과 깊이를 더하고 우리 문학사를 더욱 풍요롭게 하기 위해서라도 비교문학적 연구가 좀 더 활발하고 적극적으로 시도되어져야 하리라 생각한다. 연구방법에 있어서도 연구자의 필요에 따라 외국의 우수한 이론을 적극 활용할 뿐만 아니라, 우리만의 방법론을 진지하게 모색하는 노력도 병행해 나가야 하리라 필자는 믿는 바이다.

결론

　이상의 논의를 통해 안국선의『금수회의록』과 다지마 쇼지의『인류
공격금수국회』의 두 작품을 분석 비교해 보았다. 서론에서도 밝혔듯이
본 논문의 일차적인 연구 목적은 세리카와 데쓰요가 주장했듯이『금수
회의록』이『인류공격금수국회』의 번안인가의 여부를 밝히는 일이었
다. 세리카와 데쓰요가 그의 학위논문에서『금수회의록』의 번안설을
제기한 후 몇몇 선학들이 찬/반 논의를 폈으나 명확한 결론이 없는
채『금수회의록』은 번안설과는 무관한 측면에서 계속 논의되어 왔다.
그것은 무엇보다 앞의 찬/반 논물들 중 어느 것 하나도『인류공격금수
국회』원전 분석에 기초하지 않았기 때문이라고 생각된다. 재론할 필
요도 없이 비교문학에 있어서 원전의 정확한 해독은 작품 분석에 필수
적이라는 신념하에 필자는 본 연구에서 원전의 철저한 분석을 최우선
으로 하였다. 이번 장에서는 지금까지 본 논문에서 논의 되어 온 사항들
을 결론적으로 정리하면서 앞으로의 과제를 생각해 보고자한다.

　Ⅰ장에서는, 그간의 선학들의 연구를 검토한 후 본 연구의 목표와
필요성을 제시하였다. 본 논문은 선학들의 연구에 많은 빛을 지고 있

음에도 불구하고, 특히 작품의 번안 논의에서는 적지 않은 허점을 발
견하게 되어 이에 대한 재검토가 불가피함을 지적하였다. Ⅱ장에서는,
작가의 생애와 저술활동을 소개함으로써 두 작가가 살아온 서로 다른
시대적 상황과 작품의 바탕이 되는 작가의 사상적 형성과정을 살펴보
았다. 그리고 Ⅲ장에서는, 작품의 중심 내용이 되는 동물들의 연설 요
지를 되도록 상세하게 소개함으로써 독자들로 하여금 전체적인 작품
내용과 흐름을 알게 하여, 필자와 더불어 작품의 번안 여부를 생각해
보는데 도움을 주고자 하였다. 특히 다지마 쇼지의『인류공격금수국
회』는 본 논문에서 처음으로 그 전모가 소개되는 작품이므로 번역에
많은 주의와 노력을 기울였다. Ⅲ장에서의 작품 분석 결과 두 작품
사이에는 구성과 형식상의 유사점에도 불구하고 전편에 흐르는 내용
상의 현저하고 부인할 수 없는 차이점이 있음을 알 수 있었다. 두 작
품은 서두 분분에서부터 현저히 대조되는 분위기를 느끼게 한다. 또
작품의 주제와 사상을 살펴보면『금수회의록』이 회의를 열어 논박할
수밖에 없는 인간 본성에 대한 근본 문제를 제기하여 인간의 뿌리 깊
은 타성으로서의 패악을 비판하여 인간의 본성을 각성시켜 회복시킴
으로써 사회적 제악을 구제하고 정의로운 사회구현을 희망하는 인간
으로서의 인간다운 인간의 근본 문제를 주제로 삼고 있으며, '사상'면
에서는 전통적인 유교사상과 기독교사상이 작품 근저에 면면히 흐르
고 있는데 비해,『인류공격금수국회』는 이 작품의 개회취지와 신에게
바치는 호소문, 그리고 동물들의 연설에서 일관되게 나타나고 있는
바와 같이 '지식 분별의 마법'에 의해 인간에게 빼앗긴, 세상에 대한
금수들의 주권회복을 위해 인간의 만물의 영장답지 못함을 비판하고
인류사회의 허구적 문명개화와 정부의 근대화 정책, 서구화 정책에

대한 비판을 주제로 하고 있으며 작품 저변에 흐르는 사상은 일본 고유의 황실존중 사상인 신토(神道)사상과 불교사상 그리고 문명비평 사상임을 알 수 있었다. 다음으로 두 작품의 등장인물을 비교해 보면 『금수회의록』의 연설 동물들이 동양의 오랜 고사성어를 연설의 주제어로 삼은 데서도 알 수 있듯이 동양적 성격을 띠고 있는데 비해 『인류공격금수국회』에 등장하는 동물들은 반드시 동양적 우의를 드러내는 인물들이라고 보기 어렵다. 또한 작품의 창작동기를 살펴보면 『금수회의록』은 작자인 안국선이 자신이 살고 있던 시대를 가치전도와 갈등의 현장으로 파악하고 당시 개화기가 안고 있었던 위기의 병리적 국면을 타개하기 위하여 각성할 줄 모르던 위정자와 국민을 작품을 통해 깨우치려 한 것이 창작 동기였다고 볼 수 있다. 한편 『인류공격금수국회』는 명치정부가 강력하게 추진한 서구화 정책 실행 후 일본사회에 나타난 많은 모순과 생활상을 바라보면서 작자는 서구화가 곧 문명개화라고 믿고 문명에 현혹되어 있는 위정자와 사회를 비판함으로써 그들을 각성시키려 했으며 동시에 작자 자신의 신념인 일본 고유의 전통과 황실존중사상을 수호하고 문명 비판 관을 개진하려 했던 것으로 파악된다. 또한 두 작품이 발표된 전 후의 시대적 상황을 살펴보면 『금수회의록』이 발표된 개화기는 우리 민족사에서 격동과 충격의 시기로 안으로는 지배계층의 부패와 전통문화의 급격한 변화로 인한 사회질서의 문란으로 계층 간의 갈등이 심화되고 개화파와 수구파의 대립이 첨예화 되어 통치 질서의 안정을 기할 수 없는 상태였고, 그로 인해 급격히 밀려드는 열강의 세력에 대해 능동적으로 대처하기에는 역부족이었다. 이러한 위기 상황의 타개를 위하여 모든 역량을 동원하여 개화, 계몽운동이 전개된 것은 지극히 당연한 일이었으며 문학도 그 대열에 합류하였다. 이러한 시기에 작품『금수회의록』은 당대의 시대상을 비판적으로 조명하고 민중계몽이라는 시대적 요구에 적극적으로 부응했던 것이다. 한편『인류공격금수국회』가 발표된 시기의 일본은 에도 말기에 무가정치가 무너지고 조정을 중심으로 한 중앙집권제를 완성한 후 명치유신을 통하여 근대일본의 기초를 다지는 과정에서 문명개화 정책인 구화주의를 의욕적으로 추진하였다. 그러나 이 정책을 추진하는 과정에서 일본의 전통적인 미풍양속은 급속히 무너지고 많은 사회적 모순이 나타났다.『인류공격금수국회』가 써진 시기(1885년)는 명치정부의 서양문물 모방정책인 구화주의가 시대를 풍미하고 있었으며 구미열강과의 조약개정을 촉진하기 위해서 풍속을 서구화하여 외국인과의 교제를 성대히 하고 열강의 환심을 사려고 했던 시기였다.

　이상의 비교 고찰에서 두 작품의 뚜렷한 차이점을 확인할 수 있었다. 끝으로 밝혀야 할 과제는『금수회의록』이 과연『인류공격금수국회』의 번안인가 아닌가 하는 점이다. 이를 위해 우선 선학들의 번안소설에 대한 정의를 살펴보면, 우리나라의 경우 번안의 개념은 대체로 전광용의 정의에 준하고 있는 듯하다. 그는『한국소설발달사』에서 "번안소설(翻案小說)이란 외국작품(外國作品)에서 그 스토리만 따오고 장면(場面)과 인물(人物)은 바꾸어, 한국을 무대(舞臺)로 하고 한국인(韓國人)을 등장인물(登場人物)로 하여 개작(改作)한 소설(小說)을 말한다. 따라서 정확(正確)한 의미(意味)의 번역(飜譯)도 아니고 그렇다고 모방(模倣)이나 영향(影響)이라고도 볼 수 없고, 좀 더 혹평(酷評)을 한다면, 외국작품(外國作品)의 표절권내(剽竊圈內)에 속한다고 해석(解釋)할 수도 있는 것이다."[1]고 하였다. 다음 이재선은 그의 「신소설의

외래적 요소」에서 "거의 표절에 가까운 수용이 곧 번안의 준거가 된
다"2)고 말하고 있다. 또한 서대석은 「신소설 〈명월정(明月亭)〉의 번안
양상」에서, "번안소설은 외국소설의 줄거리를 차용하여 자국풍으로
개작한 작품을 말한다."3)라고 하였고, 백철은 번안은 제재나 플롯을
타인의 작품에서 가져온다는 점에서 모방, 표절과 공통된다. 이러한
예는 개화기의 조일제의『장한몽』에서 확인할 수 있다. 이미 잘 알려
진 것처럼 이 작품의 원작은 일본의 오자키 고요(尾崎紅葉)의『곤지키
야샤(金色夜叉)』다. 조일제는 곤지키야샤의 무대인 '아타미(熱海)를 평
양으로', 남녀 주인공인 '간이치(貫一)와 미야(宮)를 이수일과 심순애'
로 바꾸어 마치 스스로의 창작인 것처럼 위장했다"는 것이다.4) 그리
고 김학동은『한국문학의 비교문학적 연구』에서 "번안은 제재화 플
롯에 있어서 타인이 제공하기를 기다린다는 점에서 모방 및 표절과
공통되고 있다."5)라고 역시 같은 정의를 보여주고 있다.『국어국문학
자료사전』6)의 '번안소설' 항을 보면, "번안소설이란 원작의 내용을 충
실히 살리면서, 외국어를 자국(自國)의 언어와 전통적 유형으로 개작
하여 만든 소설. 이때 자국의 언어란 상정된 독자가 사용하는 쉬운
표현을 말하며, 전통적 유형이란 자국의 인명·지명·인정·풍속 등에
따르는 공통된 특질을 말하다"라고 정의하고 있다.

　다음에 영향에 관한 비교문학적 정의를 살펴보기로 하겠다. 영향에

1) 전광용, 「한국소설발달사」下,『한국문화사대계 Ⅴ』, 1967, 1212쪽.
2) 이재선, 「신소설의 외래적 요소」,『한국개화기소설연구』, 일조각, 1971, 129쪽.
3) 서대석, 「신소설 〈明月亭〉의 번안양상」,『국어국문학』72, 73 합병호, 1976, 672쪽.
4) 이병기·백철,『국문학전사』, 신구문화사, 1973, 231~232쪽 참조.
5) 김학동,『한국문학의 비교문학적 연구』, 일조각, 1972, 33쪽.
6)『국어국문학 자료사전(상, 하)』, 한국사전연구사, 1994.

관한 정의는 학자마다 그 정의와 범위가 너무 다양하고 복잡하기 때문에 일일이 소개하기 어려울 것 같다. 이에 대하여는 김학동이 『한국문학의 비교문학적 연구』에서 '영향'에 관한 다양한 정의의 공통점을 비교적 간략하게 정리해 놓았으므로 여기에 소개하면 다음과 같다. "영향(影響, influence) 발신자 측에서 영향을 받은 수신자가 그 인생관이나 표현기법에 있어서 정도의 차이는 있을지언정 원래 수용자가 가지고 있던 면모를 바꾼 증거가 인정되어야 한다. 그리고 그 발신자 측의 영향이 수신자 측을 움직이게 하는 힘이 영속적이고 무의식적인 것이어야 한다. 뿐만 아니라, 그 힘에는 근본적인 지배력과 변화력이 잠재해 있어야만 한다. 그런데 그 영향의 종류로는 작품을 중심으로 하여 내적인 면과 외적인 면으로 구별된다. 다시 말하면 내적인 면은 그 영향이 작품 그 자체 속에 나타나 있는 것이고, 외적인 면은 또한 직접적인 고백과 간접적인 고백으로 나누어진다. 전자 즉 직접적인 고백에는 작자 자신의 서간문, 담화, 수필, 일기 같은 것이 포함되고, 후자 즉 간접적인 고백은 전기가의 정보(information)가 이에 해당된다."[7]라고 정의했다.

또 바이스슈타인(Ulrich Wwisstein)[8]은 '유사와 영향과는 명확히 구별' 해야 한다고 말하면서 다음과 같이 이합 하산(Ihab Hassan)의 견해를 인용했다. "A가 B에게 영향을 주었다고 할 때 우리가 의미하는 것은 문학적 또는 심리적 분석을 통하여 A와 B의 작품 간에 여러 개의 중요한 유사점이 확실히 인정된다 하더라도 그것만으로는 아직 영향관계를 규명한 것은 아니다. 단지 소위 유사성을 증명한 것에 불과한

---

7) 김학동, 앞의 책, 33쪽.
8) Ulrich Wwisstein, 『비교문학론』, 이유영 옮김, 홍문사, 1981.

것이다. 영향이란 인과관계의 어떤 방식을 전제로 하기 때문이다."9)
또한 카레에 의하면 비교문학적 방법을 문헌학적 방법과 영향연구의
방법으로 구분하고 있다. 즉 전자의 연구방법은 전기, 일기, 자서전,
서간문과 영향이 미칠 때 수신자국의 잡지, 신문, 삽화, 미술품, 카탈로
그 등의 계통적인 조사를 하여 영향의 수수관계를 과학적으로 탐색해
내는 방법이다. 그리고 후자의 연구방법은 연대적이고 역사적이며 심
리적인 방법을 구사하여 영향의 한계를 실증적으로 구명하는 방법이
다.10) 방 띠겜(Van Teighem)도 영향연구의 방법과 순서를 제시하면서
수신자 측의 발신 작가와 작품에 대한 인식과정으로부터 그 가치관,
수용환경, 영향의 양식과 심도, 그리고 발신 작가와 작품이 차지하는
수신자국의 문학사적 의의에 이르기까지 그 영향의 양상을 정확히 조
사해야 한다고 성급한 추단을 경계하고 있다.11)

　이와 유사한 맥락에서 이어령은 영향 연구의 한계를 지적하면서,
"한 작품에서 재료의 원천을 캐고 타국 문학과의 영향 관계를 살피는
일이 중요한 일일지는 모르지만 견강부회의 난센스를 초래하기에 알
맞은 행위도 야기되고 말 것이다……. 나 자신을 두고 생각해 보아도
외국의 어떤 작가, 어떤 비평가가 내게 영향을 주었는지 확연히 말할
수 없다. 계절처럼 그것은 알지 못하는 사이에 어렴풋한 영향력을 가
지고 내 정신의 꽃을 피워 갔다고 생각된다. 이 어렴풋한 영향, 그것
을 재단하기 위해서 도그마를 범한다는 것은 흐르는 강물에서 그 원
천인 우물물과 빗방울을 가려내는 것처럼 어렵고 또 그렇게 부질없는

9) Ulrich Wwisstein, 앞의 책, 54쪽.
10) 김학동, 『한국문학의 비교문학적 연구』, 일조각, 1995, 31쪽.
11) 방 띠겜, 『비교문학』, 김동욱 역, 신양사, 1959, 160쪽.

일이 되는 수가 있다는 것을 끝으로 강조해 두련다.”12)

　이상 문학작품에서의 '번안'과 '영향'에 대한 학자들의 정의를 살펴보았으나『금수회의록』이 결코『인류공격금수국회』의 번안 작품이라 할 수 없으며, 또한 전자가 후자의 영향하에 써졌다고는 볼 수도 없는 것이다. 물론 두 작품 간에서 발견되는 형식이나 구성면 그리고 몇 가지의 유사점을 단순히 우연의 일치로 보기가 어려운 면이 없지 않다. 그러나 방 띠겜도 그의『비교문학』중에서 “문학에 있어서 비슷한 유형이나 장면을 병렬하여 유사성을 찾아내는 것은 호기심을 만족시키는 일은 되지만 연구의 가치를 밝히는 데는 도움이 되지 못한다.”는 것이다.『금수회의록』의 작자인 안국선이 일본 유학을 한 지일파로서 그가 유학 중에 다지마 쇼지의『인류공격금수국회』를 접할 기회는 충분히 있었을 것으로 가정할 수는 있다. 그러나 안국선 자신의 고백이나 발표문 또는 그에 대한 어떤 전기 연구에서도 이러한 사실을 확인할 수가 없다. 아마도 안국선은 다지마 쇼지의 작품에서 암시를 얻어『금수회의록』을 구상했는지 모른다. 그러나 이상의 모든 점을 고려한다 해도 그 사실이 영향이나 번안의 필수조건이 될 수는 없는 것이다. 두 작품 사이에는 도입부분에서부터 내용면에 이르기까지 사건의 상이, 주제와 사상의 차이, 등장인물의 차이, 시대적 배경의 차이, 창작동기 등에서 현저한 차이를 발견할 수 있었다. 이로 미루어 필자는『금수회의록』이『인류공격금수국회』의 영향하에 씌어졌다고 볼 수 없으며 더더구나 번안이 아님을 확인할 수 있었다.

　본 연구는 다지마 쇼지의『인류공격금수국회』의 전모를 최초로 소

---

12) 이어령, 「비평 활동과 비교문학의 한계」, 『저항의 문학』, 문학사상사, 2003, 285~286쪽.

개했다는 점과 『금수회의록』을 처음으로 비교문학적 방법에 의해서
고찰했다는 점에서 의의를 찾을 수 있겠다. 그러나 필자가 원전해석
과 보조자료 번역에 많은 시간을 할애하였고, 연구의 초점을 번안여
부에 두고 논의를 전개하다보니 좀 더 다각적인 시각으로 작품을 고
찰하지 못한 아쉬움이 남는다. 본 논문에서의 미진하고 부족한 부분
들은 후학들의 연구의 몫으로 남기기로 한다.

참고문헌

1. 기본자료

『韓國文學大全集 ① 開化期小說』, 太極出版社, 1982.

『국어국문학자료사전 (상, 하)』, 한국사전연수사, 1994.

『現代日本文學全集』第一卷, 『明治開化期文學全集』, 改造社, 1931.

『明治小說全集』, 筑摩書房, 1966.

『日本近代文學大事典』, 日本近代文學館 編, 講談社, 昭和 52~53.

『廣辭苑』, 新村 出 編, 岩波書店, 昭和 58.

本間久雄, 『明治文學-第34卷-』, 日本放送出版協會, 昭和 14~19.

_____, 『日本文學全史 10卷』, 東京堂, 昭和 10.

田島象二, 『人類攻擊禽獸國會』, 東京, 文宝堂, 明治 18.

_____, 『新約全書評駁第一卷(馬太氏遺伝書)』, 東京 : 若林喜兵衛, 明治 8.

_____, 『小說文語繡錦』, 東京 : 西村寅二郞, 明治25/1892.

安國善, 『禽獸會議錄』, 皇城書籍組合, 隆熙 2(1908).

_____, 『금수회의록·공진회·연설법방』, 범우사, 2007.

_____, 『연설법방』(일명 애국정신), 을유문고 30, 을유문화사, 1969.

_____, 『안국선작품집』, 김연숙 엮음, 지식을 만드는 지식, 2008.

2. 국내 논저

강동진, 『일본근대사』, 오늘의 사상신서 80, 한길사, 1985.

강현조, 「신소설 텍스트와 저작문제 재론 – 이인직, 이해조, 안국선, 김교제, 최찬
식을 중심으로」, 『경술국치 100년과 한국문학』, 한국소설학회, 2010.

고정욱, 「금수회의록 연구」, 석사학위논문, 성균관대학교, 1985.

고영학, 『개화기소설의 구조 연구 - 〈금수회의록〉과 〈경세종〉의 현실비판과 풍자의 반어적 구조 -』, 청운, 2001.

권영민, 『한국근대문학과 시대정신-안국선과 개화기 지식인의 환상』, 문예출판사, 1983.

＿＿＿, 「안국선의 생애와 작품세계」, 『관악어문연구』 2집, 서울대학교 국문과, 1977.

＿＿＿, 『풍자 우화 그리고 계몽담론』, 서울대학교 출판부, 2008.

＿＿＿, 『안국선 신소설, 금수회의록』, 뿔, 2008.

권영진, 「한국문학에 나타난 기독교의 양상」, 『한국기독교와 예술』, 도서출판 풍만, 1987.

권보드래, 「신소설에 나타난 기독교의 의미 - 〈금수회의록〉, 〈경세종〉을 중심으로-」, 『한국현대문학연구』 6권, 한국현대문학회, 도서출판 월인, 1998.

권혁률, 『춘원과 루쉰에 관한 비교문학적 연구』, 역락, 2007.

芹川哲世, 「한일개화기 정치소설의 비교연구」, 서울대학교 대학원 석사학위논문, 1975.

＿＿＿＿, 「한일개화기 우화소설의 비교연구」, 『일본학보』 제5집, 한국일본학회, 1977.

김진석, 「금수회의록 연구」, 『논문집』 Vol. 16, 1985.

김경완, 「개화기 기독교소설 〈금수회의록〉 연구」, 『국제어문』 제21집, 105~131쪽.

＿＿＿, 「개화기소설 〈경세종〉에 나타난 기독교정신」, 『숭실어문』 Vol. 13, 1997.

김광순, 「신소설 연구」, 『동양문화연구』 Vol. 1-5, 경북대학교 동양문화연구소, 1978.

＿＿＿, 「의인소설의 사적 전개와 문학적 성격」, 『어문론총』 16, 경북대학교 국문과, 1982.

김교봉·설성경, 『근대전환기소설연구 - 〈금수회의록〉, 〈경세종〉, 〈자유종〉 분석 -』, 국학자료원, 1991.

김미옥, 「김동리 액자소설의 구조연구」, 서강대학교 교육대학원 석사학위논문, 1994.

김병학, 「한국 개화기 문학에 나타난 기독교사상 연구」, 조선대학교 대학원 석사학위논문, 2004.

김병민 외, 『한국문학의 비교문학적 조명』, 국학자료원, 2001.

김봉은, 「20세기 초 한국과 미국의 동물담론 비교 연구」, 『동서비교문학저널』 제13집, 2005.

김소암, 「한국기독교문학연구 : 史的전개를 중심으로」, 단국대학교 대학원 석사학위논문, 1975.

김수남, 「안국선의 〈금수회의록〉연구」, 『교과교육연구』 제23권 제1호, 2002.

김순전, 「한일 근대소설의 비교문학적 연구」, 한림대학교 박사학위논문, 1998.

김순진, 「政治小說における政治と文學」, 『용봉논총 – 전남대학교』 12집, 전남대학교 인문과학연구소, 1982.

김영민, 「이인직과 안국선 문학 비교연구」, 『동방학지』 제70집, 연세대학교 국학연구원, 1991.

김영순, 「한국 근대 초기 소설에 나타난 기독교 사상」, 건국대학교 교육대학원 석사학위논문, 1984.

김영택, 「개화기 우화체 소설에 나타난 풍자성 – 금수회의록을 중심으로–」, 『어문학연구』 6권 1호, 1997.

김용직, 「해외문학파의 외국문학 수용양상 – 한국근대문학과 일본문학의 상관관계 조사고찰」, 『관악어문연구』 제8집, 서울대학교, 1983.

김우규 편저, 『기독교와 문학』, 종로서적, 1993.

김윤식, 『한국문학사』, 민음사, 1973.

김정녀, 『한국후기 몽유록의 구조와 전개』, 보고사, 2005.

김재환, 「경세종과 만국대회록」, 『한국 동물우화소설 연구』, 집문당, 1994.

김준선, 「한국 액자소설 연구 – 서술상황과 담론 특성을 중심으로–」, 전북대학교 대학원 박사학위논문, 2001.

김중하, 『개화기소설 연구 – 토론체소설의 衰殘과 그 殘影 –』, 국학자료원, 2005.

김태준, 『조선소설사』, 대동출판사, 1939.

김학동, 「한국문학의 비교문학적 연구」, 서강대학교 『인문연구』 제7집, 일조각, 1995.

_____, 『비교문학론』, 새문사, 1984.

_____, 『한국문학의 비교문학적 연구』, 일조각, 1972.

김학준, 「대한제국시기 정치학 수용의 선구자 안국선의 정치학」, 『한국정치연구』
　　　제7집, 서울대학교 한국정치연구소, 1998.

김학준, 『한말의 서양 정치학 수용 연구-유길준, 안국선, 이승만을 중심으로-』,
　　　서울대학교 출판부, 2000.

김현숙, 「이태준 소설의 이야기의 공간과 행위어의 기능」, 이경희 외, 『문학상상력
　　　과 공간』, 도서출판 창, 1992.

김현주, 「개화기 소설의 기독교 수용 양상 연구」, 동덕여자대학교 인문사회대학원
　　　석사학위논문, 2003.

김형태, 「천강 안국선의 저작세계 : 단편 논설류와 〈정치원론〉, 〈연설법방〉을 중심
　　　으로」, 『동양고전연구』 19집, 동양고전학회, 2003.

김효전, 「안국선의 생애와 〈행정법〉 상·하」, 『공법연구』 제31집 제3호, 한국공법
　　　학회, 2003. 3.

＿＿＿, 「안국선 편술, 〈정치원론〉의 원류」, 『헌법학연구』 제6권 1호, 한국헌법학
　　　회, 2000.

남민수, 「한국 근대전환기소설에 미친 중국 근대소설의 영향」, 『중국어문학』 제39집,
　　　중문, 2002.

두창구, 「천강 안국선 작품고」, 『관대논문집』 11권 4호, 1999.

문성숙, 『개화기소설사연구』, 새문사, 1975.

박창성, 『비교문학의 도전』, 민음사, 2009.

박충배, 「액자형 우화소설 연구」, 충남대학교 석사학위논문, 2010.

백　철·이병기, 『국문학전사』, 신구문화사, 1983.

서대석, 「신소설〈명월정〉의 번안양상」, 『국어국문학』 72～73 합병호, 1976.

서재길, 「〈금수회의록〉의 번안에 관한 연구」, 『국어국문학』 157, 국어국문학회,
　　　2011. 4.

서정자, 「금수회의록의 번안설에 대하여」, 『국어교육』 44～45 합병호, 한국국어교
　　　육연구회, 1983.

성현자, 「양계초와 안국선의 관련양상 - 〈동물담〉과 〈금수회의록〉을 중심으로」, 『人
　　　文科學』 제48집, 연세대학교 인문과학연구소, 1982.

소재영·김경완 편, 『개화기소설 - 금수회의록 -』, 숭실대학교 출판부, 2000.

＿＿＿ 외, 『기독교와 한국문학』, 대한기독교서회, 1990.

손병국, 「조선조 우화소설 연구 – 동물소설을 중심으로」, 동국대학교 석사학위논문, 1981.

송민호, 『한국개화기소설의 사적연구』, 일지사, 1975.

송지현, 「안국선소설에 나타난 이상주의의 변모양상 연구 – 〈금수회의록〉과 〈공진회〉를 중심으로」, 『한국언어문학』 제26집, 한국언어문학회, 1988.

신서영, 「이상 소설 〈12월 12일〉에 나타난 모더니티 : 요꼬미쯔(橫光) 신감각 〈상해〉와의 연관성을 중심으로」, 이화여자대학교 대학원 석사학위논문, 2007.

안국선, 『금수회의록』, 황성서적조합, 1908.

_____, 『금수회의록 · 공진회 · 연설법방』, 범우사, 2007.

_____, 『연설법방』(일명 애국정신), 을유문고 30, 을유문화사, 1969.

_____, 『금수회의록』, 구인환 평설, 도서출판 두로, 1997.

_____, 『안국선작품집』, 김연숙 엮음, 지식을 만드는 지식, 2008.

안용준, 「안국선의 정치학에 관한 연구 – 〈정치원론〉을 중심으로」, 경남대학교 대학원 석사학위논문, 1988.

안창수, 「개화기 동물우화소설의 변화 樣相 연구」, 단국대학교 대학원 석사학위논문, 1999.

양기동, 「개화기 동물우화소설 연구 : 〈금수회의록〉과 〈경세종〉을 중심으로」, 제주대학교 석사학위논문, 1994.

양동기, 「개화기 동물우화소설 연구」, 제주대학교 석사학위논문, 1994.

양문규, 「신소설에 반영된 20세기 초 개화파의 변혁주체로서의 한계」, 『人文學報』 제5집, 강릉대학 인문과학연구소, 1988.

양진호, 『한국소설의 형성–개화기의 소설–』, 국학자료원, 1998.

오승균, 「개화기 소설에 미친 기독교의 영향」, 단국대학교 교육대학원 석사학위논문, 1989.

유종국, 「몽유록 양식의 구성원리」, 『몽유록소설연구』, 아세아문화사, 1987.

윤명구, 「안국선 연구 : 작가의식 및 작품에 나타난 사회의식을 중심으로」, 서울대학교 대학원 석사학위논문, 1973.

_____, 「안국선 소설의 두 측면」, 『한국현대소설사연구』, 전광용 외, 민음사, 1984.

_____, 「안국선론 – 생애와 사상을 중심으로 –」, 『한국문학론』, 우리문학연구회 편, 일월서각, 1981.

윤병로, 「한국근대문학에 영향한 일본근대문학」, 『대동문화연구』제14집, 성균관
　　　대학교 대동문화연구원, 1981.

윤선진, 「신소설〈금수회의록〉연구 - 기독교사상과 유교사상을 중심으로 -」, 단
　　　국대학교 교육대학원 석사학위논문, 2007.

윤승준, 「조선시대 동물우언의 전통과 우화소설」, 단국대학교 박사학위논문, 1998.

윤재근, 「안국선의 신소설에 나타난 모순의 공존」, 『신문학과 시대의식』, 김열규,
　　　신동욱 편집, 전광용 해석, 새문사, 1981.

윤해옥, 『조선시대 우언 우화소설 연구』, 박이정, 1997.

　　　, 「조선후기 동물우화소설의 구조적 고찰」, 『연세어문학 14~15합집, 연세
　　　대학교 국문과, 1982.

윤호병, 『문학과 문학의 비교 : Comparative studies of literature and literature
　　　: influence and reception of foreign poetry reflected into modern Korean
　　　poetry』, 푸른사상사, 2008.

이경선, 『한국비교문학논고』, 일조각, 1976.

이길연, 「애국계몽기 우화소설의 현실인식 -〈금수회의록〉,〈경세종〉을 중심으로」,
　　　『우리어문연구』제15집, 국학자료원 우리어문학회, 2001.

이민자, 『개화기문학과 기독교사상 연구』, 집문당, 1989.

이상갑, 「신소설의 진위성에 대한 일 고찰 - 공진회의 이면 구조의 분석을 中心으로」,
　　　『우리어문학』제8집, 국학자료원 우리어문학연구회.

이상원, 「개화기 동물우화소설고」, 『국어국문학』제18~19집, 부산대학교 국어국
　　　문학과, 1982.

이어령, 「비평 활동과 비교문학의 한계」, 『저항의 문학』, 문학사상사, 2003.

이수호, 「개화기 소설의 기독교적 요소」, 고려대학교 교육대학원 석사학위논문,
　　　1980.

이용남 외, 『한국 개화기소설 여구』, 태학사, 2000.

이은숙, 「항일 우의 신작구소설 연구」, 박사학위논문, 정신문화연구원, 1994.

이인복, 「한국소설문학에 수용된 기독교사상 연구」, 『논문집 - 숙명여자대학교』
　　　23집, 숙명여자대학교, 1983.

이인직 외, 『한국문학대전집 1. 개화기소설』, 태극출판사, 1982.

이재선, 「액자소설의 형태사적 접근」, 『한국단편소설 연구』, 한국학술정보, 2001.

_____, 『한국문학의 해석-액자소설론』, 한국학술정보, 2003.

이재선, 『한국단편소설연구-액자소설의 원질과 그 계승』, 일조각, 1975.

_____, 「신소설의 외래적 요소」, 『한국개화기소설연구』, 일조각, 1972.

_____, 『한국단편소설 연구』, 일조각, 1975.

_____ 외, 『개화기문학론』, 한국학술정보, 2002.

이재선·신동욱, 『문학의 이론』, 학문사, 1983.

이주엽, 「안국선 문학 연구」, 연세대학교 대학원 석사학위논문, 1994.

이혜경, 「개화기 정치류 소설의 풍자법 여구 – 안국선의 『금수회의록』을 중심으로-」, 『어문연구』 제25집, 어문연구회, 1994.

이혜순 편, 『비교문학』, 문학과 지성사, 1985.

_____ 외, 『비교문학의 새로운 조명』, 태학사, 2002.

이효열, 「근대 한국소설에 나타난 기독교사상 연구」, 연세대학교 연합신학대학원 석사학위논문, 1979.

인권환, 「금수회의록의 재래적 원천에 대하여」, 『어문론집』, 고려대학교 국문학연구회, 1977.

임병학, 「유길준과 안국선의 국가관념 비교」, 충남대학교 석사학위논문, 1999.

임영천, 「한국 기독교문학에서의 민족인식의 지평」, 『한국언어문학』 33집, 형설출판사, 1994.

장사선, 『한국 리얼리즘 문할론』, 새문사, 1988.

_____ 외, 「1930년대 한국문학의 비교문학적 연구」, 『비교문학』 14집, 한국비교문학회, 1989.

전광용, 「한국소설발달사 下 (번안소설 언급)」, 『한국문화사대계 Ⅴ』, 고려대학교 민족문화연구소, 1971.

전성욱, 「근대계몽기 기독교 서사문학 연구」, 동아대학교 대학원 석사학위논문, 2004.

전용오, 「금수회의록연구」, 『연세어문학』 23권 1호, 2002.

정규훈, 「조선후기 우화소설 연구」, 계명대학교 박사학위논문, 1988.

정학성, 「몽유록의 우의적 전통과 개화기 몽유록」, 『관악어문연구』 제3집, 서울대학교 국어국문학과, 1978.

_____, 「몽유록의 역사의식과 유형적 특질」, 『관악어문연구』 제2집, 서울대학교

국어국문학과, 1977.

조동일, 『신소설의 문학사적 성격』, 서울대학교 출판부, 1998.

조신권, 『한국문학과 기독교 1』, 연세대학교 출판부, 1986.

＿＿＿, 「안국선 문학에 미친 기독교의 영향」, 『현상과 인식』 3호, 1977.

조지훈, 「금수회의록해제」, 『사상계』, 1965.6.

조진기, 『비교문학의 이론과 실천』, 새문사, 2006.

조현일, 「안국선의 계몽 민족주의와 문학관」, 『국제어문』 제27집, 국제어문학회, 2003.

천명은, 「성서 모티프의 소설화 양상 연구」, 전남대학교 대학원 석사학위논문, 2001.

최광수, 「〈호질〉과 〈금수회의록〉의 비교연구」, 중앙대학교 교육대학원 석사학위논문, 1993.

최기영, 「안국선(1879~1926)의 생애와 계몽사상(상, 하)」, 『한국학보』 제63~64집, 일진사.

＿＿＿, 「한말 안국선의 기독교 수용」, 『한국기독교와 역사』 제5권 1호, 1996.

최선욱, 「〈금수회의록〉과 〈경세종〉의 비교 고찰」, 『한국언어문학』 제30집, 한국언어문학회, 1992.

최숙인, 「한국개화기 번안소설 연구 - 명월정, 두견성, 해왕성을 중심으로-」, 이화여자대학교 대학원 석사학위논문, 1977.

최애도, 「개화기의 기독교가 신소설에 미친 영향 -〈고목화〉와 〈금수회의록〉을 중심으로」, 이화여자대학교 교육대학원 석사학위논문, 1982.

최종운, 「환몽소설의 유형구조와 창작동인」, 대구대학교 박사학위논문, 2001.

표언복, 「〈금수회의록〉과 〈공진회의〉 거리」, 『목원어문학』 4집, 목원대학교 국어교육과, 1983.

한실이상보박사정년기념논총간행위원회, 『한실 이상보 박사 정년기념 논총』, 이화문화사, 1993.

한국학문헌연구소 편, 『한국개화기문학총서』, 1(1) - 1(10), 아세아문화사, 1978.

함돈균, 「근대계몽기 우화형식 단형서사 연구」, 『국제어문』 34집, 2005.

허만욱, 「안국선 『공진회』의 구조미학과 그 의미」, 『동남어문논집』 5집, 1995.

홍경표, 「우화소설 〈금수회의록〉의 풍자의식 : 초기소설의 사회적 성격 검토」, 『어문논총』 13~14호, 경북대학교 문리과대학 국어국문학회, 1980.

홍기경, 「금수회의록의 사상적 배경-유가 천일합일사상과의 관련양상을 중심으로-」, 『우리어문연구』 25권, 2006.

홍순애, 「한국 근대계몽기소설의 우의성 연구」, 서강대학교 대학원 박사학위논문, 2006.

황선희, 「신소설에 투영된 기독교 윤리의식의 고찰」, 이화여자대학교 대학원 석사학위논문, 1984.

황성규, 「일본 계몽기문학의 특징」, 『일본연구』 5집, 중앙대학교 일본연구소, 1990.

3. 국외 논저

大塚幸男, 『比較文學原論』, 白水社, 1980.

藤村, 久松潛一 共編, 『明治文學序說』, 東京, 山海堂出版部, 昭和13/1938.

芳賀 徹 外, 『比較文學の 理論』, 講座比較文學 8, 東京大學出版會, 1976.

芳賀 徹 外 編, 『比較文學の理論』, 東京：東京大學敎出版會, 1976.

福田陸太郎 著, 『比較文學の諸相』, 東京：大修館書店, 1980.

石田雄, 『明治政治思想史硏究』, 未來社, 1954.

矢野峰人, 『比較文學, 考察と資料』, 南雲堂, 1978.

新村 出 編, 『廣辭苑』 第二版 補訂版, 東京：岩波書店, 昭和53.

中村光夫, 『일본 메이지 문학사』, 고재석·김환기 옮김, 동국대학교 출판부, 2001.

_____, 『現代日本文學史』, 現代日本文學全集 別卷 1. 東京：1959.

鈴木金太, 『衆議院議員候補者評傳』, 名古屋：山田丹心館, 明治35/1902.

柳田泉, 『政治小說硏究-明治文學叢刊, 第2-4卷』, 東京, 松柏館書店, 1935~ 1939.

_____, 『明治初期の文學思想』(上, 下) 春秋社, 1965.

伊藤整, 『日本文壇史 1-開化期の人人』, 東京：講談社, 1994.

長沼秀明, 「團團珍聞」, 條約改正論-〈笑の〉 新聞紙のナショナリズム.

佐佐本秀二郎, 『新聞記者列傳』, 東京, 明治16.

保昌正夫 外, 『일본 현대 문학사 (하)』, 고재석 옮김, 문학과지성사, 1999.

興津要, 「開化期戲作における諷刺」, 『文學』, 岩波書店, 1966.

Arthur Pollard, 『諷刺(Satire)』, 송락헌 역, 서울대학교 출판부, 1979.

D. C. Muecks, 『아이러니』, 문상득 역, 서울대학교 출판부, 1980.

Johann Wolfgang von Goethe, 『괴테의 여우 라이네케』, 윤용호 옮김, 종문화사, 2001.

M. F. Guyard, 『비교문학』, 전규태 역, 정음사, 1974.

Pierre Brunel, 『비교문학이란 무엇인가』, 석준 옮김, 미리내, 1993.

Rene Wellek, Austin Warren, 『문학의 이론』, 문예출판사, 1993.

Richard Rorty, 『유연성 아이러니 연대성』, 김동식, 이유선 옮김, 민음사, 1996.

Ulrich Weisstein, 『비교문학론』, 이유영 옮김, 홍성사, 1986.

Van Tieghem, 『비교문학』, 김동욱 역, 계영사, 1975.

『인류공격금수국회』(번역문, 원문)

『인류공격금수국회』(번역문)

다지마 쇼지 저, 왕희자 역

　나는 일찍이 내가 발명한 수상보행기를 완성하여 이미 시험을 끝냈으므로 이것을 타고 낚시를 즐기기로 했다. 금년 9월 15일 쓰키지(築地)[1]의 해변을 걸어서 멀리 바다 쪽으로 20리 밖 수상보행기가 있는 곳에 도착했을 때는 오전 6시였다. 그날 보행기 좌측에 띄운 나무통에는 2일분 식량에 해당하는 보리빵, 식수, 포도주와 쓰쿠다니(佃煮)[2]를 준비했고, 우측 통에는 낚시용구, 낚시 밥, 나이프, 돛 등을 갖추어 넣었다.

　멀리 바라보니 보소반도(房總半島)[3]의 크고 작은 산들이 어렴풋이 아침 안개 속에 가리어 마치 오(吳) 나라인 듯 월(越) 나라인 듯 신비스러웠고, 부드러운 동풍이 잔물결을 일으켜 시가(滋賀)[4]의 아름다운 경치를 연상시켰다. 낮게 날고 있는 주변의 한가한 갈매기들은 사람의 존재를 의식하지 않는 듯 지척에서 소요하고 있었으며 해파리는 물에 담근 내 발을 암초로 여기는지 끊임없이 간질이며 스치고 지나갔다.

---

1) 쓰키지(築地) : 동경 중앙구의 지명. 에도(江戶) 전기에 미립했으며 어시장으로 유명함.
2) 쓰쿠다니(佃煮) : 생선, 조개, 해초 등을 설탕과 간장으로 조린 반찬. 에도의 쓰쿠다지마(佃島)에서 처음 만든 데서 비롯됨.
3) 보소반도(房總半島) : 지금의 지바현(千葉縣) 남부를 이루는 반도.
4) 시가(滋賀) : 시가현(滋賀縣).

그 유쾌한 느낌은 일찍이 인간 세상에서는 맛볼 수 없었던 일로, 혹시 여동빈(呂洞賓)5) 그 사람이 곁에 있었다면 더불어 담소하기에 족할만한 일이었다. 나는 발 밑 바다에 닻을 내리고 낚시 줄을 던진 후 궐련을 씹으며 낚시 삼매경에 빠져들었다. 이렇게 한 시간쯤 지났을 때에는 고등어, 뱅어, 전갱이 등 20여 마리가 잡혔다. 나는 잡을수록 재미가 더해져 그대로 물러날 생각이 없었으므로 자리를 옮겨 낚시를 계속하기로 했다. 그런데 내가 하네다(羽田) 방면으로 뱃머리를 돌려 전진하고 있을 때였다. 갑자기 날씨가 변하여 굵은 빗방울이 툭툭 모자를 때리더니 차츰 수면이 거칠어지기 시작하여 금방이라도 폭풍이 몰아칠 기세였다. 나는 서둘러 낚시 줄을 거두고 키의 방향을 바꾼 후 재빨리 보행기 뒤쪽에 고정되어 있는 금속 고리에 기둥을 세우고 충분히 돛을 올렸다. 그리고는 동남풍에 의지하여 멀리 고다이바(御臺場)6)가 보이는 곳까지 왔을 때였다. 돌연 세찬 바람이 동서로 불어 닥쳤다. 바람은 속력을 더하여 굉장한 기세로 소나기를 몰고 오더니 거센 파도가 내해를 휩쓸었다. 내 체력과 보행기의 힘을 전부 합쳐 봐도 겨우 20관 정도에 불과할 텐데 이 격랑을 어떻게 이겨낼 수 있을까? 나는 마치 빈병이 파도에 실려 요동치듯 푸른 하늘과 높은 파도 밑 나락 사이를 정신없이 오르내렸다. 소리쳐 구조를 청해도 그 소리는 파도에 삼켜버렸고 있는 힘을 다하여 손을 치켜들어 익사자의 존재를 알리려 했지만 손은 파도에 가리어 보이지 않게 되었다. 이와 같은 상태가

---

5) 여동빈(呂洞賓) : 세속을 초월한 생활과 기이한 행동으로 유명한 한(漢)나라 도교의 팔선인(八仙人) 중의 한 사람.
　팔선인 : 종리(鍾離), 장과로(張果老), 한상자(韓湘子), 이철괴(李鐵拐), 조국구(曹國舅), 여동빈(呂洞賓), 남채화(藍采和), 하선고(何仙姑).
6) 고다이바(御臺場) : 에도(江戶) 시대에 바다를 방비하기 위해 만든 포대(砲臺).

여러 시간 계속되는 동안 나는 체력이 기진했을 뿐만 아니라 다량으로 바닷물을 마셨기 때문에 극심한 피로가 엄습하여 의식이 몽롱해지기 시작했다. 나는 이미 거대한 물고기에게 삼켜져 물고기 뱃속에 매장되었다고 생각하고 염라차사(閻羅差使)[7]를 대면할 각오를 하고 있었다. 그러나 바로 그때 파도에 실려 떠내려 오던 난파선이 세차게 나를 쳤다. 나는 간신히 부서진 배에 매달려 한숨을 돌리고 재빨리 허리에 연결되어 있던 보행기의 밧줄을 풀어 던진 후, 발에 휘감겨 있던 닻과 쇠추를 풀어버렸다. 이렇게 하여 겨우 몸은 가벼워졌지만 아무리 사방을 둘러보아도 구조선이 올 기미는 보이지 않았다. 나는 다시 풍력 82마일의 거센 폭풍과 격랑에 휩쓸려 오후 다섯 시 경이라고 생각될 즈음 결국 망망한 외해로 정처 없이 흘러가게 되었다. 험준한 산악과도 같은 노도에 실려 어디로 가고 있는지 방향조차 알 수 없었다.

시간이 얼마나 흘렀을까. 아침 해가 붉게 해면에 솟아오르고 멀리 활화산의 연기가 안개처럼 하늘을 덮은 채 흐르고 있는 것이 보였다. 나는 정신이 몽롱하여 꿈인지 생시인지 분간할 수 없는 상태에서 어렴풋이 눈을 뜨고 망연히 생각하였다. 나는 어제 밤에 익사했음에 틀림없다. 그렇다면 여기는 어디란 말인가. 광활한 바다 밑에 산다는 해신의 궁궐이 있는 곳일까. 정말로 해신의 궁궐이 있는 곳이라면 아마도 복어, 낙지 등의 해신국 관리들이 주위를 분주히 왕래하고 있을 터인데 그런 기척은 아무데도 보이지 않았다. 그렇다고 해서 나락 밑 지옥이라고 한다면 나는 그 정도의 심한 죄업이 있는 자도 아니고 더구나 지옥의 형상에 이러한 대해가 있다는 말은 들어본 적이 없다. 아마도

---

7) 염라차사(閻羅差使) : '불교' 염라대왕의 명에 따라 죽을 차례가 된 사람을 잡아 오는 사자.

나는 간밤에 익사한 몸이 다시 소생하여 지금 무인절도에 표류해 있는 것이리라. 그렇다면 여기는 도대체 어디란 말인가. 나는 이리저리 궁리하며 가까이에 있는 큰 바위 위에 간신이 기어 올라가 사방을 둘러보았다. 어제와 달리 구름 한 점 없는 화창한 날씨였다. 지금부터 앞으로의 운명은 알 수 없어도 불행 중 다행이라고 생각하며 우선 허리에 감겨 있는 두 개의 통을 풀어 안을 살펴보니 다행히 통 안은 바닷물이 들어가지 않아 안전했다. 나는 즉시 포도주를 한 모금 마시고 빵 한 조각을 입에 넣었다. 그리고 병 속의 음료수를 마시고 났더니 겨우 정신이 조금 드는 것 같았다. 그 후 찬찬히 주위를 살펴보니 태양이 떠오르는 위치라든가 열기의 강도로 미루어 보아 여기는 적도에서 그리 멀지 않은 곳으로, 아마도 태평양상 북위 20도에 위치한 샌드위치 군도에서 멀리 서쪽으로 떨어져 있는 고도이리라 짐작되었다.

나는 어제 아침부터의 간난(艱難) 때문에 몹시 지쳐있었고 그 위에 수마가 끊임없이 엄습해 왔기 때문에 우선 잠을 좀 자고 체력을 회복한 후에 앞으로의 일을 생각하기로 했다. 그러나 잠든 사이에 혹시 어느 나라인가의 선박이 무심코 지나쳐버리면 영영 구조의 기회를 놓치게 될까 염려되어 돛으로 대용했던 일장기(日章旗)를 높은 빈랑나무 가지 위에 걸어 구조를 청하는 표시를 하였다. 그리고 식료품과 낚시용구가 들어있는 두 개의 나무통은 가까운 바위굴에 숨겼다. 그런 후 바로 옆 삼림 속 큰 나무 위로 올라가 맹수의 습격을 피하기 위해 굵은 십자형의 나뭇가지에 노끈으로 몸을 단단히 묶고 누워서 떨어질 염려가 없음을 확인하자마자 나는 고향의 꿈을 꾸며 정신없이 깊은 잠에 빠져들었다.

잠이 들어 꽤 시간이 흘렀다고 생각되었을 때 나는 문득 잠에서 깨어났다. 그런데 주위를 둘러보니 이상하게도 내 몸은 아까의 나무 위에 묶여있지 않고 낯선 벽암의 큰 동굴 속에 있는 것이었다. 나는 놀란 나머지 달아나려고 동굴 밖으로 뛰어 나갔다. 그런데 동굴 밖 망망한 벌판에는 천지간의 온갖 종류의 동물들이 다 모여 있는 것 같았다. 도대체 어찌된 일일까. 사자, 악어, 독수리, 대사(大蛇) 등 사나운 짐승들을 상좌에 앉히고 무엇인가 중대한 회의를 하고 있는 것 같았다. 나는 점점 더 두려움에 떨게 되었다. 혹시 내 몸이 저 맹수나 독사에 먹히는 것은 아닐까. 그렇다면 차라리 바닷물에 빠져 물고기의 밥이 되는 편이 나았을 것을. 다행히 여기서 내가 악어의 입에서 도망칠 수 있다 해도 호랑이의 꼬리를 밟아 화를 당할지도 모르는 일이고 혹은 사자와 맞닥뜨리는 불행을 만날지도 모른다. 그러자 불현듯 이것은 내가 인생 50년을 사바세계의 번뇌에서 헤어날 수 없었던 범부의 몸이기 때문에 지금 이런 기괴한 변을 당하고 있는 것이리라는 생각이 들었다. 석가불은 그가 바라밀 수행을 하고 있을 때, 온갖 악마의 유혹과 방해를 극복하고 마침내 팔상성도를 이루었다고 하지 않던가. 아마도 지금 내가 이런 갖가지 악상(惡相)을 보는 것은 나로 하여금 살생 심과 탐·진·치의 어리석음에서 벗어나 보리심에 가까이 가게 하려는 부처님의 대자비심인지도 모른다고 스스로를 위로하며 숨을 죽이고 보고 있었다.

　이윽고 사자가 등단하여 산악을 가르는듯한 찌렁찌렁한 목소리로 개회취지를 설명하기 시작했다. "금일 이 회의에 참석하신 제족제군들이여! 오늘 여기서 우리 제족이 이 지구상에 태어나게 된 연원을 설명하는 것은 이 회의에 있어 가장 긴요한 취의라고 믿기 때문에,

일찍이 조화진신(造化眞神)8)이 묵시하신 성경, 구약전서를 인용하여 이를 설명하고자 하오. 성서에 의하면 신이 이 세계를 창조하실 때, 제일 먼저 빛을 만드셨고 두 번째로 하늘을 지으시고 세 번째로 땅을, 그리고 네 번째로 해와 달을 만들어 낮과 밤을 구분하셨소이다. 그러고 나서 다섯 번째로 어패류와 곤충과 날짐승을 만드셨는데 이들이야말로 이 지구상 모든 동물의 시조라 할 수 있으며 우리 수류(獸類)는 육일 째에 지어졌소. 그리고 제일 마지막으로 인류를 지으셨던 것이오. 이와 같이 이 세상에 태어난 순서의 전 후를 가지고 논한다면 오늘 여기 참석한 제족제군이야말로 조화신으로부터 지구상의 주권을 부여받은 참 주인이며 인류는 이에 예속된 자들이라 하지 않을 수 없소이다. 그런데 그 후 유구한 세월이 흐르는 동안 제군제족들은 신이 하사하신 이 귀중한 주권을 망각하고 각기 구구한 편견을 가진 채, 호랑이는 호랑이들끼리만 무리를 지어 살고 여우는 여우들끼리만, 뱀은 뱀들과만 뭉쳐서 살면서 급기야는 오(吳)와 월(越)나라처럼 사이가 벌어져 서로 원수처럼 여기게 되었으며 자자손손에 이르기까지 빙탄(氷炭)처럼 서로를 용인하지 못한 채 오늘에 이르게 된 것이오. 이는 실로 조화진신의 은혜를 배반한 배은망덕한 행위라고 하지 않을 수 없소이다. 그리하여 교활한 인류는 이를 기화로 그들은 최후에 만들어진 지구상의 주권이 없는 자들임에도 불구하고 우리 제족을 도외시하고 축생이니 금수니 하고 업신여길 뿐만 아니라 저 '지식'이니 '분별'이니 하는 마법을 사용하여 마침내 지구를 강탈하고 말았소. 그러므로 지금이야말로 저들을 처벌하여 이를 바로잡지 않으면 우리 제족

---

8) 조화진신(造化眞神) : 만물을 창조하고 기르시는 신. 조물주. 東京 岩波書店, 廣辭苑, 1978년, 1282쪽.

은 앞으로 영원히 고침안면의 장소를 잃고 말 것이외다. 이것이 오늘 제군제족을 이곳에 모이게 하여 의논코자 하는 일이니, 그러므로 어떤 종족이든지 의견이 있으면 서슴지 말고 진술해 주기 바라오." 사자는 이와 같이 개회취지를 설명한 후 좌우의 수염을 비틀고 강열한 분노의 눈빛을 발하며 말을 마쳤다.

그러자 독일종의 양견(洋犬)이 넓적한 코를 실룩이며 "대왕!"하고 사자 앞으로 나와서 크게 한 번 짖고 말하기 시작했다. "방금 대왕께서 말씀하신 내용은 실로 졸자 등이 오랫동안 이를 악물고 피눈물을 삼키며 참아온 문제입니다. 우리 양견족은 언제부터인가 인류 가까이에서 인류사회에 섞여 살아왔기 때문에 그들의 정태(情態)를 누구보다 잘 알고 있습니다. 그런 연유로 주제넘게 제군제족을 제치고 먼저 앞에 나왔습니다. 조금 전 사자대왕께서 구약전서를 인용하시어 인류는 최후에 만들어진 주권이 없는 자들이라고 말씀하셨습니다. 그런데 최근 인류사회는 크게 발달하여 좀처럼 신괴(神怪)한 설은 믿지 않게 되었고 현재에 이르러서는 모든 사물은 예외 없이 진화 변천한다는 이론인 소위 '진화론'에 경도되어 있습니다. 그리하여 그들은 성상(性相)이 비슷한 것들을 서로 비교 연구하여 그 기원을 탐색하고 있는 것입니다. 이에 근거해서인지 그들은 스스로가 인류의 조상은 '원숭이'라는 설을 세우게 되었습니다. 심오한 진리로 인류는 최후에 지상에 출현한 자들로서 지구상의 주권이 없는 자들임이 명명백백합니다. 그러므로 우선 인류의 조상이라고 하는 원숭이족을 불러내어 그들의 체질 성향 등 그들에 관한 불분명한 점을 밝혀냄으로써 인류를 제압할 방법을 강구하는 것이 상책이라고 생각합니다."하고 코를 킁킁거리며 발의했다.

양견의 말을 주의 깊게 듣고 있던 회장인 사자가 참으로 지당한 제의라고 여긴다며 당장 원숭이족을 자리에 불러내라고 명했다.

　한 마리 원숭이가 털을 곱게 다듬고 앞으로 나와서 말하기 시작했다. "원숭이가 인류의 조상이라고 한 조금 전 양견님의 언급은 우리 원숭이족에게는 더 없는 영광이라고 생각합니다. 그렇지만 그 설의 근원은 인도네시아군도에 살고 있다는 성성이족의 골조와 형상이 인류와 매우 흡사해서 그러는 것인지 혹은 진화설이 주장하는 바와 같이 과연 원숭이족이 인류의 조상인지는 아직 합의된 의견이 아니기 때문에 확신할 수는 없는 것입니다. 그러나 성성이족의 행동거지가 우리 원숭이족과 흡사하다면 혹시 믿을만한 설인지도 모르겠습니다. 그 일은 차치하고 인류의 참람한 횡포를 제압한다는 문제는 결코 쉬운 일이 아닌 것 같습니다. 왜냐하면 대왕님도 아시는 바와 같이 인류는 지금 우리에게 '지식 분별(知識 分別)'이라고 하는 '마법(魔法)'을 사용할 뿐 아니라 그 위에 각종 기기(機器)를 만들어 우리 제족을 괴롭히고 있지만 우리가 이에 저항한다는 일은 도무지 가망이 없는 일로 보입니다. 그렇지만 뭔가 방법을 강구하지 않으면 안 되겠지요. 우선 여기 모인 제족이 먼저 대의사(代議士)를 선출하여 각각 문제를 하나씩 제출하고 이를 같이 토의한 후 중의(衆議)를 가결하여 인류의 죄를 묻는 소장(訴狀)을 만든 후 그것을 '조화진신'에게 바쳐 우리의 '주권 회복'을 도모하는 것이 상책이라고 생각합니다." 원숭이가 얼굴을 붉히며 제안하자 사자를 비롯한 모든 회중이 이에 찬동하여 그 자리에서 다음과 같이 대의사를 선발했다.

· 수족(獸族) : 성성이, 양견, (호랑이)
· 금족(禽族) : 앵무, 까마귀
· 어족(魚族) : 문어

이상과 같이 선발한 후 토끼와 양을 서기로 임명했다. 그리고 나서 각 종족에 번호를 매겨 1번 수족, 2번 금족, 3번 곤충, 4번 어족, 5번 어패류, 6번 우충족(羽蟲族)으로 정했다. 그리고 이들을 다시 1호 의원, 2호 의원으로 구분하여 대체적인 순서가 정해지자 벽암 깊은 동굴 앞 넓은 회의장에는 온갖 동물들이 순서에 따라 열석했다. 그들은 환호하며 이 모임을 이름하여 그야말로 일세의 경사라고 칭송하였다. 그리하여 혹자는 나무에 오르고 혹자는 가지에 앉고 여우는 말의 등에 올라타고 원숭이는 사슴의 등에 걸터앉았다. 이 중에서 코끼리와 무소의 등은 가장 큰 방청석이 되었다.

대충 자리가 정돈되자 첫 번째 연사인 수족의 대표, 성성이가 의장의 허락을 받고 앞으로 나와 말하기 시작했다. "졸자가 여기에 제출하는 의제는 인류가 항상 자랑하며 주장하는 바, 저 '만물의 영장'이라고 하는 일입니다. 저들 인류는 누구의 허락을 받고 만물의 영장이라고 하는지요. 생각건대 이는 저들이 멋대로 만들어낸 것임에 의심의 여지가 없습니다. 저들의 설명에 의하면 인류는 다른 동물과 달리 '신비하고 오묘한' 지식을 가지고 있기 때문에 '만물의 영장'이며, 때문에 다른 동물을 지배할 권리가 있다고 주장합니다. 도대체 가로 째진 눈과 수직의 코를 가진 얼굴을 한 저들 인류 모두가 과연 오묘하고 신비한 지식을 갖고 있는지 나는 묻고 싶습니다. 혹시 그것이 사실이라면 인류사회에 엄존하는, 상등, 중등, 하등인류 같은 차별이 있을 리 없습니다. 저는 오늘 여기서 상등, 중등의 인류는 잠시 제쳐 두고 하등 인류에 대해서만 언급하고자 합니다. 고금을 통해 어느 시대 어느 사회를 막론하고 지구상에 하등인류가 부재했던 적은 없었으며 실은 이들 하등인류가 인류의 대다수를 점하고 있었습니다. 때문에 이들이 있음으로써 사회와 국가가 성립되고 유지될 수 있었다고 할 수 있습니다. 그들 하등인류가 없었다면 누가 더러운 분뇨와 오물을 처리하며 누가 힘들여 논밭을 경작할 것이며 누가 험준한 산림 속에 들어가 벌목할 것이며 또 누가 생명을 걸고 깊은 굴속에 들어가 금, 은, 동, 철을 캐낼 것입니까. 이처럼 인류사회에는 괴롭고 힘든 노동의 종류가 헤아릴 수 없을 정도로 많습니다. 이 모든 일들은 인류사회에 가장 필요한 일이고 결코 천한 직업이 아님에도 불구하고 중등, 상등인류는 절대로 이런 일에 종사하려하지 않습니다. 때문에 조화진신은 특별히 하등인류를 지구상에 다수 내려 보내어 그들로 하여금 고등 중등인류가 기피하는 일을 하게함으로써 국가와 사회가 유지될 수 있게 한 것입니다. 이것이 고래로 인류사회에 하등인류가 끊이지 않고 존재해 온 이유인 것입니다. 현실이 이러한데도 '인류는 다른 동물과 달리 신비하고 오묘한 지식을 가지고 있기 때문에 만물의 영장이며 지구를 지배할 권리가 있다고' 주장할 수 있을 것인지요.

　인류사회에 무지한 자가 많음을 나타내는 또 다른 증거는 인류사회에 편재해 있는 저 수많은 학교와 선교사의 수인 것입니다. 인류 누구나가 지식이 있고 분별력이 있다면 어째서 그 많은 학교를 세워 지식을 주입시키는데 필사적이어야 하며, 수많은 선교사를 두고 끊임없이 덕의도심(德義道心)을 가르치지 않으면 안 되는 것일까요. 학교나 선교사 같은 것은 무지문맹한 자에게는 필요하지만 지식인에게는 오히려 쓸모없고 번잡한 일이 되는 것입니다. 필경 인류가 무지몽매하기 때문에 고금동서의 수많은 위인들의 행위를 귀감으로 하여 끊임없이 인류를 교육하고 선도하지 않으면 안 되는 것입니다. 최근 인류사회의 경향을 보면 학교의 수가 증가하는 것을 도리어 영예로 여기며 또한 선교사라는 자들은 청중의 많고 적음으로써 자신의 능력을 자만하고 있습니다. 이는 무의식중에 '지식 분별'이 없는 인류가 그만큼 많다는 것을 그들 스스로가 증명하고 있는 것입니다.

우리 동물사회에는 지금껏 학교나 선교사 같은 것을 가져본 적도 없지만 각기 자립하여 스스로 의식주를 해결하고 있으며 절대로 동족에게 노예처럼 종사하는 일도 없고 또한 부모나 자식을 잡아 먹이로 삼는 일 같은 패덕한 일은 결단코 일어나지 않습니다. 우리는 오로지 천신의 명하심에 따라 각자 임무에 충실하다가 생을 마치는 것입니다. 이에 얽힌 아름다운 한 이야기를 여기에 소개하고자 합니다. 이 이야기는 금족(禽族)의 수장(首長)인 봉황으로부터 들은 이야기입니다. '동방 어느 곳에 인류가 사육하던 한 무리의 닭이 있었다. 이들이 충분히 성장했으므로 인류는 이것들을 시중에 내다 팔려고 여러 바구니에 나누어 배에 싣고 길을 떠났다. 그런데 도중에 수탉 한 마리가 바구니를 탈출하여 육지로 날아가 버렸다. 주인은 달아난 그 한 마리를 잡기 위해 많은 시간을 허비해야 할 생각을 하고는 단념한 채 갈 수 밖에 없었다. 한편 육지에서는 도망쳐 온 닭을 발견하고 사람들이 저마다 잡으려고 닭을 쫓아 뛰어다니는 동안 해가 저물어 밤이 되었다. 덕분에 닭은 난을 피하여 삼림 속에서 밤을 지내게 되었다. 그런데 이튿날 새벽이 되어 동이 트기 시작하자 닭은 언제나처럼 '꼬끼요, 꼬끼요' 하고 여러 번 힘차게 울었다. 이 울음소리 때문에 닭의 소재가 알려지게 되어 닭은 결국 인류에게 붙잡혀 희생되고 말았다.' 이런 내용입니다. 이 이야기를 듣고 여러분은 어떤 생각을 하게 되나요. 닭이 일시적으로 몸을 피한 것은 결코 일신의 안위만을 위한 것이 아니었습니다. 붙잡힐 것을 두려워했다면 안전한 곳에 그대로 몸을 숨기고 위험이 완전히 사라질 때까지 절대로 울음소리 같은 것은 내지 않았을 것입니다. 그러나 닭은 일신의 안전보다 신이 부여하신 닭족의 임무를 더 중요하게 생각했기 때문에 자기 몸에 재앙이 닥칠 것을 돌아보지 않고 새벽이 되자 이를 알리기 위해 여러 번 소리 높이 울어 그의 임무를 다했던 것입니다. 우리 금수족은 천명을 다하기 위해 이러합니다. 그런데 인류는 어떻습니까. 그들은 수많은 학교와 선교사가 있는 사회에서 끊임없이 가르침을 받으며 살고 있으면서도 사리사욕 때문에 타고난 천심(天心)은 가리어지고 '탐·진·치'의 삼악에 쫓기며 생사의 고통을 대대로 계속하고 있습니다. 그러면서도 언제까지나 각성하지 못하고 무지한 채 죽어가고 있는 것을 보면 실로 연민의 정을 금할 수가 없습니다. 그러나 우리 금수족을 보십시오. 우리는 서로가 평등하여 상하의 구별도 빈부의 차별도 없습니다. 그러므로 남에게 빛을 지고 괴로워하는 자도 없으며 권세 있는 자에게 은혜를 입고 은인 앞에서 일생동안 머리를 조아리며 살아야 하는 처지에 있는 자도 없습니다. 그러나 인류사회에는 이런 것들이 빠짐없이 존재합니다.

나는 또한 도시와 시골을 오가며 인류의 잔혹함과 무정함을 낱낱이 보고 알게 되었습니다. 어떤 사람들은 다 쓰러져가는 초라한 집에서 몸을 제대로 가릴 수도 없는 남루한 옷차림으로 아무런 난방시설도 없이 혹독한 추위를 견디지 않으면 안 됩니다. 게다가 먹을 것이라고는 곡물은 구경도 할 수 없고 풀뿌리나 푸성귀나 떨어진 나무열매로 겨우 연명해가며 부모 자식이 끌어안고 불행을 탄식하며 살고 있습니다. 그런가하면 어떤 사람들은 고급 마차로 출입하며 금빛 찬란한 저택에서 사랑하는 처첩을 거느리고 주방에는 고급술과 안주를 쌓아놓고 주야로 가무를 즐기며, 추운 겨울에는 난방으로 봄날처럼 따뜻하게 더운 여름에는 냉방으로 빙벽 속 같은 시원함을 연출하고 춤추듯 생을 즐기며 살고 있습니다. 양자의 심한 격차를 어떻게 설명할 수 있을 까요. 운니지차(雲泥之差)란 이를 두고 하는 말일 것입니다. 그런데도 이 오만한 자들은 가난한 사람들을 조금도 도우려 하지 않고 불쌍히 여기지도 않습니다. 이것이 이른바 '지식 분별'이 있다고 하는 자들의 소행인 것입니다. 이로써 인류의 잔혹성을 알아야 합니다. 또한 인류 중에는 극악한 범죄를 저지르는 잔혹한 자들이 많기 때문에 형법이나 법률 같은 것을 만들어 같은 인류의 악하고 모진 행위를 벌하고 방지하기 위한 방패로 삼고 있습니다. 인류가 과연 누구에게나 지식이 있고 분별심이 있다면 어째서 같은 인류를 살상하고 물품을 강탈하고 재앙을 끼치는 부도덕한 짓을 하는 것일까요. 필경 인류 중에는 무지몽매한 자들이 많기 때문에 이런 법을 만들지 않으면 안 되었을 것입니다. 인류의 혹자는 말하기를 '지식이 있기 때문에 악역(惡逆)도 행한다고 악역도 일종의 지식의 작용이라고.' 악역도 역시 지식의 작용이라고 하는 그런 궤변이 어떻게 성립할 수 있단 말입니까. 무릇 지식이란 견고한 도덕을 기초로 성립되는 것으로 도덕을 떠나서 지식을 설명할 길이 없는 것입니다. 이상으로 미루어 볼 때 인류가 지식의 유무를 내세워 우리 제족을 지배할 권리는 결단코 없는 것입니다."하고 성성이가 예의 긴 팔을 벌리고 인류를 매도하자, 이에 대한 찬성의 외침이 만장에 끓어올라 온 섬이 진동할 정도였다.

　　그때 수족(獸族)의 2호 의원인 양견(洋犬)이 자리에 나와 성성이에 이어 말하기 시작했다. "인류에게 '지식 분별'이 없음은 방금 1호 의원이 밝힌 바와 같습니다. 앞서 1호 의원이 상등, 중등인류에 대해서는 언급을 미루겠다고 했으므로 졸자는 이들 상등, 중등인류에 대하여 말하고자 합니다. 대체로 인류의 상등, 중등이라고 해도 그들이 모두 지식 분별이 있다고 말하기는 어렵습니다. 왜냐하면 우리 제족이 가장 소중히 여기는 것은 신이 부여하신 '생명'입니다. 인류도 우리와 마찬가지로 진신의 귀중한 생명을 부여받고 태어났음에도 불구하고, 주야로 폭식하고 악의 원천인 주색에 탐닉하여 그 무절제한 생활은 한계를 모릅니다. 때문에 천명을 다하고 죽는 자는 열 명 중 한두 명에 지나지 않는 것입니다. 지식 분별이 있는 자, 어찌 감히 귀중한 생명을 이처럼 함부로 탕진 할 수 있단 말입니까. 인류의 혹자는 말합니다. 그래서 의약(醫藥)이 발명되었다고 말입니다. 그러나 의약이 제아무리 일진월보의 놀라운 속도로 발전한다 해도 필경은 병자를 없애기보다는 병자를 기다리고 있는 수단에 지나지 않는 것입니다. 왜냐하면 병자를 없애기 위한 수백 년간의 한의학의 연구 결과도 불충분하다 하며 서양 의학을 도입하여 널리 전하였지만 환자의 수는 늘어나기만 합니다. 결국은 의사가 병자를 고치는 것이 아니라 늘어나는 병자가 의학의 진보를 촉진하고 있는 격이 된 것입니다. 만약 인류가 우리 제족처럼 천신이 명하시는 대로 생명을 귀중히 보존하고 처신한다면 병자의 수는 급속히 감소할 것이며 의학은 눈에 띠게 퇴보할 것입니다. 그리하여 가엽게도 의사들은 생업을 바꾸지 않으면 안 될 처지가 되어야 할 것입니다. 그렇게 되지 않고 갈수록 환자의 수는 늘어나고 의학은 눈부시게 진보하며 매약은 날로 증가하는 것은 인류가 점점 더 생명을 경시하여 의사들의 지갑을 두둑하게 한다는 증거라고 하지 않을 수 없습니다. 곤다 나오스케(權田直助)9) 옹(翁)의 노래에 다음과 같은 구절이 있습니다.

세상 사람들이 병들기를 바라는 어리석은 의사
무능하고 졸렬한 자란 이를 두고 하는 말이다.10)

이 노래로 의사에 대한 험담을 한다면 의사가 병자를 없애기 위한 방법을 강구하는 것은 의사 스스로가 자신들의 지갑을 비게 하는 일이기 때문에 그들은 병자를 없앨 방법과 수단을 강구하지 않는다는 것입니다. '하하하' 인류의 소행이 이미 이러할 진대 상등, 중등의 인간이라 해도 절대로 지식 분별이 있다고 할 수 없는 것입니다. 인류는 또 말합니다. 인류가 만물의 영장이라고 하는 증거는 인류는 '군신부자형제의 강상(綱常)을 지키기 때문'이라고 말입니다. 그러나 이 말은 인류가 그렇지 못하다는 것을 숨기기 위한 핑계에 지나지 않는 것입니다. 왜냐하면 인류 누구나가 '군신부자형제의 강상'을 지키고 있다면, '불충불효부제(不忠不孝不悌)'라는 문자는 생겨나지 않았을 것이며 갖가지 포상제도나 도덕서 윤리서 같은 것도 필요 없었을 것입니다. 또한 그 많은 유학자나 전도사는 누구를 위해 존재한다는 말입니까. 일찍이 노자가 말했습니다. '대도가 쇠퇴하여 인의가 생기게 되었다'11)고 말입니다. 필경 일류가 천신의

9) 곤다 나오스케(權田直助) : (1809~1887)幕末, 明治의 國學者. 호는 나고시노아(名越舍), 무사시(武藏) 사람, 히라타 아쓰타네(平田篤胤)에게 배우고 황조의학(皇朝醫學)을 주장했다. 명치유신 이후 신관(神官).『廣辭苑 第六版 日韓辭典』, 2012년, 1357쪽.
10) 世の人の患ひをこのむ(庸醫師)、つたなき者のかきりなりけり。人類攻擊禽獸國會, 34쪽.
11) 大道廢 有仁義 智慧出 有大僞 六親不和 有孝慈 國家昏亂 有忠臣 : 무위자연(無爲自然)의 대도(大道)가 없어지니 인(仁)이니 의(義)니 하는 것이 있게 되고, 인간에게

명하심을 망각하고 사리사욕에 탐닉하여 '군신부자형제'의 도를 상실했기 때문에 도덕서를 펴내고 윤리를 강의해야 하는 슬픈 지경에 이르렀고 또한 포상이나 상찬의 말로 강상(綱常)을 장려하지 않으면 안 되는 상태에 이른 것입니다. 그렇다고 인류가 강상을 잘 지키는 것일까요. 천만인 중에 이 삼인에 지나지 않는 것입니다. 천만인 중에 이 삼인이 강상을 지킨다고 해서 일반적으로 인류를 가리켜 만물의 영장이라고 한다면, 우리 비둘기 세계에는 '삼지례(三枝禮)'[12]가 있고 까마귀 세계에는 '반포지효(反哺之孝)'[13]의 예가 있으며 원앙새에게는 '부부의 도'가 있습니다. 이처럼 우리 제족에게 있어 강상을 지키는 것은 일반적인 일인데, 우리를 만물의 영장이라고 하지 않는 것은 도리에 맞지 않습니다.

지혜라는 것이 생기자 큰 거짓(大僞)이 있게 되었다. 육친(六親)이 화목하지 않으니 효행이니 자애니 하는 것이 있게 되고, 국가가 암흑(暗黑)하고 혼란하여지니 충신이 있게 된다(남만성 역, 「노자도덕경 7판 제18장」, 『을유문고』 42, 을유문화사, 1974).

12) 삼지례(三枝禮) : 비둘기는 새 가운데서도 예의가 있어 어미가 앉는 가지로부터 셋째 가지 아래에 앉는다는 뜻으로, 부모에 대한 지극한 효성을 이르는 말.

13) 반포지효(反哺之孝) : 까마귀 새끼가 자라서 늙은 어미에게 먹이를 물어다 주는 효(孝)라는 뜻으로, 자식이 자란 후에 어버이의 은혜를 갚는 효성을 이르는 말.

　이밀(李密)(224~287)의 〈진정표(陳情表)〉에 나오는 말이다. 이밀은 진(晉) 무제(武帝)가 자신에게 높은 관직을 내리지만 늙으신 할머니를 봉양하기 위해 관직을 사양한다. 무제는 이밀의 관직 사양을 불사이군(不事二君)의 심정이라고 크게 화내면서 서릿발 같은 명령을 내린다. 그러자 이밀은 자신을 까마귀에 비유하면서 "까마귀가 어미새의 은혜에 보답하려는 마음으로 조모가 돌아가시는 날까지만 봉양하게 해 주십시오(烏鳥私情, 願乞終養)"라고 하였다

　명(明)나라 말기의 박물학자 이시진(李時珍, 1518~1593)의 〈본초강목(本草綱目)〉에 까마귀 습성에 대한 다음과 같은 내용이 실려 있다. 까마귀는 부화한 지 60일 동안은 어미가 새끼에게 먹이를 물어다 주지만 이후 새끼가 다 자라면 먹이 사냥에 힘이 부친 어미를 먹여 살린다고 한다. 그리하여 이 까마귀를 자오(慈烏) 또는 반포조(反哺鳥)라 한다. 곧 까마귀가 어미를 되먹이는 습성을 반포(反哺)라고 하는데 이는 극진한 효도를 의미하기도 한다. 이런 연유로 반포지효는 어버이의 은혜에 대한 자식의 지극한 효도를 뜻한다.(두산백과)

　인류는 또 말합니다. '우리 인류는 근친상간을 하지 않는다. 만물의
영장이기 때문이다'라고 말입니다. 아아, 이 무슨 망언이란 말입니까.
성경에 의하면 인류의 조상인 아담과 이브는 신의 금기 사항을 어기고
에덴동산에서 쫓겨나 출산의 벌을 받게 되었습니다. 그들은 처음 두
자식을 낳았는데 장자를 '카인', 차자를 '아벨'이라 하였습니다. 후에
카인이 질투로 인해 동생 아벨을 살해했으므로 카인의 자손이 널리
세계에 퍼져나갔다고 합니다. 그런데 도대체 카인의 아내가 누구란
말입니까. 신이 이브 이외에 다른 여인을 만들었다는 기록이 없기 때
문에 카인은 모친과 상간하여 자식을 낳았음에 틀림없습니다. 그들의
자식들 또한 형제자매가 서로 상간하여 자손을 번식 시켰음에 의심의
여지가 없는 것입니다. 그 후 세월이 흘러 '노아의 대홍수'에 이르게
되었습니다. 그때 노아는 신의 계시를 받아 예비한 '방주'에 그의 아내
와 세 아들과 그들의 아내들을 태워 홍수의 난을 피하여 이들이 홍수
이후 제2세계의 시조가 되었다고 합니다. 그렇다면 결국 이들 6인이
근친 번식하여 후세에 자손을 남겼음을 알아야 할 것입니다. 또한 일
본에 있어서는 '아마테라스오미카미(天照大神)'14)가 그녀의 남동생인
'스사노노미코토(須佐雄の尊)'와 굳게 서약하고 5남 3녀를 낳았다고
'고지키(古事記)'15)에 기록되어 있습니다. 존귀한 분이 낳으신 천황의
자녀조차도 근친상간으로 태어났던 것입니다. 중국에 있어서도 아득

---

14) 아마테라스오미카미(天照大神) : 일본신화의 해의 여신. 일본 황실의 조상신.
15) 고지키(古事記) : 고대 일본의 신화·전설 및 사적을 기술한 책. 일본 사람 오노야스
　　마로(太安麻呂)가 겐메이천황(元明天皇)의 부름을 받아 저술했다. 천황가(天皇家)
　　의 연대기와 계보를 기록한 〈제기(帝記)〉와 신화·전설 등을 기록한 〈구사(舊辭)〉에
　　있는 내용을 중심으로 편찬했다. 덴무조(天武朝)(678~686)에 편찬이 처음 기획되어
　　서기 712년 정월에 완성했다.(두산백과)

한 옛일은 생각이 미치지 않는다 해도 후대에 남긴 기록에 의하면,
도요(陶堯)가 그의 두 딸을 우순(虞舜)에게 시집보냈는데 우순은 자매
를 동시에 아내로 삼고도 부끄러움을 몰랐다고 합니다. 이런 사람들이
후세에 대성인이라고 존숭 받고 있는 것입니다. 사실이 이러한데도
인류는 근친상간하지 않는다고, 그래서 만물의 영장이라고 말할 수
있을 것인지요. 혹자가 말하기를 그것은 태곳적 일이고 현재의 소행이
아니라고 한다면 이는 한갓 궁색한 변명에 지나지 않는 것입니다. 혹
시 태고에만 상간했다고 한다면 태고의 인류는 만물의 영장이 아니고
후세의 인류만이 만물의 영장이란 말인지요. 만물의 영장에 신고(新
古)가 있을 리 없습니다. 더욱이 하늘 영구히 존재하는 해와 달의 입장
에서 본다면 인류세계의 팔만수천세(八萬數千歲)도 한 순간에 지나지
않는 것입니다.

　특히 오늘날에도 인류는 공공연하게 많은 처첩을 두고 살면서도 조
금도 괴이하게 생각하지 않습니다. 권처(權妻)16) 창기(娼妓)17) 예기(藝
妓)18) 사와(私窩)19) 같은 것은 동서양을 막론하고 없는 곳이 없습니
다. 인류는 그런 장소에 가서 돈으로 여인들을 매수하여 즐기거나 혹
은 집으로 데려다가 임시 처로 삼기도 합니다. 또한 인류는 한 여인과
여러 명의 남성이 결혼하여 부부가 되기도 합니다. 예를 들면 티베트
라는 나라에서는 한 여인을 그 집안의 형제 모두가 아내로 삼는 것을
관습으로 하고 있습니다. 사회적 지위나 상하귀천에 관계없이 모두

---

16) 권처(權妻) : 첩, 임시아내의 뜻, 명치(明治)시대의 말. ↔ 정처(正妻).
17) 창기(娼妓) : 창녀, 공창(公娼).
18) 예기(藝妓)=(藝者) : 기생.
19) 사와(私窩) : 사창굴.

같은 관습을 따릅니다. 형제가 수십 명이 된다 해도 한 부인이 모든 형제의 아내가 된다고 합니다. 그래서 티베트를 지나갈 때는 한 지붕 밑에 여러 명의 형제가 한 아내를 공유하며 생활하는 모습을 쉽게 볼 수 있습니다. 아내를 취할 때는 맏형이 혼자서 정하며 다른 동생들은 절대로 간섭할 수 없습니다. 동생들은 자기들 마음에 들지 않아도 맏형의 마음에 들게 되면 울며 겨자 먹기로 그 여인과 일생 부부로 같이 살지 않으면 안 됩니다. 또 인도 남부의 어떤 지방에서는 형제가 아닌 수명의 낭인이 한 여인을 아내로 삼는 일도 드물지 않습니다. 침실 출입에 있어서도 아무런 문제가 없다고 합니다. 여러 명의 낭인들이 하룻밤씩 교대로 들어가 한 아내를 즐기며 만족하고 있습니다. 또 아비시니야(アビシニヤ)[20]나 페르시아라는 나라에서는 남자라면 누구나 4인의 정식 아내를 취할 권리가 있으며 기타 권처(權妻)의 수는 몇 십 명을 두어도 제한하지 않았습니다. 아프리카 중심부에도 일부다처의 풍습이 있어 왕후귀족에게는 정처의 수만도 수백 명에 이르며 비록 초야의 비천한 소시민이라 할지라도 보통 이삼 인의 아내를 두고 있습니다. 아프리카 서부의 어떤 나라 국왕은 3천 3백 3십 3인의 처첩을 거느리고 있는데 이는 법으로 정해진 것으로, 만일 국왕이라는 사람이 그 수를 채우지 못하면 권위를 잃게 된다고 합니다. 터키에도 일부다처의 풍습이 있어 남자들은 그 수의 제한 없이 여인을 취할 수 있는데 특히 이 나라 남성들에게는 특별히 선호하는 인종의 처녀들이 있어 그녀들의 값은 놀라울 정도로 비싸다고 합니다. 이처럼 부귀한 자들은 으리으리한 호화주택 안에서 수백 명의 요염한 미희를 두고 아

---

20) 아비시니아(Abyssinia) : '에티오피아'의 별칭.

침저녁으로 즐기고 있습니다. 또한 아메리카의 토인들은 비록 대나무로 엮은 초라한 집에 사는 천민이라 할지라도 생활에 지장이 없는 한 많은 여인을 취하여 보살피고 있습니다. 남주인이 그날 밤의 상대를 선택할 때는 저녁에 만찬을 베풀어 수백 명의 아내들이 모두 모여 즐기며 화목하게 먹고 마십니다. 이윽고 주인은 그 밤의 상대가 될 여인을 향하여 잠자리를 준비하라고 명한다고 합니다. 이외에도 문명을 자랑하는 동서양의 어떤 나라를 막론하고 표면상으로는 일부일처제를 표방하고 있지만 내면적으로는 일부다처 혹은 일처다부의 실상을 감출 수 없는 것입니다. 때문에 어떤 학자가 말하기를 세계창조 이래 인류의 5분의 4는 일부다처였다고 했습니다. 이상의 내용은 미국의 저명한 학자가 저술한『혼인사』라는 책의 내용을 인용한 것입니다. 확실한 증거가 이와 같으므로 인류가 제아무리 항변한다 해도 그들이 만물의 영장이라는 증명은 되지 못합니다."라고 결론적으로 말하자 만장에 요란한 박수갈채가 일어났다.

다음으로 수족(獸族)의 3호 의원인 호랑이가 앞에 나와 크게 한 번 포효하고 말하기 시작했다. "방금 전 2호 의원의 발언 내용은 만장의 찬성을 얻어 가결되었다고 생각합니다. 이에 졸자는 주제를 바꾸어 여기서 인류의 또 다른 악역(惡逆)을 폭로하여 밝히고자 합니다. 인류는 걸핏하면 우리 사자대왕을 비롯하여 악어, 대사(大蛇), 표범, 이리 그리고 졸자 호랑이 등을 가리켜 '저들은 모질고 사나운 무리들이니 가까이 하지 말라'고 저주합니다. 그러나 우리 제족은 결코 천성이 사나운 자들이 아니었습니다. 인류가 영악하고 포악하기 때문에 그들에게 맞서 스스로의 목숨을 지키기 위해 항거하다가 결국 오늘날과 같은 상태에 이른 것입니다. 우리 제족이 생래 포학한 자들이 아니라는 증거는, 우선 노아의 방주생활을 예로 들 수 있겠습니다. 그 옛날 대홍수 때 천신은 신의 법도를 잘 지키고 범애로써 만물을 대하며 우리제족을 조금도 해치려는 마음을 가지지 않는 노아 일족이야말로 지덕(至德)의 인류라 여기시고 이들에게 특별한 계시를 내리시어 홍수의 대란을 피하게 하셨습니다. 그때 신은 또한 선한 우리 제족이 지구상에서 사라짐을 유감스럽게 생각하시어 노아로 하여금 그의 가족과 함께 우리들을 방주에 동승시켜 난을 면하게 하셨습니다. 선조전래의 이 이야기를 우리는 굳게 믿고 있으며 인류 또한 이 사실을 기록으로 남겨 놓고 있습니다. 생각해 보십시오. 만약 우리제족의 천성이 모질고 잔인했다면 어찌 노아 일족이 그때 무사할 수 있었겠습니까. 틀림없이 노아의 가족을 남김없이 먹어 치웠을 것입니다. 그러나 노아는 조금도 우리를 해치려는 마음 없이 부족한 식량을 우리 제족과 나누어 먹으며 고락을 같이 하였습니다. 때문에 우리 제족도 안심하고 150일 동안 같은 방주 안에서 노아의 가족과 동거동락 할 수 있었던 것입니다.

이윽고 홍수가 물러나고 방주 생활에서 인류와 친근했던 소, 말, 개, 고양이, 양, 닭, 순록 등이 노아 일족과 함께 방주에서 나와 '아라라트 산'21) 산상에 머물다가 각자의 생각에 따라 흩어졌으며 이들이 제2세계의 조상이 된 것입니다. 그로부터 오랜 세월이 흐르는 동안, 인류는 우리 제족을 점점 멀리할 뿐만 아니라 그들의 천성까지 잔혹하게 변하

---

21) 아라라트 산 / 아라랏 산(Mount Ararat) : 터키 북동부에 있는 사화산. 노아의 방주가 그 산에 머물렀다고 함.
　'하느님께서 노아와 배에 있던 모든 들짐승과 집짐승들의 생각이 나서서 바람을 일으키시니 물이 빠지기 시작하였다 …… 물이 줄어들기 시작한 지 백 오십 일이 되던 날 배는 마침내 아라랏 산 등마루에 머물렀다.' - 〈창세기 8장 1-5절〉

여 그 옛날 우리 선조와 인류가 같은 배에서 화목하게 지내며 고락을 같이 했던 일을 완전히 망각하고, 우리 제족이 아무런 야심도 없이 산야를 소요하며 단지 먹을 것을 찾으면서 경치를 즐기고 있을 때, 이 틈을 노려 활을 쏘거나 함정을 만들어 무차별로 우리를 죽였습니다. 이렇게 희생된 자는 부지기수이며 그 참상은 말로 표현할 수 없을 정도입니다. 그리하여 부모를 살해당한 자, 자식을 잃은 자, 친구를 뺏긴 자, 일가족을 무참히 몰살당한 자의 수는 헤아릴 수도 없이 많은 것입니다. 이처럼 인류 스스로가 우리와의 오랜 친목을 깨트리고 폭거를 계속하는 한 우리들에게는 이미 선택의 여지가 없는 것입니다. 우리는 생명을 지키기 위해 정당방위로써 천신으로부터 부여받은 치아와 발톱을 무기로 하여 목숨을 걸고 인류를 대적하지 않을 수 없었던 것입니다. 마침내 우리 제족과 인류는 오월(吳越)의 사이처럼 회복할 수 없는 적대관계에 이른 것입니다. 모든 사실을 소상히 보아오신 천신은 그러므로 죄의 원천은 인류에게 있고 우리 제족에 있지 않음을 명백히 알고 계십니다. 나날이 심해지는 인류의 잔학성을 피하여 우리 제족은 멀리 산을 넘고 계곡을 건너 인류가 살지 않는 깊은 산야를 찾아 서식처로 정하고 겨우 안정을 되찾아 자손의 번영을 재미로 삼고 살고 있었는데, 최근 인류는 더욱 악한 일을 궁리하여 총과 대포를 주조하거나 지뢰 다이너마이트 같은 가공할 무기를 만들어 죄 없는 우리를 더 많이 죽이기 위해 수단 방법을 가리지 않고 있습니다.

더욱 놀라운 일은 같은 인류를 죽이기 위해 인류는 군비를 증강하고 군함과 어뢰정을 곳곳에 비밀리에 비치하고 있습니다. 그러다가 전쟁이 터지면 도리에 맞든 안 맞든 승리가 최선이라는 망상으로 싸우고 있으며 더욱 가공할 무기를 발명하려고 혈안이 되어 있습니다.

인류의 횡포가 이처럼 극한을 치닫고 있습니다. 대저 문명개화란 덕의(德義)를 중히 여기고 인애의 도를 널리 펴 자유를 사랑하고 타인을 배려하여 강한 자가 약한 자를 도와서 이 괴로운 사바세계를 부처님의 적광토(寂光土)로 인도함을 의미할 것입니다. 문명의 진리가 제창되는 이러한 시대에 애써 살인무기를 발명하고 인류의 고혈을 결집하여 병기를 강화할 필요가 어디에 있을까요. 새로운 무기를 발명하고 군비를 강화하는 인류의 오직 한 가지 목적은 힘으로 세계를 제패하려는 야욕에 있는 것입니다.(옳소, 옳소의 외침소리). 그러므로 입으로는 문명이니 개화니 외치고 있지만 실상 인류사회는 폭력이 지배하는 세계에 지나지 않습니다. 결국 병기가 백보 전진하면 야만으로 백보 후퇴하는 격이라고 하지 않을 수 없습니다. 그러므로 유럽의 '대문명국'일수록 '대야만국'으로 후퇴했다고 할 수밖에 없습니다.(만장에 옳소, 옳소의 외침소리). 그런데도 인류는 걸핏하면 금수제족과 야만인은 오로지 완력에 의지하여 힘이 있는 자만이 왕이 될 수 있다고 우리를 경멸하고 있지만 그야말로 분수를 모르는 망언이라 하지 않을 수 없습니다. 인류는 사자왕의 친족 및 우리 호랑이족을 가장 포학한 동물이라 생각하고 있지만 나는 여기서 우리 동물제족의 본성이 얼마나 유순한가를 증거해 보이고 싶습니다. 만약 인류가 오직 자애심과 절대로 해치지 않으려는 무구한 마음으로 우리를 대한다면 어떻게 우리가 인류를 해칠 수 있겠습니까. 한 예로 유럽 여러 나라의 사자, 호랑이, 대사(大蛇) 등을 다루는 조련사들을 보십시오. 그들은 절대로 동물을 해하려는 마음 없이 친절하게 대해주기 때문에, 사자도 호랑이도 대사도 사람들과 친숙해질 수 있는 것입니다. 때문에 본 의원은 마땅히 이 사실을 소장(訴狀)에 더하여 천신에게 올려야 한다고 생각합니다." 호

랑이 의원이 말을 마치자 장내에는 '동감이요, 동감이요. 찬성, 찬성'
의 외침 소리가 요란하게 울려 퍼졌다.

그때 들소의 뿔 위에 앉아 조용히 귀를 기울이고 있던 금족(禽族)의
1호 의원인 앵무새가 날개를 파닥이며 인간의 목소리를 모방하여 의
장을 부르고 나와서 자리에 섰다. "방금 호랑이 장군의 말씀은 여기
모인 우리 모두의 의중을 아주 잘 나타내 주셨다고 생각합니다. 이에
졸자도 미흡하지만 하나의 문제를 제기하고자 합니다. 그것은 예의
'문명개화'에 대한 의문입니다. 간교한 인류는 인류생활에 필요 불가
결한 것은 의식주일 뿐이라고 하면서도 다음과 같은 망언을 서슴지
않습니다. 즉 '적도 부근 열대지방에는 연중 자생하는 과일이 풍부하
기 때문에 사람들은 아무런 수고도 없이 천연의 식품으로 생활할 수
있다. 그들은 어업이나 수렵을 하지 않으며 논밭을 경작하는 수고를
할 필요도 없다. 또한 사시사철 기후가 덥기 때문에 추위를 막기 위한
의복을 필요로 하지도 않는다. 때문에 사람들은 자연히 생각 없이 게
으르고 태만하게 하루하루를 살아간다. 그러므로 자연환경이 이러한
곳에서는 사람들이 평생 의식주를 근심할 필요가 없기 때문에 절대로
문명이 개화하거나 진화되지 않는다.'고 말합니다. 도대체 문명개화란
무엇을 뜻하는 것일까요. 소위 문명의 이기라는 이름으로 인류가 만
들어낸 것들은 결국 인류생활에 불가결한 의식주의 근본 문제를 해결
하기 위한 것이 아니라 금은보석으로 외관을 현란하게 장식하거나 생
활을 더 편하게 하기 위해 고안해 낸 부속물에 자나지 않는 것입니다.
이처럼 생활의 필수요건인 의식주와 무관한 것이라면 그것은 우리가
관여할 바 아닙니다. 적도부근의 인류가 이미 천신으로부터 의식주에

필요한 모든 것들을 충분히 부여받았는데 무엇 때문에 망상과 과욕에 빠질 필요가 있겠습니까. 또 무엇 때문에 소위 문명이니 개화니 하는 것을 필요로 하겠습니까. 이는 우리 동물제족에게도 온전히 부합하는 이야기입니다. 문명이라는 이름으로 인류가 발명해낸 것들은 결국 인류의 방자함과 사치를 유발하는 완구에 지나지 않는 것입니다. 어떻게 완구와 노리개를 충분히 갖추기 위해 문명개화해야 한다는 이론이 성립될 수 있단 말입니까. 인류는 또 말합니다. 아무 생각도 하지 않고 하는 일도 없이 세상을 살아가는 것은 비난 받아 마땅한 일이라고 말입니다. 그러나 도대체 삶의 고달픔이나 노고는 어디에서 비롯되는 것일까요. 그것은 결코 부유한 상류사회에서는 생겨나지 않습니다. 그것은 하층사회의 전용물입니다. 보십시오. 저 빈민들을요. 그들은 부유함과는 거리가 멀어 언제나 의식(衣食)이 부족하기 때문에 날마다 이리저리 뛰어다니며 심신이 곤비(困憊)하도록 일하고 자나 깨나 이를 위해 노심초사 하면서 일생을 마치게 됩니다. 그러나 저 세습 제후들을 보십시오. 그들은 태어나면서부터 부와 지위를 보장받았기 때문에 일생동안 의식에 대한 걱정 같은 것은 할 필요 없이 안락하게 살아갑니다. 다시 말하면 문명개화에 동반하는 번잡함을 실천하는 자는 빈곤에 근거하고, 유유히 안락을 실천하는 자는 부유에 근거한다고 하지 않을 수 없는 것입니다. 그렇다면 천연의 혜택으로 의식주의 걱정 없이 여유롭게 살아가는 열대지방의 자연인의 안락함과 세습 제후들의 안락함과는 어떤 차이가 있는 것일까요. 왜 한쪽은 게으르다고 비난과 멸시를 받아 마땅하고 다른 한 쪽은 당연한 권리로 여겨질까요. 일보 양보하여 문명개화란 안락하게 세상을 살아가는 것을 의미하는 것이 아니라고 한다면, 문명개화가 추구하는 궁극적인 지점은 어떠한 상태를 말하는 것일까요. 생각건대 그 곳엔 법률이나 규칙이 필요 없고 인류가 위생에 주의하여 건강을 보존함으로써 의사나 약도 불필요 하고 각자 예양(禮讓)을 중히 여기기 때문에 도덕이나 수신에 힘쓸 필요도 없고 의식주가 넉넉하여 할 일이 없기 때문에 아무런 근심 걱정 없이 안락하게 살 수 있는 소위 황금 세계를 의미할 것입니다. 문명개화가 추구하는 궁극적인 이상이 이러하다면 결국 개화에 수반하는 번잡하고 안일이 없는 상태는 미개에 속하고 열대지방의 자연인의 안락한 상태는 문명개화에 속한다고 하지 않을 수 없습니다."

(이때 장내는 '옳소, 옳소'의 외침소리로 요란스러웠다.)

앵무새는 다시 말을 이어 나갔다. "인류는 걸핏하면 '앵무새는, 아무리 좋게 평한다 해도 기껏 사람의 언어를 모방하는 보잘 것 없는 날짐승에 지나지 않는다.'고 우리를 폄하합니다. 그러나 모방이라는 것은 애초에 인류세계의 필요에 의해서 생겨난 것으로, 진실로 모방 없이 인류사회는 하루도 성립할 수 없을 것입니다. 왜냐하면 여기 한 남자가 있어 처음으로 농업을 발명했습니다. 사람들은 생각하기를 이는 생활을 더욱 풍부하게 할 뿐 아니라 건강 유지에 없어서는 안 되는 일이라 하여, 너도나도 이를 모방하여 황무지를 개간하고 수로를 만들어 더욱 농업에 힘쓰게 되어 국가의 기초가 다져졌습니다. 또한 물물교환을 통해 시장이 형성되었으며 이의 편리함을 발견했기 때문에 인류는 너도나도 이를 모방하기 시작했고 이에서 상인이 생겨났습니다. 이처럼 인류사회는 결국 모방을 모방하고 또 모방하여 성립되었다고 하지 않을 수 없습니다. 그러면 인류는 또 말할 것입니다. 인류의 모방은 유익한 모방이지만 너희들의 모방은 무익한 모방이라고 말입니다. 과연 인류사회의 모방은 모두가 유익한 것뿐일까요. 저 만담가, 방간(幇間)[22],

씨름꾼, 배우, 기생, 창녀, 샤미센(三味線) 연주자와 무희, 도박꾼, 도둑 같은 부류가 대를 거듭하여 계속되는 것은 이를 모방하는 자가 끊이지 않기 때문입니다. 이들 중 몇몇은 결코 유익하다고 할 수 없을 것입니다. 그러면 인류가 말하기를 비록 유익하지는 않지만 그것들은 인류에게 오락을 주는 사회의 한 기능이라고요. 그렇다면 우리 앵무새가 사람 말을 흉내 내어 인류를 즐겁게 하는 것과 인류사회의 오락과 무엇이 다르단 말인가요. 인류는 또 말합니다. '아니야 너희들의 해석은 틀렸어. 너희들이 아무리 사람 말을 모방한다고 해도 너희들은 결코 사람이 될 수는 없어'라고 말입니다. 인류여, 그렇다면 물어봅시다. 최근 일본인들이 서양풍으로 수염을 기르고 양복을 입고 외국어를 사용하며 양식을 먹고 요코하마(橫浜)로 이사하여 서양에 좀 더 가까워지려고 애쓰지만, 가련하게도 그들의 눈은 옆으로 째지고 눈은 갈색이며 머리는 까맣고 코는 넓적하여 구세계인으로 오해받기 십상으로 결코 서양인이 될 수 없는 것입니다. 그 위에 일부 저급한 인류는 고양이, 개, 닭의 소리를 모방하는 것을 업으로 하여 먹고 살고 있습니다. 나는 그들에게 말해주고 싶습니다. 인류는 잘도 우리 제족의 흉내를 내고 있지만 그들은 결코 고양이, 개, 닭이 될 수는 없다고요. 인류는 또 말합니다. '우리가 금수와 다른 이유는 인류에게는 수많은 종류의 언어가 있을 뿐만 아니라 어떤 언어도 통역할 수 있는 데 있다'고 말입니다. 그러나 인류의 언어의 수가 아무리 많다 해도 만약 개의 '멍멍', 고양이의 '야옹야옹', 말의 '히잉히잉', 소의 '음매음매', 돼지의 '꿀꿀', 닭의 '꼬끼오', 병아리의 '삐악삐악', 개구리의 '개굴개굴', 비둘기의 '구구구' 등등 헤아릴

---

22) 방간(幇間) : 연회석에서 자리를 흥겹게 하는 것을 업으로 하는 남자.

수 없이 많은 우리 동물제족의 울음소리를 전부 합쳐서 인류의 언어와 비교해 본다면 그 수의 다소가 과연 어떠할지요. 그 위에 인류는 우리 제족의 언어가 아무리 많아도 그것은 통역할 수 없으므로 무의미하다고 말합니다. 요컨대 그것은 인류에게 아직 우리 제족의 언어를 통역할 만한 지식이 없기 때문입니다. 언젠가 인류세계가 참으로 진화하게 된다면 우리 동물제족의 모든 언어를 이해할 수 있게 될 것입니다. 이 현묘한 도리를 깨닫지 못한 채 한마디로 이해할 수 없다고 하는 것은 현재의 인류가 그만큼 진화하지 못했다는 증거에 지나지 않는 것입니다. 이에 반하여 우리 동물제족은 인류의 언어를 잘 이해하기 때문에 개를 부르면 개는 달려오고 말에게 명하면 말은 가던 걸음을 멈추고 이름을 부르면 고양이는 주인에게로 옵니다. 그뿐만 아니라 우리제족은 인류의 희로애락의 정을 잘 통찰하여 이에 적절하게 반응하기도 합니다. 그러나 인류 중에 우리제족의 희로애락을 이해하는 자 과연 얼마나 될까요.

앞에서 인류 말하기를 인류가 금수와 다른 점은 수많은 언어의 종류와 어떤 언어도 통역할 수 있다는 점을 들고 있습니다. 그러나 인류가 많은 언어를 갖게 된 연원을 알고 있다면 인류는 자랑하기는커녕 마땅히 부끄럽게 여겨야 할 것입니다. 왜냐하면 애초에 인류의 언어는 하나로 통일되어 있었습니다. 그런데 대홍수 이후 노아의 자손이 점점 번성하여 이윽고 제2세계의 기반이 갖추어졌을 때, 인류는 또다시 대홍수가 닥칠 때를 염려하여 하늘까지 닿는 높고 거대한 탑을 건설하기로 결심했습니다. 그리하여 만약의 경우에는 모두 이 탑을 통하여 하늘로 올라가 난을 피하려고 했습니다. 탑을 건립할 장소를 점괘로 정한 후 수백만의 인류가 집합하여 모래흙을 송진으로 개서 햇

볕에 말려 기와를 만들어 탑을 쌓기 시작했습니다. 그러나 이미 상당한 높이까지 쌓아올려 탑의 정점이 구름을 뚫고 하늘 위로 높이 솟았는데도 하늘 위에 또 하늘이 그 위에 또 하늘이 있어 하늘의 정점은 점점 더 멀어지기만 했습니다. 인류는 이 사실에 아연실색했지만 이제 와서 그 일을 중단할 수도 없기 때문에 더욱 분발하여 탑이 하늘 끝에 도달케 하려고 있는 힘을 다했습니다. 그때 천신은 신에게 도전하는 인류의 이 어리석은 행위를 보시고 크게 노하여 원래는 하나의 언어로 통일되었던 인류의 언어를 돌연 수많은 다른 언어로 분열시켰던 것입니다. 이 사실을 깨닫지 못했던 인류는 흙을 가져오라고 하면 송진을 가져오고 기와를 나르라고 하면 가래질을 하고 도무지 서로가 서로에게 하는 말을 알아들을 수가 없었습니다. 이렇게 갑자기 언어가 불통하게 되자 그들은 더 이상 하나가 되어 큰일을 도모할 수 없음을 알게 되었습니다. 그리하여 그들은 같은 언어를 사용하는 자들끼리 뿔뿔이 떠나갔습니다. 그리하여 오늘날과 같이 아시아, 유럽, 아프리카 그리고 나라마다 섬마다 서로 다른 언어를 사용하게 되었다고 성서에 자세히 기록되어 있습니다. 최근의 연구에 의하면 현재 전 세계에 분포되어 있는 언어의 종류는 다음과 같습니다.

> 아시아 153종, 유럽 53종,
> 아프리카 114종, 아메리카 423종
> 오세아니아 117종 등입니다.

보십시오. 그 옛날 노아의 후손들이 서로 언어가 불통하여 바벨탑 건설을 단념하고 뿔뿔이 흩어졌을 때의 일을 말입니다. 그러나 인류의 언어불통 문제는 그때만의 일이 아닙니다. 인류는 모든 언어를 통역할 수 있다고 호언하지만 오늘날에도 만약 언어가 다른 많은 인종을 한 자리에 모아놓으면 과연 의사소통이 가능할 것인지요. 절대로 그렇지 않습니다. 언젠가 서양인의 언어를 들은 일이 있는데 그 소리가 내게는 도무지 의미를 알 수 없는 잡음으로밖에 들리지 않았습니다. 마찬가지로 우리 동물사회의 언어도 인류에게는 결코 의미를 구별할 수 없는 소음으로 들리겠지요. 그런데도 인류는 부당하게도 언어의 통 불통을 가지고 금수와 인류의 우열을 가리려고 합니다." 말을 마치자 '옳소, 옳소'의 소리가 만장에 울려 퍼져 이 내용을 소장(訴狀)에 기입하기로 가결했다.

다음으로 금족(禽族)의 2호 의원인 까마귀가 연단에 섰다. 까마귀는 오늘이야말로 그의 특기인 험담으로 인류를 매도하려고 작심한 듯 날개를 파닥이며 자세를 가다듬었다. "지금까지 여러 의원이 차례로 나와서 말씀하시는 동안 불초 이 몸은 삼가 경청할 수밖에 없었습니다. 하지만 과분하게도 저를 금족의 일 의원으로 선출해 주셨기 때문에 이 선택에 누를 끼치지 않기 위해 우자(愚者)의 생각을 말씀드리고자 합니다. 인류는 걸핏하면 금수에게는 측은지심이 없기 때문에 이에는 인간에 미치지 못한다고 말합니다. 참으로 탐구심이 부족한 무식한 발설이라고 하지 않을 수 없습니다. 적어도 천신으로부터 생을 부여받은 이 세상의 모든 생물에게는 예외 없이 측은지심이 있는 것입니다. 이제 그 예를 하나하나 들어보기로 하겠습니다.

① 옛날 이스라엘이라는 나라에 심한 흉년이 들어 아사자가 산야에 넘쳐나게 되었습니다. 그때 지극한 덕성의 사람인 '이리아'가 광

야에서 신음하고 있는 것을 본 우리 까마귀 선조는 '이리아'를 구
하기 위해 조석으로 빵과 고기를 물어다가 먹여 살려서 유대 땅
에 뛰어난 도덕가의 씨앗을 남기게 되었습니다.

② 유대의 현인인 '타이리'가 바빌로니아 왕국의 재상으로 있을 때
그가 왕을 잘 보필하고 백성들을 극진한 사랑으로 보살폈으므로
국운이 날로 번성하게 되었습니다. 그러자 주위의 관리들이 그의
재능을 시샘하여 교묘한 말로 왕에게 '타이리'를 무고했습니다.
그자들의 무고를 믿은 왕은 대노하여 타이리를 사자굴 속에 던
져 버렸습니다. 그러나 며칠 후 왕이 사자굴을 들여다보았더니
놀랍게도 타이리는 굴속의 사자들과 편안하게 잘 지내고 있었습
니다. 이에 놀란 왕은 타이리가 심상치 않은 인물임을 깨닫고 그
를 다시 구출해 내어 원래의 자리에 복직 시켰던 것입니다. 그때
사자들이 타이리를 해치지 않은 것은 그가 높은 덕성의 인물로
옛날 노아의 방주 시절 우리 동물들과 동고동락 했을 때의 인류
의 심성을 계승하고 있어 절대로 동물을 해치려는 야심 같은 것
이 없었기 때문이었습니다.

③ 스위스 산속에서 서식하는 개들은 겨울철이 되면 자진하여 산간
을 분주히 뛰어다니며 눈 속에 매몰되어 신음하는 여행객들을 구
출하기 위해서 진력합니다. 그 공로를 인정받아 나라로부터 수여
받은, 은으로 된 상패를 목에 걸고 다니는 개들을 이 지방을 오가
는 여행객들은 자주 볼 수 있습니다.

④ 또한 그 옛날 코끼리는 '순(舜)의 불운'23)을 도왔고 원숭이는 주인
인 '다카하시 도쿠지로(高橋德次郎)'를 구하기 위해 격투 끝에 산
적을 붙잡았습니다. 이 기사는 '요미우리신문(讀賣新聞) 1951호'

---

23) 순(舜)의 불운 : 사기(史記)에 의하면, 순(舜)은 전욱(顓頊)의 6세손으로 그의 아버
지 고수(瞽瞍)는 장님이었다. 순이 어린 나이에 어머니가 죽자 아버지는 후처를 얻었
다. 순은 계모와 이복동생인 상(象)의 미움을 사 여러 가지 방법으로 살해당할 뻔한
사건들을 슬기롭게 극복하며 효행의 도를 다하였다.

에 실려 있습니다. 이러한 미담은 셀 수 없을 정도로 많이 있습니다. 이것은 우리 동물에게 측은지심이 있다는 증거가 아니고 무엇이겠습니까. 인류는 또 말합니다. 그러한 일들은 늘 있는 것이 아니고 어쩌다가 있는 일에 지나지 않는다고요. 그렇다면 인류 누구에게나 측은지심이 있어 이를 항상 실행하고 있는 것일까요. 마음속에는 온갖 부당한 욕망을 품고 있으면서도 이를 감춘 채 겉으로만 그럴듯하게 보이려고 하는 것은 의미가 없습니다. 측은지심이 있다 해도 그것을 진심으로 드러내지 않는다면 애당초 없는 것과 마찬가지입니다. 그래서 부처님은 인류를 가리켜 '오탁중생(汚濁衆生)'이라 하였고, 양자(楊子)는 인간의 본성을 '악(惡)'이라고 단정했습니다. 만약 인류 중에 극소수인이 측은지심을 표출했다고 해서 이를 인류 전체에 적용시켜 인류를 가리켜 측은의 정을 지닌 인자(仁者)라고 한다면 우리제족도 위의 예들만으로써도 충분히 인자의 대우를 받아 마땅할 것입니다.(옳소 옳소의 외침소리)

인류는 또 우리 일족을 보면 까마귀는 그 입 때문에 미움을 받는다고 합니다. 그렇지만 우리 일족이 언제 인류를 험담하거나 그들이 감춘 허물을 들춰내어 비방한 일이 있었던가요. 우리가 종종 특이한 울음소리를 내는 것은 인류의 시체가 발견되었을 때, 이 사실을 즉각 동료들에게 알려서 오물을 방치하지 않고 재빨리 처치함으로써 인류의 건강을 지키기 위해 급보를 발하는 소리인데 이것을 불길한 소리로 인식하고 악담하는 것은 인류의 장기인 제멋대로의 행위인 것입니다. 마지막으로 저는 인류의 수명을 거론하여 우리제족이 인류보다 우수함을 확인하고자 합니다. 옛날 당나라에 한 바보 유학자가 있었습니다. 그자가 말하기를 '하늘이 사람을 세상에 태어나게 한 것이 어찌 우연이겠는가.' 그 말의 의미는 천신이 인류를 지으신 것은 아무 생각 없이 만든 것이 아니라 인류에게는 해야 할 특별한 임무가 있기 때문이라는 것입니다. 이 무슨 자만에 빠진 어리석은 소리일까요. 천신이 인류에 한해서만 그랬을까요. 아닙니다. 우리제족도 빠짐없이 각기 맡은 바 임무와 역할이 있기 때문에 태어난 것입니다. 보십시오. 벌이나 나비는 꽃가루를 이리저리 옮겨 혼인의 매개 역할을 하고 있으며, 여름밤의 모기는 야외에서의 선잠이 인류를 병들게 할까 염려하여 그들을 찔러서 잠을 깨웁니다. 또 개미들은 도랑에 고인 썩은 물이 증발하여 전염병이 번질까 염려하여 미세한 부패물을 청소하기도 합니다. 이처럼 아주 작은 벌레들조차도 각기 임무가 있어 태어난 것입니다. 백보를 양보하여 인류에게만 특별한 사명이 있어 만드셨다면 어째서 천신은 인류의 수명을 길게 하지 않은 것일까요. 최근 미국에서 발표된 한 통계에 의하면 우리 동물들의 수명은 다음과 같습니다.

> 까마귀 · 낙타 · 독수리 100년,
> 백조 300년, 코끼리 400년,
> 고래 1000년 등등.

그 외에도 일본에는 옛날부터 학은 천년, 거북은 만년을 산다고 전해지고 있습니다. 이를 뒷받침하는 이야기를 나는 얼마 전 일본해 근처에서 붉은 머리 학 한 쌍이 주고받는 대화에서 확인할 수 있었습니다. 수컷이 말하기를 '일본 카마쿠라(鎌倉) 해변에서 임자를 데리고 이 고도(孤島)에 온 지도 어언 팔 구 백년의 시간이 흘러가 버렸구려. 참으로 세월이 유수 같소이다.'라고 하자 암컷이 말했습니다. '정말 그래요. 소가(曾我)형제의 야습사건24)이 어제 일만 같은데 벌써 그렇게 세월이 흘러가 버렸네요. 그런데 그 어리석은 카지와라(梶原)도 지금쯤

은 좀 현명해졌겠지요.'라고 하자 이 말을 들은 수컷이 바보 같은 소
리 하지 말라고 하며 그 시대의 인류가 어떻게 지금까지 살아 있을
수 있겠냐고 그런 말을 하면 다른 제족에게 웃음거리가 된다고 핀잔
을 주었습니다. 그리고는 수컷이 혼잣말처럼 말하기를 '그건 그렇고
저기서 살고 있는 저 암거북님은 언제나 젊어 보이는데 도대체 몇 살
이나 되었을까. 짐작컨대 아마 육천 오륙백 세는 되었을 거야. 거북의
수명은 만년이라고 했으니 육천 오륙백 년 살았다고 해서 그것이 과
연 거북족에게 있어서 장수라고 할 수 있는지는 알 수 없고……'라고
중얼거렸습니다.

　어쨌든 위에서 밝힌 미국학자의 동물 수명표는 오랜 연구를 바탕으
로 한 숫자이기 때문에 의심의 여지가 없을 것입니다. 이에 비하여
인류 스스로가 말하는 인류의 수명은 기껏 50년이며 '인생칠십고래희
(人生七十古來稀)'라 하며, 사람이 70세까지 사는 것은 고래로 드문 일
이라 하니 그 차이가 어떠한지요. 이처럼 우리 동물제족이 인류와 비
교할 수 없을 정도의 긴 수명을 부여받은 것은 인류가 아직 이해할
수 없는 큰 사명이 우리 제족에게 있기 때문일 것입니다. 계란이 변하
여 닭이 됨을 의심하는 인류의 상상력으로 인류만이 특별한 사명이
있어 태어났다고 주장하는 것은 실로 가소로운 일이라 하지 않을 수
없습니다. 특별히 우리 금족(禽族)이 자랑스럽게 여기는 일은 인류의

---

24) 소가(曾我)형재의 야습사건 :『소가모노가타리(曾我物語)』에 서술된 소가형제의 복
　　수 사건.
　　　『소가모노가타리(曾我物語)』: 일본 군담소설의 전기물, 총 12권. 가마쿠라(鎌倉)시
　　대(1192~1333년).
　　　소가형제의 생장에서부터 복수에 이르는 내용을 자세히 기술한 것으로 널리 애독되
　　어 후대에 큰 영향 미침. '노가쿠(能學)', '가부키(歌舞伎)' 등의 호소재가 됨.

대성인이란 자가 이 세상에 태어날 때 이를 예지한 봉황이 먼저 출현하여 이 사실을 알렸습니다. 인류는 봉황의 출현을 보고 겨우 성인의 탄생을 깨달았던 것입니다. 그 외에도 인류는 새의 발자국을 보고 문자를 만들었으며 할미새로부터 남녀의 도리를 배웠고 기러기를 보고 고향의 어버이를 생각했으며 닭이 우는 소리를 듣고 새벽이 왔음을 알았습니다. 이러한 예는 일일이 열거할 수 없을 정도입니다. 그런데도 그 은혜를 모르고 오로지 우리들에게 횡포를 가하는 것은 참으로 도리에 어긋나는 일이라 하지 않을 수 없습니다."라고 하며 말을 마쳤다. 이때 금족이 일제히 목청껏 소리를 높여 찬성의 뜻을 표하며 날개를 파닥이자 그 소리는 흡사 '후지카와(富士川) 전투에서 타이라(平) 군대를 놀라게 한 수조(水鳥) 떼의 날갯소리'[25]와 같았다.

  이어서 어족(魚族)의 1호 의원인 문어가 뭉글뭉글 걸어 나와 입을 뾰족하게 내밀고 말하기 시작했다. "인류는 우리 문어족을 가리켜 '중대가리'라고 폄하하여 부릅니다. 그렇다면 불교와 인연이 없다고 할 수 없으므로 고래로 불교를 비난 공격해 온 유교의 실체를 밝혀 이 기회에 인류의 콧대를 꺾어 놓아야 하겠습니다. 방금 까마귀 선생이 '인류사회에 성인이 출현할 때 운운' 하셨는데 도대체 성인이란 어떤 인류일까요. 생각건대 성인은 천심(天心)을 체득한 자를 뜻할 것입니다. 천심을 체득한 자라면 모름지기 그는 지성지덕(至聖至德)을 갖춘 인물로 신과 동체라고 할 수 있습니다. 저 당요도우(唐堯陶虞) 시대의 거짓

---

25) 후지카와(富士川) : 야마나시현(山梨縣)에 있는 일본 3급류 중 하나. 길이 128km.
   1180년 다이라노 기요모리(平淸盛)의 군대와 미나모토(源賴朝)의 군대가 후지카와를 사이에 두고 대치하고 있을 때 타이라 군이 수조(水鳥) 떼의 날갯소리에 놀라 패주했다고 전해짐.

성인들에 대해서는 앞에서 '양견님'께서 상세하게 언급했으므로 중복을 피하겠습니다. 여기서는 다만 '공자' 한 사람에 한하여 논박하고자 합니다. 인류는 입만 열면 공자를 가리켜 대성(大聖)이니 지성(至聖)이니 하지만 제 눈으로 본다면 그는 평범하기 그지없는 한 남자에 지나지 않습니다. 그는 미개한 시대에 출현하여 천하는 곧 군주 한 사람의 천하라는 망상에 사로잡혀 인류사회의 진리를 판별하지 못한 채, 옛날 삼황오제문무주공(三皇五帝文武周公) 등이 위력으로 억압하여 백성을 다스리고 국가를 통치한 방법을 천하의 공도라고 생각하여 이를 널리 펴서 치평(治平)의 도(道)로 삼으려고 했습니다. 그래서 그는 만나는 사람마다 그에게 '수신제가'를 설하고 또한 왕후를 대하면 '인의'로써 천하를 다스리라고 설파하며 이 나라 저 나라를 지칠 줄 모르고 다녔습니다. 공자는 결코 성인이 아니었기 때문에 시대의 변천을 깨닫지 못한 채 완고한 사상과 아무런 도움도 되지 않는 뒤떨어진 이론만 늘어놓았기 때문에 왕후들은 그를 광인 취급하고 멀리하였습니다. 그는 제(齊)나라의 쇠락한 집단에 접근해 보기도 하고 진(陣)나라에 기대 보기도 하고 조(曹)나 송(宋)나라에서 영락한 생활을 하기도 하고 때로는 정(鄭)나라에 다가가기도 하고 혹은 초(楚)나라에서 유랑하기도 하며 가는 곳마다 군주를 설득하여 자신의 이상을 펼쳐보려 애썼지만 아무 곳에서도 등용되지 못했습니다. 그는 수도 없이 굶주림과 목마름에 직면하면서도 무턱대고 지나사백여주(支那四百餘州)를 방랑한 사나이입니다. 이렇게 세상을 유랑하며 자기 몸 하나도 제대로 다스리지 못하는 자가 다른 사람에게 '수신제가 운운'할 자격이 있는 것인지요. 이는 마치 거지가 경제학을 강의하는 것과 다를 바 없는 것입니다. 생각해 보면 그가 줄기차게 '수신제가치국평천하'를 제창한 것도 결국은 자신이 관직에 오르기 위한 구실에 지나지 않았던 것입니다. 마침내 공자는 운 좋게 노국(魯國)의 정공(定公)을 속일 수 있어 대사구(大司寇)라는 큰 벼슬을 얻게 되었습니다. 그러나 그가 관직에 오른 지 7일 만에 대부(大夫)인 소정묘(少正卯)26)가 공자를 대하는 태도가 불손하다 하여 이를 증오한 끝에 엉뚱한 죄목으로 그를 살해하고 말았습니다. 이 무슨 인도에 반하는 일이란 말입니까. 성인이라면 마땅히 자비와 박애심으로 널리 사람을 감화도야하고 개악천선 시켜야 할 텐데 공자는 일개 소정묘 조차도 감화시키지 못하고 살해하고 말았던 것입니다. 도대체 그에게서 성인다운 품성을 어디에서 찾을 수 있단 말입니까. 그런데도 후세의 눈 먼 유학자들은 대성이니 지성이니 하며 공자를 숭상할 뿐만 아니라 그가 주창한 '수신제가평천하'를 줄기차게 설하고 있습니다. 그러나 공자 자신조차 이루지 못했던 그 일을 말세의 눈 먼 유학자들이 달성할 리 만무하지 않습니까.(옳소 옳소) 대저 인류의 사상이란 이런 것으로

---

26) 소정묘(少正卯) : 중국 춘추시대 말기 노나라의 대부. 묘(卯)가 이름이며, 소정(少正)은 관직명이다. 공자에게 주살당한 인물로 중국 공산정권의 반공자운동(反孔子運動) 때 주목을 받았다. 이 주살사건은 《사기(史記)》의 〈공자세가편(孔子世家篇)〉, 《공자가어(孔子家語)》의 〈시주편(始誅篇)〉, 《순자(荀子)》의 〈유좌편(宥坐篇)〉 등에 기록되어 있는데, 기록에 의하면 노나라 정공(定公) 14년(BC 496)때 공자는 대사구(大司寇, 司法長官)가 된 지 7일째 되는 날 정치를 문란 시킨 소정묘를 죽여 그 시체를 3일간 궁정에 내걸었다고 한다. 공자의 제자인 자공(子貢)은 소정묘를 인망이 높은 사람으로 생각하였으므로 공자의 행위를 힐난한 즉, 공자는 도둑 이외의 대악(大惡) 다섯 가지를 들어 소정묘는 5대악을 겸하고 더구나 도당(徒黨)을 짜서 대중을 현혹시켜 체제에 반항하는 조직을 만든 '소인(小人)의 걸웅(桀雄)'이므로 주살함이 당연하다고 대답하였다. 청(淸)나라 말기의 양계초(梁啓超)는 '이것은 공자의 일대오점(一大汚點)이지만 사실이 아닐 것이다'라고 논평하였으나, 근년의 양영국(楊榮國) 등의 설에 의하면 소정묘는 당시 신흥 지주계급을 대표하는 정치가(法家思想者)이며, 공자는 노예제를 기반으로 하는 구체제의 회복을 기도한 반동사상가임을 예증하는 것이라고 주장하고 있다.(두산백과)

그들이 내세우는 '지식 분별의 마법' 또한 일고의 가치도 없는 것입니다. 다만 이 중머리 문어가 외경하는 것은 중머리라는 별명의 원인이기도 한 부처님과 그의 가르침인 불교입니다. 석가모니세존은 그야말로 지덕지존의 성인으로 그가 팔상성도(八相成道)를 위해 수행하는 동안 그는 자신의 살을 도려내어 먹이를 찾아 헤매는 매에게 주었고 허벅지의 살을 베어 굶주린 곰에게 먹였습니다. 그는 또한 인류와 축생 초목을 차별하지 않고 모든 생물에게 골고루 자비를 베풀어 초목국토까지도 빠짐없이 성불 시킬 것을 맹세했습니다.

그러나 세존의 법등(法燈)을 이어 받아 그 숭고한 가르침을 포교해야할 오늘날의 승려들의 모습은 어떠합니까. 그들은 참 승려가 아니라 체육천의 마왕의 권속이 불법을 멸망시키기 위해 비구로 화한 거짓 무리에 지나지 않습니다. 이들 마왕의 권속들이 거짓 불법을 계속 행하는 한 진정한 불법은 조만간 이 지구상에서 멸하고 말 것입니다. 왜냐하면 석가세존은 온갖 고행 끝에 진리를 깨닫고 성도한 후에도 거친 식사와 남루한 옷차림으로 나무 밑 바위를 사찰삼아 중생제도에 모든 정성과 노력을 기울였습니다. 그러나 오늘날의 비구들은 어떻습니까. 장엄한 사찰에 거처하면서 배부르게 먹고 화려한 비단가사로 몸을 감싸고서 시주들 앞에서는 거짓 보살의 얼굴을 하고 무학문맹의 실체를 감춘 채 식량창고를 채우는 데만 급급하고 있습니다. 이것이 승려들이 해야 할 일인지 우리는 알지 못합니다. 아니 이들은 틀림없이 천마파순(天魔波旬)27)의 화신이라 단언하지 않을 수 없습니다. 그 중 일부 소위 학승이라고 하는 자들은 불교를 궁구하여 깨달음을 얻고자 한다는 미

---

27) 천마파순(天魔波旬) : 천마와 파순, 사람이 착한 일을 하는 것을 방해하는 악마.

명아래 '법경상원특의주림간월색선심독일한비석장출풍진(法鏡常圓特倚珠林看月色禪心獨逸閑飛錫杖出風塵)'같은 어구에 집착하여 이를 몸소 실천한답시고 중생구제는 뒷전으로 하고 세속을 피해 심산 벽지에 들어가 오로지 참선에만 허송세월 하고 있습니다. 이들 학승이란 자들은 깨달음을 얻은 자라는 이름을 팔아 호구하고 있는, 필경은 하나의 오물통에 지나지 않습니다. 인류 최고의 가르침이라고 하는 불법조차 이 지경에 이르렀으니 조만간 인류사회의 모든 법은 소멸해 버리고 우리 동물제족이 권력을 회복할 날도 멀지 않을 것입니다." 문어가 말을 마치자 장내는 기쁨으로 웃음바다가 되었고 모두 만족의 뜻을 표하여 이 내용을 가결했다.

다음에는 선발된 의원은 아니지만 말(馬)이, 같은 처지에 놓여있는 소(牛)의 대리도 겸하여 의장의 허락을 받고 껑충 뛰어나왔다. 말은 갈기를 좌우로 흔들며 '히잉!'하고 한 번 크게 울고 말하기 시작했다. "저들 인류가 외치고 있는 '문명개화'란 그 속에 범애(汎愛), 도덕의 뜻이 내포되어 있음에도 불구하고, 누구보다 인류 가까이에서 운수의 편의를 도모하고 경작의 노고를 돕고 있는 우리 말족을 학대하는 일이 날로 심해지고 있습니다. 옛날에는 한 사람을 등에 태우는 것이 우리 말족의 자연스런 임무였습니다. 그런데 최근에 인류는 우리의 골격을 보고 기선의 동력을 측정하는 '마력'이라는 단위를 가지고 멋대로 추량하여 결론짓기를, '말 한 마리가 한 사람만을 태우는 것으로는 충분치 않다. 마땅히 열 명 이상은 태워야한다고'하며 거대한 마차를 만들어서 사람들을 가득 태우고 우리로 하여금 끌게 합니다. 우리는 인간의 언어를 알지 못하기 때문에 그 부당성을 비난하거나 호소

할 수도 없이 이 고통을 감수하지 않으면 안 됩니다. 한여름의 불볕더
위나 겨울의 혹한에 관계없이 시가를 달리게 하며 종일 쉴 틈을 주지
않습니다. 이런 중노동이 이제 우리 말족 일반에게 지워진 운명이라
면 어쩔 수 없이 참고 견뎌야 한다고 체념할 수도 있습니다. 그러나
똑같은 말족이면서도 상등 인류에게 사육되는 말들은 좋은 음식을 배
불리 먹고 노동도 별로 하지 않습니다. 더구나 같은 말족이라 해도
체력에 차이가 있는 것은 인류와 다를 바 없는데도 불구하고 인류는
건장한 말을 표준으로 하여 말은 모두 몇 마력이다 하고 얼추 정해
버리는 것은 부당한 처사라 하지 않을 수 없습니다. 예를 들어 우리가
한 사람의 씨름꾼을 기준으로 하여 인류는 모두 이만한 힘이 있으니
까 한 사람이 쌀 3가마니를 충분히 들 수 있다고 판단하여 이를 귀족
이나 예능인 등에 일률적으로 적용한다면 어떻게 될까요. 그들에게
씨름꾼과 같은 무게를 지우고 채찍질하여 달리게 한다면 그들은 한
발짝도 앞으로 나아가지 못하고 틀림없이 압사 당할 지경에 이르고야
말 것입니다. 이것은 누구나 이해하기 쉬운 도리로 씨름꾼과 귀족, 예
능인의 체력에는 엄연히 차이가 있기 마련입니다.

　인류의 부당한 처사는 이뿐만이 아닙니다. 인류는 우리 말족과 사
슴족을 이르는 '바까(馬鹿)'라는 단어를 바보나 멍청이 인류를 가리키
는 호칭으로 사용하고 있습니다. 이 말은 진(秦)의 이사(李斯)[28], 조고

---

28) 이사(李斯)가 아니고 조고(趙高)임(역자).
　　이사(李斯) : (?~BC 208) 초(楚)나라 상채(上蔡, 河南省上蔡縣) 출생. 순자(荀子)에
　　게 배운 법가류(法家流)의 정치가로서, 진(秦)나라로 가서 승상(丞相) 여불위(呂不
　　韋)에게 발탁되어 객경(客卿)이 되었다. 정국거(鄭國渠)라는 운하를 완성하는 데 노
　　력하였으며, 시황제(始皇帝)가 6국을 통일한 후에는 봉건제에 반대하고 군현제(郡縣
　　制)를 진언하여 정위(廷尉)에서 승상(丞相)으로 진급하였고, 분서갱유(焚書坑儒)를

(趙高)29))가 어린 호해(胡亥)30) 황제를 기만하여 자신을 반대하는 자를 가려내기 위해 남용한 말31)이라고 하는데 후세에 우리 말족과 사슴족 일반에게 사용하는 것은 불쾌하기 그지없는 일입니다. 소위 세

단행시켰다. 통일시대 진나라의 정국을 담당한 실력자로, 획기적인 정치를 추진하였다. 시황제가 죽은 후 환관 조고(趙高)와 공모, 막내아들 호해(胡亥)를 2세 황제로 옹립하고 시황제의 장자 부소(扶蘇)와 장군 몽염(蒙恬)을 자살하게 하였는데, 얼마 후 조고의 참소(譖訴)로 투옥되어 셴양(咸陽)의 시장터에서 처형되었다.(두산백과)

29) 조고(趙高) : 진(秦)나라 때 사람. 선조는 조(趙)나라 귀족이었는데, 부모가 죄를 져서 진나라 궁궐에 들어와 환관이 되었다. 옥법(獄法)을 잘 알았다. 중거부령(中車府令)이 되어 부새령(符璽令) 일도 겸했다. 시황제를 따라 여행하던 중 시황제가 평대(平臺)에서 병사하자, 승상 이사(李斯)와 짜고 조서(詔書)를 거짓으로 꾸며, 시황제의 맏아들 부소(扶蘇)와 장군 몽염(蒙恬)을 자결하게 만들었다. 그리고 막내아들 호해(胡亥)를 2세 황제로 삼아 마음대로 조종했다.

낭중령(郎中令)에 임명되어 정권을 잡고는 진나라 종실과 대신들을 마음대로 주륙(誅戮)했다. 진승(陳勝)과 오광(吳廣)의 반란이 일어난 뒤 이사를 무고해 살해했다. 중승상(中丞相)이 되고, 무안후(武安侯)에 봉해졌다. 자기의 뜻대로 움직이지 않는 사람을 골라내 제거하려고 꾸민 지록위마(指鹿爲馬) 이야기가 유명하다. 3년(기원전 207) 유방(劉邦)의 군대가 관중(關中)을 넘어서자 2세 황제마저 살해하고 부소의 아들 자영(子嬰)을 옹립하여 진왕(秦王)이라 부르게 했지만, 곧 자영에게 죽임을 당했다.(중국역대인명사전)

30) 호해(胡亥) : 진(秦)나라의 2세 황제(재위, BC 210∼BC 207). 처음에는 황소자(皇少子)였다. 아버지 시황제가 죽은 뒤 이사(李斯)와 환관 조고(趙高)의 도움으로 형 부소(扶蘇)를 몰아내고 제위에 올랐지만, 실권은 거의 없었다. 조고를 임용해 가혹한 세금과 형벌, 부역(賦役)으로 사람들의 큰 원성을 샀다. 제위에 오른 이듬해부터 진승(陳勝)과 오광(吳廣)의 농민 반란이 일어나는 등 혼란을 초래하다가, 재위 3년째 8월에 유방(劉邦)의 군대가 관중(關中)으로 들이닥치자 조고의 강압으로 자살했다. 두 사람 사이에 있었던 지록위마(指鹿爲馬) 고사가 유명하다.(중국역대인명사전)

31) 지록위마(指鹿爲馬) : 〈사기(史記), 진시황본기(秦始皇本紀)〉에 나오는 말. 사슴을 가리키는 말이라고 함. 윗사람을 농락하여 마음대로 권세를 휘두르는 것. 중국의 진시황이 죽고 난 후, 환관 '조고'가 음모를 꾸며 태자 '부소'를 죽이고 어린 '호해'를 왕으로 세운다. 그 뒤 '조고'는 '호해' 뒤에서 권세를 휘두르던 중 스스로 황제가 되려는 마음을 먹는다. '조고'는 자신에게 반대하는 자를 가려내기 위해 황제에게 사슴을 가리켜 말이라고 이야기하는데, 이에 반대한 사람들을 기억해 두었다가 누명을 씌워 처단하자 그 이후 조고의 말에 반대하는 이가 없었다고 한다.

상에서 '어처구니없는 꼴을 당하다. 바보 같은 일을 당하다.(馬鹿の目に會う)'라고 하는 속담도 우리 말족과 사슴족을 두고 하는 말입니다.

　인류에게 부당한 대우를 받기는 소(牛)족도 마찬가지입니다. 그 옛날 소의 선조들은 특별히 인류와 사이좋게 지냈습니다. 그때의 정의를 생각하여 소의 자손들은 대대로 무거운 짐을 지고 산의 급경사를 오르내리며 짐을 나르고 경작의 힘든 일을 도우며 인류의 노고를 대신해 왔습니다. 그럼에도 불구하고 그 노고를 헤아려주거나 은혜에 감사하기는커녕 최근에 와서는 소고기가 자양분의 으뜸이라고 하며 도살하여 단지 식용으로 사용할 목적으로 소를 대량으로 사육하고 있습니다. 과연 소고기가 인류에게 없어서는 안 되는 최고의 자양분인지 우리는 알지 못합니다. 그러나 그것이 사실이라면 하늘이 처음 소를 세상에 내실 때 소고기의 원활한 공급을 위해서라도 소의 번식을 보다 용이하게 하였을 것입니다. 그러나 신이 소에게 일 년에 한 마리만 낳도록 속성을 부여하신 것은 소고기가 인류의 식생활에 있어 필수적인 것이 아님을 미루어 알 수 있습니다. 가령 일보 양보하여 소고기가 최고로 우수한 자양분이라고 한다면 소고기를 즐겨 먹기 전과 후의 인체의 조직상에 현저한 차이가 있는 것일까요. 즉 소고기를 먹기 전 인류의 체질은 허약하고 그 후의 인류의 체질은 강건한 것일까요. 절대로 그렇지 않습니다. 오히려 소고기를 먹지 않던 고대인의 체질은 강건하고 씩씩하여 백난을 이겨낼 수 있었지만 소고기를 즐겨 먹는 현대인들은 옛사람들에 비하여 허약하고 무기력해진 것입니다. 그런데도 소리 높여 소고기의 자양분을 운운하는 것은 결국 일시적인 유행으로밖에 생각되지 않습니다. 유행의 식생활은 향락이고 도락에 지나지 않습니다. 인류가 식도락을 즐기는 악습을 버리고 소족이 그들 본래의 임무로 돌아갈 수 있게 하는 것이 신의 참뜻이라 믿습니다.
스스로 '만물의 영장'이라고 외치면서 단지 식사의 향락을 위해 귀중
한 소의 생명을 무차별로 살해하는 것은 스스로가 만물의 영장이 아
님을 증명하는 것이라 하지 않을 수 없습니다."라고 단호한 어조로
말을 마쳤다.(옳소, 옳소. 만장의 요란한 외침소리)

이때 한 마리 토끼가 연사들의 이야기를 귀 기울여 듣고 있다가 의장
의 허락을 받고 깡충 뛰어나와 조용히 말하기 시작했다. "최근 나는
정신을 팔아버린 하급인류들에게 우롱당하여 마치 도박도구처럼 놀음
에 이용당한 적이 있었습니다. 도박에 미쳐 넋 나간 인류 중에는 재산을
탕진하고 거지 신세가 된 자가 있는가 하면 빚 때문에 궁지에 몰려
스스로 목숨을 끊는 자도 있습니다. 그런데 그 죄를 그들 바보 인류에게
묻지 않고 도박에 걸었던 무구한 우리 토끼족 탓으로 돌려 저주하기를,
'토끼는 무능무예(無能無藝)한 하등동물이다. 돼지와 조금도 다를 바
없다. 그런 하등동물에 거금을 거는 것은 당치도 않는 바보짓이다.'
등등 갖은 욕설로 우리를 비난합니다. 그러나 우리야말로 인류를 무지
하고 무례한 동물이라고 말하지 않을 수 없습니다. 왜냐하면 우리 토끼
족의 품성은 절대로 인류에게 그런 비난을 받을 성질의 것이 아니기
때문입니다. 스스로의 입으로 자랑하고 싶지는 않습니다. 다만 최근
프랑스에서 출판된 한 저서에 우리 토끼족의 품성에 관하여 자세히
기술한 내용이 있으므로 여기에 대신 소개하고자 합니다. 그 책에 이르
기를, '토끼는 천성적으로 미술학자의 소질을 갖고 있어 능히 조화의
미묘함을 깨닫고 있으며 깊이 산수의 풍류와 운치를 느낄 수 있는 감성
과 지혜를 가지고 태어났다. 그들은 항상 전망이 아름다운 산야의 높은

지점을 택하여 보금자리를 짓고 서식처로 삼을 뿐 아니라 가까이에
돈대(墩臺)를 만들어 놓고 앉아서 사방을 바라보며 천지의 절묘한 경치
를 즐긴다. 아침에는 맑은 공기와 이슬로 털을 다듬기도 하고 혹은
청각을 이용하여 눈앞에 펼쳐진 시계의 원근을 헤아려보기도 한다.
또 밤에는 찬란한 별빛과 교교한 달빛을 감상하는 것을 습관으로 하고
있다. 이처럼 그들은 항상 온갖 자연의 풍광과 노닐며 살고 있기 때문에
마음은 언제나 상쾌하고 즐거우며 따라서 몸도 건강하고 장수한다.
토끼는 또한 향기로운 초목만 가려서 먹는데 이는 단지 맛을 즐기기
위해서만이 아니라 향초는 토끼의 시력과 코의 감각을 향상시키는데
매우 중요한 식물이기 때문이다. 또한 그들 토끼족 사회에는 높은 도덕
적 기준과 예의범절이 있다. 그 중에서도 일반적으로 그들이 가장 잘
지키는 미덕은 효순의 덕이다. 예를 들면 종족의 혈통이 점점 증식하여
그 수가 수천에 이를지라도 대대손손 마지막 자손에 이르기까지 그들
선조에 대한 효순의 덕은 변하는 일이 없다.

  그런데 한 가지 이러한 토끼족의 일반적인 성정에 반하는, 인류가
언뜻 보기에 잔혹해 보이기까지 하는 이상한 습성이 그들에게 있다.
그것은 어미토끼가 새끼들을 여럿 낳았을 때 아비토끼가 틈만 있으면
새끼들을 잡아 죽이는 일인 것이다. 그래서 어미토끼는 아비토끼의
가해로부터 새끼들을 보호하기 위해 자식들을 멀리 숨기거나 아비에
게 잠시의 틈도 주지 않기 위해 안간힘을 쓰고 있는 것이다. 그러나
아비토끼의 이런 비정상적인 습성은 오로지 어미토끼에 대한 연민과
애모의 정 때문에 생겨난 것이다. 많은 새끼를 한 번에 낳아 그들을
양육하기에 심신이 곤비해지는 어미토끼의 노고를 안타깝게 여겨 이
를 조금이라도 덜어주기 위해 눈물을 머금고 일부 새끼를 죽이는 것

이다. 그러므로 새끼들이 무사히 성장하여 젖을 뗄 때가 되면 아비토끼가 새끼들을 사랑하는 마음은 어미토끼와 조금도 다를 바 없다. 새끼들을 안아주고 먹여주고 때로는 핥아주면서 아비토끼가 새끼들을 사랑하는 모습은 오히려 어미토끼를 능가하는 것처럼 보이기도 한다. 이때에 이르러 아기토끼들은 완전히 자애 깊은 양친의 품에서 행복하게 자라게 된다.'라고 이 책은 기술하고 있습니다. 이것은 토끼족의 자화자찬이 아니라 인류가 관찰하여 기록한 사실인 것입니다.

이에 반하여 인류사회의 실상은 어떠한가요. 일부 풍류를 아는 인류는 어떨지 모르지만 풍류가 무엇인지도 모르는 대부분의 인류는 우리 토끼족의 서식지와는 운니(雲泥)의 차라고 밖에 할 수 없는 거처에서 소음과 혼잡 속에 묻혀 살고 있습니다. 이것이 인류의 하층사회에 이르면 사정은 더 심합니다. 그들은 도시 뒷골목의 다 쓰러져가는 초라하고 옹색한 집에서 화장실과 쓰레기 더미를 이웃하고 살고 있으며 오수가 바로 눈앞에 흐르고 있어 악취가 사시사철 코를 찌르고 있습니다. 우리 토끼족처럼 천지의 절묘한 풍경을 감상하고 즐기는 것 같은 일은 상상도 할 수 없이 하루 종일 고달프게 일하지 않으면 안 됩니다. 즐거움이라고 하면 겨우 잠자리에서 마시는 술 한 잔에 지나지 않습니다. 이러한 인류의 처지를 우리 토끼족의 경지와 비교해 보면 과연 어느 쪽이 '영묘하고 지식 분별'이 있는 자라고 할 수 있을까요.

그 위에 인류사회에는 '마비끼(間引き)'[32]라는 악습이 있어, 갓 태어난 아기를 죽여 버리거나 뱃속의 태아를 낙태 시켜버리는 일들이 일상적으로 행해지고 있습니다. 이것은 임신부의 건강을 염려하여 행해

---

32) 마비키(間引き, 솎아냄) : 에도(江戸)시대에, 생활고로 인해 낳은 아이를 다 기르지 못하고 일부를 죽이던 일.

지는 일이 아니라 식구가 늘어 가게에 미칠 영향을 두려워하거나 또는 부정한 결합으로 생긴 임신의 처치방법으로 행하는 일인 것입니다. 이 무슨 잔인하기 그지없는 일이란 말입니까. 인류는 자식을 살해할 뿐만 아니라 동족살해도 서슴치 않습니다. 전쟁이라는 것이 있어 몇 년씩 계속 되어 수많은 무고한 인명을 살상하고 있는데 이러한 전쟁이 지구상에서 그칠 날이 없습니다. 이러한 대량살상 외에 또한 인류사회에는 개인이 개인을 살해하는 악행이 있어 실로 매일 같이 그치지 않습니다. 이를 방지하기 위해 인류는 궁여지책으로 법률이라는 것을 만들어 거기에 모살고살의 죄, 구타창상의 죄 등등 갖가지 죄목을 명문화하여 올가미를 만들어 놓고 영악(獰惡)한 자들을 벌하기 위해 기다리고 있습니다. 이러한 모든 일들로 미루어서 우리는 인류의 잔인무도함을 알아야 합니다.

이보다 더 끔찍한 인류도 있습니다. 즉 식인종들입니다. 이들은 주로 육지에서 멀리 떨어진 외딴 섬에 살고 있다고 합니다. 다음에 소개하는 이야기는 최근에 생긴 일로 신문지상에 상세히 보도된 기사입니다. 즉 '왓슨'이라고 하는 어느 영국 어업자가 처와 지나인 다섯 명을 데리고 호주 본토에서 멀리 떨어진 어느 섬에 오두막을 짓고 몇 달 동안 어업에 종사하고 있다가 급무가 생겨서 처자와 지나인들을 섬에 남겨 놓고 혼자서 육지로 돌아와야 했습니다. 이때 그의 부재를 눈치 챈 섬의 원주민들이 오두막을 급습하여 지나인 네 명을 도살하여 팔과 넓적다리에 달라붙어 순식간에 깨끗이 먹어치우고는 남은 뼈까지 뜨거운 물을 부어 우려 마셨다고 합니다. 졸지에 이 광경을 목격한 왓슨부인은 경악했지만 과연 영국인의 처답게 침착하게 대처하여 살아남았는데, 그녀는 난을 피한 다른 한 명의 지나인과 함께 집안 깊숙이 몸을 숨기고 식인종이 가까이 오면 칼로 목을 칠 결사적인 자세를 취하고 대기하고 있었다고 합니다. 그 기세에 놀랐는지 식인종들은 달려들지 못하고 결국 물러갔다고 합니다. 죽음을 모면한 두 사람은 그날 밤 어둠을 틈타 작은 배를 타고 그 섬을 빠져나와 이백리나 떨어진 외딴 섬으로 도망갔습니다. 그러나 그 섬에는 마실 물이 없었기 때문에 애석하게도 그들은 살아남지 못하고 저승의 객이 되었다고 합니다.

이처럼 인류는 영악하고 잔인한 자들임에도 불구하고 우리 토끼족을 가리켜 무능무예한 하등동물이니 돼지와 조금도 다를 바 없는 동물이니 하고 험담합니다. 이는 그들의 사고가 확실히 우리 동물에 미치지 못하기 때문이라고 생각합니다. 여러분도 이 점을 숙고하여 우리족의 지식과 도덕의 우수성을 결코 인류에게 양보할 수 없음을 알아야 할 것입니다."라고 하며 말을 마쳤다.

토끼의 연설을 조용히 근청하고 있던 충족(蟲族) 일호 의원인 개미가 토끼에 이어 연단에 서서 "여러분!"하고 입을 열었다. "가소롭게도 인류의 상태는 구태여 그들이 자랑하는 '지식 분별이니 만물의 영장이니' 하는 주장을 논박하지 않고도 그들을 아연(啞然)케 할 방법이 있습니다. 제군이여, 잘 들어 주십시오. 도대체 인류는 어떤 모양으로 이 지구상에 존재해 있습니까. 이것은 추측이나 억설이 아니라 어디까지나 문헌에 근거한 진실입니다만 제군도 잘 알고 있는 바와 같이 불경에 의하면 사후세계에는 지옥이 있고 이 지옥의 한 구역에 '등활지옥 (等活地獄)'33)이라고 하는 지옥 중의 지옥이 존재합니다. 등활지옥에는

---

33) 등활지옥(等活地獄): 팔열지옥(八熱地獄, 뜨거운 열로 고통을 받는 여덟 지옥)의 하나.
　(1) 등활지옥(等活地獄): 살생한 죄인이 죽어서 가게 된다는 지옥으로, 뜨거운 불길

나찰이라는 악귀들이 살고 있는데 죄인이 이곳으로 떨어지면 나찰들은 지체 없이 그를 붙잡아 철봉으로 때려 반죽음 시킨 후 그것을 돌절구 속에 던져 넣고 잘게 부순 다음 이를 다시 모래주머니에 넣어 가루로 만들어 잠시 놓아둡니다. 얼마인가 시간이 흐른 후 한 차례 이상한 바람이 불자마자 나찰들은 '활활활활(活活活活)'하고 주문을 외기 시작합니다. 그러면 미세한 가루로 변했던 죄인의 몸은 다시 본래의 인체로 복원되어 전과 같이 활동하기 시작합니다. 그러면 나찰들은 이들을 다시 붙잡아서 이전과 똑같은 혹독한 고통을 가합니다. 이런 모진 고통

로 고통을 받다가 숨이 끊어지려면 찬바람이 불어와 깨어나서 다시 고통을 받는다고 함.

(2) 흑승지옥(黑繩地獄) : 살생하고 도둑질한 죄인이 죽어서 가게 된다는 지옥으로, 뜨거운 쇠사슬에 묶여 톱으로 잘리는 고통을 받는다고 함.

(3) 중합지옥(衆合地獄) : 살생하고 도둑질하고 음란한 짓을 한 죄인이 죽어서 가게 된다는 지옥으로, 뜨거운 쇠로 된 구유 속에서 고통을 받는다고 함.

(4) 규환지옥(叫喚地獄) : 살생하고 도둑질하고 음란한 짓을 하고 술을 마신 죄인이 죽어서 가게 된다는 지옥으로, 끓는 가마솥이나 불 속에서 고통을 받는다고 함.

(5) 대규환지옥(大叫喚地獄) : 오계(五戒)를 깨뜨린 자, 곧 살생하고 도둑질하고 음란한 짓을 하고 술을 마시고 거짓말한 죄인이 죽어서 가게 된다는 지옥으로, 뜨거운 칼로 혀가 잘리는 고통을 받는다고 함.

(6) 초열지옥(焦熱地獄) : 오계(五戒)를 깨뜨리고 그릇된 견해를 일으킨 죄인이 죽어서 가게 된다는 지옥으로, 뜨거운 철판 위에 누워서 뜨거운 쇠방망이로 두들겨 맞는 고통을 받는다고 함.

(7) 대초열지옥(大焦熱地獄) : 오계(五戒)를 깨뜨리고 그릇된 견해를 일으키고 비구니를 범한 죄인이 죽어서 가게 된다는 지옥으로, 뜨거운 쇠로 된 방에서 살가죽이 타는 고통을 받는다고 함.

(8) 아비지옥(阿鼻地獄) : 아비(阿鼻)는 산스크리트어 avīci의 음사로, 고통의 '간격이 없다'는 뜻. 따라서 무간지옥(無間地獄)이라고도 함. 아버지를 죽인 자, 어머니를 죽인 자, 아라한을 죽인 자, 승가의 화합을 깨뜨린 자, 부처의 몸에 피를 나게 한 자 등, 지극히 무거운 죄를 지은 자가 죽어서 가게 된다는 지옥. 살가죽을 벗겨 불 속에 집어넣거나 철매(鐵鷹)가 눈을 파먹는 따위의 고통을 끊임없이 받는다고 함.(시공 불교사전)

은 우주의 수명이 다할 때까지 계속된다고 합니다.

   생각해 보건대 이것은 석가세존이 인류의 비참한 실상을 비유한 우의(寓意)라고 해석됩니다. 왜냐하면 저들 인류는 지위의 고하나 신분의 귀천을 막론하고 누구나 해야 할 직무를 가지고 있습니다. 그 직무를 수행하기 위해 인류는 아침 일찍부터 밤에 잠들 때까지 고달프게 일하지 않으면 안 됩니다. 속언에 '뼈가 부서지도록, 몸이 가루가 되도록 일한다.'라는 말이 있습니다. 이는 마치 등활지옥에서 나찰의 철봉에 맞아 반죽음이 되어 신골이 부서지고 몸이 가루가 된 것처럼 일한 후 밤이 되어 겨우 잠이 들면 인사불성이 되어 꿈속을 헤매다가 피로가 가시기도 전에 새벽 까마귀가 '까악까악' 울어대면 전날 가루가 되었던 뼈가 다시 인체로 복원되어 다시 뼈가 부서지고 몸이 가루가 되도록 일해야 하는 고달픈 하루가 시작됩니다. 이 새벽 까마귀의 울음소리는 '활활활활'하고 외치는 나찰의 주문이 아니고 무엇이겠습니까. 이처럼 낮이나 밤이나 모진 괴로움 속을 헤매다가 생을 마치는 것이 인류인 것입니다. 때문에 석가는 인류를 가리켜 생사의 고통을 끊임없이 유전하는 가련한 중생이라 하였고 인류사회를 칭하여 예토화택(穢土火宅)이라 하였습니다. 그러나 우리 개미의 세계에는 심신을 괴롭히거나 어지럽히는 번뇌같은 일은 일절 일어나지 않습니다. 우리 개미족은 언제나 자연 환경과 조화를 이루며 살아가기 때문에 결실의 계절에는 일 년 생활에 필요한 충분한 식물을 거두어들여 여분의 식량을 비축합니다. 그리하여 기후가 온화하고 청량한 봄철엔 마음껏 즐기고 만물이 무르익고 풍성한 여름과 가을철엔 자연과 노닐며 부지런히 일하고 겨울이 오면 안식처에서 자손들과 함께 즐겁고 안락하게 살고 있습니다. 때문에 '등활지옥'과 같은 참상은 겪어본 적도 상상해

본 적도 없는 것입니다. 이에 비하여 인류는, 특히 하등인류에 있어서는 내일을 위한 저장은 고사하고 그날그날의 호구(糊口)에 쫓기며 등활지옥 중에 등활지옥 같은 생활을 하고 있습니다. 아마도 지구상 인류의 8할은 이런 인류가 차지하고 있을 것입니다. 이처럼 '만물의 영장'을 자칭하고 '지식 분별'을 자랑하는 인류의 처세 형편은 미소한 우리 개미에도 미치지 못한다는 사실은 실로 연민을 금할 수 없는 일입니다. 제군은 어떻게 생각하시는지요."(옳소, 옳소. 찬성, 찬성)

의장인 사자왕은 동물들의 의론이 대체로 끝났다고 보고 앞에서의 모든 발언 내용을 서기인 토끼와 양에게 기록하게 하였다. 그리고 크게 한번 포효한 후 말했다. "제족의원 여러분의 발언은 모두 구구절절 옳은 말로 내 의견과 조금도 다르지 않으며 여기 모인 제족제군도 모두 같은 생각이라고 확신하는 바이오. 인류의 행위와 악업이 이미 이 지경에 이르렀소. 끊임없이 우리를 지배하고 있으면서도 그에 수반하는 도덕적인 의무와 강상(綱常)의 도리는 저버리고 있소. 실상이 이러한 데도 우리가 언제까지나 그들 인류 밑에 굴복하고 있을 수는 없는 것이오. 지금 즉시 이 회의에서 가결된 소장(訴狀)에 모든 의원이 빠짐없이 연서하여 그것을 조화진신에게 지체 없이 올려야 한다고 생각하오."라고 결연히 말하자, 만장의 금수와 미물들이 빠짐없이 이에 찬동하여 정서된 소장에 연서함으로써 조화진신에게 드릴 소장의 준비를 마쳤다.

소장(訴狀)
태초에 인류는 조화진신과 동일한 덕의(德義)와 영혼을 부여받고 이 지구상에 태어났습니다. 그럼에도 불구하고 그들은 신의 뜻에 반하

여 덕의를 저버리고 영혼을 부당한 욕망으로 더럽히고 육체를 사탄의
무리에게 던져 조화진신께서 창조하신 지구를 더럽혀 왔습니다. 그 위
에 신께서 사랑해마지않는 유순한 우리 동물들을 학대하다 못해 끝내
는 지구상에서 영원히 없애버리려고 획책하고 있습니다.

앙망하옵건대 조화진신께서는 인류의 모든 악학(惡虐)의 원천인 저
'지식 분별'이라고 하는 기능을 인류로부터 박탈하시어 두 번 다시 그
들이 모반할 수 없도록 해주시고 이 지구상의 주권을 창세 때 우리 동
물제족에게 부여하셨던 것처럼 우리들에게 다시 되돌려 주시옵소서.

이상과 같이 소장을 정리한 후 사자왕이 삼가 조화진신 앞에 나아가
공손하게 이 글을 바쳤다. 이는 인류가 일찍이 예상하지 못했던 동물들
의 반란이었다. 진신께서는 '소장'을 받아 처음부터 끝까지 자세히 읽으
신 후 껄껄 웃으며 말했다. "실로 너희들이 이처럼 호소하는 것도 무리
가 아니다. 일전엔 태양과 폭우까지도 인류의 독단과 횡포에 분노하여
다음과 같은 사직표를 제출했다"고 하며 그것을 사자왕에게 넘겨주었
다. 사자왕은 황송하게 이를 받아 읽었는데 내용은 다음과 같았다.

청사직표(請辭職表)
신(臣) 등은 진신께서 세계를 창조하실 때 만물과 더불어 태어난 이
래 천명을 받들어 지구를 보호해 왔으며 그 직책을 욕되게 한 적이 없
다는 것은 진신께서 밝히 보아오신 대로입니다. 그러나 우리에 대한
인류의 횡포와 방자함은 날이 갈수록 심해지기만 합니다. 모든 일을
독단적으로 판단하여 멋대로 행동하며, 우리가 인류를 보호하고 있는
일을 고맙게 생각하기는커녕 태양이 겨울에 비추면 좋은 해라고 칭찬
하다가도 여름에 햇빛이 비추면 원수처럼 태양을 욕하고 더워서 못살
겠다고 욕을 퍼붓습니다. 또한 더운 여름에 시원한 바람이 불면 좋은
바람이라고 칭찬하지만 겨울에는 바람을 미워하고 저주하며 몹쓸 바

람이니까 불조심하라고 마치 화재가 바람의 소행인양 욕합니다. 또 비가 오랫동안 오지 않아 가뭄이 들면 애타게 하늘을 쳐다보며 비가 오게 해달라고 애원합니다. 그러다가 비가 내리면 좋은 비라고 칭찬하지만 비가 며칠만 계속해서 내리면 못된 비라고 날씨를 불평하며 더불어 진신까지 원망합니다. 그들이 지구의 전권을 쥐고 전횡하는 태도는 일일이 다 표현할 수 없을 정도입니다. 신들은 진신의 분부에 따르는 자들이지 턱으로 명령하는 인류의 거만한 지시에 따라야 하는 자들이 아닌 줄로 압니다. 인류 이미 이 지경에 이르렀으므로 신들(태양과 풍우)은 더 이상 인류를 보호하고 싶은 생각이 없습니다. 원하옵건대 우리들의 사직원을 들어주시어 인류에게서 빛과 풍우를 거두시고 인류의 악을 응징해 주시옵기를 여기에 삼가 글을 올려 간청하는 바입니다.

사자왕이 읽기를 마치자 진신은 사자왕에게 말했다. "그야말로 인류의 종말이 도래한 모양이다. 너희들이 호소하는 일이나 태양 풍우가 청원하는 바를 나는 일찍이 예지하고 있었다. 그래서 지구에 제2의 홍수를 내렸던 것이다. 보아라, 지금의 인간세계를. 세습으로 녹봉(綠俸)을 받아 여유롭게 생활하는 자는 극히 일부에 지나지 않고 대부분의 인류는 하루하루 힘들게 일하며 겨우겨우 연명해가고 있는 것이다. 그것은 마치 인류가 대홍수 때 파손된 선박이나 유목에 매달려 간신히 생명을 유지하고 있는 것과 다를 바 없다. 일단 그 파손된 선박이나 유목을 놓치면 곧바로 생활고로 인하여 생명의 위협을 받게 되고 그러는 사이 인생은 끝나고 만다. 살아남은 자들이라 해도 홍수 이전의 생활은 다시 돌아올 수 없는 춘몽이나 메아리 같은 것에 지나지 않는다. 그러나 너희 동물제족은 창세 이래 그 성정이 조금도 변하지 않았으므로 나는 이를 어여삐 여겨 제2의 홍수를 진짜 홍수로 하지 않고 다만 인간들에게 처세상의 신고(辛苦)와 대파란을 주려고 했을 뿐이었다. 자, 이것으로써 너희 제족의 인류에 대한 분노를 달래기에 충분하겠지."라고 천신이 말씀하시자 사자왕은 순식간에 지금까지의 미망에서 깨어나 깨달음에 이르게 되었다.

사자의 포효소리에 놀라 사방을 돌아보니 이것은 하룻밤 꿈이었고 거사(居士)는 《벽암집(碧巖集)》[34]을 베개하고 괴이한 골짜기에 누워 있었다.

---

34) 벽암록(碧巖錄, 碧巖集) : 중국 송(宋)나라 때의 불서(佛書).
　　정확하게는 《불과환오선사벽암록(佛果圜悟禪師碧巖錄)》 또는 《불과벽암파관격절(佛果碧巖破關擊)》이라 하며, 《벽암집(碧巖集)》이라고도 한다. 선종(禪宗), 특히 임제종(臨濟宗)의 공안집(公案集)의 하나로, 10권으로 되어 있고 1125년에 완성되었다.(두산백과)

『인류공격금수국회』(원문)

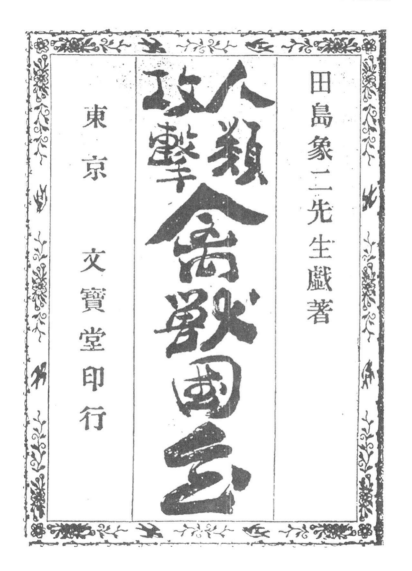

田島象二先生戲著

人類攻擊禽獸戰國會

東京 文寶堂印行

여기서부터 影印本을 인쇄한 부분으로
맨 뒷 페이지부터 보십시오.

明治十七年十二月十日版權免許

同十八年一月　日出版

同　年六月廿七日改題御届

定價金二十五錢

著者

東京府平民

神田區五軒町廿番地

田島　象二

出版人

同

日本橋區大傳馬町
二丁目廿九番地

青木國次郎

賣捌所

同區同町同番地

文寶堂

人類攻擊禽獸國會畢

人類攻擊禽獸國會

東　京　　田島象二戯著

○

余ハ嘗て余が發明せし水上歩行器械の完全じ己に試験も畢りたれバ之を踏で釣魚の游びを取んと本年九月十五日築地の濱より歩行して遙か品海の沖二里の外ュ出たり時ュ午前六時なり其日は器械の左りの浮桶に二日間の食料ュ宛たる麥麪幷ュ飲水を二本の洋墫ュ盛り葡萄酒佃煮等も亦た備へたり右の浮桶

1

釣魚の要具餌及び
匕首帆等を備へたり往
々見渡せバ房總の諸山
朝霧の裡ゝ模糊として
眞ゝ吳耶越耶と怪まれ
東風ゝ樂浪を起して滋
賀の浦ハの景色あり閑
鷗の人と知らずして咫
尺の間ゝ逍遙し海月の

暗礁と見て体を過る其愉快なるを未だ嘗て人間の世
ヨ非さる處呂洞賓其人ヨあらぎんぼ倶に談ぜるヨ足
ざるなり、余足下に碇を降し釣糸を投じ卷煙草を咻み
ながら一時間も釣しヨ鯖鰤殘鰺の比類二十餘尾を獲
たり興此に至りて愈々深く進むを知て退を知らざ羽
根田の方面ヨ向ひ進みし時天色俄然と變じ雨いポツ
く帽子を叩き水面も甚だ穩やかならた東南の紀魁
ハ冽くして變化定まりなく斯ては颷風あらん計り
難しと速かに釣糸を收め柁を轉じて身を幾せ背面ヨ

裝ひたる鐶へ柱を樹て帆を充分にあげ東南の風も送

られて遙かに一番の御臺場を臨む邊まで來りしも何

ぞ圖らん風東西に吹きわゑ速力之も加はり驟雨盆を

傾むけて來りけるゆゑ激浪内海を盡して起る。余か体

力と歩行器械の力と僅かま二十貫目も過ぎば此激

浪に遭て能く耐んや恰かも栓ある空壜の浪に搖らる

、ごとく上る時は碧落に達ゑ下る時は那落の底に沈

み叫んで救助を呼聲も浪音の爲に打消れ手を擧て蹈

死者あるを示すも高浪之を隱す。余は斯の如くして三

時間もありしが今は勢
力全く盡き加るゝ多量
の潮を飲しが故ゝ疲勞
益々甚しく已に魚腹の
中に葬らきて三間の大
夫を相見んとをるにま
で及しが恰もよし難波
船の毀れ風に送られる
に會したるが乃ち之に

攀りホット。○。○。一息つき手早く腰を繋げる魚船を解き

て尚ほ足に纏へる碇りと重り鐵を取はなち斯くて體

稍やく輕きを覺へけれど四顧を見廻して牧助船もが

なと思ふ所へ速力八十二英里の暴風の爲ニ數段の高

浪ニ推送られ午後五時と覺しき頃ニ遂ニ澎いたる外

海へ吹流され山嶽に髣髴たる怒濤に乗られ往へも知

らぎなりわたり

旭日紅なゐを漲ぎらして海面に浮び噴火山の煙りハ

遙かふ天涯を蔽ひて飛ぶ。余は幻ともなく夢ともなく

6

突然眼を見ひらき四顧を見廻して茫然として以爲く

昨夕余は正しく溺死ゐたり去ば茲は海原の底に在と

云ふ夫の海若の都おらんか果して海若の都ならば河

豚蛸等の官人往來すべきよ人跡とてハ絶てをらんと云

て那落の底の地獄とせんに余は左をかりの罪障ある

者よ非んや地獄の變相に斯る大海ある事を説も

偖は余は無人の絶島よ漂流し蘇生をよと覺へたり。

夫にをても兹は何處やらんと東思西考く一巖頭よ發

り見るに此日は昨日と異はり一片の浮雲を見さる好

天氣あれば活べき道の末は知ねど不幸中の幸ひとし
まづ腰に縊へる両ッの浮桶を外ぁ口を解て中を啜む
るよ潮も入ぞして無事ありしかば即て一口葡萄酒を
飲み一切の麥麺を食ひ洋壜の水を仰ぎ稍として人こゝ
ち附たれば起て諸方を眺望そるに大陽の出所と云ひ
熱度の力と云ひ赤道を去る甚た遠からぎ思ふに此を
大平洋中北緯二十度よある三維斯群島を遙か西に隔
たる孤島よして夫の噴火の畑はマッセフロアの火山
と知れたり。余も昨朝よりの艱難に身力頗ぶる疲き睡

魔そなたくく襲ひ來るが故に一睡貪ぼりて体力を恢
復せる上兎も角も計らはんと思ひしが若し睡眠中に
何國かの汽船通行をなば救もる、目的を失なふと思
考せし程に嘗て帆に代用せし日の丸の旗を取出し之
を一層高き巖上に茂きる檳榔樹の葉を張り以て救助
を請の印とし斯にて兩ッの浮桶を岩穴に隠し身を即
ち側くらの森林に入り猛獸の害を避ん爲め一大樹木
に登り十字をせる枝に横たへり細引を以て其体を幹
に結び墜ぬ用意を果すが否や古郷の夢を結びッ、前

9

後も知らず寝入けり。寝て四時間も過しと思ふころ不
圖目さめて四顧を見るゝ怪しむべし身は先の樹上ゆ
あらで碧巖の大洞中にあらんとそ。余ゝ餘りの事ゝ驚
いて逃き去んと門頭ゝ奔り出をゝ此は抑いかゝ天地
間に有ゆる諸動物門外の漠々たる原野に曾同し獅子
鰐魚大鷲大蛇を上位ゝ坐せしめ何やらん議そる者の
如し。余は一驚に一驚を加へ我か身も彼の猛獸毒蛇ゝ
食れやしぬらんか斯く程ならば海水ゝ溺れて魚腹の
裡に葬むられし者を鰐の口を逃るれゝ虎れ尾を蹈な

諸々の惡魔を見

を修行し給ふ際

迦佛ハ忍波羅密

出會なき昔し釋

こそ斯る奇怪に

有漏の身なきば

あき人生五十年

不幸さよ任他は

らで獅子よ遭の

認めて遂に八相成道なし給ふと聞く余が此の諸々の
惡相を見るも殺生の念を長く止させ菩提果に近づけ
させ給ひんとの大悲ならんも知る可らずと獨語し息
を耐として見てあれば即て獅子ヽ山岳をツン裂降覽の
聲を放つて申とけるヽ今日茲に來會せし諸族諸君よ
茲ゝ吾輩諸動物の此の地球上に生じたる淵源を說く
ヽ今日來會の趣意に就て最とも緊要ありと信ずるが
故に造化眞神が嘗て默示し給ひし聖經即ち舊約
全書を引て之を說明し申すべし夫の聖書に據る時も

12

天神第一ゝ光を造り第二に天を造り第三に地を造り。

第四に日月を造りて晝夜を分ち第五に鱗介昆蟲及び

羽族類を造り給ふ此動物や是き此全世界動物の鼻祖

と云べし而して吾輩獸類は第六日目ゝ造られ次に人

類を造らきをゝなり此生世の前後を以て論ぜるときは

こゝに來會せし諸族こそ眞神より此の地球の主權を

許されたる者ゝして人類は之に隷屬する者と詔ざる

可らゞ然るに諸族は神賜の主權を捨て各々區々の偏

見を有て虎は虎と群居し狐は狐と同棲し蛇ゝ蛇と一

13

方よ伍せしより歳月の久しき遂に諸族は呉越の隔を生じ果ヘ互に仇敵の思ひを爲す場合ヒ至り子々孫々の末まても氷炭相容ざる今日み及びしヒ實に貳神の惠みの恩に背く所爲と云べし而して人類を顧り見るに彼を最後に造らきて地球上の主權なき族たるにも拘ハらぎ吾輩諸族を度外視し啻に親睦の意を表せざるのみならぎ目して畜生の禽獸のと呼び且つ諸族が區々ヒ群居し相互ヒ敵視そるを奇貨とし夫の知識とか分別とか云ふ魔法を以て遂に地球を押領せり今に

14

あて之が處分を為
ざんば千古の末も
我輩諸族は高枕安
眠の所を失なふべ
し此れ本日諸族諸
君を會して之を議
さんと欲ゐるなり
何族たりとも意見
あらば速に陳述し

15

給へかしと左右の鬢を捻り赫々たる眼を怒らして云

ひ終ればば獨逸種族の洋犬は平げたる鼻を動かせ大王

と呼で尾を振ひ獅子の前ゝ進み出て一哮ほえて申す

樣只今大王の宣給ひと實ゝ拙者等の齒を切らしなり

て血なく所以の問題あり拙者は何時となく人類社

會ゝ変はれば是其情態を知り候らえぬ由て諸族諸君

をさし置て鳴呼がまじくも第一ゝ進み候惜て只今大

王は舊約全書を引かれ人類は最後ゝ造られしと宣給

ひしかども靱近人類社會は大に開け神怪ゝる說は信

16

と申さを目今に至りて専物は悉く進化變遷せし者と
の理論に傾むき其性相近き者を據て其起原を搜索す
るが如し是ょ於てか人類自から人類の大祖ぃ猿あり
との説を立たり玄理果して然る時を人類は最とも後
世の者ょして地球の主權をきい曉々として明かなり
其は兎もあき角もあを先づ猿族を御呼出しあて人
類を制をる方法及び彼が体質等も尋問の上まて計ら
はれん方然るべしとチンく仔ら發議をれば獅子
は熟々と之を聞き實を最とある議論あり然らば猿

族を席に就しむべしと猿を呼揚をば猿は盧虎を取な

がら進み出て只今犬乃發論せ左と實ふ吾徒の面目に

て榮譽此上なしと申すべし去り乍ら吾族と人類の祖

とするは印度羣島の波羅ふ住する猩々の骨組形容と

も人類ふ甚だ近きを以て斯は云ふ者歟將た進化説の

證をる如く果して人類の祖あるや未だ興論とならざ

れば確信するを能いぞ然し所爲行爲とも拙者と同

一方をば或は信とするも不可なきが如し夫をも偖おき

夫の人類の僭横を制さんとする一段も頗ぶる難しと

思考するあり犬王も知らる、如く彼れ夫の知識分別
てふ魔法を行をい之ゝ加ふるゝ諸々の器械を造りて
我諸族を惱まし候をぱ迯も之ゝ抗抵をるとは覺束
なく由てゝ本日會同の諸族より代議士を撰み擧げ且
つ各々一問題を出し衆議可決の上にて人類問罪の訴
狀を作り之を造化眞神に致し以て主權回復を圖らは
んこそ得策なれと面に朱を注いで陳述すをぱ獅子は
じめ諸動物は尤ともゝと同じて立處ろゝ代議士を撰拔
せり

猩々　洋犬　○獸族

鸚鵡　○禽族　鴉

蛸

○魚族

以上の如く撰舉し更に書記として兎羊の二名を伴い
あげ次ぎ番號を定めんとて獸族を一番禽族を二番鼉
虫を三番魚族を四番介族を五番羽蟲族を六番と爲し
番毎に又一號議員二號議員と區別し斯く概ね整ひ
けれバ碧巖大洞前の廣野を議場とし順よ從つて列席

20

異まとして神秘微妙の知識を有せり。故ふ他の動物を支

て彼が萬物の靈と云ふ說明に曰く人類は他の動物と

の靈と申すや想ふま手前免許たる事疑がひあし而し

萬物の靈てふ一事なり。彼を人類誰の許しを得て萬物

拙者が玆に呈出する議題は人類が常に誇唱する所の

時に猩々ヽ議長と呼で席を前め詁て曰く

犀の背の如きは最とも大勢の傍聽所とはかやにけり。

枝に止り狐も馬の背ぉ騎り猿は鹿に跨がり大象及び

す諸族の大衆は此ぞ一世の晴とし或ヽ樹に登り或は

配する權理ありと抑々横目竪鼻の人類悉く知識ある

歟我之を知らざるなり若お果して知識ありとせば人

類の内お上等中等下等の差別あらんや上等中等は皆

らく云ぞ夫の下等人類に至りては時の古今を問もせ

國の何れを論ぜず世とをて之おさはなく而も下等人

類の多數なるよ由りて一國は立ゆくなり何とかきば

若し下等人類おくば誰か糞汁堆裡ふ奔走して米穀を

作らん山間森林よ入て木を伐出さん鑛山の穴よ入り

て金銀銅鐵と探らん此等勞役の類を枚擧せおは數僕

22

を更るも將さに盡さらんとそ而して此等の業は野卑
の業よあらぎ最とも必用の事と雖ども上等中等社會
は甘んじて服すをを好まぎ甘んじて服すをを好まぎ
んば人類社會は立ゆかざるが故に天神特に無識の人
類の絶ざる所由あり殊に人類に於て蕃明しく知識あ
類を降し以て其間を繼縫し給ふ此を古往今來下等人
さを表出する者は學校の數及び宣教師の數是なり何
とあれば人類悉く知識ありとせば何ぞ學校を設立し
て之を敎ふるに違あらんや宣教師を置て德義道心を

23

堅固にさゞるを須ゐんや畢竟知識なきが故に古今數百千人の履行せし事の最とも善行と見認る者を一にし之を教へ之を導びくるべし試みに思へ茲ゝ百人の有識者あらんか誰か口を酸くし辨を費ひやし之を教導せん必らぎ避て無識の人を待なるべし是に由て之をば觀きは學校と宣教師は無智文盲なる者には必用ゐれども有識者よは頗ぶる贅物にして世間の繁雑を招く者と謂ざる可らぎ然るに輙近學校の數の增殖するを譽ぎとし宣教師ゝ聽衆の多きを手柄とす此きゝ

人類が知らぬ識らぬ其族中ょ無知識者多きを表する
あり我動物中ょは未た學校なく宣教師なきも各々自
立して食ひ自から巢を營むみ又絶て同族の仕役に從
がふをなく親も食はぬ兒も屠らぬ只簡に天神の命し
の隨く其職を奉じて誤るとなし今其誤らさる一例
を舉んょ之を禽族の首長鳳凰より聞く遂ょ數群の鷄
あり人類に畜養られ已に長じたるを以て人類は之を
市に鬻がんと各々籠に入れ舟ょ乘て往し處ろ中途に
して一の鷄は籠を脱ぎ陸に飛去きり飼主は之を捕へ

んとせしが一羽の爲に數時間を失ふを慮んはかり

其儘にして去たりしよ陸にありて人類は之を見て各

々捕へんと東西よ追廻すうち日己に虞淵よ没あて夜

よ至る鷄は此よ由て幸よ其難を遁き森林の裡に隱を

たり斯て天明よ近づきければ例に由て東天光の數聲

を發たれを之が爲よ所在を知らき遂よ人類よ捕へ

きたりと諸君は之を聽て如何ある感覺を起さるゝ歟

雞の森林に入しい人類の物色を避けたるならん其捕

へらるゝを怖きてならん然らを則はち其身の安全を

借金を爲して權理を殺る、者もなく恩惠を仰いて一ぱ
あり殊に我族を視よ同權同義乞食もなく貧民もなく
更らよ覺ぎ無智ふして無智ム死ぎ質に捧服ム耐ざる
天心を薇はき貪嗔痴の三惡に赴ぢき生死に流轉して
ぃ學校あり宣教師ある社會に生れありがら私慾の爲に
其天命を汚さべる往々斯の如く然るム人類に至りて
係るを顧りみぎ數聲を發して其職を盡せり我動物の
を以て天神付與の職を誤まらんとを恐れ其身厄難に
る處に至るまで一聲も發せぎして可なるべさに私し

生恩人に頭の揚る瀬なき者もなし人類には皆是れあり且や人類の情誼なく残酷を以て處とそるは都鄙

28

を往て之を知れり一と軒傾むき壁落て朔風を凌くと

能いて蓬髪襤褸裙きを以て其身を露はし暖を取るゝ物

かく食に米粟かくして菜菜纔かに口に嚙を親子相見

相抱いて薄幸を嘆をる者あれば出るゝ馬車あり入ゝ

嬌姿美姫之に侍し金屋爛々として彩華非時に發し美

酒佳肴其厨下に堆たかく時ゝ歌舞時に吹彈羅綾を帳

りとし蜀錦を席とかし寒天ストーフは以て春候を造

り暑天氷壁は以て雪中を盡き出し乾坤の間に遨游し

て天地の上に驕る者あり此二者の懸隔果して如何ぞ

や則はち雲泥の差とは之を此を謂か而して其驕る者
い其貧しき者を救ふとも爲ぞ又憫きむの心あし知識
あるてふ者、よく之を忍ばんや以て人類の性の殘酷な
るを知べし已に人類は殘酷ある者ある が故に規則あ
り刑法あり以て同類の惡虐を防く楯とせり人類し
て知識あれば何ぞ同類を賊害し或ひ他の物品を強奪
し或ひ危厄を與ふる不道を爲さん人類中知識なき者
多數なればこそ斯る者を設くるあらん人類或は云ん
知識あるが故み惡虐をも爲ぞありと惡虐も猶ほ知識

の作用と爲せば我族中よも惡虐を爲す者少をからぎ

之を知識の作用とせんか何ぞ斯る道理あらんや。知識

とは道德堅固の謂ょして此他知識の語を用ゆると得

んや。以上を以て觀る時は人類ぃ知識の有無を呈出し

て我諸族を支配するの權理ありと謂を得ぎと例の長

き臂を張て云ひ罵しきば滿場之が爲め贊成の聲涌き

出し全島殆んど振はんとそ。時に洋犬席よ就き猩々の

語を繼て曰く

人類の知識なきは今一號議員の陳る如く然り。而して

一號議員は上等中等と暫らく云ぞと申したるに附き拙者之れを云はん凡そ人類中上等中等と雖ども知識ありとは斷言し難し何んとをを動物が第一み惜む者は生命ならん然るに人類は我々諸族の如く眞神の命の隨々飲食及ひ進退せ衆惡の母ある酒に耽り盡夜の飲を爲し之のみなら房事に荒みて其度をく之が爲め天命を遂き去て死する者盖し十中八九に居る知識ある者誰か生命を斯く暴殄せんや人類或は云ん故に醫藥の發明ありと醫藥いかに日ょ開け月に進む

と雖ども畢竟こき病人を待つの方法に過ず何をもきば
病人をからしめんとの方法を發明せざる漢家數百年
の方劑も未だしと爲し西洋方劑の傳播をるも醫者之
を爲そに非ずして病人其進歩を促がをなり故に若し
人類が我諸族の如く天神の命との隨々身を處さは病
人の數は次第に減少し醫學は目出度却歩して醫者い
憫れよも渡世換するよ至るべきを左はおくくて醫學
の進歩と賣藥の増加をるは人類が愈々増々生命を輕
んするの代表ありと謂ざる可らを權田直助翁の歌に

世の人の患ひをこのむ庸醫師

つたなき者のかぎりありけり

と此歌を以て惡口を云は病人ならしめんとの方法
を講ずる時は醫者悉く自から財符に暴瀉病を來すが
故に之を講せざるにあるゝ阿々人類の所爲已に斯の
如き時い上等中等と雖ども知識あと云ふを得も人
類また云ん人の萬物の靈てふ証據ハ君臣父子兄弟の
綱常を守るが故なりと此語や此を其非を蔽ふに過ぎ
も何とをきば人類悉く君臣父子兄弟の綱常を守らば

文字｀不忠不孝不悌｀なき筈あり世｀褒賞や褒詞｀

なき筈なり。道德の書｀倫理の書も誰にか示さん儒者や

傳道師は何の用ふか備へん。老子が大道廢れて仁義あ

りと謂ふがごとく畢竟人類が天神の命を忘却し私慾

｀耽て君臣父子兄弟の道を失なひたきばこそ道德の

書も顯はき倫理を講じて放心を求むる悲しき様に及

びこからん又褒賞や賞詞を示して綱常を守きよと奬

勵するにあらずや若ま人類はよく此綱常を守れりと

謂は人類は悉く褒賞や賞詞を所有するか否千萬中二

三に過ざるべし千萬中二三人が綱常を守るを以て推て一般に萬物の靈と云は鳩に三枝の禮あり鴉よ反哺の孝あり鴛鴦よ夫婦の道あり此を我諸族一般に及ぼして綱常を守るとして萬物の靈と謂だんは非ぞ何ぞ斯る道理あらんや人類また云ん我族は父子兄弟相姦せむ之き萬物の靈たる所由ありと嗚呼こき何の鬼語ぞや人類の大祖の昔しを尋ぬるに西洋に在りてい亞當夏蛙天神の禁を犯し夫の埃田の園を逐はき生兒の罰を受け始めて二子を舉ぐ長子を該隱と云ひ次子を

亞伯と云ふ共に男子なり而して此該隱の子孫世界に

繁殖せしなれとあり抑々此該隱の妻は誰なりしや聖

經博ふる所ろ天神他に婦人を造らざりしを明瞭なき

を母の夏蛙と相姦して子を産しや疑ひなく其子兄弟

姉妹また相姦して漸々子孫を遺せしや亦疑かふで

もなし降つて挪亞の大洪水の變に及んで挪亞は妻並

ひよ三子三媳函船に入て水を避け第二世界の人祖と

なりしとあきば此六人相姦して子孫を遺せしや知べ

し日本ふ在りてハ天照大神其弟なる須佐雄の尊と盟

約して五男三女を生むと古事記るあれば縱令息吹の
小霧を生ませる御子と雖ども御兄弟の中に離れしと
云ざるを得ず支那に在ても太古の事は邈焉として考
がふ可からぞと雖ども蚩契ありしより以來陶堯は其
の娘二人を虞舜む妻はせ舜む姉妹を一度む妻として
愧ぢる擧動ある者すら後世之を大聖人と云にあら
ぞや以上の如くなる時は兄弟姉妹相姦せぞと云を得
ぞ或は云ん夫は太古の事にして目今の所爲に非ぞと
是を遁辭のみ言ひ譯のみ若し太古は相姦したりと謂

ば太古萬物の靈に非ぎして後世のみ萬物の靈か萬物
の靈に何ぞ新古あらんや況てや天に懸りて永久ある
日月より見をば人類の世界は八萬千歳も俄頃の間あ
るをや殊に知らぬ人類は公然夥多の妻姿を置て怪し
まざると我諸族と一般なるを彼の權妻の如き娼妓の
如き藝妓の如き私窩の如き西洋東洋を問はぎ至る所
ろに之なさはをし皆な之を買ひ之を聘し寸時間の妻
となし一月間の妾となす又人類は公然夥多の夫婦と
婚し恬として恥ざる事我諸族と一般なる余徐かに之

を説くべし西藏國は一婦を以て兄弟の妻とその常制
あり上下貴賤を論せず兄弟幾十人あるも一婦を以て
其兄弟の妻とを其娶る時に當りては長兄獨り之を取り
極め餘の諸弟は毫も之に干渉をるを能はず又其意に
適はざるも弟等の意を以て擅まゝに離別する事あた
はぎ幾人の弟其妻とする所の婦人を厭ふも長兄の情
に投する時は泣々數人の弟にて一生連添をるを得さ
る制なり故に西藏を經過する時は一屋の下に兄弟數
人一妻を共有して生活するを見るなり印度の南部を

40

るトータてふ所にては兄弟ならざる數人にて一妻を娶るを常とし一婦にて七戻人よ連添ふも更な怪しまぞ又奇なるとは閨門毫の風波なく數人の戻人一夜ッ、迭々一人の妻を慰さんで滿足し更に嫉妬の色あるとなしアビシニヤ國は男子たる者は四人の妻を持つの權利を有し其他妾は幾十人置くも妨けなしと制定せり百兒斯亞國は妻に正妻雇妻の二種ありて正妻は終身連を添ふ者を云ひ而して正妻は四人を娶るを限りとす雇妻は其數に定限なし亞非利加の中心部は一

夫多妻の風俗にて王侯貴人は其正妻の數幾百人なる

やを知らず草野卑賤の小民と雖ども二三人の妻を蓄

へり又西部に位ゐぞるアシヤンチイの國王は三千三

百三十三人の妻妾あり此數は建國以來の定則にして

國王たる者は此數を欠は威儀を失ふの思想を有す

れざなり。土耳兒へ一夫多妻の制にして男子へ幾千人

の妻を娶るも其自由なり此國人はシルカシヤ人種の

處女を好みて其價ひ二三十弗より五百弗以上に登り

富貴なる者は偉閣高樓を設け曲眉豐頰の其內に置き

42

數百人の美姫を膝前に連ね旦夕以て娛しみとせり亞
米利加の土人は竹屋草舍の賤民と雖ども生活に影響
ざる以上ゝ皆な多くの妻を畜へり而ふて其夜の御を
撰むゝは晚餐の席に數百人の妻を團欒せしめ共ゝ飮
食し今宵の御と思ふ者ゝ向ひ「寢床の用意を爲せよ」と
命をと云ふ以上の外東西洋の例の文明と誇る國ゝ於
ても表面ゝ一夫一妻なきども其外部に至りては一夫
多妻一妻多夫なるとは蔽ふ可らざる現象とす故ゝ二｜
ツケル氏曰く世界創造以來人類五分の四は皆な一夫

43

多妻なりと以上い米國人フート氏の著がる婚姻史よ
り摘用せし者にして決して余が臆說にあらざ確証已
に斯の如き時は人類如何よ抗辯を遲ましふすと雖ど
も萬物の靈たるを憾むるに足らぬ〔大喝采〕三號議員な
る虎も一哮ほゑて席につき

只今二號議員の發議は滿塲の賛成にて先づ可決と覺
へたり拙者は代りて人類の惡逆ぶるを暴白すべし抑
人類い兔もすれば大王及び鰐魚大蛇豺狼拙者どもを
見認れば彼獰惡なり近づく可らずと罵しれども我諸

族は決して性來惡ある
者に非ぜ彼れ獰惡なる
が故に其暴惡を正當に
防禦せんとして遂に今
日の有樣に及べり夫は
何んと云に昔し大洪水
ありし時天神は挪亞の
一族が神隨の道を守り
汎愛にして能く我諸族

を憫れみ絶て生物を害そるが如き野心を挾はさまざ
りけるを惟れ至德の人類なりとなし特を神勅を下し
て其大難を避ともめたり時に天神また我諸族の遺類な
からん事を惜ませ給ひ挪亞をして同船せしむべきを
命し我等諸族を倶に與に函船に入れり此諸族諸君が
先祖傳來の口碑なるとい確信し給ふ所にして人類も
亦た之を史乘に記せり此時我諸族惡虐をれば豈を挪
亞の一族を其儘よ置んや必らす喰ひ盡じて已べきな
り然るよ挪亞絶て害心をく能く食を分ち苦樂を倶よ

46

をたれど我諸族も大ひに安心し百有五旬の間同じ船

内に棲息し生を聊せり斯くて稍やく洪水退ければ挪の

亞の一族及び同船の際最とも人類と親しみし牛馬犬

猫綿羊鷄馴鹿豕等と亞喇臘の山上に止まり我々は思

もひ／＼と退散して第二世界の祖となれり爾としてよ

り以來年月の久しき人類ハ稍や我諸族を疎んじ之

に加ふるよ天性惡虐と疑せしめや當時我々の先祖が

睦まじく同船し患難を與もしたるを打忘を我諸族が

何の野心もなく山野に逍遙し食を獵り風景を咏め以

て娯しむ隙を窺がひ射てゝ之を殺し落し穴を設けて

ゝ之を屠る其數幾千万あるを知らぎ實に名狀す可ら

さる惡虐と云ふべゝ是ゝ於て親討きし者子を失ゐひ

し者友を殺されし者一族故舊相會ゑ人類は自から當

年の親睦を破りたり我輩に敵するの意を表去たり斯

く暴舉ゝ及ぶ上は最早用捨なし難し所謂倶不戴天の

仇あもゝば人類を見なゝば飽まで戒心を加へよ彼れもし

暴を加へんとせば天神より附與されし齒牙を振つて

之が正當の防禦あさでは叶ひ難しと遂に互の間は呉。

越甲ならぬ隔たりを生じ敵視する場合に臨んだり天
神は定めし照覧し給ふならん罪源は人類に在て我諸
族にあらざる事を。然り而して人類は日々増々悪虐を
加へんを以て我種族い之を避んと山を越へ溪を渉り
人類稀なる幽谷曠原を棲息の所とし子孫呑秋を娯る
みしが人類は輓近一層の悪虐を試みんと企だて鉄砲
を制ゑ大砲を鑄造し或は地雷火爆烈薬などの怖るべ
き器械を造り出し辜もなき我々を殺すに勉むるのみ
ならぎ同じ人類を殺さんと兵備を嚴まし軍艦を備へ

49

水雷船を設け事あるゝ際すきは理非の差別なく暴を以て勝を制するを秘訣となし一技手の力ら能く數百人を殺ざとを發明せり人類の暴是に至つて極矣夫れ文明開化とい各々德義を重んじ仁愛の道を布き自由を愛し他の妨たけと爲ざと強い弱を助娑婆即寂光世界に導びくの謂あらん文明の眞理果して斯の如き時は則はち勞苦して殺人銃器を發明するを要せんや人類の膏血を集めて兵備を嚴ざるを須るんや銃器兵具を發明し兵備を嚴ざるを目的を詮ゝば宇内に雄視

50

して強慾を遂しふせんとに外ならざるべし〔ヒャく〳〵〕

然らざ則ち口ふは文明と唱へ開化と云ふも其實腕力

世界にくて兵器が百歩進めば野蠻に百歩却たりと謂

ざるを得ぬ歐洲の大文明國ほど大野蠻に却歩したり

と謂ざる可らぬ〔滿塲ヒャく〳〵〕然るよ人類は兎もすきば

禽獸諸族と野蠻人は一よ腕力に依賴し腕力ある者王

たるを得ると輕蔑すれども實に身の程を知らぬ鬼語

と云べし今一步を進めて我等動物諸族の人類より順

柔あるを示さんよ獅子王の親族及び我輩の族に人類

が見て以て最とも強暴と見認むる所あり然きども人
類が慈愛の氣色を呈し絶て野心あきを示し以て遇
待せば我等あんぞ事故に害を加へん試みに觀よ歐洲
諸國の彼の獅子役虎役び又は蛇役ひを觀よ彼き害心
ふくよく遇待をるが故に獅子も虎も大蛇も相馴て親
しめり以上を以て觀る時は人類ハ暴虐の淵源にして
獅子王及び我輩等より怖るべき動物と謂さる可らだ
事己に斯の如き時は人獸何の區別かあらん故に本員
は之を訴狀に加へ以て眞神ご呈さべる可らざ滿場一

52

整同音ヒャ〳〵〳〵時ニ二番の一號議員鸚鵡
は野牛の角ニ止り居たが即て羽根叩して人間の聲を
發し議長と呼んで席につき只今虎將軍の發し給ひし
議は顔ぶる滿場の望みに添へり拙者も及ばざむから
一論と露出仕るべし其が問題は例の文明開化の疑問
なり生賢あき人類ハ人類生活の必用とその所ろ衣食
を基本とし居室を以て之ニ次ぐと云にも拘はらざ左
の鬼爵を爲せり曰く赤道の近傍炎熱の地方は四時自
然ニ菓實多く力を勞せずあて天然の食を仰ぎ生活す

人類生活の必用は衣食を基本とし禮節これより始を利を專らゝするょ外ならざるべし蓋し其云が如くる者を金銀寶石を飾り外面を街ふ者か否衣食住の便絶て開化に進む能はゞ云々と夫を文明開化とは何かに心を用ふるをなく憫然として世を經るが如し故ゃる者なり此の如き地勢の處ろに在ては曾て衣食の爲を要せざるのみならゞ常ゃ人をして怠慢ゃ赴かしむめゃ殊に其氣候常ゃ炎熱なるが故ゃ衣服の寒を禦くるを得べし故ょ漁獵の事を營なゝゝ又耕作の業を勤

ばあり看よ夫の蒸氣船と云ひ電信と云ひ其他何くき
とあく衣食の用に職由せざる者なかるべし若し衣食
の用に職由せざと爲さと我き知らざるなり然り而し
て赤道近傍の人類は天然の食を仰ぎ寒冷の患ひなく
爲に衣服も要せざ已に天神より人類生活の基本なる
衣服を附與せらるゝが故な何ぞ妄想を以て他の強慾
を逞ましふするに及ばん又なんぞ所謂開化に進むを
用ねん若し開化とは衣服の外に求むるものあるなり
とせむ其物と必らざ驕奢を導びく玩具は過ざるべし

豈に玩具の全備するを以て文明開化と稱ふる理あら

んや或は云ん慘然爲そをくして世を經るを咎むるか

りと抑々爲すあるの繁雜は如何なる所より生ぜる歟。

決して富裕なる所より生ぜざるべし夫の貧民を看よ

衣食足らざるが故に二六時中奔走拮据し或ひ思を焦

し或は心力を盡し以て之を求めんと爲し爲に癆瘵も

慘然たる事あたもをして世を經るならん夫の世襲の

公侯を看よ門地貴く家富み曾て衣食の爲ぬ心を用ふ

ると㸃きを以て皆な慘然として世を經れり然らば則

はち文明開化の繁雜を悅こぶ者は貧に根據し慘然と
して安樂法を行ふ者は富に根據せりと謂ざる可ら
ず假令は一步讓りて文明開化い慘然として世を經が
如き者ゐあらぞとせん其文明開化の極點は如何な
る者ぞ想ふに法律規則も娶せぢ人類衛生に注意そる
を以て醫藥も入らぢ各々禮讓を重んぜるが故に道德
修身の事も入らぢ衣食住たりて爲すとかさが故ょ遂
よ慘然として夫の所謂黃金世界を經なるべし文明開
化の極點果して斯の如き時い繁雜を未開の者よして

愕然は開化の實体と謂ぞんばあらぞ愕然や〱吾き

愕然たるを欲ぞるなり〔ヒャ〱〕次てまた一言を賛や

すべし人類い動もすとば鸚鵡よく言ども禽を免かき

ぞとやらん申せり其意は能く人眞似そきとも矢張禽

の族こ免れぞと申ぞならん抑々眞似なる者は世界の

必用にして苟くも眞似てふをぉくんば人類社會そ一

日も立ゆく可らぞ何んとぉきは兹に二人の男あり始

て農業の道を發明し此き厚生の業ぉり欠く可らぞと

爲したれぱこそ甲乙皆な之を眞似荒蕪を開き水利を

通じ始めて邦國の基ゐを立たり又市を爲し有無を通

じて便利を發明せしかを甲も乙も皆之を眞似て始め

て商人ありしならん斯れは人類世界も眞似をまね又

まねて成り立し者と謂べし人類或は云ん斯るまねハ

有益のまねにして汝のまねも無益のまねなりと人類

社會果して有益のまねのみなるか夫の落語家幇間相

撲俳優藝者媚妓私窩子三味線歌舞の師匠都ての遊藝

社會博徒泥棒乞食の比類數代永續するは後より後よ

りと之をまねるが故なるべし此幾個の者決して有益

にあらず斯く云べ其は人々は娯樂を與ふる社會の一

器械ありと云ならん余が人類に捕へられて人まねす

るも矢張之を以て人を娯ましむれは何ぞ游藝社會

の者どもと異ならん人類又云ん否々汝の解釋は誤り

あり汝は人語を爲せども人類さるを得むと云なりと

然らば間ん輓近日本人が西洋流に髩を生し洋服を着

し洋語を用る洋食を喰ひ横濱へ轉宅して西洋み近か

らんことを願へども愁をまべし茶眼黑髮鼻開けて舊世

界の人種を免かる、を能さるを殊み甚だしき人類

は猫犬鶏の聲をまねて世渡りをする者あり余却つて

曰く人類よく我まねすきども猫犬鶏たるを得だと

人類又曰ん我の禽獣に異なる所由の者は言語の多数

なると何ぞの國語も通譯するを得るゝ依ると人類の

言語果として幾千ぞ若し犬のワン猫のニャア狐のコン

く牛のモウくゝ馬のヒンくゝ斯の如き我諸動物の

語を集めて比較せバ其多寡如何ん且又我諸動物の語

ぞ通譯し難をときども之を要ぞるゝ人類にも未だ

我諸動物の言語を通譯し能ふ知識なきに依れり焉ん

ぞ知らん他日眞ニ世界進化せばよく之を通譯する人

類の出んとを其の玄理を知らずして一概ニ通譯し難

しとするは則ハち現今人類の不進化なるを表明する

辭に過ぎ之に反して我々動物は能く人語を解するが

故ニ嘯くときは犬は走りドウ。と云ば馬ハ駐まり名を呼

ば猫は來る。去就則ち聲に應ぜ而もよく人類の喜怒

哀樂の情を洞察す人類にして我々が喜怒哀樂の情を

解する者果して幾干かある又人類の語は互ニ通譯し

得ると雖ども大古に在ては然らざ進化して通譯する

時期至りたきば
こそ通譯するを
得るあらん何と
をもば昔し挪亞
の裔孫漸やく繁
殖し第二世界の
有様を爲せし時
再だひ大洪水あ
らんをを虜はか

り一大高塔を造り之に登りて難を天に避んと衆議一
決せしかぞ則はち示拿の地を卜し數百萬の人類集ま
り砂土を松脂にて練り天日か乾かして瓦と爲し以て
建塔の業に着手せり已ゝ積んで其頂頭雲間に入しも
夫の天近山頭上到山頭天又遠の語ゝ漏れぞ更らよ寸
功かゝりけきは各々愕然として驚ろき呆れしが今更
中止すべきよあらざれば愈々精を勵まし天ゝ達せん
と力めたり時に天神其愚を觀て大に怒らせ給ひ元來
衆音同一同語なりしを忽然として變じ給ふ衆人は更

に之を知らぬ土を運べと云は松脂を持來り瓦を荷へ
と呼ば鋤を執り頓かゝ言語不通になりしを以て相見
て大ゝ驚ろき是に於て此大擧を廢し同音同語の者の
み聯合として立ち去る是に由て現今の如く亞細亞歐羅
巴亞非利加其他國々島々の異音異語を生せしなりと
子細載て聖經に在り且つ近頃の究尋に據きば全世界
の言語の種類を區別する時も左の如しと

亞細亞　　　百五十三種　歐羅巴　　　五十三種

亞非利加　　百十四種　　亞米利加　　四百二十三種

阿西亞尼亞洲　百十七種

看よ高塔廢擧退散の時は各人通譯し難かりしを唯そ
れ此時のみならぞ現に前表の言語の人種を突然會合
をさしめをば能く通譯しよく事を解し得るか決して
能はぞ必らぞ舊時西洋人の語を聞しが如くチイ〳〵
バイ〳〵の音のみを聞のみならん我動物社會の語に
於るも人種には只だマゥ〳〵チッ〳〵と聞ゆると何
ぞ擇まん果して然る時は人類は言語の通不通を以て
禽人の區別を立るとぞ得ぞ時に滿塲ヒャ〳〵にて之

を訴狀に記入するとを可決す續て二號議員鴉代りて席ゝ就き今日ぞ得意の惡口を以て人類をゝ罵しりやらん羽根を叩いて身搆へし送々諸君の論議せられしを身不肖なる某に及ぶまで只だ謹聽の外これをく殊に最早餘地の見出をなしと雖ども議員の撰を辱じけなふせしを以て愚者の一得を述べ申すべし人類は動もすれば禽獸まは惻隱の心なし是を人間ゝ及ばざる所ありと申せり何ぞ不穿鑿の甚だしきや苟くも天神の生類を生ゝる皆惻隱の心を以てせり余今其例を擧

んよ昔と以色列耶穌破暗王の時天下饑饉して餓莩野よ充ちたり時に至徳の人以利亞曠野に鳴吟に余翠の先祖之を見て救はざる可らをと為し朝夕肉と餅とを含み來り其飢を助け道徳家の種子を猶太の地に遺せり又猶太の賢人但以利巴比倫國の最後に宰相と為り王を補佐し衆民を撫育し大よ國力を振ふ時よ群傑等其才を妬み言を巧にして誣告し王命を拒むの所置あるを以てす王信して大よ怒り但以利を獅子の群棲せる洞穴よ投ぎ已にして數日の後ち之を窺がそしむる

68

よ但以利差ばなくして晏如たり王甚だ驚ろき助け出

して本官ヽ復せしめたり羞し獅子の食さりしは但以

利の德高く大古我諸族と同船せし時の感情を嗣續し

絕て生物を害するが如き野心なきを知るを以てのみ

又瑞西山間の犬は降雪の候に望んで往來を奔走し雪

ゝ埋められたる旅客を救ひ出そヽに盡力し之が爲頸

輪ゝ銀賞牌を帶る者往々ありて現ゝ同地を經過する

人の見認むる處なり其他象の舜の薄幸を助け猿の其

主高橋德次郎が爲に賊を捕る〔載て讀賣新聞千九百五

69

十一號にあり）等古今枚舉に遑まあらず豈よ惻隱の致だ
す處ろと言ざる可んや斯く云は人類或は云ん其と常
になくして稀に有る者をやと抑々知らぬ人類は悉く
惻隱の心ありや非望の望みよ蔽はきて之を發表ぞる
と能ぞも已に發表するなくんば是れあると云も可な
り故に釋尊ハ人類を汚濁衆生と謂ひ楊子は人の性は
惡ありと罵しきり苟くも人類中二三惻隱の心ろを發
表せしを以て之を推て惻隱ある仁者ありと云を得ん
二三の仁者を推して衆人類よ及ばし悉く惻隱の心あ

70

りとせば我諸族も以上の事を以て仁者なりと謂ざる

可らぜ〔ヒャく〕殊に人類は我一族を見をば彼れ鴉は

口ゆゑに憎まるゝなりと我一族何時人類を罵詈讒謗

せしや又人類の隠微を摘發せしや我の異聲を發する

は人類に死者ある時直ちに之を了知し必らぜ汚物を

捨るあらん故に同僚を呼び速かに之を貪ひ以て人類

の健康を保護せんとて偖は急忙の聲を發するなり其

凶聲と聞き惡口と見認るは人類の得手勝手にして恰

も野路に於て雨に會し天を仰ひて惡ひ天氣と罵しる

と一般のミ我輩ミ特に惡口を爲ミ者ならんや第二議
ム余は人類の壽命を語り而して比例を擧げ我々諸族
が人類ふ勝る、を確かめんと欲す昔ミ唐土ミ一人の
馬鹿儒者あり其者の語に曰く天の人を生ぞる豈に偶ミ
然ならんやミ其語の意味は天神の人類を生は無闇に
生み給ふ譯にあらぞ夫々役目ありきばこそ生と云ふあ
り嗚呼こミ何ぞる自惚ぞ天神輩に唯た人類ム限り無
闇でなく生んや我諸族ミ雖ども夫々役目あるが故に
生給ふなれ看よ蜂蝶の花粉ぞ甲乙に送致ぞて結婚の

72

媒介し蚊の夏の夜ゝ出で人類の假眠して病を生せん
とを慮はかり之を刺して呼び覺し及び小溝に惡水を
湛て其が蒸發氣の爲め傳染病を起さんをを注意せし
め蟻の微小なる腐廢物を掃除する等最小の蟲族すら
其役目あるや斯の如し況んや其大なる者をや縱令を
試みに一步讓りて人類のみ役目ありて偶然に生むと
せんよ天神ゝそきは其壽命を長くせしめざりしや
此頃出板の米國の統計表に據るゝ諸動物の長壽左の
如し

鴉　駱駝　鷺　百年　白鳥

三百年　　象　　四百年　　鯨　千年

以上の如し往時い日本に於て何ゝ原因せしや龜い萬年鶴は千年と云ひしかど此き根據なきを以て論さる

に足らぬ然をども過日余が本島の汀に於て丹頂の鶴の話しを聞しに雄の曰はく日本鎌倉の由井ヶ濱より和女を連て此孤島ゝ來りしも最早八九百年の久しきに及びしならん實に月日の立のは早い者なりと云しに雌いさゝばよ候曾我兄弟の夜打も昨今の如く思も

きまそ夫の梶原殿と邪智の白痴ものでありましたが

今ゝ顔が赤う御座らうか雄は聞て馬鹿を云へ夫の時

分の人類がゝに今まで生てゐる者か斯るとを云と他

の諸族ゝ笑はる、ぞ夫はそれと此處の龜殿い何時も

若いではないか雌は最いくつわかりませう去れば

り大った六千五六百にも成るだらうと果して斯る長

壽あるや否やは同族に就て質問せざきと發揮と知を

難しと雖ども前表に在る諸族の壽命は米國の人類が

他年の經驗と推理の上より爲ととなゝを疑ひを容可

75

からぜ之を人類が自から定めたる人生五十年七十歳

は古來稀ありと云に比ぶれば其の差如何ん寸と尺の

相違まあらざるべし人類或は云ん人類社會は新哲代

謝せざきば進み難きと猶は花木の一番毎に花を示ゐ

其度ま枝葉繁茂すると一般なりと是れ管を以て天を

窺き天は小なりとおず者ま似たり何んとあれば人類

世界に限りあるや古人一元十二萬九千六百年終つて

而して復始まると云り假令は此一元を一世界期とし

人生五十年を以て此一世界期を經るに幾子孫を經て

達そるや二千七百代の後胤にあらざんは能ふまじ今の世界は挪亞大洪水以後僅々七千年と云へり挪亞以上を大攪みに一萬年と見るも一元の十分の一を經過せしに過ぎ而して此間絕て開化の事をかりしか否印度の太古と云ひ埃及の昔と云ひ遺物の建物論理學の己ま開けありと云ふに徵すれば一次文明開化の極點ま達せしや明かなり然れども盈きを欠るの理ふ漏れぎ終ま退步して其國すら滅亡せしまあらぎや斯きだ人類社會を眞に經營そるまは人類の一生を一世

77

界期に配當せざる可らざ一世界期卽はち十二萬九千
六百年に配當すれば人類の壽命は少なくも千年とし
先祖より百八九代の子孫の間だに開明の域を開かざ
んは半途にして迭々の亡國を見んと古史に徴して知
るべきあり然るに天神其壽命を附與せざ開闢以來與
廢存亡あらしむるは是れ即はち我等諸族の萬古同一
の地位まあると其歸を一にせしむる神慮なるのみ故
ま鯨は二百九代餘にして一世界期を經象と五百餘代
にして一世界期を經るの壽命を與へ給へり且つ斯く

長壽を與へ給へしは人類の未た發見せざる冥々の大

役あるが故な°然るに卵を見て鷄を怪しむの想像を

以て人類のみ偶然に生しとすると眞に笑ふよ耐たる

なり殊に我等禽族の光とも人類よ誇るに足るよ夫の

聖人てふ者世に出んとする時之を前知して鳳凰まづ

出て之を示そ人類は鳳凰を見て稍やく聖人出るを

悟る夫の川柳よ鳳凰の曰く出やうかナア麒麟と此を

其證なり此他人類は鳥の跡を見て文字を造り鵲鴒に

男女の道を教へらき鴈を見て古郷の親を思ひ鷄をい

て夜の明るを覺ゆ此類枚擧に違あらぬ斯る哀々の愍

惡を辨まへぬ只簡暴虐を逞ふするは眞に不當と謂

ざるを得ぬ此時禽族ピィ〳〵ヒャ〳〵と啼きドッと

羽根ぱたきをして贊成の意を表せしを恰かも富士川

ム平氏を驚かしたる水鳥ム異ならぬ續て魚族の一號

議員蛸むく〳〵とて歩來ア席に就き口をトンガラ

らして曰はく人類は拙老を目して蛸法主と呼べア然

きは則はち佛教に緣なしと爲さぬ故に古來佛教を駁

撃したる儒道の事を論じ人類の鼻を挫ぎ申すべし只

今鴉先生が聖人出きば云々の申きたり抑々聖人とい如何なる人類ぞ思ふよ天心を得たる者を指すならん己に聖人とは天心を得たる者とすきは惟き至聖至徳の人よくて天神と同体なりと謂さるを得ざ夫の唐堯陶虞の偽聖なるとは洋犬大人が具さま論じらきたれは今更ら之を辨せざ獨り孔子の身の上み論駁を加ふべく人類は兎もすれば孔子を以て大聖の至聖のと云と雖ども余の眼より之を観きば平々凡々の男と謂さるを得ざ何んとされば彼れ未開の代よ出て天下は一

人の天下たるの妄想を取り人類社會の眞理も辨まへ

ざ三皇五帝文武周公等が威力を以て民を壓し以て天

下と治めたるを見認め是きと天下の公道ありと之を敗術

して治平の道を得さしめんと人に對すれば則はち曰く

く身を修め家を齊のへよ王侯に對すきは則ち曰く

仁義を以て天下を治め給へと斯く說あるきしが孔子

は聖人にあらざるが故に時と推うつるを知らむ益

にも立ぬ頑固論や時勢にも箝らぬ屁理屈を列べ立た

りしらは各王侯は彼れ狂人のみ今日の天下に何の用

82

をか爲ん寄つけべからざと更に取あへいざりしかは齊

ま落魄に鳴吟ひ陳に蹭蹬き曹ヌ零落し宋ヌ落ぶき

鄭にお羽打からし楚に漂泊し至る所ろ目見へくして官

途に就んとせしが皆用ならぎ饑渇に迫るヱ數回無

闇と支那四百餘州を流浪したる男なり斯く流浪して

世を渡りし男をヌ身を修めんと云を得ぎ家を齊へ

しと云ふ可らぎ已ふ自から修身齊家するを得ぎして

他人に之を獎るも恰ろも乞食が經濟學を講義ぞると

何ぞ擇まん想ふに修身齊家治國平天下を唱へくは畢

竟官途に就んとの口實とて猶ほ唐の韓退之てふ卑
屈千萬の馬鹿者が嚴肅らしく宰相に上書あて食稼ぎ
を依賴せしと其揆一のみ適々魯の定公を騙し得て僥
倖にも大司寇となるや七日にして大夫少正卯が巳き
に善からざるを憎み之を殺せり何等の不仁ぞ聖人と
い天心を得て仁慈汎愛を主義とし人を感化陶冶し畋
惡遷善せしむる者ある々孔子い一少正卯だも感化陶
冶をる能いぞして之を殺す聖人の行爲をき安くにり
ある然るを末世の目盲儒者之を尊んで大聖の至聖の

と崇め猶ほ其主意を以て修身齊家治國平天下を訊く

孔子自身すら爲し能はさる業を末世の目盲儒者にし

て能いんや〔ヒヤ〳〵〕人類の思想大抵斯の如し知識分

別の魔法も亦た以て論ずるふ足らざるなり唯り此蛸

法主の怖るゝものいこの此法主の名の本元なる釋教なり

釋迦牟尼世尊と至德至聖の人にして八相を成道なし

給ふ間だ肉を裂て鷹に與へ股を斷て飢たる熊ゝ施こ

し生類を視る同仁にして草木國土悉皆成佛なさしめ

んと皆ひ給へゞ人畜の差別なし故ゝ若し此法周ねく

十方に弘まらで人類漸々悔悟して至德の人と爲り現
今の地位を固ふするが故に我諸族が地球の主權を恢
復するゝ障礙とならん然れども茲に幸いあるかや我
諸族の命脈全たく盡ざるにや世尊の法燈を嗣ぎ其教
を布く僧侶は眞の僧侶にあらずして悉く第六天の寵
王の眷族が相集まりて佛法を滅ぼさん爲めに假りよ
比丘よ化け比丘の事を行なふゝれば早晚滅法の期い
たるは睹易き所ろとそ何んとなきば世尊が種々の苦
行艱難を積ゝ稍やく正覺し給ひ粗食敝衣以つて樹下

86

石上を寺〔即はち衆苑〕とし衆生濟度し給ふをも顧りミ

ぜ壯嚴の堂舍殿閣ま住居し飽まで食ひ暖かに着加の

ミからぎ金襴を袈裟とし純子縮緬と法衣とし擅那〔施

主〕に對する時は僞つて菩薩顔を作し無學佛文盲の膓

はたを覆ひ以て食殿の建立に汲々たり此を僧侶の行

爲り我を知らざるなり否天魔破旬の化物と斷言せざ

るを得ぞ其中佛法の稍々旨を得たる夫の悟道徹底せ

しと云ふ者も法鏡常圓特倚珠林看月色禪心獨逸閑飛

錫杖出風塵なぞてふ語句に執着し實地に之を行ふは

87

んとするにや衆生濟度は其方除にして喧嘩を深山よ避け世故を僻邑に辭し只だ禪定して閑日月を送る有樣なり此等の僧は悟道徹底の名を貫て糊口するものをきは畢竟一個の糞の入物に過ぎぎ人類最上乘の教法まて有樣已に斯の如き時ハ最早念とあて憂ふるに足らざるなり斯れぞ人類社會は滅法して我動物諸族の權力を恢復そる期當よ遠にあらざるべし時よ塲中笑き動と各々滿足の意と表し遂に之を可決す次で議員外なる馬議長の允可を得牛の代理を兼て議塲よ

跳り出で齦を左右に振り嘶ないて曰く彼ミ人類文明開化と唱へ其文明開化とは汎愛の意味を含ミたる事柄なるにも拘はらず最とも人類ミ接近し運輸の便を爲し耕作の勞を助くる我々を虐待するミ實に日に甚だしきを加へたり今其一二の例を擧んに昔しは我々が職たる人類一軀を乘るを以て天然の務めたりしゕ輓近人類の推量として我々の骨格を見て馬は幾干の力ある者ありとし汽船の水脚を度ミ幾馬力の稱を以てし遂に馬は一人一個を乘て足ミりとミる者ミ非ミ

宜しく一頭に十人を乗べしと巨大の馬車を製り人を盛て之を牽しむるに至れり我等人語を解せざるが故に其不當を責ると能はず又之を訴ふる所なく爲に其苦を耐へ其辛を嘗め炎暑嚴寒の嫌ひなく市街を驅り立られ二六時中絕て休息を與ふる事なし此とても我族一般に斯の如くなれば其忍ぶ可らざるを忍ぶと雖ども上等の人類に飼養さる、者い美食に飽て勞役少なし況んや我々の族と雖ども強弱あるを更に人類に異なるとなく然るを一見の下とに幾馬力と大攫ぇまそ

るは増々不當の所置と謂さる可らぎ試みに我々が相撲取を捕へ人類は悉く斯く力あり米三俵を擔ぐに適せりと爲し華族俳優等に之を命ぜバ果して如何之を鞭打て驅ば果して如何一歩も進むを能いざるのみをらぎ必らぎや壓死するまでの有樣に至らん此れ賭易き道理なして相撲の強と華族俳優の弱と其差違あればなり且つ又我々と鹿とは人類白痴者に加ふる名とせり蓋し秦の李斯が二世胡亥を欺むき巳の威權を試みんとの濫用に出たるにせよ後世一般に使用するは

實に迷惑至極ぶして所謂馬鹿の目に會ふとは我族の謂なり牛の族も亦た然り當年祖先が人類と殊ふ親睦せし情誼を以て後世子孫重荷を貢ひ遠きを辭せぬ山坡を凌ぎ以て其勞ふ代りふに近頃牛は滋養物の一等に位ぬする者なりと乚其勞を思びやらぜ其恩を忝けなしとも爲さぬ食物一方ふ牧養する者あり牛果して食物中に欠く可らざる者か何ぞ然らん若し欠く可らざる者とすふは天の之を生ぜる特に容易からしめ以て其供養に充ぜしめ給ふならん然るに一年一頭につき一

子を擧る悠々ある性を與ふるを見ば其食物ゝ肝要と爲し給はざるや知るべし假令ば一歩讓りて牛は滋養物とせんゝ牛食の流行せざる以前と以後と人体の組織上ゝ著明しき効驗を生じたるや舊天地の人ゝ弱ゝして新天地の人は強きるか決して然らゝ舊天地の人は強壯にして百難ゝ耐へ新天地の人は柔弱ゝして氣力乏し果して然からは牛を食ふと否とい敢へて人類の体格上に關係あらゞ己でに斯く關係をくして大呼滋養と云ふゝ畢竟一時の流行と云べき歟・流行の食は

徒食あり暴食なり徒食暴食を棄て牛が天然の職掌よ

就かしめば神意果して如何ぞや況んや例の萬物の靈

と云ながら牛の肉を假ぜんは其生を保がたしとする

ハ人類自から萬物の靈よあらざるを表せりと詔ぜん

ぱあらずヒャくく。一頭の兎は前々よりの議論ぞ耳ぞ

歟だて、聽居しが一跳はねて議場ぞ出で議長の許ぞ

得て席ぞ着き徐ろに述て曰く近頃余ハ心神不靈なる

人類の爲ぞ玩弄され恰かも博具の如く使用せられた

り然るゝ之に由て財産を傾むくる者或ハ窕迫の果て

死を致せ者ありしかは其罪を斯る白痴の人類に歸せ
ぞして余が身に蹄し兎の無能無藝の下等動物なり、豕
と何ぞ擇まん然るゝ一羽百金の上ゟ出るとゝ豈ゝ馬
鹿の蛻天上ゟあらぎやと口を極めて讒謗せり余輩こ
そ宜ひ面の皮と謂べく抑々余輩の性質たる豈ゝ斯る
讒謗の下に在る者ならんや余ゝ自から余が非を叙す
るを欲せぞ茲に近頃佛蘭斯巴里に於て出版に係る一
書に余が非を論ぜたる一章を譯出し余が性質の代言
と爲すべし其の書に曰く兎ゝ甚はだ美術學者の性質

若し巢穴を作るとき原野の中に高地を撰む便宜あき

自から快樂にして隨つて身體も健康あきを生命長し

智とを斯く山野の風景を遊ぶと常とするが故に心意

風景を愛し夜いまた月の光りの明かなるに感ずるを

眺め朝ゝは皮毛の汚穢を淸め夕ゝは出て天地絕妙の

とし其處に一の臺の如き者を搆へ之ゝ坐して四方を

或い野の中ゝ於て最とも高き地位を撰んで棲息の所

の風韻に感ずるの智あり其巢穴ゝ常ゝ眺望よき廣原

を稟得たる者ゝして能く造化の隱微を悟り深く山水

時は自力にて小高き丘を築いて此處に自由の空氣を
呼吸し或ハ耳を以て眼界の遠近を量る等の事は皆實
事にして少しく動物界に心を入たる人は知る處なら
ん又兎が香氣ある草木のみを求めて食するは寶に味
はひ斗りの為のみにあらず其眼力と鼻感とは養なふ
よ就て欠く可らさる者と知らきたり又此兎が道德の
そに就ても一の風儀あり先づ其種族中一般に行なは
れて最とも能く守る者は孝順の德にて假令は其宗族
の血統が追々よ増殖し幾千の數になるも末の孫兎或

は玄孫兎が祖先に對し柔順なるは更に變るとなし然

るゝ爰に斯る性情に反して甚だ殘酷に見ゆるの一事

あり其は何ぞと云ふ父兎が子兎を殺さんとする癖是

あり故に母兎は此殘酷なるを慮へ子を澤山生むとき

い之を遠く隱して父の害を遁をさせんとす而して父

兎が何ぞれば子兎を殺すぞと云ふ是は偏へに戀情の

厚きより生ぎるの性にして其妻を思ふの甚だしきに

過るが故なり何とすれば母兎が多くの子を擧て之を

養ひんゝゝ身を疲勞するの困難を思ひやり之を助け

んが為ゝ偕は涙だゝながらに其子を殺すなり去れバと

そ其子兎か成長して乳を離る、時に及べば父兎の其

子を愛すると母兎と異なるとなし或時は之を抱き或

時は之を甜りて子に感情を與ふるの有様は却つて母

兎ゝ勝るものあり愛ゝ至つて全たく子兎は慈愛深き

両親を得るに至る云々とあり此れ余の手前味噌ゝ非

ぞして人類の証明ゝる所なり却つて人類社會の有様

を察するゝ夫の風流人はいざ知らゝ其他の棲息する

家たるや固より風韵の何たるを知らざるか故ゝ喧嘩

雑踏の間にありて塵を蒙むり沙に浴し其汚穢なる云

可らず又下等社會に至りては所謂九尺二間の裏屋に

住し雪隠に隣り芥塲に接し汚水に臨み惡臭鼻を撲つ

處に生涯を送り天地絶妙の風景を愛をるが如きは夢

想にも曾て之なく二六時中心を以て形骸の役とをし

心意の快樂なぞ寢酒一盃に過ざる者の如し之を余

が境界に比ぶきは如何ぞや執れを知識分別ある者と

爲す歟且つ生子を殺ををマビキと唱へ子却しと稱し

其殺すや母が身體の疲勞を思ひやるに非ず人口の增

加ヘて一家の生計に影響を及ぼそと怖る、と野合私

婚して舉し兒の「置塲」をきより然る者比々なり豈に殘

忍の甚だしき者と謂ざる可んや唯り人類と其子を殺

すのみならず同族とも殺も戰爭する者ありて連年地

球上に絶へぞ又ぞ一人一個を殺を慣習をぞもありて

此等ハ實に虚日なきが如し故ニ法律の上に身體ニ對

その罪の字面を揭げ謀殺故殺の罪毆打創傷れ罪てふ

明文を載せ其獰惡ある者を待り以て人類の殘忍を知

べし殊に是より甚しき者あり其は何ぞと云に島々の
人類あり之を聞く本年の事とか英國の漁業者ロッツ
ンと云ふ者妻子並びに支那人五名を引連れ濠洲の地
方を離きしリザルド島に航し同所に假屋を築造し二
三月間も漁業ョ從事してありしが巳を得ざる事故出
來したるを以て妻子支那人等を殘し置き獨り小舟ョ
乘じて地方へ赴むきたるョ其留主を窺がひてか島の
土人數名襲ひ來り直ちに支那人四人を屠り殺し腕や
股に喰ひつき看る看る奇麗ョ喰ひ盡し跡ョ骨湯ふし

て飲ぬ斗りの有樣を
るぞワッソンの妻
は大に驚ろきしが有ら
緊英人の妻だけあり
て女ながらも喰ひ殘
させたる一人の支那
人と共に家内に籠り
寄は斬んと見搆した
るに其勢ひにや恐れ

道德あるとは決して人類ゝ讓らざるとを了知せらる
故のゝ諸君と以上を獸思熟考し給ゝ我族の知識と
物と爲すハ蓋し眼界の未だ動物界に周ねからざるが
拘はらゝ兎もそをば我族を蔑視して無感覺の下等動
載せらき斯く人類に嫌惡にして無殘なる者あるも
島ゝ於て自害して果たりとは當時の新聞ゝ明瞭に記
二十里外に在る孤島ゝ逃を後ち飲水の欠乏に由り同
て其夜の宵暗に紛き小舟に飛のり辛くも其處を出で
たりけん土人等は强て迫らゞ遂に立去りたり是に於

105

、ならん〔謹聽々々〕蟲族の一號議員蟻代りて脊席し諸君と呼で説き出しけるは可笑かあ人類の有樣余は知識の萬物の靈のとの語を駁擊せむとして彼とて愕然たらしむる者あるなり諸君請ふ之を聽け抑々人類へ加何なる有樣を以て地球に在るや余も余が臆說を用るぞあて之を說ん諸君も知らる、如く佛家の說ム地獄なる者あり而して此地獄中に等活地獄てふ一區あり此等活地獄の變相を聞くに羅刹〔即はち鬼〕等罪人を捕へ鉄棒を以て半死半生ム打し尚ほ之を石臼に投じ

て分細して次に紗霧に盛て微塵と始めて足りと為
す之を姑くして一陣の怪風吹き來るや否や羅刹等口
々に呪を唱へ活々と呼ば此微塵の骨自から相集まり
て舊の人体に復して活動を羅刹また之を捕へ貴酷む
を以前の如くし萬劫の末まで同じ貴苦と與ふ者なり
と余を以て此説を見るゝ是を釋氏が人類のあさまし
き有様を指したる寓意あり何となきは彼れ人類上下
とかく貴賤とかく各自職務なき者はある可らゑ而し
て其職務を取るや朝に起き夜る眠るまで多少心と力

を勞するからん故に俗言も此心力を勞するを骨と折と云ひ或は身を粉よして働くと云ひ又も勢も根も盡ると云あるべし此き皆心を以て形ちの役と爲も惡く結果よして即いち羅刹の鐵棒か打をて其身骨を微塵にさる、にあらぎや已ふ身骨微塵よなりて始めて職務を廢し夜に入て眠りに就き人事不詳の境よ夢遊よるが否や曉鴉忽まち〳〵活々と唱ふきは前日の微塵の骨また人事詳識の人体に復し更よ職務を取て骨を折り身を粉にそると以前の如し此曉鴉の聲は羅刹が

108

兇を唱へ活々と呼にあらぎや明るも晩るも一生の間

だ斯る貴苦を受けて終る者は人類あり故ゝ人類を生

死に流轉する泉生と唱へ其社會を穢土火宅と稱した

り我族も心を以て形ちの役と爲そが如き煩惱あらぎ

常に形ちを以て心の役と爲すを主義とすれば暖和の

氣候に乘じ一歳の生活に餘る食物を收納し秋冬春の

三季は巣穴にありて無上の愉快を取り子々孫々皆安

樂法を行なひ未だ嘗て等活地獄の慘狀を露はさゞ之

に反し下等の人類に至りては明日の貯はへをさのみ

ならゞ其の日の生活よ追れ等活地獄の最とも等活地
獄を表ハす者比々是れなり想ふに地球上人類の八分
通りは此人類の占む所ろなるべく夫れ萬物の靈と誇
り知識分別ありと自稱する人類よして其處世の有樣
余輩微少の蟻だも及ばざるは實に憫笑するに堪たり
諸君以て如何と爲す〔賛成々々議長獅子王て諸動物の
議大抵終たりと見てけれバ前々よりの發議を兎と羊
の書記に寫さしめ大に哮て曰く諸族議員諸君の發議
せし所ろ節々余が意よ適し且つ諸族も滿足の意を表

せらるたり人類の行爲已に業に斯の如くよして絶て

我々を支配し及び之に長さるの德義なく綱常なき時

は何時まで其下に屈すべき速かに可決せる論議を諸

議員連署の上之を天神よ訴へべくと罵しりけきば滿

塲然るべくと同じて遂に前議を淨書し且つ左の奧書

を爲し諸動物連署して訟訴の手續さに及びけり

前件の如く人類は天神と同一なる德義を傷り靈魂

を非望の望み投じ肉体を魔鬼の輩に入れ以て天神

の創造し給ふ地球を汚し加ふるよ天神の愛し給ふ

111

柔順なる我等動物を虐待し遂に遺類なからしめんと企てたり仰き願くは上天皇帝人類が惡虐の原素なる夫の知識分別てふ能機を奪ひ再たび謀反そるを勿らしめ地球上の主權は創世の際我等動物に附與せさせ給ひしが如く更ま附與あらんとを

斯て諸事整頓したりけるは議員たる動物は人類の末だ曾て知らざる作用を以て天神の許に達し謹しんで之を呈せしかば天神は具さ其始め終りを讀そまひ呵々と打笑ひ實に汝等の訴ふるも無理ならむ現に此

程日輪及び風雨すら人類の取意擅斷を怒り斯の如き

訴狀を呈せりと渡し給ひけきを獅子は恭しく取て之

を讀に

請辭職表

臣等天神創世の時に當り世界と與る顯はれ爾來命を

奉して地球を護り未だ甞て其職を汚さゞるは夙に天

神の照覽し給ふ所なり然るゝ人類日に專橫を事とし

取意擅斷に擧まひ絕て我々の保護を恩とせゝ日輪冬

出きをば好い御日和と譽るも夏は仇敵の如く叫んで惡

く熱ひ日だと罵しり風伯が夏吹けが好い風だと譽る

も冬は憎んで悪ひ風だ火事の用心を爲せと恰かも火

事は風伯の所爲の如く罵しり雨師が久しく降ぎして

旱魃に及べば人類仰ひて一雨ほしいと請ふを以て一

日雨ふきは好おしめりだと譽るも降て第二日よ至を

ば悪ひ雨だと云ひ并せて天神を誹謗して困まつた天

氣と云ふ其暴虐專横ある實に名狀を可らぎ臣等天神

の命よ從かふも人類の頤使に從かふ者にあらぎ人類

已に斯の如き時は臣等最早之を保護するを屑とせぎ

114

仰き願くは各々職を辭し光りと風雨を人類ム與へぜ

以て其惡を懲さんとそ謹て白す

天神見そかはせ給ひ如何に獅子人類の末期已に至れ

るの有樣よあらぢや汝等の訴ふる所日輪風雨の請ふ

所我嘗て之を前知せり故に地球ム第二の洪水を與へ

たり看よく〱今の人間世界を看よ世襲の祿ある者稀

よして各々只だ彼の業に食ひ此職に食ひ永世子孫が

衣食そる目的は邈然として有るぎが如し則はち此

れ人間が洪水に遭遇し彼の破船ム依りて命を有つ此

れ流き木に取つひて纔かに生を得るゝ異ならず一旦
若し其破船其流れ木を失せは忽まち生苦に沈淪し添
遊の内よ一生期を終りて殘る者ゝ第二洪水前の春夢
の如き名と谷響に似たり利のみあらん汝等社會は創
世の時と其性情を變せず故に我ゝ之を憫れんで此第
二の洪水は眞の洪水を以てせゝ獨り人間處世の上よ
辛苦生活の大波瀾を與べたり之を以て汝等諸族が怨
怒を慰むるに足んと宣給へは獅子は齗然として悟入
し一聲哮る聲に驚ろき四顧を觀れを此を一宵の夢に

して居士は碧巌集を枕らよして鬼谷の棲所ゞ在り

何ナル形容ゾ。斯ク云ヒ去ラバ人ハ己ガ骨格及ヒ他ノ

動物ノ組織ヲ推シ。必ラズ我等人類此世ノ下等動物ニ

異ナラザラント推測スベシ。何ゾ知ラン我等人類ヨリ

奇異ニ機敏ニ此世ノ下等動物ヨリ靈妙ニ神通ナルヲ

余ガ孤島漂流ノ寓言。人或ハ言ンカ下等動物ヲ以テ人

類ヲ制セシムト。我ヲ罪シ我ヲ知ル者ハ唯ダ此書乎。

明治十八年於任天書院。田島象二識

人類攻擊禽獸國會緒言

夏季ノ蟲類豈ニ冬季ニ皚雪アルヲ知ンヤ人類ニ於ル

毛亦タ然ノ限リアル智慧ヲ以テ限リナキ天地ヲ相像

シ之レ至論ナリトスルハ猶ホ夏蟲ノ皚雪ニ於ルト何

ゾ擇マンヤ之ヲ聞ク日耳曼理學者ハ自カラ說ク近頃月

界中ニ動物ノ生活スルヲ發見セリト其說ニ曰ク巨大

ナル望遠鏡ヲ以テ月界ヲ寫シ更ニ寫眞ニ撮影シ之ヲ

數倍ニ重寫セハ其中ニ市邑村落等アルヲ見ルヲ得ベ

シト因テ某氏ハ巨大ナル望遠鏡ノ成ルヲ待チ居ルト

嗚呼某氏ヤ推理法ノ圍範ヲ出テ大ニ天機ヲ奉ヒ來ル

著ナリ。而シテ夫ノ月界中ニ接息スル動物ハ果シテ如

『인류공격금수국회』(원문)

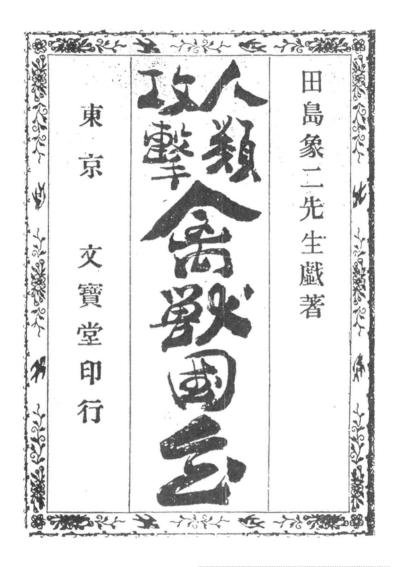

人類攻擊禽獸國会

田島象二先生戲著

東京 文寶堂印行

여기서부터 영인본을 인쇄한 부분입니다.
이 부분부터 보시기 바랍니다.

▌왕희자

이화여자대학교 대학원 문학박사, 선문대학교 교수 정년퇴임.
일본 동경대학교 대학원 문화인류학 연구.
국제비교한국학회 회원, 한국현대소설학회 회원.

『신화학입문』, 『한·일·영 단어분류사전』, 『한국어교수법』(공저) 외.
「한·일 천손강림(天孫降臨)신화 연구」, 「단군신화의 천부인(天符印) 3개와 일본 아마테라스
(天照)신화의 3종의 신기(神器) 연구」, 「새로운 전통관확립을 위한 하나의 시론(試論)」 외.

『금수회의록』과 『인류공격금수국회』의 비교연구

2014년 8월 19일 초판 1쇄 펴냄

지은이 왕희자
펴낸이 김흥국
펴낸곳 도서출판 보고사

책임편집 이순민
표지디자인 오동준

등록 1990년 12월 13일 제6-0429호
주소 서울특별시 성북구 보문동7가 11번지 2층
전화 922-5120~1(편집), 922-2246(영업)
팩스 922-6990
메일 kanapub3@naver.com
http://www.bogosabooks.co.kr

ISBN 979-11-5516-272-9 93810
ⓒ 왕희자, 2014

정가 20,000원

이 도서의 국립중앙도서관 출판시도서목록(CIP)은 서지정보유통지원시스템 홈페이지
(http://seoji.nl.go.kr)와 국가자료공동목록시스템(http://www.nl.go.kr/kolisnet)
에서 이용하실 수 있습니다.(CIP제어번호 : CIP2014022584)